U0467659

金瓶梅的读法 上

叶思芬 著

花山文艺出版社

图书在版编目（CIP）数据

金瓶梅的读法/叶思芬著. --石家庄：花山文艺出版社，2023.7
　　ISBN 978-7-5511-6551-8
　　Ⅰ.①金… Ⅱ.①叶… Ⅲ.①《金瓶梅》—小说研究 Ⅳ.①I207.419
中国国家版本馆CIP数据核字(2023)第036626号

书　　名：金瓶梅的读法
　　　　　Jinpingmei De Dufa
著　　者：叶思芬

策　　划：崔正山　金寒芽
责任编辑：张采鑫　李　鸥
特约编辑：张华豹　何冰洁
责任校对：李　鸥
装帧设计：今亮後聲 HOPESOUND · 张今亮 郭维维
封面设计：武守友　李　莹
出版发行：花山文艺出版社（邮政编码：050061）
　　　　　（河北省石家庄市友谊北大街330号）
销售热线：0311-88643299
印　　刷：北京世纪恒宇印刷有限公司
经　　销：新华书店
开　　本：710×1000　　1/16
印　　张：50
字　　数：600千字
版　　次：2023年7月第1版
　　　　　2023年7月第1次印刷
书　　号：ISBN 978-7-5511-6551-8
定　　价：168.00元（全二册）

（版权所有　翻印必究·印装有误　负责调换）

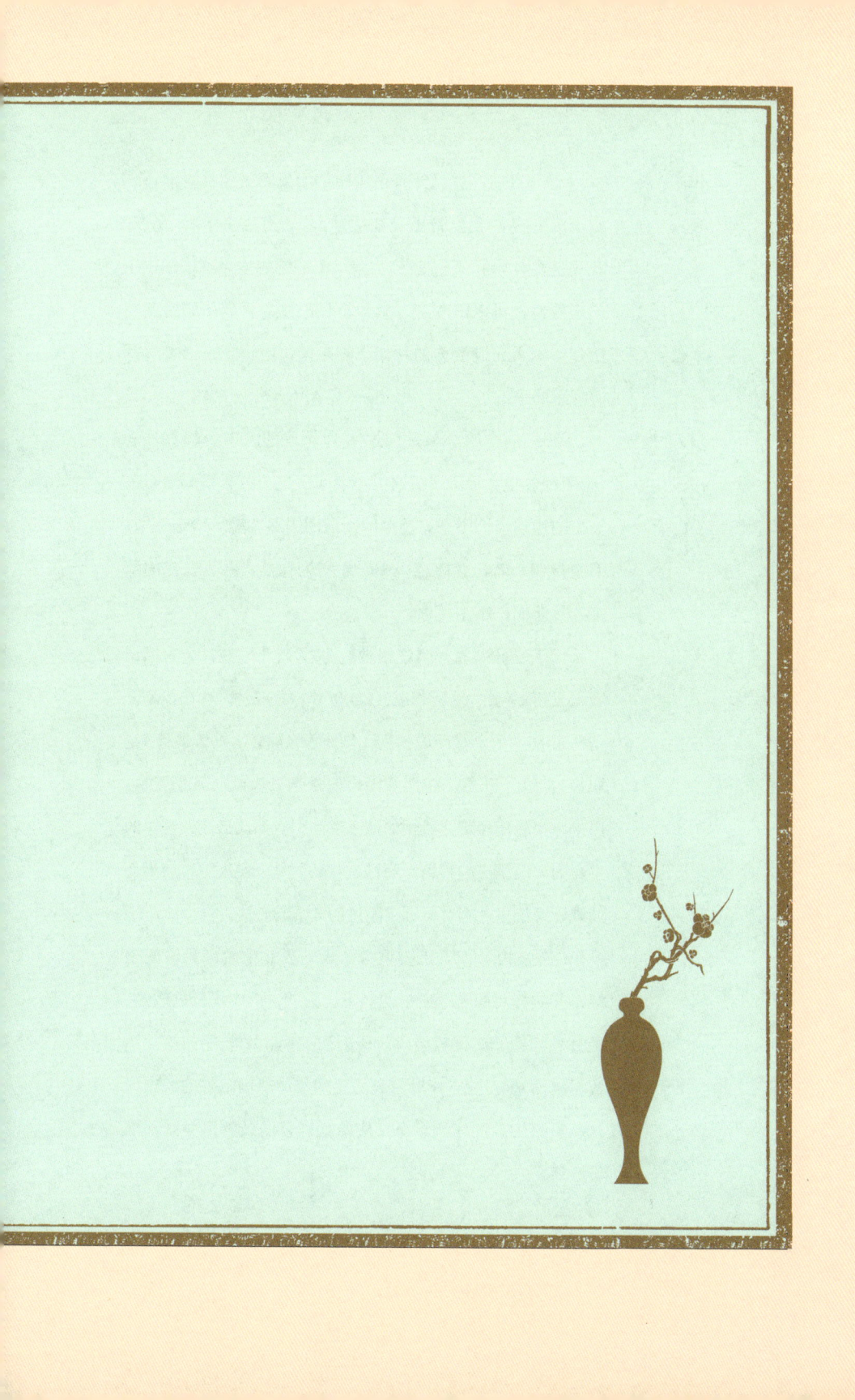

自序　行到水穷处

许久以前，就已经有个构想：如果哪天要孤身前往一座无人荒岛，我要带上《红楼梦》，还有《庄子》。现在，我决定要再加上《金瓶梅》。荒岛上的悠悠岁月可以跟庄子一起看海，可以陪着宝、黛数星星；然后再偶尔看看西门庆那一家人充满活力的吵架、吃东西，应该也是消暑解闷有意思的事。

每一个开始，都是以过去为起点的。年少轻狂，看《金瓶梅》很大原因是好奇。不甚了了之余，只是为潘金莲一生的遭遇愤愤不平。及至翻阅前面弄珠客序"读《金瓶梅》而生怜悯心者，菩萨也……"才稍为释然，并为自己的那点儿"悲悯"小小得意。

岁月迢迢，浸淫《红楼梦》、张爱玲十数载，一直惦记着张爱玲那句："这两部书（《红楼梦》《金瓶梅》）在我是一切的泉源。"（《红楼梦魇·序》）也是因缘际会，重新拿起《金瓶梅》。这一开卷，豁然开朗，但觉烟云满纸，风光无尽。原来，在看似黑暗、丑陋的情节后面，有如此活泼、强悍的生命力。西门庆的官场、商场、欢场尽是现实人生；众妻妾的琐碎纷扰里，则有再真实不过的人情与心情。

《金瓶梅》作者借古讽今，虽是以北宋徽宗为时间坐标，其实抒写的是他所处的当下。因此，书中提及的政治、经济、社会、文化等面貌，成为研究明朝中晚期的第一手资料。而16世纪下半叶京杭大运河沿岸热闹喧哗的城市风光、纷繁细致的应酬事务，遂恰如彩色的长卷风俗画，绵延开展。

生命如飞鸿来去，唯有艺术留下脚印。

如果说，宗教、哲学给答案，艺术的终极关怀则是安慰。

《红楼梦》，白茫茫雪地中，光着头、赤着脚，身披一件大红猩猩毡的宝玉，向父亲贾政倒身下拜。这一刻，天地静谧和美。

《金瓶梅》，永福寺中白杨树下，潘金莲一堆黄土，数柳青蒿。当此际，唯有深深叹息。

戏台上，狂风暴雷，梁山伯墓裂，英台跃入。窒息的黑暗后，音乐响起，在重新亮起的舞台上，有两只美丽的蝴蝶，冉冉双飞。就在这一刹那，人世间无限的憾恨，终于升华成超现实的美感。也因为这一幕，千百年来，台下千万观众，擦干眼泪，又有了勇气，可以回去面对各自粗糙的人生了。

艺术从不会过时。我们在阅读别人的同时，也是在阅读自己。

感谢基金会简静惠董事长，因为有敏隆讲堂这一方净土，方能在此完成"世道人心话金瓶"讲座。感谢北京的崔正山先生千里召唤，让声音在更宽阔的空间飘送，并且将它们化为一个个有重量的文字，排列成册。还有最最感谢讲堂的雅惠、秀娟。如果这点儿《金瓶梅》的心得能得到读者些许会心，那都是各位的功劳。

> 行到水穷处，
>
> 不见穷，不见水——
>
> 却有一片幽香，
>
> 冷冷在目，在耳，在衣。
>
> ——周梦蝶

感谢天地！

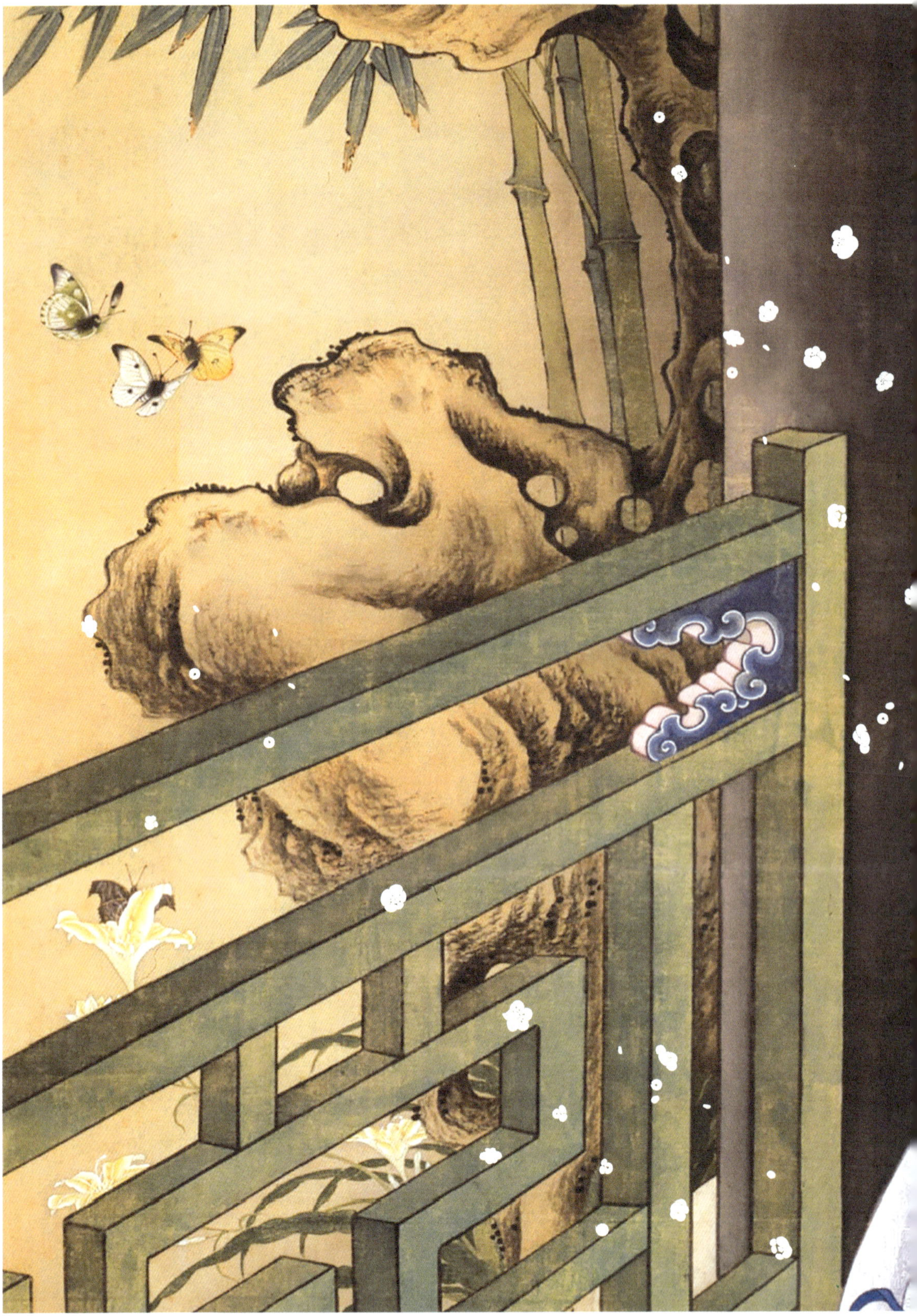

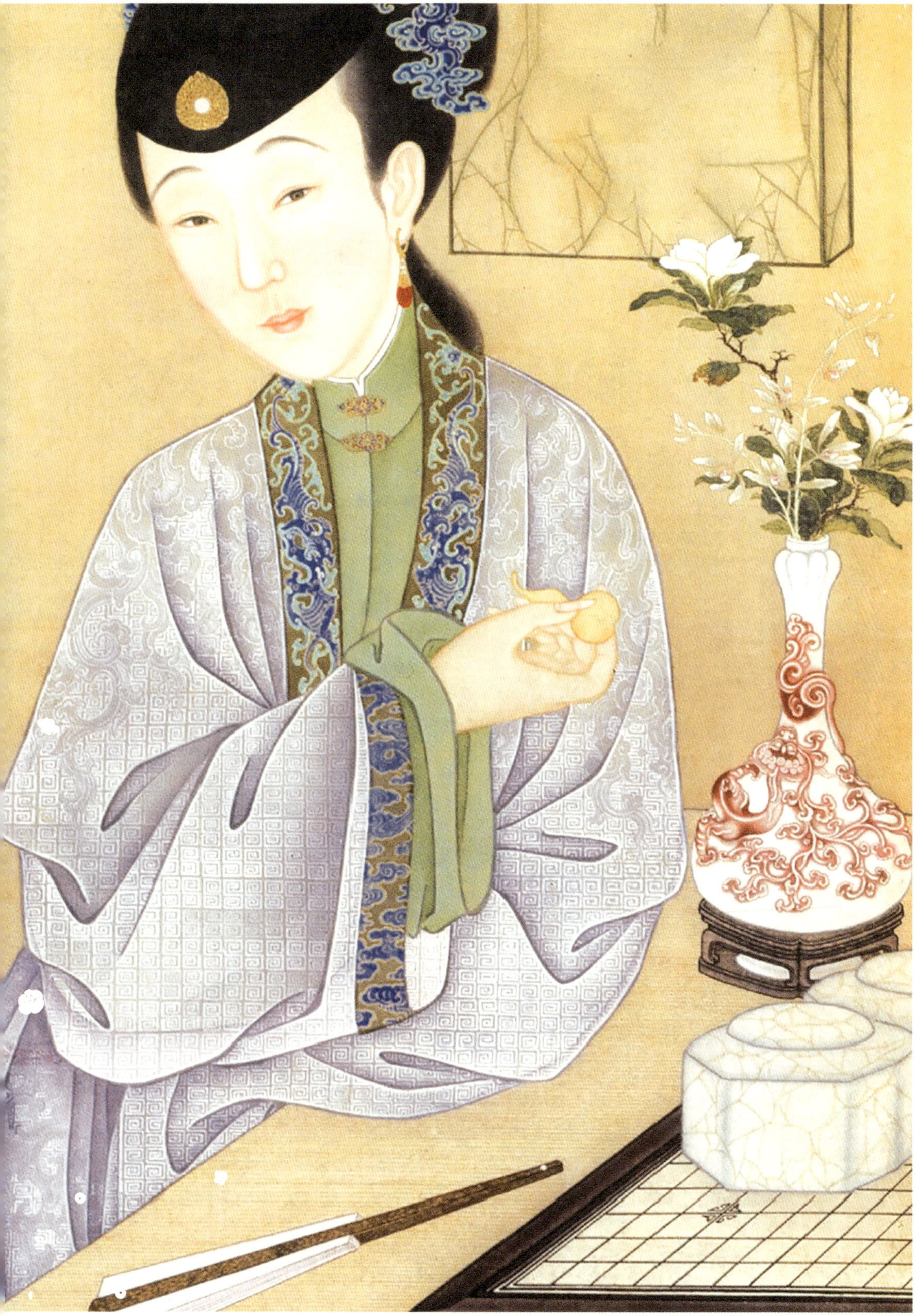

目　录　　　　　　　　　　　　　　　上

第一章　天下第一奇书 /001

一部世情书 002 / 嬉笑怒骂看人生 004 / 无关乎道德、宗教 005 / 开中国文学自然写实的先河 006 /《金瓶梅》的"奇"在于"不奇" 008 /《金瓶梅》的作者、创作年代和版本 011 / 词话本与崇祯本的区别 015

第二章　《金瓶梅》的人物、时间和背景 /027

你我所熟悉的人生 028 / 整理《金瓶梅》的文人之谜 029 /《金瓶梅》的人物和创作时间 030 / 一个令人窒息而又风气大开的时代 033 / 市民写实，士人写心 036 / 享受主义大行其道 038 /《金瓶梅》大事年表 041

第三章　奸夫淫妇谋杀亲夫 /047

武松：狭隘的英雄主义 048 / 潘金莲：这个世界不曾给她一点儿光 051 / 西门庆、潘金莲"一见钟情" 058 / 王婆的欲擒故纵 061 / 西门庆实施"挨光计" 066 / 被毒死的"亲夫" 068 / 崇祯本绣像说奸夫淫妇 069

第四章　西门庆借色聚财孟玉楼 /077

"高人"孟玉楼 078 / 孟玉楼和潘金莲的对比 079 / 城市商人阶级妇人的自主性 081 / 女强人薛嫂 083 / 西门庆、孟玉楼相亲 087 / 孟玉楼风光出嫁 091 / 潘金莲的双重焦虑 094 / 潘金莲孤军深嫁西门府 097

第五章　李瓶儿一波三折的情戏 /103

三个女人的算计与考量 104 / 西门庆和李瓶儿快乐的调情 106 / 李瓶儿五求西门庆 111 / 误嫁蒋竹山 113 / 潘金莲的考量：拥有知情权 116 / 吴月娘的考量：帮丈夫聚财 117 / 西门庆终娶李瓶儿 118 / 妻妾众人各怀心事 122 / 金瓶物语之金簪 125 / 金瓶物语之墙 126

第六章　《清明上河图》再现晚明风物 /131

第七章　春梅初露头角 /159

性聪慧、善应对的春梅 160 / 潘金莲与春梅的"革命"情感 162 / 春梅的自我意识凸显 170

第八章　两个金莲生死斗 /173

自然主义的标本 174 / 复杂多样的宋惠莲 177 / 不要忘了自己是谁 178 / 宋惠莲先犯众怒，再惹潘金莲 180 / 无声胜有声的金莲初斗 183 / 性明敏、善机变的宋惠莲 185 / 潘金莲的反击：借刀杀人 188 / 偷情不是"罪"，害人伤天理 193 / 金瓶物语之秋千、烧猪头 196

第九章　金、瓶、梅同唱一台戏 /201

潘金莲焦虑加倍 203 / 金瓶物语之鞋：女人如鞋 207 / 金瓶物语之床：女人的私密空间 213 / 宿命式的预言 214 / 不要小看小人物——秋菊 220 / 一部炎凉书 223

第十章　帮闲与妓女 /229

帮闲与妓女：最实际的人性 230 / 不可或缺的角色：应伯爵 231 / 西门庆十兄弟 233 / 机要秘书应伯爵 239 / 《扬州瘦马》：贩卖女子的产业链 242 / 言情小说和春宫画的盛行 246 / 妓女扮演公关角色 247 / 妓女解决了中国古代的爱情荒 248 / 妓女引领时尚潮流 249 / 妓院的富贵风流 251 / 高消费的烟花之地 256 / 绣像里的妓院 260 / 妓女的生存之道 262 / 妓院的底层——私娼 266 / 妓女与帮闲的共生共存 269

第十一章　道是平常也动人 /275

家长里短不无聊又精彩 276 / 市民的角度写实 277 / 勇敢地为自己而活的女人们 279 / 金瓶物语之时令美食 280 / 金瓶物语之晚明服饰风尚 285

第十二章　韩道国夫妇登场 /291

四个层面的韩道国 293 / 应伯爵的能耐 297 / 西门庆初见王六儿 299 / 潘金莲怀嫉惊儿 301 / 《金瓶梅》中的饮食文化和民俗节庆 303

第十三章　西门府的元宵节 /309

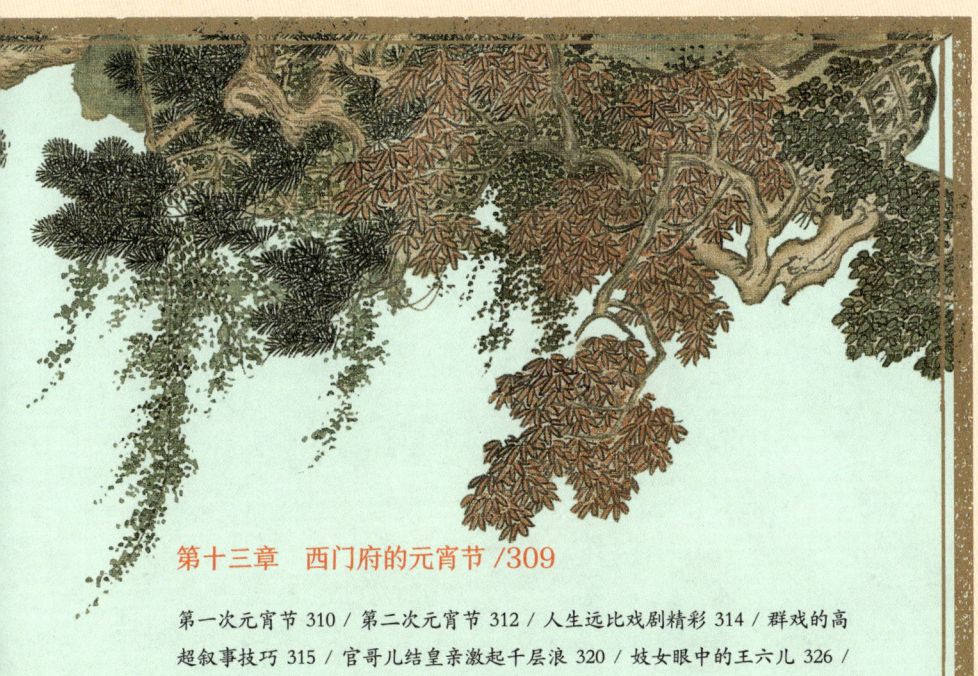

第一次元宵节 310 / 第二次元宵节 312 / 人生远比戏剧精彩 314 / 群戏的高超叙事技巧 315 / 官哥儿结皇亲激起千层浪 320 / 妓女眼中的王六儿 326 / 妓女谋生的辛苦 330 / 李瓶儿的心事谁人知？ 333

第十四章　借色求财的韩、王夫妇 /337

西门府的建筑布局 338 / 王六儿的"惊艳"出场 340 / 王六儿：西门庆的性福摇篮 348 / 韩、王之爱：笑贫（穷）不笑偷（情）350 / 晚明城市中低产阶级的住家样貌 355 / 王六儿胆敢"说事图财" 356 / 不将辛苦意，难得世人财 358

第十五章　一步步走向没有光的所在 /363

潘金莲的怨恨深深深几许 364 / 雪夜弄琵琶，寂寞弹不尽 368 / 潘金莲的徒劳挣扎 375

第十六章　西门庆在商场与官场 /385

西门庆发迹的时代因素 386 / 西门庆生财有术 388 / 化丑为美的写作艺术 391 / 人事如此如此，天理未然未然 392 / "官场现形记" 395

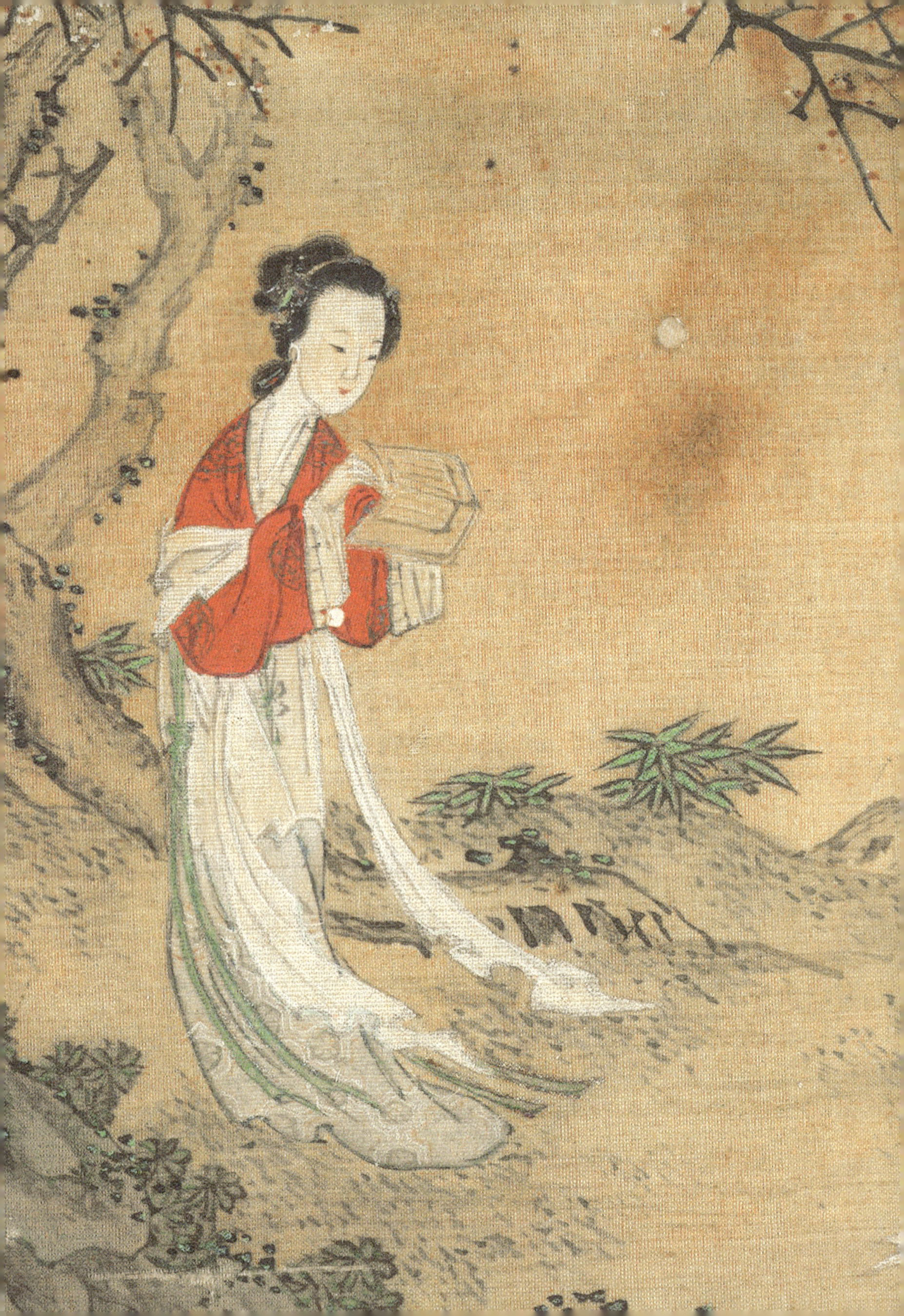

第一章

天下第一奇书

一部世情书

长期以来，《金瓶梅》被认为是"淫秽"读物，是一本禁书。我相信大家对这本书从来都是挺好奇的。讲《金瓶梅》，这真算是一种挑战。老实讲，现在如果我们想在大学里开一门关于《金瓶梅》的通识课，估计是不太可能的，因为它的争议性太大，就连很多大学的中文系也不见得会将《金瓶梅》列入学生的选读书。对于这样一部几百年来都被认为是"淫秽"的禁书，我们现在能够公然在一起读它，实在是一件很"幸福"的事情。

可能有很多朋友拥有这套《金瓶梅》，那么，大家看完了没？看到哪里了？有没有看懂？或者早就"阵亡"在某一回？没有关系，因为它本来就是一部不太容易读的书，相信我们一起读它之后，会改变自己对它的看法。

首先介绍一下《金瓶梅》这部书。

《金瓶梅》到底是一部什么样的书呢？

大家可能对《红楼梦》都比较熟悉，事实上它和《金瓶梅》这两部书经常被相提并论。我个人认为，《红楼梦》就像台湾阳明山的前山公园，花团锦簇，游人如织，尤其是在花季；而《金瓶梅》就像阳明山的后山公园，没有被多少人重视，但是相对来说，它没有那么多的人工雕琢痕迹，颇负野趣，景致天然，其实不乏妙景。关于"前山公园"，我相信很多人已经走过了，那么大家何妨壮一壮胆，去看看"后山"的样子呢？

在我看来，《金瓶梅》是一部世情书，也是一部奇书。所以，我们不要再说《金瓶梅》是一部淫书，也不是所谓的禁书。说它是一部世情书，意思是说，书里讲的就是你我的日常生活。《金瓶梅》在中国文学史乃至世界文学史上都具有重要的地位，但是在世界文学史上，我们常常会忽略这部书的价值。它极有可能是世界文学史上第一部以一个家庭的日常生活为题材的长篇小说，西方还要等几百年才有这样一种形式的小说出现。它写的完全是家常琐事，是一般读者，甚至一般作家都不会看在眼里的内容，它居然将吃喝拉撒睡这样的日常生活，写成了百万言的世界名著。

各位想象一下，无论古今中外，世界文学史上的作品大多是写翻天覆地的大场面，比如天灾人祸、战争之类，而很少看到写最普通的人生。因此，这一大段以西门庆的一生为主的世情书，也就成了世界文学史上罕见的人生。有学者认为，《金瓶梅》所涵盖的一个个"画面"，其广度只有托尔斯泰的《战争与和平》可以媲美。当然，他所指的不是战争场面，而是人性的诡谲。也可以说，《金瓶梅》写的就是"人"，写人的可笑、人的可怕，还有人的可悯。人的可笑在于，一天到晚就在做那一件事情；人的可怕则是，为了一点儿钱，就可以把人整死；人的可悲可悯，则是世事无常。我们可以这样说：你要是效仿他，你就是畜生；如果你觉得他可怜，你就是菩萨的心。

作者写的是琐碎的人生、平凡的人生，读者大概都会觉得很奇怪，这么平常的生活，怎么读起来会有一种对文字的隔阂感呢？这个不奇怪，只有你渐渐熟悉了之后，才会觉得书里虽然写的就是吃饭、喝酒、饮茶，很琐碎，读起来却不沉闷。这一点和《红楼梦》一样。《红楼梦》在写什么？也是吃饭睡觉，可是写的人不厌其烦，看的人津津有味。事实上，很多称赞《红楼梦》的话，可以移到《金瓶梅》上来。我这一两年都在读《金瓶梅》，不得不承认一句话：如果没有《金瓶梅》的传世，可能《红楼梦》要晚一些才出现，或者不会写得那么好。可以这么说，《红楼梦》是站在《金瓶梅》的"肩膀"上写出来的。

嬉笑怒骂看人生

《金瓶梅》写的是琐碎的日常生活,读来并不沉闷。我们读的时候,会一天到晚跟着西门庆,站在他家的客厅,或者厨房,或者床边,看着他一天二十四小时的实况。虽然琐碎,但是不沉闷。书里明明写的就是这些平凡的男女,可是你会发现作者的手法并不浅薄。这就是作者厉害的地方。成为一位作家真是不容易,他们通过异常的生命力、敏锐的观察力、深刻的感受力,以及精炼的描绘能力,让我们看到日常生活中的风趣幽默,再用幽默的甚至反讽的手法让我们见识到真实世界的深层,也就是我们常说的"嬉笑怒骂看人生"。

《金瓶梅》写的就是嬉笑怒骂的人生。读《金瓶梅》,通常有三种方式:一种是专挑"那个地方"来看,那是俗人的趣味;一种是用非常严谨的道学眼光去看,那是老先生的事情。再有一种,是纯粹从欣赏的角度去看,看人家怎么写、写得怎么样。我想这才是最有意思的。所以,我们就用这种方式,嬉笑怒骂地看《金瓶梅》中的嬉笑怒骂。

透过《金瓶梅》,我们看到了人生中的"小奸小坏"。这些人物大多不是十恶不赦的人,而是张爱玲笔下的"小奸小坏"。我一直想要替潘金莲翻案,我觉得她是一个有理想、有抱负的女青年,在她可能的环境内,她努力了;而且她只能用她所熟悉的方式,用她所擅长的手段去左右逢源。你不能要求她变成头上有光圈的"圣女",她的头上本来就长着"角",只能用这根角去顶撞、生存,她以自己的方式奋斗、挣扎,最后作茧自缚。

西门庆是一个成功的商人,如果在今天,他的企业会上市,他会成为一个大企业家,如果间或捐一笔善款,就会变成慈善家。书中描写的是一个光怪陆离的社会,而这个社会我们从来不曾过去。作者"笑里藏奸",非常巧妙地用一种风趣幽默来展示世情种种。也许我们以前囫囵看过《金瓶梅》,现在让我们稍微精细一点儿,看看它的幽默在哪里、反讽在何处。你或许会觉得这些人真是好笑,作者写出的就是这种感觉,但接下来你会觉得好可怕,人怎么会为了贪欲肆意到这种程度，最后你会觉得人真的好可怜，那种悲悯的情怀就出现了。

无关乎道德、宗教

《金瓶梅》写的是人世间所有的情况，是你我生活中最真实、最自然的情况。我希望，我们读《金瓶梅》，要抛开那些卫道士的眼光，它是一本世情书，无关乎道德，书里写的就是过日子。简单来说，在那个环境中，你要存活下去，就是这样。换作你我，在当时的社会中讨生活，沦为一个妓女或者某个人家的小妾，大概也是如此如此。现在有一些学者，仍然从今天的角度去责怪那个时代的女人，说她们怎么可以那样，说她们奴性未改、贼性不除。我觉得这样的批判是不对的，作为现代人，你没有资格说这种话，你不能用今天的视角去责骂古人。如果把你放到那个时代、那种环境，你会怎么样呢？

《金瓶梅》无关乎道德，同时我们也不要以宗教的眼光来对待《金瓶梅》。所谓的原罪或赎罪都不要提，也不要说他们罪有应得。"善有善报，恶有恶报；若是未报，时候未到"，我们说得滚瓜烂熟，批判别人最会，轮到自己，则是："我是不得已而为之的。"虽然小说里面不断有宗教场面出现，这些人不是去找僧道，就是去找算命先生，而且小说第一个场景是在玉皇庙，最后结束在永福寺，用一道一佛将整个小说的思想串联起来，可是它事实上无关乎宗教。小说里面，西门庆求神拜佛，吴月娘每天晚上听尼姑讲经，讲完经之后，妓女就再来唱一段，一家和乐。这样的"宗教"今天仍然出现在我们的周遭，它在扮演什么角色呢？它是实用性的。中国民间的很多宗教是佛道合一，对一般人来讲，它不是用来赎罪的，只是用来帮助自己过日子。

人们有事求于神明，就拈着香、捧着花、供上水果，在那里念念有词：如果你让我怎么样，我就会对你怎么样。从这个角度切入，你会发现，《金瓶梅》里那么多和尚、尼姑，他们所做的事情，就是帮这家人过日子。你希望自己的床上功夫更好一点儿，和尚给你；你希望能生下儿子，尼姑帮你。这部小说虽然也用了一些因果来包装，使之合理化，但是基本上无关乎宗教，而是世情。明朝以后，常常会把四部小说列为奇书：《三国演义》《水浒传》《西游记》和《金瓶梅》。在这四部小说中，最独立的就是《金瓶梅》。从内容上讲，《三国演义》《水浒传》和《西游记》都有清晰的时代背景。《三国演义》是历史的演义，《水浒传》是英雄豪侠的故事，《西游记》是神魔奇幻，只有《金瓶梅》是写日常的、现实的人生。

开中国文学自然写实的先河

从文学史来说，我们的老祖宗崇拜鬼神，源于对天地自然的崇敬，像《山海经》或者其他神话故事，一定先讲神怪，再由神怪的故事变成人为主角。人的存在，是文明的一大进步。接下来，由超人（英雄豪侠故事）变成凡人，又是文明的一个进步。凡人是什么？就是西门庆家这些人。《金瓶梅》刻画、探讨的就是凡人的人性、人情，比如潘金莲，她一天到晚处心积虑、不安于世，要用各种手段毒死李瓶儿，还把官哥儿（李瓶儿之子）活活吓死了。从文学的发展来说，又进了一步。而《金瓶梅》还有更厉害的一点，它居然以"反面人物"作为主角。我们平常给小朋友讲故事，一定是说好人有好报、坏人有坏报，绝不会把反面人物作为示范。

当我们阅读中国文学时，很容易找到自己心理上认同的角色。比如，年轻的时候看《红楼梦》，女孩子会想自己是林黛玉，男孩子则是贾宝玉；读金庸小说的时候，男孩子就会觉得自己是杨过，女孩子一定不会把自己当成郭芙。也就是说，获得认同的往往是比较俏皮、比较正面的人物。可是你读《金瓶梅》的时候，完全没有办法把自己放进去，你不会把自己比作其中的任何一个角色。即便你的潜意识里认为"有为者亦若是"，也会主动压抑这个念头，并且嗤之以鼻：我怎么可能这样？

《红楼梦》出现得比《金瓶梅》晚，可是《红楼梦》还是需要"装神弄鬼"，告诉你灵河岸边三生石畔有一株绛仙草，还有女娲补天剩下的一颗石头化成的神瑛侍者，借一些仙怪鬼神来合理化包装这些男欢女爱的故事。而《金瓶梅》没有。《金瓶梅》直白地告诉你这些男女在干吗，它既不装神，也不弄鬼，而是通过自然主义、写实主义的手法，将赤裸裸的人性展现给你。

就文学上的结构来讲，《三国演义》是借用历史上的曹操、孙权、刘备等人的故事，把官渡之战、赤壁大战等一次又一次的战争串联起来的。《水浒传》则是由一个一个短篇小说组成，起先都是说书先生讲故事的内容，可以分别独立出来。比如，和鲁智深有关的部分又叫"鲁十回"，因为这个角色的故事说书先生可以接续地讲十次；武松的部分叫"武十回"，也可以讲十次。由此可见，《水浒传》是一个一个可以独立成篇的豪侠英雄的故事，这些英雄豪侠由梁山泊的聚义厅联系在一起，一百零八个好汉结拜，好像串珍珠一样，把一个个本来可以独立的故事，变成一部长篇小说。在《西游记》里，唐三藏到西天取经，经过了九九八十一难，即八十一个故事情节。一行人到了一山或一国，就是一个独立的故事，打死这个妖怪之后，就会有新的妖怪出现。全书也是以情节取胜，而这些情节是各自独立的。多少说书先生，你一言，我一语，你一个故事，我一个情节，一次次添油加醋，终于串联出一个长篇故事。

而《金瓶梅》的结构则不然，它厉害的地方在于，是以一个人——西门庆为中心的，它不是长串的珍珠，而是一张蜘蛛网，西门庆就是网中央的那只蜘蛛，是故事的核心。"蜘蛛"住在哪里？住在西门府。由西门庆到他的妻妾，再到妓女和他的生意伙伴，还有那些好弟兄们，再到士民乡绅，人际关系以网络的方式涣散出去，家庭、官场、欢场和商场都在其中。

如果没有西门庆，《金瓶梅》的故事就不存在了。整部小说故事的产生、延伸，不仅是靠西门庆这个人，而且依着西门庆的个性来发展。换句话说，如果不是西门庆，故事不能够这样演下去。因为西门庆有这样的性格，所以他才会勾搭潘金莲；因为潘金莲有这样的性格，才会有她那一系列的故事。什么人产生什么样的故事，依着人物来发展情节，这一点和现代小说大体是一样的。而《三国演义》《水浒传》《西游记》等作品，很多时候是依着情节来写人物。

在现代小说中，重点往往不是故事情节，而是人物的心理。这就是《金瓶梅》了不起的地方。因为有《金瓶梅》，后来才会有曹雪芹的《红楼梦》，也是着重于心理刻画，去描写林黛玉、贾宝玉、薛宝钗等人，故事情节都是依着人物个性出来的。

简而言之，《金瓶梅》是一本世情书，一本写实的自然主义之作。

《金瓶梅》的"奇"在于"不奇"

明末清初的李渔，大概是第一个把《金瓶梅》和《三国演义》《水浒传》《西游记》并列为"四大奇书"的人。李渔的《闲情偶寄》大家都很熟悉，短篇小说集《十二楼》也颇有名气。此外，他非常喜欢三寸金莲（说到三寸金莲，这也是《金瓶梅》中绝对不能忽略的一个元素。不管你愿不愿意承认，这是文化的一部分）。而将《金瓶梅》尊为"第一奇书"的，是清康熙年间的张竹坡。

很多朋友可能会感到奇怪，我们刚刚称《金瓶梅》为世情书，书里所写明明就是你我的日常生活，为什么又称它为奇书，而且是"第一奇书"呢？我们看到"奇"这个字，就会产生奇怪、奇情、奇险这一类联想，好像就是很特别、另类。其实，《金瓶梅》的奇，首先就在于它不奇。

故事的主人公是山东清河的一个暴发户，名叫西门庆。他本身是个官僚，也是个富商，还是个豪绅，在地方上有头有脸。全书围绕这个普通的暴发户，对十六世纪下半叶的明朝城市中的大千世界进行全方位的描绘。通过这部小说，我们可以看到明朝中后期（大概是嘉靖到万历年间）城市中的社会风气、经济状况，以及时代风貌。

这部书被认为是到目前为止，全世界唯一一部可以把一个时代的经济写得如此翔实的长篇小说。比如，买房子要花多少钱，开一个绸缎庄要多少钱，开一个当铺要多少钱；又如，买卖一个奴仆，有的六两银子，有的八两，有的几十两，而一钱银子就可以凑份子吃顿酒席。如果要研究明代中晚期的经济，一定要看这部小说，它是第一手的资料。

除了经济状况，这部书中还大量描写当时的社会的风气——要吃好的、喝好的，讲究玩乐。那么，时代的风气从哪里来？比如，女人的流行服饰要跟妓女学。妓女穿了什么衣服，很快，城市里面高贵的仕女们纷纷效仿。小说中，潘金莲发现妓院里面的李桂姐穿了一条裙子，就跟西门庆讲那件裙子要多少钱，她也要一条。妓女的穿着在那个时代意味着时尚，引领当时的风潮。那时候，妓女随时可以到人家里去，豪门大户人家的女子一般也并不排斥她们。你看，妓女来了，月娘有没有吩咐下人拿扫把她们赶出去？没有，反而是好好款待人家。而且，那时候的女人晚上没什么消遣，就找一尼姑来诵经，诵完之后，再由妓女接着唱一段小曲。这就是当时的社会风气，你会觉得非常的奇。

从书中还可以看到当时的社会心理。那时候的人在想什么？如果你去问月娘：你在想什么？月娘大概会回答：我为什么要想什么？我过日子啊。你问潘金莲：你为什么要这样子呢？她或许会说：我为什么不该这样子呢？这些人每天吃饭睡觉，过得很轻松。他们没有背负伟大的使命，天掉下来有高个子扛着，自己不用担心。这样的时代心理颇有"黑暗"的意味。但换个角度来看，我反而觉得现代人好可怜。小学二三年级的学生写作文，题目竟然是"我的志愿"，一个小孩子七八岁，能够知道他的志愿是什么吗？

我在前面讲过，这部"奇书"之奇，就在于它的"不奇"。它写的就是16世纪下半叶一个明朝城市最普通的生活形态。说它奇，就在于它是以市民的观点和角度来书写。古今中外的文学作品经常出现的角度，一是知识分子式的俯瞰，一是渗透着命运无常的仰视；而《金瓶梅》完全不是这样，它是用市民的眼光、角度去写。作者站在哪里？他就站在西门庆的旁边，他的高度和西门庆齐平。作者好像拿着一个笔记本，时时刻刻跟着西门庆，写他的"起居注"，记他玩女人，记他换衣服，记他吃饭，连吃什么都巨细靡遗，一条一条写下去。

以市民的角度来展开故事，我觉得这是《金瓶梅》最重要的特色。这样的写法没有高，也没有低；也就是说，你读这部书，就不要去分好人、坏人。一个老百姓，你要他每天都捧着一把是非善恶的标尺，怎么过日子呢？以一个普通市民的角度、高度，构成这样一部长篇小说，是这部书的奇。

称《金瓶梅》为"奇书"的第二个原因，在于它居然可以将世俗生活写得这么有趣，令人称奇。这让我想起另外一件事。1944 年，二十四岁的张爱玲出版了她的第一部短篇小说集——《传奇》。在这部书的序里，有一句很经典的话："在传奇里面寻找普通人，在普通人里寻找传奇。"而实际上，早于张爱玲三百多年的《金瓶梅》正是这样一部"在传奇里寻找普通人，在普通人里寻找传奇"的奇书。张爱玲的《金锁记》写一个出身于小商户家庭的女子为了贪图一点儿金钱，葬送一生，可以写得这样好。而在《倾城之恋》中，城市陷落，成千上万的人死去，可就是这样混乱的社会里，仍有一个角落，可以容许一对男女悄悄地谈着恋爱。这是张爱玲的化腐朽为神奇。《金瓶梅》也是这样，故事的主要人物是一般人常常会嗤之以鼻的"大恶霸""淫妇"等，但让人不得不佩服的是，写得竟然如此出色，可以把人性、时代性跟超越性处理得这样好。除了化腐朽为神奇，还能化丑为美。故事中显现的明明是人性的丑——偷情、谋害亲夫、为了钱烧杀掳掠等，但是在艺术的美感上，它是美的。这也是《金瓶梅》厉害的地方，我们后面再详述。

这部书的对白也堪称一奇。你看，潘金莲骂人的词句一串又一串，文字是平面的，可是如果有人念出来就是立体的，生猛鲜活。可以说，《金瓶梅》的文字"皆从时人唇舌中取来"（鲁迅曾说过"将活人的唇舌做为源泉"）。那时的人平常讲什么，作者就把它写下来了。如果我们写自己的时代，也一定会用我们自己的话。比如，小姐长得怎么样？小姐长得很安全。这就是时人的唇舌。《金瓶梅》反映了 16 世纪下半叶中国山东清河到江苏苏州这个区域活生生的语言生态，很有意思。

《金瓶梅》还有一"奇"。也就是这部书的争议性实在太大，几百年来背负着"淫书"的声名，一直在被禁，却流传得非常久远。其实这也比较好理解，一本书被禁之后，大家往往会好奇，会想去看。康熙在位的时候，特别吩咐臣子将《金瓶梅》译成满文，而且印刻出来，只在内务府流通，外面则照禁不误。从这里你就可以知道，其实大家都爱看，于是你背着我看，我背着你看，结果是大家都看过了。作家孟瑶讲过一句话，大意是很多人明明知道《金瓶梅》是一部好书，可是因为它"淫秽"的名声，而不好意思提起它、研究它。这也可以算是它的一奇了。

《金瓶梅》的作者、创作年代和版本

接下来我们要谈《金瓶梅》的作者、创作年代和版本。

我读台大中文系的时候，叶庆炳先生还在任教。他的《中国文学史》，我个人当成"圣经"一样，这几十年都快要翻烂了。他那时候经常对我们小考，讲完一章就要考试，每次考一百个填空题，把我们当小学生、中学生来练。当时大家就有点儿不服气，自己已经是大二的学生了，怎么还考这些琐碎的东西呢？但是现在的我非常感谢他，因为如果你要从事文学研究，那么对文学史的脉络要很清晰地了解。这一点我深受其益。在此，我又把叶先生的《中国文学史》拿出来，关于《金瓶梅》这一段的介绍，我觉得是目前最好的。下面我且以叶先生这段千余字的文字介绍一下《金瓶梅》创作的大致情况。

叶先生说："明代四大奇书中，《金瓶梅》之写作最无傍倚。"也就是说，《金瓶梅》的故事并不是从历史上的真实事件中衍生出来，是独立创作的，其书名就是从潘金莲、李瓶儿和庞春梅的名字中各取一个字组成的。当然，也有学者认为《金瓶梅》好像是一只金质的瓶子里插了一朵梅花，但我个人认为不如前一种说法简单明了。

我们目前能看到的最早的《金瓶梅》版本，是万历丁巳年（即万历四十五年，公元 1617 年）刻印的，名曰《金瓶梅词话》。书里有东吴弄珠客作的序，序里讲到这部书用潘金莲、李瓶儿、春梅的名字命名的原因:"……亦楚《梼杌》之意也。盖金莲以奸死,瓶儿以孽死,春梅以淫死,较诸妇为更惨耳。"梼杌是神话中凶恶难驯的怪兽。万历本《金瓶梅词话》中载有欣欣子的一篇序,说兰陵笑笑生作《金瓶梅》是"寄意于时俗",即表面上写的是西门庆一家,又把大背景放在宋徽宗年间,其实描摹的是明嘉靖年间到万历初年的实况。

那时《金瓶梅》的手抄本非常多,你抄一段,我抄一段,来来去去都是零散的。有人想把它印出来,却遭到反对,认为这样会"坏人心术"(叶庆炳语),于是印书之事暂时作罢。后来,这部书还是刊行了,而且分为十卷本和二十卷本两种本子。十卷本和二十卷本中都缺第五十三回至第五十七回的内容,后由一个署名"陋儒"的人补写,最早收在万历四十五年刊行的二十卷本里。

那么,作者是谁呢?王世贞的说法是大家最熟的,可是这个说法百分之百是假的。到目前为止,被猜测是作者的晚明作家就有三十几位,但我们仍没法确定兰陵笑笑生到底是何许人也。他好厉害,伪装得真好。

"明代四大奇书中,独《金瓶梅》为社会写实小说。《金瓶梅》文辞质朴生动,所暴露者多为明代官场之黑暗与富家生活之荒淫无耻。"叶先生言简意赅,几句话就将一部书讲清楚了。"质朴"是说《金瓶梅》没有故意倚红偎翠、雕章琢句。可是它又非常生动,"尤以对后者之绘形绘色,遭世人目为淫书"。接着,叶先生又说,那个时代就是这种风气,从上到下都喜欢这种东西,"盖上有好者,下必效尤",并不是作者特意要怎么样。"当时戏曲多淫艳之作,山歌杂床笫之语",各位看看《金瓶梅》里那些唱的曲文,哪一首不是淫艳之曲?所以,"《金瓶梅》多叙淫亵之事,实属风气使然"。为什么独独说它不好?很简单,假设当时有一百本写这类内容的书,其余九十九本都不够好,很快就被时代所淘汰了,剩下一本最好的,于是大家的箭都朝它射过去。

叶先生还引用了清朝人刘廷玑的一段话:"深切人情事务,无如《金瓶梅》,真称奇书。欲要止淫,以淫说法;欲要破迷,引迷入悟。其中家常日用,应酬事务,奸诈贪狡,诸恶皆作,果报昭然。而文心细如牛毛茧丝,凡写一人,始终口吻酷肖到底。掩卷读之，但道数语，便能默会为何人。"我们以前以为只有《红楼梦》可以做到这一点，现在才发现《金瓶梅》的语言也非常精确。你看，出自潘金莲那张嘴巴的话，月娘不会讲出来；孟玉楼讲的话，潘金莲也说不出来。而且，它的"结构铺张，针线缜密，一字不漏：又岂寻常笔墨可到哉"！刘廷玑已经看到了《金瓶梅》的优点，谈论起它的写作技巧也非常中肯。

叶先生在后面又提到了版本问题。《金瓶梅》的版本非常多，因为它在被刊印出来之前，已经有各种手抄本；刊印后又被禁，一旦有人拿到，就会赶快抄下来。不同的年代有不同的手抄本，在这些手抄本里，有手误，或抄错，或遗漏；也有擅自添减，比如手抄者觉得某个部分实在太淫秽，就把它删掉了；甚至还有从头到尾都是伪造的，比如无名作者写了一本香艳刺激的书，就弄个《金瓶梅》"古本""古古本""创始本""原作本"之类的名头吸引人。虽然《金瓶梅》的版本非常复杂，但我们现在通常看到的有两个版本，一个是"词话本"，一个是"崇祯本"。

词话本是万历四十五年刊印的版本，叫作《金瓶梅词话》，也是我们所使用的梅节先生校订的"梦梅馆校本"（台湾里仁书局出版的《金瓶梅词话》采用的就是此版本，本书摘录《金瓶梅词话》原文，以人民文学出版社2000年版为准），欣欣子和东吴弄珠客的序都收在这个本子里面。不过这个版本是没有图的，里仁书局出版的词话本中的绣像，是从"崇祯本"里借来的。顾名思义，"崇祯本"是明崇祯年间出来的，名为《新刻绣像批评金瓶梅》。古典章回小说的刊行本经常配有绣像。所谓绣像就是版画，在印书的时候请匠人刻些贴合内容的图画，然后大量印刷。

崇祯本共有两百张绣像（插画），每张绣像均有创作者的名字。如在第一回"武二郎冷遇亲哥嫂"（如图1）这幅绣像的右侧有几个字——"新安刘应祖镌"，新安在今天的河南。这两百幅绣像是弥足珍贵的风俗画，诸如晚明时家具的样子、建筑的布局，还有人们的衣服穿着，都可以看到，是很难得的第一手资料。

在这些绣像里，年轻俊俏的后生就是西门庆。我们先看第一回的"西门庆热结十弟兄"绣像（如图2），西门庆在哪里？就在桌子旁边，右手指着一张纸的那位。应伯爵在哪里？我觉得应该是西门庆左手指过去的那个满脸络腮胡子的人。你看那座房子的门内门外：桌上有一支蜡烛，桌子、椅子是标准的明式家具。在"武二郎冷遇亲哥嫂"（如图1）这幅里，围墙、房子，武松、武大郎，武大郎卖炊饼的推车，都出现了。门后有一个女人，当然就是潘金莲，她长得也很好看。那门帘，那窗户，那屋顶，以及那些人的穿戴等等，都是明崇祯年间建筑和装潢及人们衣着的非常珍贵的资料。接下来，我们除了要看故事，也不要错过这些绣像。

除了插画之外，崇祯本中也已经有批评的内容了，和《红楼梦》的脂砚斋眉批一样。后来这个版本就盖过了词话本，变成最流行的版本。清康熙年间，张竹坡将《金瓶梅》列为四大奇书之首，并在崇祯本的基础上进行删节、添加评语，推出了一个新的版本，即《皋鹤堂批评第一奇书：金瓶梅》。

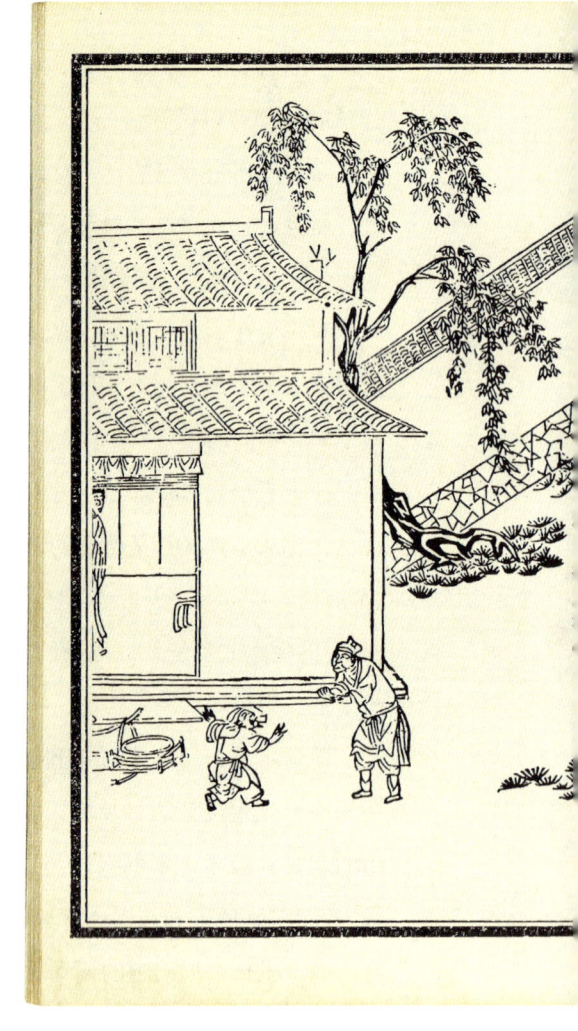

图1-武二郎冷遇亲哥嫂

张竹坡也是一个很特别的人。他生于康熙九年（1670年），二十六岁开始评《金瓶梅》，每一回前都有总评，每一回的文字当中都有眉批，留下十余万字的评论。张竹坡一世坎坷，后死于康熙三十七年（1698年），当时吐血而死，年仅二十九岁。他为这部书耗尽心力，也因此在历史上留名。他点评《金瓶梅》，有很多独到的见解。比如，他认为《金瓶梅》并非淫书，是愤世之作，是一部写尽人情冷暖、世态炎凉的作品。这是一个比较重要的观念。此外，他还提出了《金瓶梅》的读法，总共一百零八条。比如，他将第一回视为总回，认为这回是最重要的，重要人物都出场了。他的这些工作，对于我们中国整个文学批评史有很重要的贡献。

可是，有一点对于我个人来说是没有办法接受的，就是张竹坡认为整本小说最坏的女人是吴月娘。只要月娘一出现，他的眉批就骂她两句；月娘说一句话，眉批就骂她三句。我觉得这是很深的偏见，有点儿像《红楼梦》的各种评本，如"拥林派""拥薛派"之类。只要林黛玉一出现，"拥薛派"的评论者就开始骂；而薛宝钗一出来，"拥林派"也开始骂——不仅骂薛宝钗，连薛姨妈也骂，认为她们母女都没有安好心。将这样的偏见诉诸公评，我觉得有些奇怪。张竹坡骂月娘，在于他觉得她所做的、所说的一切都是虚伪的。就我个人来说，我倒是蛮喜欢月娘的，觉得她很不容易，作为一个大家庭的主妇，她已经尽力做到了自己能做到的。

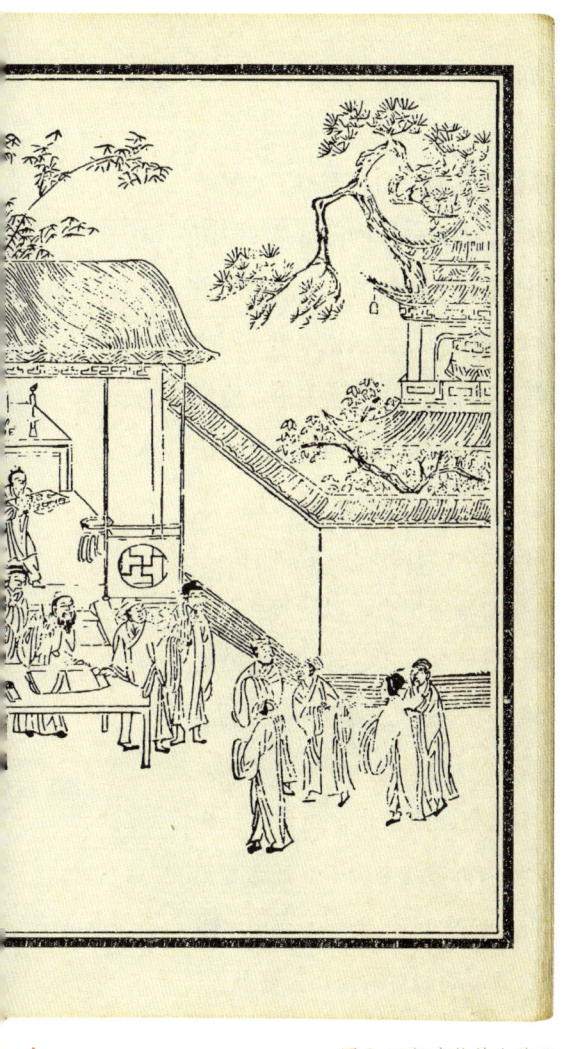

图2-西门庆热结十弟兄

词话本与崇祯本的区别

现在我们来说一下这两个版本到底怎么个不一样法。各位可以比较一下两个版本的回目。词话本的回目基本上保持了说书的顺序，而崇祯本进行了比较大的改写，内容也变成更适于阅读的内容。

崇祯本将词话本中大量的冗文（可能是当时说书人的口白）删掉了，重新修订成比较文人化的版本，比较接近纯文学。如词话本第一回的回目是"景阳冈武松打虎，潘金莲嫌夫卖风月"，延续了《水浒传》中的情节，从武松的角度出发，以武松为这一回的主角，潘金莲和武大郎是配角。而崇祯本第一回的回目是"西门庆热结十弟兄，武二郎冷遇亲哥嫂"，西门庆变成了主角。他们十兄弟在哪里结拜？清河县玉皇庙。从这里也可以看出，崇祯本的作者已经认为这本书应该以西门庆为主，故事地点也从打老虎的景阳冈变成了清河县。玉皇庙是清河县的一座道观，西门庆将应伯爵、常峙节（词话本作"常时节"）、谢希大等人叫来，一起结拜。故事以西门庆家为核心辐射出去，以清河县玉皇庙为起点，结束在永福寺，时间、地点、人物都比较明确。不过，词话本的第一回也不坏。"景阳冈武松打虎，潘金莲嫌夫卖风月"——上来就是暴力与性，直接抓住了观众或者读者的眼球。

词话本大概就是用手抄本凑起来的，回目不工整，用语也多见俚俗，崇祯本就将这些不够工整、不够文雅的地方改了。我们再举几个例子。词话本第八回的回目是"潘金莲永夜盼西门庆，烧夫灵和尚听淫声"，崇祯本变成"盼情郎佳人占鬼卦，烧夫灵和尚听淫声"，名词对名词，动词对动词，工整多了。词话本第四回回目的前半部分是"淫妇背武大偷奸"，这是一个标准的人们在市井中交头接耳的故事；而崇祯本改成"赴巫山潘氏幽欢"，显然经过了文人的包装。一个像菜市场编的，一个像书房里写出来的。再来看第二十二回。词话本的回目是"西门庆私淫来旺妇，春梅正色骂李铭"，字数对不上，文字也比较鄙俗。而在崇祯本中，这一回叫作"惠莲儿偷期蒙爱，春梅姐正色闲邪"，已经变成比较符合文人口味的表达了。其他如第十八回的"来保上东京干事，陈经济花园管工"变成"赂相府西门脱祸，见娇娘经济销魂"，第三十一回的"琴童藏壶觑玉箫，西门庆开宴吃喜酒"变成"琴童儿藏壶构衅，西门庆开宴为欢"，工整之外，还带着些美感。但是由这些例子来看，词话本的回目虽然俚俗，但并不影响我们了解这一回在讲什么。

还有一种情况是词话本的回目与内容不符的，崇祯本改后更加贴切。如第十六回，词话本回目是"西门庆谋财娶妇，应伯爵庆喜追欢"。娶妇是指娶李瓶儿，但是她在这一回里根本没有嫁，只是西门庆说好要娶她而已。崇祯本就改成"西门庆择吉佳期，应伯爵追欢喜庆"，只是择好日子而已。第四十五回也是一样。词话本回目的后一半是"月娘含怒骂玳安"，但这是第四十六回的情节，这一回中吴月娘虽然很气，可是还没有骂。所以崇祯本把它改为"李瓶儿解衣银姐"，讲李瓶儿送衣服给她的干女儿——妓女吴银儿。

还有一些回目的改动是因为内容更改了。如第八十四回，词话本题作"吴月娘大闹碧霞宫，宋公明义释清风寨"。当时，西门庆已经死了，但吴月娘仍要"往泰安州顶上与娘娘进香"，以还西门庆病重时自己许下的愿心。这趟行程由她的哥哥陪同。吴月娘一行人因故半夜逃离碧霞宫后，来到雪涧洞，有一位普静师父正在那里。师父收留了他们，但要"化"月娘"亲生一子，作个徒弟"。月娘推说孩子还小，师父讲"如今不问你要，过十五年才问你要哩"。月娘想着"过十五年，再作理会"，就胡乱应下了。这是一个伏笔，在第一百回的结尾才会出现。吴月娘一行人在普静师父那里稍作停留后继续上路，又遇上强盗，被劫到清风寨，还出现宋江等人去解围。这个情节真是不伦不类，硬要转回《水浒传》里去。于是，在崇祯本里，"宋公明义释清风寨"这部分就被删掉了，回目也变为"普静师化缘雪涧洞"。

总而言之，词话本和崇祯本的正文内容差不多，但回目只有九回一样，其他都改动过。光从回目上，也可以看出校订者所下的功夫了。

词话本和崇祯本到底是什么关系？我自己有一个比较能够接受的说法。词话本前面虽然提到作者是兰陵笑笑生，但应该不是一个人。《金瓶梅》的故事最早是从《水浒传》中衍生出来的，刚开始只有武松、武大郎、潘金莲、西门庆等人。

这个故事大概蛮受欢迎的，在京杭大运河沿线的酒馆茶楼里一直流传着。元朝时，京杭大运河全线贯通。到了明朝，南方城市的国内贸易和海外贸易非常兴盛，基本上是南方在养北方的中央政府，而这一切全靠这条运河。运河沿岸的城市非常繁荣，聚集了大量的商业人口，他们在挣钱之余也要娱乐消费。说书就是其中的热门行业。那时候，说书先生们会组成公会，叫作书会。书会里有一些人是专门负责写故事的，偶尔也会粉墨登场，叫作才人。这些才人大概属于"低等"的知识分子，没什么家世，靠写故事混饭吃。

西方大文豪莎士比亚就相当于书会的才人，能写能演，如果角色不够，他随时可以上去；赌博、耍流氓都会，他就是来自这个阶层。混迹于所谓的"底层社会"的这些才人，对于这种风行的题材，会经常在故事底本的基础上加入自己的创意人物和情节。我写潘金莲，你也许就加了一个孟玉楼，他又加了一个李瓶儿……慢慢扩充起来。大家事实上是在进行集体创作，共同完成一个庞大的故事。故事要引人入胜，要让当时的市民和往来的工商业者能听懂，就一定要用当时的语言，依托当时的生活环境来铺排。

既然故事这么受欢迎，有多个版本在流传，大概就会有人提议：我们把它整理刊刻出来，应该可以卖个好价钱。那时候，印刷业也很风行，为《金瓶梅》的出版提供了客观条件。万历年间，《金瓶梅》出版了。如果仔细阅读的话，你会发现，前八十回的语言比较一致，后二十回的语言有些不一致。有人怀疑，前八十回的来源应该是流行在临清、东平、清河一带的版本，所以里面山东的俗语比较多。后二十回忽然出现了比较多的吴侬软语，主要是苏州话，所以这部分的手抄本原本可能是流行于江南一带的，但还是在运河沿线。第五十三回到第五十七回也有比较多的苏州话，可能是那个地区的另外一个版本。总而言之，词话本《金瓶梅》的成书和我们看到的《三国演义》《水浒传》《西游记》的情况是不一样的，虽然也是在集体创作的基础上整理而成，但整理者不是文人。文人是什么时候插手的呢？在崇祯本。崇祯本才是我们现在所谓的文人加工完成的。而词话本恰恰是说书底稿和文人修订的中间版本。

从这个角度来讲，词话本《金瓶梅》是最珍贵的。文人写定前的《三国演义》《水浒传》和《西游记》的版本，我们看不到，只有《金瓶梅》的集体创作版本流传了下来，生猛鲜活的时人唇舌也得到保存。我们所使用的梦梅馆校本《金瓶梅》，就是以词话本为基础进行校订的。有些话我们现在不太熟悉了，不过经里仁书局出版的这一版在每一章后面给出了很清楚的注释，可以帮助我们阅读这部书。此外，"里仁版"把崇祯本的两百幅绣像也收进来了。最重要的是，词话本非常完整地保留了对于食衣住行的描写，而崇祯本认为这些内容无关紧要，大量删削了。幸好词话本没有失传，如果只剩下崇祯本的话，我们不知要损失多少珍贵的十六世纪下半叶的社会资料。

如果大家有兴趣，可以对比一下《水浒传》以及《金瓶梅》词话本、崇祯本对于两个细节的描写，对它们不同的写法就会有个大概的了解。

一是"掉竿"。潘金莲撑窗户的时候，竿子不小心掉了下去，正好打到西门庆。西门庆本来要发作，一看那女人很漂亮，身子就酥麻了。我们把描写这件事的三个版本都列出来。

又过了三二日，冬已将残，天色回阳微暖。当日武大将次归来，那妇人惯了，自先向门前来叉那帘子。也是合当有事，却好一个人从帘子边走过。自古道："没巧不成话。"这妇人正手里拿叉竿不牢，失手滑将倒去，不端不正，却好打在那人头巾上。那人立住了脚，正待要发作，回过脸来看时，是个生的妖娆的妇人，先自酥了半边，那怒气直钻过爪哇国去了，变作笑吟吟的脸儿。这妇人情知不是，叉手深深地道个万福，说道："奴家一时失手，官人休怪。"那人一头把手整头巾，一面把腰曲着地还礼道："不妨事。娘子请尊便。"却被这间壁的王婆见了。那婆子正在茶局子里水帘底下看见了，笑道："兀谁教大官人打这屋檐边过？打得正好！"那人笑道："倒是小人不是。冲撞娘子，休怪。"那妇人答道："官人不要见责。"那人又笑着，大大

地唱个肥喏道："小人不敢。"那一双眼,却只在这妇人身上,临动身,也回了七八遍头,自摇摇摆摆,踏着八字脚去了。有诗为证:

> 风日清和漫出游,偶从帘下识娇羞。
> 只因临去秋波转,惹起春心不肯休。

这妇人自收了帘子叉竿归去,掩上大门,等武大归来。
——《水浒传》第二十四回 王婆贪贿说风情 郓哥不忿闹茶肆

白驹过隙,日月穿梭,才见梅开腊底,又早天气回阳。一日,三月春光明媚时分,金莲打扮光鲜,单等武大出门,就在门前帘下站立,约莫将及他归来时分,便下了帘子,自去房内坐的。一日也是合当有事,却有一个人从帘子下走过来。自古没巧不成话,姻缘合当凑着。妇人正手里拿着叉竿放帘子,忽被一阵风将叉竿刮倒,妇人手擎不牢,不端不正,却打在那人头巾上。妇人便慌忙陪笑。把眼看那人,也有二十五六年纪,生的十分博浪。头上戴着缨子帽儿,金玲珑簪儿,金井玉栏杆圈儿。长腰身,穿绿罗褶儿。脚下细结底陈桥鞋儿,清水布袜儿。腿上勒着两扇玄色挑丝护膝儿,手里摇着洒金川扇儿,越显出张生般庞儿,潘安的貌儿,可意的人儿,风风流流,从帘子下丢与奴个眼色儿。这个人被叉竿打在头上,便立住了脚。待要发作时,回过脸来看,却不想是个美貌妖娆的妇人。但见他:黑鬒鬒赛鸦翎的鬓儿,翠弯弯的新月的眉儿,清冷冷杏子眼儿,香喷喷樱桃口儿,直隆隆琼瑶鼻儿,粉浓浓红艳腮儿,娇滴滴银盆脸儿,轻袅袅花朵身儿,玉纤纤葱枝手儿,一捻捻杨柳腰儿,软浓浓白面脐肚儿,窄多多尖趫脚儿,肉奶奶胸儿,白生生腿儿,更有一件紧揪揪、红绉绉、白鲜鲜、黑裀裀,正不知是什么东西。观不尽这妇人容貌,且看他怎生打扮？但见：

> 头上戴着黑油油头发鬏髻，口面上绊着皮金，一径里楚出香云一结，周围小簪儿齐插。六鬓斜插一朵并头花，排草梳儿后押。难描八字弯弯柳叶，衬在腮两朵桃花。玲珑坠儿最堪夸，露来玉酥胸无价；毛青布大袖衫儿，褶儿又短，衬湘裙碾绢绫纱。通花汗巾儿，袖中儿边搭剌。香袋儿身边低挂，抹胸儿重重纽扣，裤脚儿脏头垂下。往下看，尖趫趫金莲小脚，云头巧绊山牙，老鸦鞋儿白绫高底，步香尘偏衬登踏。红纱膝裤扣鸳花，行坐处风裙袴。口儿里常喷出异香兰麝，樱桃初笑脸生花。人见了魂飞魄散，卖弄杀偏俏的冤家。

那人见了，先自酥了半边，那怒气早已钻入爪哇国去了，变颜笑吟吟脸儿。这妇人情知不是，叉手望他深深拜了一拜，说道："奴家一时被风失手，误中官人，休怪。"那人一面把手整头巾，一面把腰曲着地，还喏道："不妨！娘子请方便。"却被这间壁住的卖茶王婆子看见。那婆子笑道："兀的谁家大官人，打这屋檐下过？打的正好！"那人笑道："倒是我的不是，一时冲撞，娘子休怪。"妇人答道："官人不要见责。"那人又笑着，大大的唱个喏，回应道："小人不敢！"那一双积年招花惹草、惯觑风情的贼眼，不离这妇人身上，临去也回头了七八回，方一直摇摇摆摆，遮着扇儿去了。有诗为证：

> 风日清和漫出游，偶从帘下识娇羞；
> 只因临去秋波转，若起春心不肯休。

当时妇人见了那人生的风流浮浪，语言甜净，更加几分留恋。"倒不知此人姓甚名谁，何处居住。他若没我情意时，临去也不回头七八遍了。不想这段姻缘，都在他身上！"却是在帘下，眼巴巴的看不见那人，方才收了帘子，关上大门，归房去了。

——《金瓶梅词话》第二回　西门庆帘下遇金莲　王婆贪贿说风情

白驹过隙，日月如梭，才见梅开腊底，又早天气回阳。一日，三月春光明媚时分，金莲打扮光鲜，单等武大出门，就在门前帘下站立。约莫将及他归来时分，便下了帘子，自去房内坐的。一日也是合当有事，却有一个人从帘子下走过来。自古没巧不成话，姻缘合当凑着。妇人正手里拿着叉竿放帘子，忽被一阵风将叉竿刮倒，妇人手擎不牢，不端不正却打在那人头上。妇人便慌忙陪笑，把眼看那人，也有二十五六年纪，生得十分浮浪。头上戴着缨子帽儿，金玲珑簪儿，金井玉栏杆圈儿；长腰身，身穿绿罗褶儿；脚下细结底陈桥鞋儿，清水布袜儿；手里摇着洒金川扇儿，越显出张生般庞儿，潘安的貌儿。可意的人儿，风风流流从帘子下丢与个眼色儿。这个人被叉竿打在头上，便立住了脚，待要发作时，回过脸来看，却不想是个美貌妖娆的妇人。但见他黑鬒鬒赛鸦鸰的鬓儿，翠弯弯新月的眉儿，香喷喷樱桃口儿，直隆隆琼瑶鼻儿，粉浓浓红艳腮儿，娇滴滴银盆脸儿，轻袅袅花朵身儿，玉纤纤葱枝手儿，一捻捻杨柳腰儿，软浓浓粉白肚儿，窄星星尖趫脚儿，肉奶奶胸儿，白生生腿儿，更有一件紧揪揪、白鲜鲜、黑裀裀，正不知是甚么东西。观不尽这妇人容貌。且看他怎生打扮？但见：

头上戴着黑油油头发鬏髻，一径里垫出香云，周围小篓儿齐插。斜戴一朵并头花，排草梳儿后押。难描画，柳叶眉衬着两朵桃花。玲珑坠儿最堪夸，露来酥玉胸无价。毛青布大袖衫儿，又短衬湘裙碾绢绫纱。通花汗巾儿袖口儿边搭刺。香袋儿身边低挂。抹胸儿重重纽扣香喉下。往下看尖趫趫金莲小脚，云头巧缉山鸦。鞋儿白绫高底，步香尘偏衬登踏。红纱膝裤扣鸳花，行坐处风吹裙袴。口儿里常喷出异香兰麝，樱桃口笑脸生花。人见了魂飞魄丧，卖弄杀俏冤家。

那人见了，先自酥了半边，那怒气早已钻入爪哇国去了，变做笑吟吟脸儿。这妇人情知不是，叉手望他深深拜了一拜，说道："奴家一时被风失手，误中官人，休怪！"那人一面把手整头巾，一面把腰曲着地还喏道："不妨，娘子请方便。"却被这间壁住的卖茶王婆子看见。那婆子笑道："兀的谁家大官人打这屋檐下过？打的正好！"那人笑道："倒是我的不是，一时冲撞，娘子休怪。"妇人答道："官人不要见责。"那人又笑着大大地唱个喏，回应道："小人不敢！"那一双积年招花惹草、惯觑风情的贼眼，不离这妇人身上，临去也回头了七八回，方一直摇摇摆摆遮着扇儿去了。

风日晴和漫出游，偶从帘下识娇羞。
只因临去秋波转，惹起春心不自由。

当时妇人见了那人生的风流浮浪，语言甜净，更加几分留恋："倒不知此人姓甚名谁，何处居住。他若没我情意时，临去也不回头七八遍了。"却在帘子下眼巴巴的看不见那人，方才收了帘子，关上大门，归房去了。

——崇祯本《金瓶梅》第二回 俏潘娘帘下勾情 老王婆茶坊说技

二是"捡筷子"。这是关于潘金莲的另外一个精彩的片段。王婆对西门庆讲：你一定得有五个条件，才能够得到潘金莲。哪五个条件？潘、驴、邓、小、闲。接着，她又对西门庆讲了十个可能，从"百分之十"到"百分之百"，就是"把妹"的全过程。西门庆已经走到"百分之九十"了，王婆借买酒的名义外出，将他和潘金莲关在一起，最后这一步就看西门庆怎么做。西门庆故意把筷子弄到地上去，趁捡筷子的时候，抓住了潘金莲的脚。请各位看看，《水浒传》是怎么交代这一段的，词话本和崇祯本又是怎样铺陈的。

且说西门庆自在房里，便斟酒来劝那妇人，却把袖子在桌上一拂，把那双箸拂落地下。也是缘法凑巧，那双箸正落在妇人脚边。西门庆连忙蹲身下去拾，只见那妇人尖尖的一双小脚儿，正跷在箸边。西门庆且不拾箸，便去那妇人绣花鞋儿上捏一把。那妇人便笑将起来，说道："官人休要啰唣！你真个要勾搭我？"西门庆便跪下道："只是娘子作成小生。"那妇人便把西门庆搂将起来。

——《水浒传》第二十四回 王婆贪贿说风情 郓哥不忿闹茶肆

（西门庆）一径把壶来斟酒，劝那妇人酒。一面推害热，脱了身上绿纱褙子："央烦娘子，替我搭在干娘护炕上。"那妇人连忙用手接了过去，搭放停当。这西门庆故意把袖子在桌上一拂，将那双箸拂落在地下来。一来也是缘法凑巧，那双箸正落在妇人脚边。这西门庆连忙将身下去拾箸。只见妇人尖尖趫趫刚三寸、恰半扠，一对小小金莲正趫在箸边。西门庆且不拾箸，便去他绣花鞋头上只一捏。那妇人笑将起来，说道："官人休要啰唣。你有心，奴亦有意，你真个勾搭我？"西门庆便双膝跪下，说道："娘子，作成小人则个！"那妇人便把西门庆搂将起来说："只怕干娘来撞见。"西门庆道："不妨，干娘知道。"当下两个就在王婆房里脱衣解带，共枕同欢。

——《金瓶梅词话》第四回 淫妇背武大偷奸　郓哥不愤闹茶肆

只见这西门庆推害热，脱了上面绿纱褶子道："央烦娘子替我搭在干娘护炕上。"这妇人只顾咬着袖儿别转着，不接他的，低声笑道："自手又不折，怎的支使人！"西门庆笑着道："娘子不与小人安放，小人偏要自己安放。"一面伸手隔桌子搭到床炕上去，却故意把桌上一拂，拂落一只箸来。却也是姻缘凑着，那只箸儿刚落在金莲裙下。西门庆一面斟酒劝那妇人，妇人笑着不理他。他却又待拿箸子起来，让他吃菜儿。寻来寻去不见了一只。这金莲一面低着头，把脚尖儿踢着，笑道："这不是你的箸儿！"西门庆听说，走过金莲这边来道："原来在此。"蹲下身去，且不拾箸，便去他绣花鞋头上只一捏。那妇人笑将起来，说道："怎这的啰唣！我要叫了起来哩！"西门庆便双膝跪下说道："娘子可怜小人则个！"一面说着，一面便摸他裤子。妇人叉开手道："你这歪厮缠人，我却要大耳刮子打的呢！"西门庆笑道："娘子打死了小人，也得个好处。"于是不由分说，抱到王婆床炕上，脱衣解带，共枕同欢。

——崇祯本《金瓶梅》第四回 赴巫山潘氏幽欢　闹茶坊郓哥义愤

对于潘金莲的来龙去脉，我们后面再讲。大家先就文本作一个比较，看看故事的原型是怎样一步一步文学化的。

《金瓶梅》小说的叙事时间分明，所以我们读的时候，原则上还是从前面开始，先熟悉故事和人物。然后，我们会选精彩的片段和篇章，做一些专题性质的分享。

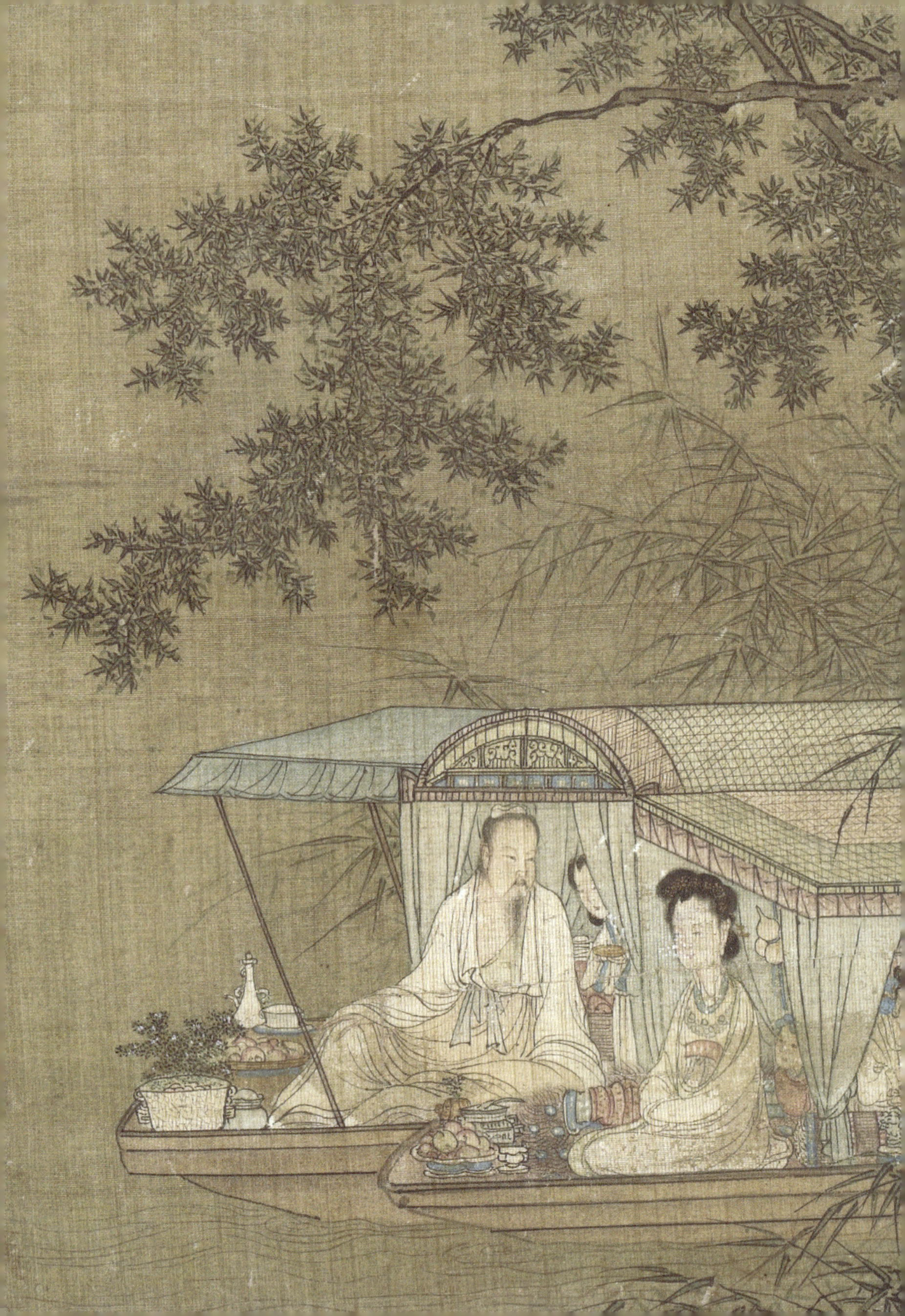

第二章

《金瓶梅》的人物、时间和背景

你我所熟悉的人生

我们在前一章已经简要介绍过《金瓶梅》的创作背景和时代氛围，接下来我们即将登堂入室，走进西门庆家，一睹这位"淫兄"的风采。

前面我们讲过，《金瓶梅》的奇，很重要的一点就在于它的不奇。从来没有人想过，这些吃喝拉撒睡的事情可以写成一部书。明明写的是常人俗事，平白如话，却生猛鲜活，你仿佛可以感受到四百多年前那些人讲话的口吻。这部书还有一奇，即从来没有一本书，可以像《金瓶梅》这样具有争议性。它到底是好书还是坏书，是淫书还是一本世情书？历朝历代被禁，可是看过的人都觉得好，却不敢把这喜欢大声说出口，还要遮遮掩掩的。那些评论《金瓶梅》的书，几乎都要先说"虽然它怎样怎样"，再说"但是其实怎样怎样"，我就觉得有一点儿矫情。喜欢就说喜欢，好就是好，不必要先披上道学的外衣。我们大可开宗明义，嬉笑怒骂地来谈《金瓶梅》，因为这就是你我所熟悉的人生。

我相信各位一定听过一句话："无聊的人生，黑暗的社会。"我记得从我懂事开始，就从台湾的歌仔戏或者广播里常常听到这句话。你不能否认，这两句话带有相当的真实性，才会在这块土地上一直流传，才会动不动就被拿出来感叹。我最近还常常听我的学生念这一句话。我相信走过年轻岁月的人大概都有体会，那时候不知道自己能做什么，总觉得自己是一个"废五金"，每天混吃等死；

等你发现自己可以有所作为的时候，通常又是去日苦多，而不是来日方长。事实上，"无聊的人生，黑暗的社会"刚好反映了《金瓶梅》的年代，书里每一个人面对的就是这样的现实。你看西门庆这些妻妾，每天待在家里真是无聊至极，除了纳纳鞋，吃一吃东西，听人家唱唱小曲，就只好吵架了，日子真的不晓得怎么过下去。

整理《金瓶梅》的文人之谜

《金瓶梅》的版本实在太多了，前面我们大概比较了一下《金瓶梅》的词话本和崇祯本。作者兰陵笑笑生到底是谁，其实我们也不知道。就我个人而言，比较能接受的说法是兰陵笑笑生后面要加个"们"，不是一个人，而是一群人。中国的古典长篇小说，在一开始多是集体创作，往往是由书会中的才人创作出话本，再从说书人的嘴巴里面出来。《三国演义》《水浒传》《西游记》都是如此，它们的定稿已经是明朝中晚期的事了。文人对流传已久的各种版本进行加工，将一个个故事连接起来，形成定稿，再由书商刊印发行，流通于世。而后来吴敬梓的《儒林外史》、曹雪芹的《红楼梦》、李汝珍的《镜花缘》、吴趼人的《二十年目睹之怪现状》等，则都是由文人独立创作的。中国古典长篇小说的发展，大概经历了这样一个由集体创作到个人创作的过程。《金瓶梅词话》刚好落在集体创作和文人加工写定之间，文字介于"听"与"看"之间，还不能被称为成熟的纯文学作品，但它的珍贵难得也在于此；纯文学作品要更晚一点儿才出来，就是崇祯本。

现在问题来了：崇祯年间整理《金瓶梅》的这个文人到底是谁？到目前为止，我个人可以接受的说法是，这个人可能是李渔。

李渔（1611—1680），字谪凡，号笠翁。他写过一部《闲情偶寄》，还有短篇小说集《十二楼》等，对于社会风俗、戏剧理论都很有研究。有一个版本的《金瓶梅》中出现了署名"回道人"的两首词，而回道人是李渔的化名。再者，李渔和张竹坡（1670—1698）的父亲往来很密，而张竹坡"第一奇书本"上曾署"李笠翁先生著"。除非以后有更新的资料，否则，李渔大概可以像施耐庵、罗贯中、吴承恩一样，冠上名著写定者的名头。

为什么我选《金瓶梅词话》作为讲授的底本呢？崇祯本和词话本相比，回目变动很大，内容倒是基本一致，只是大量修改了词话本中的说书口吻，比如"看官听说""欲知后事如何，且待下回分解"这种。其他像重复的内容，像嫁接他人故事的，或者所谓"套话"，崇祯本也删掉不少。词话本中山东土话比较多，到了崇祯年间，崇祯本的作者便将当时人已经不是很熟悉的语言，变成了当时使用的语言，更适合阅读，更接近纯文学。这是崇祯本比词话本进步的地方。但是崇祯本也有缺点。词话本中保留了最珍贵的社会史料，你可以看到那时候人的吃喝玩乐，那时候的戏剧演出方式，等等；而崇祯本中没有这些。从社会史、经济史、风俗史、饮食史来看，这些内容才是重点所在，才是很有趣的地方，删掉蛮可惜的。所以我个人认为，还是应该看词话本。"里仁版"好在将崇祯本中的绣像全部收了进来，这些画刚好反映了晚明时期的建筑、装潢、衣着等方面的风尚，很难得。后面我们所提到的《金瓶梅》这部书，一般指的就是词话本了。

《金瓶梅》的人物和创作时间

小说的三要素是人物、情节和环境。台湾作家侯文咏先生曾为《金瓶梅》制作了一张人物关系图表，这张表以西门庆为中心。西门庆的正房是吴月娘；二房李娇儿，原是一位名妓；三房孟玉楼，娶回她就等于娶了一大笔财富；四房孙雪娥，是西门庆前妻的丫鬟。西门庆娶吴月娘之前，还有一个过世的老婆姓陈，留下一个女儿，就是西门大姐，后来嫁给了陈经济。陈氏死后，西门庆便将孙雪娥收房了。在小说里，孙雪娥的地位比一般妻妾还低一层，做衣服的时候她就会少一件，出门的时候也没有她的份儿，她的主要工作是厨房的总管。接下来，第五房就是潘金莲了。

潘金莲聪明的地方在哪里？她一入西门庆家，就要开始兴风作浪，第一个对象是谁？孙雪娥。柿子一定要拣软的捏，然后再一个一个收服上去。小说里可以看出来孙雪娥和李娇儿等人是比较合作的，她们属于"旧党"；而潘金莲和孟玉楼连成一气，属于"新党"，两边屡有争斗。月娘则是所谓的裁决者。后来，西门庆再娶了第六房李瓶儿，又给他带来非常大的财富。人家是娶妾伤财，他是人财两得。

当然，西门庆和妓女的关系也很密切。前三十回主要是李桂姐，接下来四十回就变成郑爱月儿。最后西门庆得病，和郑爱月儿也有很大关系。现在几乎可以确定，他得的是梅毒。从整个世界医学史来看，当时梅毒是主要的性病，应该是郑爱月儿先得病，再传给西门庆。除了这两个名妓之外，他还有一位官太太情人——林太太。而家中丫鬟被收用的更是不少，庞春梅便是其中之一。西门庆死后，春梅被赶出西门府，转头便嫁到守备府，还生了儿子，扶了正，摇身一变成为小说最后二十回的主角。

西门庆偷情的对象也很多，像宋惠莲、王六儿，反正是来者不拒。潘金莲骂他"属皮匠的，缝着的就上"，我个人认为这也是一种病——性成瘾症。性成瘾是一个现代名词，又称为过度性欲望紊乱症或性冲动症。如果这些性冲动得不到满足，就会产生焦虑不安的痛苦感觉。也就是说，他不是喜欢这件事，而是不得已。当然，现在有很多人拿"不得已"当作幌子。不过，我觉得西门庆是真的病了。各位有没有注意到，起先他还可以很浪漫地调情，跟潘金莲、李瓶儿在一起的时候，有一种浪漫的过程，是在享受性爱；可是越往后，他显得越没耐心，就是急着做这件事，做完就算，完全没有乐趣可言了。关于这点，我们以后还会讲到。

除了西门庆和他的家人，小说还提到一些官吏豪绅之家。比如夏提刑家、王招宣府、周守备府、乔大户家、张大户家、何千户家等。诸如尼姑、道士、卜卦者、医者、工匠、商贩、中央和地方各级官吏，等等，形形色色的人物穿插其间。其中，夏提刑曾是西门庆的上级。西门开始做官的时候，官职是理刑副千户，相当于如今的县公安局副局长，这种恶棍担任这样的职位，你就知道是怎么回事了。前面我们提到过，有学者认为，这部书的画面之开阔，国外只有《战争与和平》可以比得上。它对于人物纵深的写实性是非常厉害的，单论这点，就比《红楼梦》还要开阔。《红楼梦》毕竟是比较形而上的，而《金瓶梅》是形而下的，以市民的角度来看社会百态。

侯文咏认为《金瓶梅》的故事发生在徐州，但我个人认为这个故事大体还是以山东省东平府临清县清河镇为基准点发散出去的，包括附近的东昌、东平、阳谷，一直到苏州、杭州、扬州等地，都在京杭大运河沿线。

我们再来说说《金瓶梅》故事发生的时间。这也是这部小说非常有特点的地方。《三国演义》《水浒传》《西游记》都是只有模糊的时间，而《金瓶梅》好像一本日记一样，对时间的记述非常明确。故事发生在12世纪初，从北宋徽宗政和二年（1112年）开始，经过重和、宣和，一直到靖康二年（1127年），总共十六年。前六年的事写得非常详细，后十年就比较随便了。总共一百回的故事里，西门庆在第七十九回死去，而前十回基本上还在《水浒传》里打滚，真正精彩的是这部书的中间部分。作者在这部分中巨细靡遗地讲述了西门庆从二十七岁到三十三岁这六年发生的事情，而他过世后的十年，情节就推进得很快了，好像连作者都懒得讲下去了。不过，所谓政和二年到靖康二年，只是小说中假定的年代，它真正反映的是明世宗嘉靖年间到明神宗万历年间（即1522年到1620年）的情况。换句话讲，小说"骗"你说故事是12世纪初的事情，实际上当中所有的人物和背景都是五百年后晚明的实况录像。而16世纪的下半叶到今天又过去四百多年了，时间真是很可怕的东西。

从《金瓶梅》这部书诞生起，人们就说它是一部淫书，会教坏人心。可是，大家又说它是中国文学史上，也许是世界文学史上第一部写实的作品。那么，在它背后，到底是一个什么样的时代呢？换句话说，西门庆生活在什么样的时代背景之下呢？在进入西门家之前，我们还得花一点儿力气，了解一下这方面的情况。

一个令人窒息而又风气大开的时代

关于明嘉靖到万历年间的特征,我们可以提出一些关键词,比如暴力、荒淫、佞臣、宦官、廷杖,以及厂卫组织等。在明朝的皇帝里,很难找到一个像样的,尤其是到了中晚期的时候。跟这几位皇帝相比,西门庆的所作所为就不算什么了。

明世宗前面是明武宗,年号正德。关于明武宗私生活糜烂的例子,最有名的要数豹房(宫外的行乐之所)。他在位十六年,几乎夜夜笙歌,最后在豹房驾崩。而明世宗中年以后信奉道教,他在位四十五年,有三十年是在耗资不菲的斋醮当中度过的。那些所谓的道士,向他进贡"长生不老药",实际上是"伟哥"一类的东西。他对道术和淫乐的追求直接导致了"壬寅宫变",自己差点儿被宫女们勒死。而他的孙子明神宗在位的四十八年中,有三十多年不曾上朝,沉湎于酒色当中。大臣死了,遇缺不补;待批的公文堆积如山,他一把火就给烧了。不理、不看、不讲、不听,就这样在深宫当中"躲"了三十多年。后来的史家曾下过一个论断:"明之亡,实亡于神宗。"(《明史·神宗本纪》)我们都知道,李自成攻破北京后,崇祯皇帝在煤山上吊而死,而且上吊之前把头发披到面前,盖住自己的脸,表示无颜见祖宗。但他其实并不是最坏的,前面那些皇帝比他更昏庸。

在《金瓶梅词话》的第三十回中,有这样一段描写:蔡太师过生日,西门庆遣主管吴典恩和仆人来保去送生辰担。这蔡太师就是一人之下、万人之上的蔡京,他收下礼物后,说道:"累次承你主人费心,无物可伸,如何是好?你主人身上可有甚官役?"得知西门庆并无官役在身,又接着道:"既无官役,昨日朝廷钦赐了我几张空名告身札付,我安你主人在你那山东提刑所做个理刑副千户,顶补千户贺金的员缺,好不好?"西门庆一下子就当上了"公安局的副局长"。不仅如此，蔡太师甚至顺便给送礼物的吴典恩和来保加了官位，一个做驲丞（驿丞），一个做校尉。吴典恩和吴月娘其实一点儿关系都没有，但他冒称自己是西门庆的小舅子，所以就得了一个肥差。吴典恩的谐音是"无点恩"，西门庆死后，他一直要害吴月娘，用尽心机要抢夺旧主的家产。

这时，说书人插了段话进来："看官听说：那时徽宗天下失政，奸臣当道，谗佞盈朝。高、杨、童、蔡四个奸党，在朝中卖官鬻狱，贿赂公行。悬秤升官，指方补价。夤缘钻刺者，骤升美任；贤能廉直者，经岁不除。以致风俗颓败，赃官污吏遍满天下。役烦赋重，民穷盗起，天下骚然。不因奸佞居台辅，合是中原血染人。"这实际上是在讲明世宗到明神宗初年那段时间的朝政。可见，这部书不仅仅是在讲市民阶级的常人俗事，它背后还有时代意义在，它在讽刺当时的政治已经败坏到这种程度。但如果直接写"那时神宗"，不就完蛋了吗？所以就指桑骂槐。表面上是宋徽宗、蔡京，其实是指明世宗、严嵩，或者明神宗时期很差劲的臣子和官吏。

严嵩父子执掌内阁，权倾天下二十年，关于严嵩的所作所为，可参见《明史》所载杨继盛弹劾他的奏疏："嵩乃俨然以丞相自居。凡府部题复，先面白而后草奏。百官请命，奔走直房如市。无丞相名，而有丞相权。天下知有嵩，不知有陛下。"严嵩卖官鬻爵，并不管这个人能不能胜任，只要钱给得够多，就可以做那个官。由此，不难想象整个朝廷的吏治腐坏到了何种程度。

除了皇帝昏庸、宦官专权、奸臣当道之外，当时士大夫的意气之争也很激烈。如万历年间的东林党与宦官及其依附势力之间的斗争就演变成明晚期激烈的党争局面。要不然就是跟皇帝过不去，皇帝一上朝议事，士大夫们就指责这也不对，那也不对——那好，皇帝就不乐意上朝了。这些大臣有时在骂皇帝什么呢？用现代的眼光来看，大概会觉得他们的指责很幼稚或者迂腐，比如某个皇帝继位之后，想要追封自己的生母为太后，士大夫们就是不接受，那时的大臣认为后宫的事情也是朝政。

举一个例子。明神宗曾和一个宫女有染，宫女怀孕生了儿子，取名常洛。

他喜爱的郑贵妃后来也生了一个儿子，取名常洵。神宗一直想立常洵当太子，可是朝臣却认为应该立长。神宗表明自己根本就不喜欢常洛的母亲，她只是一个宫女，这下连自己的母亲李太后也得罪了，因为李太后也是宫女出身。后宫前朝一起施压，立储一事变得错综复杂。明朝的士大夫有一个特点——不怕死，动不动就一两百人跪在朝廷上哭。皇帝一气之下就廷杖伺候，常常当场就打死好多人。为了立太子的事，上下争吵不休，吵到神宗索性不再上朝，把本该处理朝政的精力都消耗掉了。明神宗死后，到底还是朱常洛继承了皇位，是为光宗。当时，他已经三十八岁，在位仅一个月就一命呜呼了。

现在我们跳脱出来看，会觉得这些士大夫很迂腐，他们坚持的所谓宗法制度也很反动。这些人经常是凭着意气在和佞臣、宦官争斗。

那时期的特务机构东厂、西厂和锦衣卫的势力也很大。西门庆任官的提刑所，即是东厂在地方的分支组织。这也可以证明这部小说和宋徽宗一点儿关系也没有，因为"理刑副千户"这个官名是明朝时候才有的。

当时，整个朝廷弥漫着奢华而糜烂的气息。如果你能够给皇帝进奉增强他房中术的"伟哥"，大概就可以做高官。"上有好者，下必甚焉"，我们再举一个例子。

张居正（1525—1582）官至首辅，是万历时期的一代能臣，是难得的清正廉洁的治国之才，历史课本中对他赞誉有加。可是，他的私生活淫逸糜烂，兵部尚书谭纶（1520—1577）曾把房中术传授给张居正，讨伐倭寇的名将戚继光（1528—1588），也曾用重金购买称为"千金姬"的胡女送给张居正，还专门派渔民寻找壮阳补药奉送——这是关了灯的另外一部文化史了。我们用张居正举例，不是特别要骂他，只是说连张居正都是这个样子的，其他人的行为也就不奇怪了。在《金瓶梅》里，西门庆拿了胡僧的药，只是小巫见大巫而已，反映的就是当时的社会风气。有人说，张居正就是由于淫逸过度，最后虚脱而死。

张居正要扭转国家的风气，其中一点是希望大家不要浪费。可是张居正父亲去世的时候，皇帝赐他回原籍办丧事，他坐的轿子要三十二个人抬着。这顶轿子简直是一所移动的房子，里面分卧室和客厅，还有两个小童服侍。各位想想看，他沿途骚扰了多少大大小小的地方官。《金瓶梅》里的蔡状元、宋巡按等人经过清河县，大家都要劳民伤财；张居正回籍葬父这一路上，得有多少西门庆在供应他。

张居正每餐要摆上超过一百种菜品，却"犹以为无下箸处"。后来吃到了真定太守钱普制作的"吴馔"，才感到满足，说终于吃了顿饱饭。以后，我们在《金瓶梅》中会看到更多类似匪夷所思的事情。

由此我们可以想见，那虽然是一个令人窒息的时代，上至中央皇帝，下至地方官吏，都是这个样子，但是那也是一个风气大开的时代。简单地说，就是上面一套，下面一套。明朝原本有着非常严格的服饰制度，按规矩来说，《金瓶梅》里吴月娘的衣服、西门庆的衣服，没有一件是可以穿的。可是，吴月娘根本就穿得有如一品夫人，西门庆的带子简直比宰相的还要珍贵，都是阳奉阴违，却没有人去追究。也就是说，只要你敢做，这个令人窒息的时代也会是自由的时代。

市民写实，士人写心

心学的兴起是社会风气松动的学术基础。当时，"存天理、灭人欲"的宋明理学已经僵化，于是要有人出来打破旧的局面。这个人就是王阳明（1472—1529）。王阳明所提倡的心学，主张"致良知"，认为万事万物的道理就在人心之中。后来的李贽（1527—1602）也是心学的代表人物，对人欲多有抒发。有人对《金瓶梅》做了很有趣的评论，说《金瓶梅》既是对晚明社会中小市民、暴发户的写实，也是为当时的士大夫写心；概括而言，就是"市民写实，士人写心"。

以西门庆为代表的城市商人阶层将自己的欲望付诸实践，对这些描绘的人物来说，《金瓶梅》是一部写实的书。它主要围绕市井生活展开，着重刻画了

明 唐寅《陶谷弱兰图》（局部）

16世纪下半叶明朝城市社会中商人阶层的生活形态。那为什么又说"士人写心"呢？诸位可能读过张岱（1597—1689）的《陶庵梦忆》，作者在书中追忆了早年（晚明时期）的繁华人事，当时交游的不乏富商名妓。但也是在这个时候，士人阶层，也就是我们所说的知识分子，对于朝廷、政局其实抱有无力回天的悲观。他们不见得都能像那些商人一样放浪形骸，可是他们心向往之。《金瓶梅》恰好写出了这类人的渴望。

享受主义大行其道

虽然朝政如此败坏，但明朝还是延续了那么久，这主要是因为南方的贸易很兴盛。我们知道，明朝前期有郑和（1371—1433）下西洋，拓宽了商业管道。南方的贸易是国家税收的重要来源，而贸易的发达也带动了城市文化的发展，造就了城市中的"中产阶级"。"中产阶级"握有财富，向往自由，享乐主义也蔓延开来。晚明的张岱早年就是享乐派。《陶庵梦忆》中尽是对亡国前富丽生活的记述。虽然《金瓶梅》并不是一部历史书，但是我们讲到它写实的一面，总脱不开相关的历史背景。

《金瓶梅词话》开篇便是这样几首词：

> 阆苑瀛洲，金谷陵楼，算不如茅舍清幽。野花绣地，莫也风流，也宜春，也宜夏，也宜秋。　酒瓮堪酌，客至须留，更无荣无辱无忧。退闲一步，着甚来由，但倦时眠，渴时饮，醉时讴。
>
> 短短横墙，矮矮疏窗，忔磴儿小小池塘。高低迭峰，绿水旁边，也有些风，有些月，有些凉。　日用家常，竹几藤床，据眼前水色山光。客来无酒，清话何妨，但细烹茶，热烘盏，浅烧汤。
>
> 水竹之居，吾爱吾庐，石磷磷床砌阶除。轩窗随意，小巧规模，却也清幽，也潇洒，也宽舒。　懒散无拘，此等何如。倚栏杆，临

水观鱼，风花雪月，赢得工夫，好炷些香，说些话，读些书。

净扫尘埃，惜耳苍苔，任门前红叶铺阶，也堪图画，还也奇哉。有数株松，数竿竹，数枝梅。　花木栽培，取次教开，明朝事天自安排，知他富贵几时来，且悠游，且随分，且开怀。

这几首词代表了当时一些知识分子的状态。他们觉得朝事不可为，便退而求其次，明哲保身，归隐山林，想在田园之乐中度过一生。居所不要多大，过得去就好，在里面能够燃香、说话、读书。春花秋月，夏雨冬雪，日子就这样过了。"明朝事天自安排，知他富贵几时来，且悠游，且随分，且开怀"，这句话很重要，勾勒出既不愿同流合污，也不去自寻烦恼，只想悠游于田园山林的知识分子心态。

而后面的《四贪词》，则刚好刻画了随波逐流的文武百官和城市商人的面貌。

酒

酒损精神破丧家，语言无状闹喧哗。疏亲慢友多由你，背义忘恩亦是他。　切须戒，饮流霞，若能依此实无差。失却万事皆因此，今后逢宾只待茶。

色

休爱绿鬓美朱颜，少贪红粉翠花钿。损身害命多娇态，倾国倾城色更鲜。　莫恋此，养丹田，人能寡欲寿长年。从今罢却闲风月，纸帐梅花独自眠。

财

钱帛金珠笼内收，若非公道少贪求。亲朋道义因财失，父子怀情为利休。　急缩手，且抽头，免使身心昼夜愁。儿孙自有儿孙福，莫与儿孙作远忧。

气

莫使强梁逞技能,挥拳捋袖弄精神。一时怒发无明火,到后忧煎祸及身。　莫太过,免灾迍,劝君凡事放宽情。合撒手时须撒手,得饶人处且饶人。

在《金瓶梅》中,城市商人的代表就是西门庆。从"合撒手时须撒手,得饶人处且饶人""切须戒""莫恋此""急缩手""莫太过"等语句可以看出,《金瓶梅》并不反对酒色财气,但是反对过度。潘金莲也好,西门庆也好,后来一个死在街头,身首异处,一个死在女人身上,得了一身的烂疮,都是因为"过",因为贪。这是《金瓶梅》的思想背景。

西门庆的时代到处充斥着各种"情趣商品"。流行小说如《三言》《二拍》也常会带着色情色彩。当时的社会就是那个样子,单单用"淫书"二字来界定这部书,实在不太公平。

除了前面提到的阶层,当时社会中占绝大多数的还是农民阶级。城市经济的影响力毕竟主要在城市,临海一带虽然比较发达,但内陆还是很闭塞的,贞节牌坊、三从四德、殉节、望门寡一类的情形仍然存在。当时中国农村地区普遍实行小农经济,人世世代代被绑在土地上,当城市经济已经很发达的时候,新的风气却很难吹拂到乡村。这就像民国初年,上海、北京这些大城市已经有了"天足会",可是乡下女性普遍还是缠足的。农民事实上是最可怜的,他们处在封闭、保守的环境中,也是受剥削最严重的。《金瓶梅》里经常有几两银子就买一个女人的事情,这些大多是生活不下去的农人。

压迫积蓄久了,民间就会有反抗。西门庆死后大约三十年(作者"骗"我们说是宋徽宗时的事情,但我们已经了解故事的背景是晚明社会),农民起义领袖李自成和张献忠就出来了。可见,历史课本上我们能看到很多真人,有时却看不到真事;而小说里的人都是虚构的,有时却反映了当时的现实。

《金瓶梅》大事年表

台湾的《金瓶梅》研究，以魏子云先生开风气之先。在台湾"戒严"时期（1949年5月20日至1987年7月15日），魏先生很努力地在研究《金瓶梅》。他是我初中同学的父亲，人温文尔雅，随着国民党军队退到台湾。我去过他家一次，在眷村。眷村的屋子普遍很矮，一家烤肉三家香，一家打小孩儿全村都知道。当时还有白色恐怖，有人会说魏先生怎么看这种东西，但魏先生拿着军中微薄的薪水，以相当大的勇气坚持做这件事。他研究《金瓶梅》几十年，是当时海峡两岸对于《金瓶梅》注释最用心的一个，是人们讲到《金瓶梅》时绝对不能够忽视的一位前辈。1980年，增你智文化事业公司帮他出版了《金瓶梅词话注释》，整整三册，算是台湾出版比较早的、很完整的《金瓶梅词话》。顾名思义，这是一个注释本。现在常见的里仁版《金瓶梅词话》是梅节先生校注的，但他的很多资料，还是来自魏子云先生。

魏子云先生制作过一份很完整的《金瓶梅》年表，但是篇幅比较大。我推荐大家先看曹亚瑟所著《烟花春梦》中附录的大事年表。我们就通过这份年表，进入西门庆家，进入他的花花世界。

宋徽宗政和二年（1112年），西门庆二十六岁。他的生日是七月二十八日。十月，他与应伯爵等九人结为兄弟。他与潘金莲尚不认识。

政和三年（1113年），西门庆二十七岁。三月，"西门庆与潘金莲经王婆撮合成奸"。六月初二，他娶了三十岁的孟玉楼，十二日又将西门大姐嫁了。八月初八，潘金莲入西门府，由原先吴月娘的丫头春梅服侍。八月下旬，武松被发配孟州。九月，"西门庆在后花园芙蓉亭与众妻妾欢宴"。李瓶儿当时还是花子虚的太太，住在西门家隔壁，也派人送了花。"子虚"就是子虚乌有，太太一天到晚只想到隔壁来。至此《金瓶梅》全员到齐，故事正式开始。

政和四年（1114年），西门庆二十八岁。他梳拢了丽春院的名妓李桂姐。

九月初九，"西门庆越墙偷会李瓶儿"。

政和五年（1115年），西门庆二十九岁。正月，李瓶儿人还没有进门，但财产已经过来了。在这之前，孟玉楼的财产也归他了。于是，二月初八，"西门庆动工扩建花园、楼房"。之后，李瓶儿本来要嫁过来，可是遇到一点儿波折，便匆忙招赘了蒋竹山。但她对蒋竹山不满意，于是又把他赶走了。八月二十日，李瓶儿终于嫁入西门家，成为第六房小妾。当时，西门庆还在为她偷嫁别人而生气，"李瓶儿不耐西门庆冷落，上吊寻死"，并因此遭到鞭打。西门庆鞭打过两个女人，一是潘金莲，一是李瓶儿，但对后者还是手下留情的。大概因为李瓶儿有钱，他心中有几分顾忌。九月，因为有钱了，西门庆开了一间当铺（如图3），他本来只有一家生药铺的（如图4）。十一月，西门庆看上了仆人来旺儿的妻子宋惠莲。第二十二回至第二十六回中，有很大篇幅在写宋惠莲的故事。

政和六年（1116年），西门庆三十岁。四月，宋惠莲死。五月二十八日，"西门庆又派人赴东京为蔡太师送生辰礼物。蔡太师封赏西门庆为山东提刑所理刑副千户"。六月二十三日，李瓶儿生下了官哥。他加官又得子，该是很得意。七月初二，"西门庆新官上任"。七月底，西门庆在狮子街开了第三家店，是一家绒线铺。然后，他开始接待官员，比如蔡状元、安进士，和官家有了勾结。也是在这个时候，他勾搭上了伙计韩道国的妻子王六儿。

政和七年（1117年），西门庆三十一岁。这是他声势最盛的时期，也可以说是极盛而衰的转折点。这一年从正月初九写起，一直写到年底，从第三十九回写到第七十八回，占整部小说五分之二的回目，可见它的重要性。三月初六，"西门庆一家上坟祭祖，并看坟园新房"。这年上坟时的热闹繁华，与日后吴月娘寡妇上新坟的情景形成鲜明对比。四月十七日，这一天是西门庆家很重要的日子，吴月娘拿到了可以生孩子的胎盘符药，而西门庆从永福寺胡僧处拿到了春药。两个人我背着你，你背着我，分别求助于佛道。这是第四十九回的事情。六月十四日，西门庆到东京向蔡京拜寿，正式认对方为干爹，人生到了顶点。七月二十九日，装修原属乔大户家的缎子铺。但是过了不到一个月，八

图3-明　仇英《清明上河图》之当铺

月二十三日，官哥儿终于被潘金莲折腾死了。官哥虽然死了，缎子铺还是要开张。九月十七日，李瓶儿"血崩而死"，年仅二十七岁。李瓶儿之死也是书中很重要的章节，从第六十二回到第六十六回，都在铺排她的这场丧事。虽然她只是西门庆的第六房小妾，身后事却极尽排场。但时隔仅一年多，西门庆的丧礼却是门前冷落车马稀。十一月初六，西门庆包养郑爱月儿，李桂姐已经失宠。初九，他勾搭上了王招宣府的林太太。从这个情节可以看出，西门庆对自己的暴发户身份也有自卑感。他看上年纪比较大的林太太，纯粹是带着"你是一个官太太，我就要试试你的滋味"的意图。他要征服她，还在她身上烧香，也就是进行性虐待。十一月初十，西门庆升官了，从副千户变千户了，中间当然又靠了很多关系，花了很多钱，又赚了不少钱。他虽然有了很多女人，却仍

图 4- 明　仇英《清明上河图》之生药铺

不满足，又看上了贲四媳妇。就好像一个人明明不饿，却还是想吃，吃又吃得不开心，自己也想不出原因。这个时候，西门庆真的是完全不挑，甚至连脸都没有看清楚就上。西门庆三十一岁这一年，整整写了四十回，好像有人在旁边写起居注，一笔一笔记录下来那般详细。

　　政和八年（1118年），西门庆三十二岁。日子还在过，可是他人开始不行了。正月初七，"西门庆初感腰腿疼，晚在孙雪娥房中过夜"。我们讲过，孙雪娥的地位比较低，他一年难得去她房间一次，可是身体不舒服的时候却去了，为什么呢？小说里可以看到，那一整晚孙雪娥都在帮他捶腿。吴月娘和应伯爵都在劝西门庆要好好休息，但是他不当回事。正月十三日，"西门庆已感头沉乏力"，但当天仍"与王六儿欢娱"，回家已累得不行。随后，"潘金莲喂西门庆三粒梵药，致西门庆精尽昏迷"。正月二十一日，西门庆死了。临死前一天，西门庆交代后事，让人觉得他真是了不起：已经病到这个程度了，神志还很清楚，对自己的财产如数家珍，交代得清清楚楚。不管他人品如何，他都是一个很成功的商人，而且对他的产业和家庭是负责任的。最后，在他过世的那一刹那，他和吴月娘的儿子孝哥儿出生了。这里很容易牵扯到所谓的因果论。

详写的六年过去了，接下来的十年用全书五分之一的回目带过。树倒猢狲散，走的走，死的死，逃的逃，吴月娘独撑大局，下人们都来侵占西门庆留下的家产。不过，这二十回有一些地方还是很好看的，譬如第八十九回"清明节寡妇上新坟，吴月娘误入永福寺"。庞春梅被吴月娘赶走，卖入周守备府，没多久就生了一个儿子。这个儿子是谁的，书里有很多暗示，可是无论如何，她已经成为周守备的正头娘子了。又是清明节，境况凄惨的吴月娘在永福寺与春梅偶遇，那种主客异位的沧桑感，和每个人的言语，都写得很好。又如第九十六回"春梅游玩旧家池馆，守备使张胜寻经济"，也是讲春梅。虽然有很多《金瓶梅》的评论者指责她，但我个人觉得她还不错。当初她被吴月娘赶走，净身出户，算是很大的耻辱。但是她得意以后，对吴月娘却很恭敬，这是她的人情道义。如此一来，吴月娘对她的态度也大为改观，让孝哥儿叫春梅姐姐，把她当作自己人。在第九十六回里，春梅故地重游，看到西门府的房子破落了，人也少了，从前她和潘金莲住的地方已经一片荒凉，凸显出人世的沧桑无常。

接下来，我们就一点一点、一层一层地解读《金瓶梅》的故事，慢看细品晚明奢靡浮世绘中的饮食男女与世道人心。

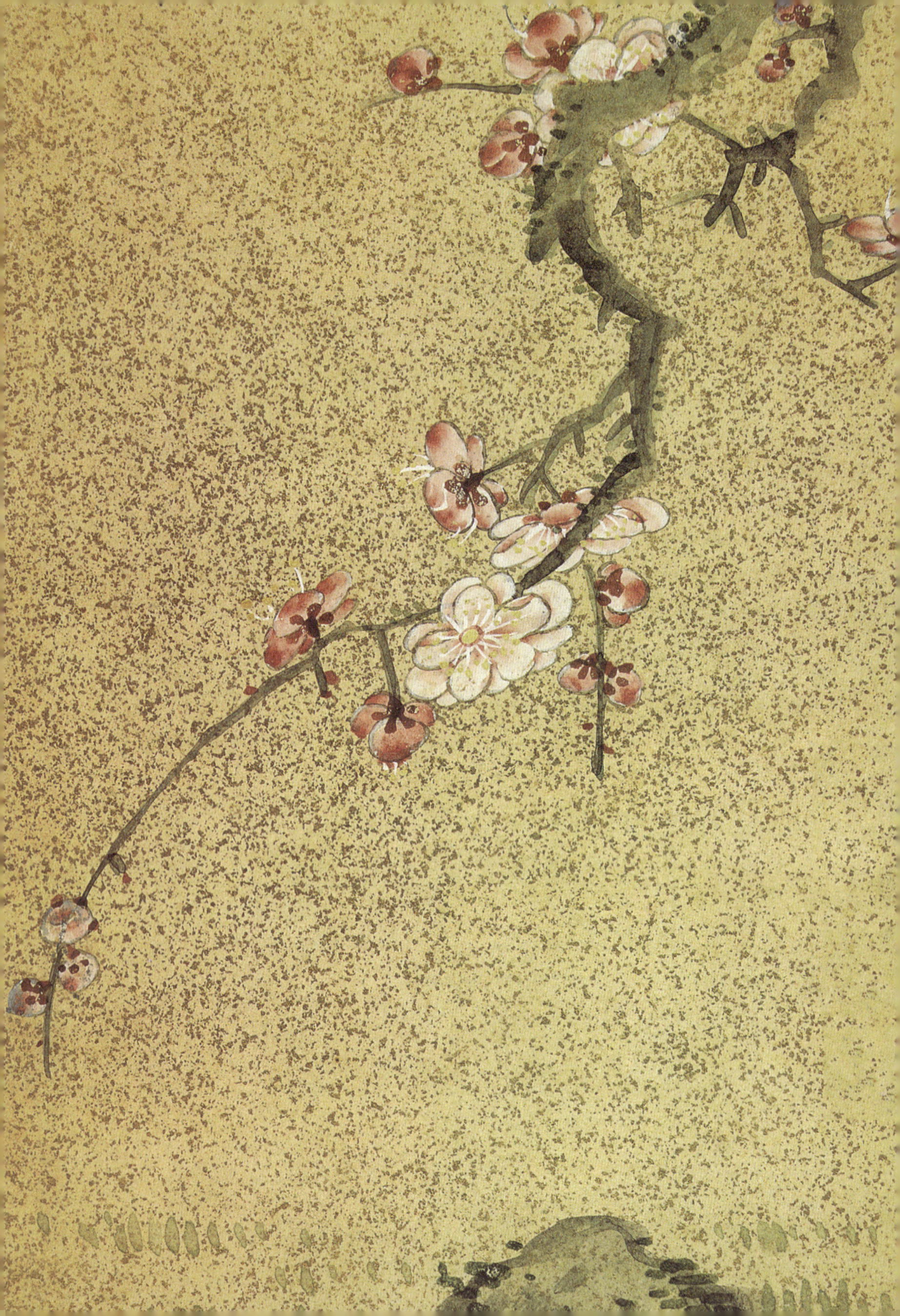

第三章

奸夫淫妇谋杀亲夫

现在我们正式进入《金瓶梅》的第一场大戏——奸夫淫妇谋杀亲夫。

《金瓶梅》的前十回事实上还是从《水浒传》故事里面出来的，包括文字、结构、叙述，整段搬过来，只有第七回是后来加进去的。奸夫淫妇谋害亲夫，是一个社会档案，而这个社会档案自古至今从来没有断绝过。可是我们只要提到这个题目，最经典、最有名的大概就是潘金莲、西门庆跟武大郎。这三个人的名字已经成为专有名词：一提到"淫妇"，潘金莲跃然而出，"奸夫"就会想到西门庆，而武大郎就是那个可怜的"亲夫"。金圣叹评本《水浒传》共有七十回，这个故事是从第二十二回到第二十五回，总共占了三回半。从西门庆和潘金莲开始勾搭然后杀夫，到鸳鸯同宿同飞，再到双双殒命，故事一气呵成，很完整。到了《金瓶梅》里，几个主要人物都在，武松、潘金莲、西门庆、武大郎，甚至郓哥儿和王婆都是原样，连角色性格都没有变。武松、王婆、郓哥儿、武大郎戏不多，我们先来说说武松。

武松：狭隘的英雄主义

武松还是维持着《水浒传》中的草莽英雄性格，路见不平，拔刀相助，大丈夫求得一时痛快，讲得文雅一点儿就是意气用事。《水浒传》中的"义"其实是相当狭隘的"义"，我个人最喜欢用阮小二、阮小五、阮小七三兄弟来举例子。他们脖子一拍，讲道："这腔热血，只卖与识货的。"然后就没有下文了。我就想问：这个"识货的"如果是杀人越货、贩毒或者买卖人口的呢？而这不在他们的考虑范围。谁赏识他，他就为谁卖命。为什么《水浒传》一直很受欢迎？因为它体现的就是活脱脱的江湖帮派的道义，至今仍然存在。《水浒传》虽然扯了一面"替天行道"的大旗，问题是有多少老百姓受到了恩惠？这一点值得商榷。我们再举一个例子。

李逵，诨号"黑旋风"，《水浒传》一百零八个好汉中唯一敢跟宋江讲真话的大老粗。他总是在讲"宋江哥哥你想当皇帝就直说了吧""李逵我为你去拼命"之类的话，是最憨直的一个人。可是，当好汉们劫法场、救宋江的时候，李逵舞着两把斧头，"不问军官百姓，杀得尸横遍地，血流成渠"，一直杀到江边，还不停手。小说中，常常一座城池被好汉们攻下来以后，幸存的百姓也不多了。还有，他们为了凑齐一百零八个好汉，如果知道某地某人不错，甚至不惜用陷害的方式，把人家逼上梁山。这就是标准的《水浒传》中的英雄：第一，莽撞，不计后果；第二，义是狭隘的，江湖式的。

有人认为武松勾引了潘金莲，至少他让潘金莲春心荡漾，并且没有进行防备。关于这点，且待以后分解，我们先来谈谈他对哥哥武大和潘金莲这两个家庭成员的态度。武松的眼里只有哥哥，完全没有替潘金莲着想，只是拿最传统的三从四德，用"嫂嫂"的身份要求潘金莲应该怎样、只能怎样。他讲道："嫂嫂把得家定，我哥哥烦恼做甚么！岂不闻古人云：篱牢犬不入！"（第二回）意思是，如果你的围篱很牢固的话，狗就不会爬进来了。后来，武松还用反话，说嫂嫂原不是那猪狗不如之人，实际上在骂她是猪狗。他完全没有考虑到潘金莲也是一个人，而且是一个他哥哥匹配不上的女人。他的眼里只有哥哥，完全没有起码的人道关怀。而一个真正的英雄，应该是心怀悲悯，会想到自己的哥哥，也应该想到作为女人的嫂嫂所受的委屈。如果他可以换个角度去想，故事或许就不一样了。

还有武松对迎儿的态度。迎儿是武大郎和亡妻的女儿，《水浒传》里没有这个角色。《金瓶梅》中特别加进去："且说武大终日挑担子出去街上，卖炊饼度日。不幸把浑家故了，丢下个女孩儿，年方十二岁，名唤迎儿。"（第一回）也就是说，武大已经娶过一个人，潘金莲是续弦。迎儿的存在，几乎就是用来烘托武松性格中的残忍和矛盾的。武大被毒杀后，潘金莲便进了西门府。武松从郓哥处得知事情经过，寻西门庆不得，一怒之下摔死了与西门庆相熟的皂隶李外传，因此被流配孟州（第九回）。在第八十七回中，武松返回清河县复仇，当着迎儿的面，将已经被赶出西门府的潘金莲杀死："说时迟，那时快，把刀子去妇人白馥馥心窝内只一剜，剜了个血窟窿，那鲜血就邀出来。那妇人就星眸半闪，两只脚只顾登踏。武松口噙着刀子，双手去斡开他胸脯，扑挖的一声，把心肝五脏生扯下来，血沥沥供养在灵前。"跟着，武松又割下了王婆的头。这个画面比《水浒传》中的描写血腥一百倍。此时，迎儿讲了一句话："叔叔，我也害怕！"武松却答："孩儿，我顾不得你了！"武松只赶着把这些人杀了，还想到隔壁杀死王婆的儿子王潮，但被他逃了。于是，武松把王婆家里所有的金银财宝包好，自己走了，完全没有顾到迎儿。我们读这一段的时候，都不免要替迎儿担心：她接下来会不会流落街头？会不会被卖入娼家？会不会饿死？迎儿是哥哥留下来的唯一骨血，武松只顾复仇，反而不顾她，这便是逞一时之快了。这种狭隘的英雄主义，在《金瓶梅》中更加具有冲突性。

关于武大、潘金莲和武松的这段故事，《水浒传》和《金瓶梅》中的结局也不太一样。在《水浒传》中，从第二十二回到第二十五回，快刀斩乱麻，该死的人都死了，马上就复仇了。可是在《金瓶梅》里，武松是因为杀错人吃了官司，被判流配；西门庆则逍遥法外，而且"有情人终成眷属"。有学者认为《金瓶梅》中的故事才更接近现实的人生。《水浒传》的写法是一种传奇性的英雄式的写法，有冤报冤，有仇报仇，用个人的武力来决定一个世界的公道。可是这是一种传奇，而在现实生活中，尤其是西门庆所属的那个时代，官商肆意勾结，如果武松想杀西门庆，应该不是那么容易的。有句俗话很是令人感慨："好人不长命，祸害遗千年。"坏人因为敢坏，反而可以活久一点儿。这些人有钱有势，关系四通八达，升斗小民如果受到他们的侵犯，想复仇也没有办法。他们可以聘请很多专业人士，以合法来掩护非法，不是那么容易让仇家得手。这些人最后通常是自取败亡。如果西门庆不是纵欲过度死掉，武松回来面对的还是如日中天的西门府，那么武松也不敢报仇。就算是报了仇，或许会再次吃上官司，再次被流配。《水浒传》中的英雄豪侠故事，让人看了非常痛快，虽然知道不太可能，但带给人情绪上的满足感，让人觉得大快人心。《金瓶梅》却直白地告诉我们事与愿违，即使到今天，我们所处的世界在某种意义上还是如此。当然，你也可以说，如果在前十回就把西门庆和潘金莲杀了，那还有什么戏可唱？留着他们，才有这样一个故事出来。

王婆的角色也是从《水浒传》中搬来的。尤其她说的"五个条件"与"十条挨光之计"（"挨光"意即偷情），和《水浒传》完全是一样的，可见这一段故事在《水浒传》的时候就很经典，而且应该是流传久远。她说，男人如果想偷情，自身必须具备五个条件：潘、驴、邓、小、闲。第一，要有潘安的貌，就是要长得很帅；第二，要有很特别的性器官，像驴一样；第三，要有可比邓通的财富；第四，要够小心，即在追求的时候要够贴心，会做各种让女人高兴的事情；最后一个"闲"，就是闲工夫，要有充裕的时间。这五个条件西门庆算是具备，于是，王婆就帮他设计了十条挨光之计，非常周密。金圣叹批评《水浒传》的时候，对这一"五"一"十"给了四字评语："千古奇闻。"

潘金莲：这个世界不曾给她一点儿光

相对《水浒传》来说，《金瓶梅》的主角潘金莲和西门庆的形象是有所进化的，经过作者的添骨、添肉、添神经，这两个人物越来越复杂，也越发立体。不像《水浒传》根本就是男人写给男人的，强人写给强人的，几乎没有顾及女性的心理。里面的女性要么是祸水，要么是卖人肉包子的。而《金瓶梅》对潘金莲这个角色有很多铺陈，写她成长的背景，写她心理的转折，写她为什么会变成这个样子，这样一来她的形象变得比较立体、比较细腻。西门庆也是

一样，个性更加明显，并且顺着个性去展开人生。

我们先看潘金莲的背景。在《水浒传》里，只有一句话而已，而《金瓶梅》中写得很详细，且看第一回。

这张大户家有万贯家财，百间房产，年约六旬之上，身边寸男尺女皆无。妈妈余氏，主家严厉，房中并无清秀使女。一日，大户拍胸叹了一口气，妈妈问道："你田产丰盛，资财充足，闲中何故叹气？"大户道："我许大年纪，又无儿女，虽有家财，终何大用！"妈妈道：

明 唐寅《山水人物纸本其一》(局部)

"既然如此说,我教媒人替你买两个使女,早晚习学弹唱,服侍你便了。"大户心中大喜,谢了妈妈。过了几时,妈妈果然教媒人来,与大户买了两个使女。一个叫作潘金莲,一个唤作白玉莲。这潘金莲却是南门外潘裁的女儿,排行六姐。因他自幼生得有些颜色,缠得一双好小脚儿,因此小名金莲。父亲死了,做娘的因度日不过,从九岁卖在王招宣府里,习学弹唱,就会描眉画眼,傅粉施朱。梳一个缠髻儿,着一件扣身衫子,做张做势,乔模乔样。况她本性机变伶俐,不过十五，就会描鸾刺绣，品竹弹丝，又会一手琵琶。后王招宣死了，潘妈妈争将出来，三十两银子转卖与张大户家。与玉莲同时进门，在大户家习学弹唱，金莲学琵琶，玉莲学筝。玉莲亦年方二八，乃是乐户人家女子，生得白净，小字玉莲。这两个同房歇卧。主家婆余氏，初时甚是抬举二人，不曾上锅排备洒扫，与他金银首饰妆束身子。后日不料白玉莲死了，止落下金莲一人，长成一十八岁，出落的脸衬桃花，眉弯新月，尤细尤弯。张大户每要收他，只怕主家婆厉害，不得手。一日，主家婆邻家赴席，不在。大户暗把金莲唤至房中，遂收用了。正是：

美玉无瑕，一朝损坏；珍珠何日，再得完全？

打从北宋以来，京城那些小户人家，反而重生女儿，不重生男。因为在京城里，生男孩没有什么用处，女孩则可以随着她的资质进各种"技职学校"，比如学裁缝、学煮饭或者去学音乐，大体是服侍人的技能，冀望学成之后会有更好的将来。潘妈妈也是一个厉害角色，见潘金莲长得漂亮，从小就帮她缠了一双好脚儿。那个时候，小脚是很重要的，人们看女孩不是看脸，是看脚的。潘金莲父亲死得早，她九岁先被卖到王招宣府——小说后面有个林太太，王三官的母亲，就是这家的人。

"……习学弹唱，就会描眉画眼，傅粉施朱。梳一个缠髻儿，着一件扣身衫子，做张做势，乔模乔样。况她本性机变伶俐，不过十五，就会描鸾刺绣，品竹弹丝，又会一手琵琶。"这些都是在强调潘金莲努力向上的过程。她这么一个身份，有这样一个机会，就在自身可能的范围内努力做到人家希望的样子，努力学可以学到的东西。扣身衫子就是那种曲线毕露的紧身衣，不过西门庆初次见到她时，她穿的不是这种衣服。"做张做势，乔模乔样"，这八个字也很精彩，所有妩媚地娱乐人的本领她都学了。而且，"她本性机变伶俐"，还不到十五岁，刺绣、丝竹、琵琶就都会了。你看，这个有"理想"、有"抱负"的女青年，在可能的范围内，已经将能够拿到的武器尽量装备上了。

后来，王招宣死了，潘妈妈将潘金莲"争将出来"，再卖一次，这次就卖给了张大户家。怪不得后来潘金莲对潘妈妈很不好，很生她妈妈的气。潘金莲在张大户家里继续学习琵琶，像进了研究所一样。到了十八岁，潘金莲已经出落得非常出色，可是她归根结底只是人家的使女。于是，张大户就找了一个机会，把她收用了。

我们说，《金瓶梅》是一部很幽默的书，就要从这里看起。它的幽默不是在嘴巴上，而是在于对比、烘托、反衬，让你读过之后觉得好笑。"大户自从收用了金莲之后，不觉身上添了四五件病症。"是哪五件呢？"第一腰便添疼，第二眼便添泪，第三耳便添聋，第四鼻便添涕，第五尿便添滴。"这怪谁？这根本就是老年男人的特征，肝肾亏损。"腰便添疼"应该是肾虚，"眼便添泪"应该是干眼症，"耳便添聋"应也是肾不好，"鼻便添涕"则是呼吸系统的问题，"尿便添滴"很显然是前列腺肥大；可是，却通通怪罪到潘金莲身上去了。潘金莲本是一个毫无自主权的人，张大户说要收用她就收用她，被张夫人知道了，便"甚是苦打"。从小到大，她所接受的事实是没有人把她当作人，她就好像一个被调教出来的宠物，只是供人娱乐的。张大户知道自己太太容不下潘金莲，就"赌气倒陪房奁，要寻嫁得一个相应的人家"，将她送给了"人物猥琐"的武大。但是，事情并没有到此结束。张大户为什么要将潘金莲给武大郎？因为他经常可以"蹓入房中与金莲厮会"。同样是自己妻子的偷情案件，为什么这个人是张大户的时候武大不敢捉奸，"虽一时撞见，亦不敢声言"，而到了西门庆他就敢？这也是我们可以讨论的有趣的地方。

潘金莲对这门亲事是非常不满意的。她跟张大户抱怨道："普天世界断生了男子，何故将奴嫁与这样个货？"武大不仅长得难看，而且"每日牵着不走，打着倒退，只是一味味（同"噇"：吃喝无度）酒。着紧处却是锥扎也不动。奴端的哪世里晦气，却嫁了他！是好苦也"！她本来已经在能力范围内努力让自己出色，却完全没有机会获得更好的未来。被收用，被打，然后又被嫁给这样的男人。如果没有意外的话，她这一辈子等于已经结束了。写到这里，作者或者说书先生插话进来了："看官听说：但凡世上妇女，若自己有些颜色，所禀伶俐，配个好男子便罢了！若是武大这般，虽好煞也未免有几分憎嫌。"这番议论代表了当时一般人对潘金莲和武大婚姻的观感，我个人觉得算是持平的，到现在仍然说得通。一个女孩子，又聪明，又能干，又美丽，硬把她丢给武大，即便他是个好人，天天看着，也会觉得很泄气。这是潘金莲"一步一步，走向没有光的所在"的开始，因为这个世界对她很残忍，不曾给她一点儿光。她的心境从这一刻开始，将动荡得更厉害了。

张大户死后，武大和潘金莲被张家赶了出来。"这妇人每日打发武大出门，只在帘子下嗑瓜子儿，一径把那一对小金莲故露出来，勾引的这伙人日逐在门前弹胡博词、扠儿机，口里油似滑言语，无般不说出来。"到目前为止，潘金莲还没有什么坏心，也没有想去偷汉子。她跟着武大过日子，虽然不满意，也暂时没有什么办法。她每天只喜欢在那儿嗑瓜子，露出她缠得很漂亮的小脚——这是她全身最美的地方，最足以夸耀示人的地方。她的这番举动，纯粹是在满足一个年轻女人的小小的虚荣心，就像现在胸部漂亮的人喜欢穿低胸装一样。

书中的宋惠莲也是一天到晚嗑瓜子，无论有意还是无意，唇舌的触碰与嗑瓜子的声音，也流露出一种性感。但此时的潘金莲并没有想这些，她还是想和武大过下去的。因为有街头浪子追逐潘金莲，武大想搬家。当下，潘金莲对丈夫说："不如凑几两银子，看相应的典上他两间住，却也气概些，免受人欺负。"典房是一种介于买和租之间的交易，购买者有房子的所有权，没有房子的土地权。武大拿不出钱，潘金莲虽然不快，还是拿出自己的首饰凑钱，并说"过后有了，再治不迟"。

但是，就在这时，新的刺激出现了：武大的弟弟武松回到了家里。

武松一出现，潘金莲口中甜得几乎上了蜜，一口一个"叔叔"，叫得人心都要化掉了。

　　为什么潘金莲会想去勾搭武松？第一个原因可能是从小到大没有人跟她说过这样不行。后来我们会知道，王招宣府本身也是一个藏污纳垢的地方。府中的主子林太太表面上是一位有封号的贵夫人，暗地里却在拉男人。你可以想象，不管是在王招宣府，还是在后来的张大户家，在潘金莲的成长过程中，并没有所谓的三从四德，甚至没有起码的道德观念。

　　再者，她从小学的"本事"，就是如何讨男人欢心，或者说怎样勾引男人，这是她一个很重要的努力的方向。男人看她一眼的那种满足感就让她窃喜。遇到武松，她从心里感觉到：终于有个像样的男人了！张大户和武大郎，离她的梦想太远了。而武松的年纪和长相，以及他打虎英雄的光环，让潘金莲觉得，这才是足堪与自己匹配的男人。在这之前，不管是被张大户收用，还是被嫁给武大郎，我认为她都没有任何所谓情欲的意念，在别人将她当作一件东西的时候，她自己仿佛也接受了这样的暗示。但是现在，她的感觉出现了，她的情欲第一次觉醒了。于是，她主动出击，生平第一次想要为自己争取一点儿什么。我认为这无关乎道德，她只是想用从小到大学会的本领，去吸引那第一个令自己心动的男人而已。

　　可是，她遭到了很大的挫折，武松完全没有响应。而且，武松还讲了一番重话，先是："嫂嫂，不要恁的不识羞耻！"推了潘金莲一跤后，又说："武二是个顶天立地的噙齿戴发的男子汉，不是那等败坏风俗伤人伦的猪狗！嫂嫂休要这般不识羞耻，为此等的勾当。倘有些风吹草动，我武二眼里认的是嫂嫂，拳头却不认的是嫂嫂！再来休要如此所为。"她好不容易找到一个想要的男人，却被这样辱骂，仅剩的一点点做人的尊严也被打掉了。那她还有什么顾忌？对于潘金莲整个心理来说，这是一个非常重要的转折点。接下来我们就可以解释，为什么她一看到西门庆就接受了。

西门庆、潘金莲"一见钟情"

比起武松，西门庆则是风流偶傥、温柔有钱，何况还有媒人王婆的卖力牵线："这位官人，便是本县里一个财主，知县相公也和他来往，叫作西门大官人。家有万万贯钱财，在县门前开生药铺。家中钱过北斗，米烂陈仓，黄的是金，白的是银，圆的是珠，光的是宝，也有犀牛头上角，大象口中牙，又放官吏债，结识人。"经过这番细细铺排，潘金莲和西门庆很快便勾搭上了。

我们返回头去看看西门庆和潘金莲的第一次会面。这个情节在《水浒传》中只是一语带过，可是在《金瓶梅》里，作者将双方眼里所见和心里所想都写得很细腻。

武松走了，武大听从弟弟所言，"每日只是晏出早归，到家便关门。那妇人气生气死，和他合了几场气"。不过，渐渐潘金莲也习惯了，"约莫将及他归来时分，便下了帘子，自去房内坐的。一日，也是合当有事，却有一个人从帘子下走过来。自古没巧不成话，姻缘合当凑着。妇人正手里拿着叉竿放帘子，忽被一阵风将叉竿刮倒，妇人手擎不牢，不端不正，却打在那人头巾上。妇人便慌忙陪笑"。接下来，我们便借由潘金莲的眼睛看到了一个帅哥："把眼看那人，也有二十五六年纪，生的十分博浪。头上戴着缨子帽儿，金玲珑簪儿，金井玉栏杆圈儿。长腰身，穿绿罗褶儿。脚下细结底陈桥鞋儿，清水布袜儿。腿上勒着两扇玄色挑丝护膝儿，手里摇着洒金川扇儿，越显出张生般庞儿，潘安的貌儿。"西门庆从头到脚穿戴的是当时中国最流行、最时髦的打扮。

然后，视角转换了。这么漂亮一个男人，"被叉竿打在头上，便立住了脚。待要发作时，回过脸来看，却不想是个美貌妖娆的妇人"。接下来是对潘金莲样貌的描写，这样写女人，在《金瓶梅》里找不出第二个。你看到一个女人，怎么可能一眼就将全身上下里里外外全看清楚？其实这是说书先生的意淫。此时，他已经将潘金莲设定为一个淫妇，对待淫妇不必讲礼貌，完全是剥光了衣服在讲解，以满足听众的胃口。潘金莲明明穿得好好的，可是在西门庆的眼里，在说书人的眼里，在读者的眼里，她是一丝不挂的，人格尊严也被剥了个精光。你看，作者写她的鬈发，写她的眉毛，写她的杏子眼，写她的樱桃口，香喷喷，直隆隆，粉浓浓，娇滴滴，轻袅袅，玉纤纤，一捻捻……马上就到色情的部分了。这样的描写，也是前无古人、后无来者，成就了中国文学史上"千古第一淫妇"的名号。

说书先生讲了故事之后，还会唱一段给你听：

头上戴着黑油油头发鬏髻，四面上缉着皮金，一径里楚出香云一结，周围小簪儿齐插。六鬓斜插一朵并头花，排草梳儿后押。难描八字弯弯柳叶，衬在腮两朵桃花。玲珑坠儿最堪夸，露来玉酥胸无价。毛青布大袖衫儿，褶儿又短，衬湘裙碾绢绫纱。通花汗巾儿袖中儿边搭剌，香袋儿身边低挂，抹胸儿重重纽扣，裤腿儿脏头垂下。往下看，尖趫趫金莲小脚，云头巧缉山牙，老鸦鞋儿白绫高底，步香尘偏衬登踏。红纱膝裤扣鸳花，行坐处风吹裙袴。口儿里常喷出异香兰麝，樱桃初笑脸生花。人见了魂飞魄散，卖弄杀偏俏的冤家！（第二回）

这一段才写到潘金莲的衣着打扮，由意淫变为写实。潘金莲在王招宣府的时候，穿的是扣身衫子；现在她作为武大郎的老婆，穿的是粗糙的衣服，即毛青布大袖衫儿。西门庆一下就把这个女人看得透透的，"先自酥了半边，那怒气早已钻入爪哇国去了，变作笑吟吟脸儿"。随后，两人便说了几句话，"奴家一时被风失手，误中官人"之类的。

这场景恰好被卖茶的王婆看见了。那王婆笑道："兀的谁家大官人打这屋檐下过？打的正好！""打的正好"四个字，一下道出王婆的背景，她绝不是一个卖茶的而已。一刹那间，王婆已经看清局势。接下来，王婆摇身变成主角，把那一对年轻男女玩得团团转。

有人也许会问：如果潘金莲和西门庆之间没有王婆会怎样？没有武松会怎样？没有郓哥儿会怎样？说来这两个人第一次见面时，还没有那么坏，如果没有王婆，西门庆来来回回跑几趟，也许就算了。而且，若没有王婆和武松，西门庆后来很可能会采取张大户的模式，不时给武大郎一些钱。而武大郎或许会接受，就像住在张大户家时一样，一是西门大官人他惹不起，再者不管怎样，老婆在名义上还是自己的，况且不是没有前例。这样看来，不管是不是错着，武松和王婆都是武大死路上的助推者。潘金莲和西门庆因为忌惮武松，所以才要杀人灭口；王婆因为能从中捞到好处，才会一直出谋划策，帮助二人把事情做得更"圆满"。

此时，潘金莲和西门庆的关系还仅仅是"妇人"和"那人"，彼此并不认识。"那人又笑着，大大的唱个喏，回应道：'小人不敢！'那一双积年招花惹草、惯觑风情的贼眼，不离这妇人身上，临去也回头了七八遍，方一直摇摇摆摆，遮着扇儿去了。"到这里，故事与《水浒传》重合的部分结束了，《金瓶梅》的情节全面展开。

潘金莲的心情是怎样的呢？"当时妇人见了那人生的风流浮浪，语言甜净，更加几分留恋……"这么一个年轻、聪明、漂亮的女孩，心思有几分动摇，倒也无可厚非。"倒不知此人姓甚名谁，何处居住。他若没我情意时，临去也不回头七八遍了。不想这段姻缘，却在他身上！"潘金莲如此想着，已经爱上那人了。"却是在帘下，眼巴巴的看不见那人，方才收了帘子，关上大门，归房去了。"

鲁迅曾经说，《金瓶梅》常常"一时并写两面，使之相形，变幻之情，随在显见，同时说部，无以上之"。讲完潘金莲的心情，作者就顺应听众或者读者的好奇心，将西门庆的背景介绍一番。

这人"原是一个破落户财主，就县门前开着个生药铺。从小儿也是个好浮浪弟子，使得些好拳棒，又会赌博，双陆象棋，拆白道字，无不通晓。近来发迹有钱，专在县里管些公事，与人把揽说事过钱，交通官吏"。总而言之，这是一个会玩、会赚钱，而且在当地颇有些门路的公子哥儿。重点是西门庆的心思："这西门大官人自从帘下了见了那妇人一面，到家寻思道：'好一个雌儿，怎能够得手？'"他用的这两个词——"雌儿""得手"，还是《水浒传》的习惯用语。"猛然想起那间壁卖茶王婆子来：'堪可如此如此，这般这般。撮合得此事成，我破几两银子谢他，也不值甚的。'"

王婆的欲擒故纵

既打定了主意，西门庆"于是连饭也不吃，走出街上闲游，一直径蹅入王婆茶坊里来，便去里边水帘下坐了"。"水帘下"正是一个能看到茶坊对面的位置。王婆见状，便和西门庆展开了一番对话：

西门庆道："干娘，你且来，我问你，间壁这个雌儿是谁的娘子？"王婆道："他是阎罗大王的妹子，五道将军的女儿。问他怎的？"西门庆说："我和你说正话，休取笑。"王婆道："大官人怎的不认的？他老公便是县前卖熟食的。"西门庆道："莫不是卖枣糕徐三的老婆？"王婆摇手道："不是！若是他，也是一对儿。大官人再猜。"西门庆道："敢是卖馉饳的李三娘子儿？"王婆摇手道："不是！若是他，倒是一双。"西门庆道："莫不是花胳膊刘小二的婆儿？"王婆大笑道："不是！若是他时，又是一对儿。大官人再猜。"西门庆道："干娘，我其实猜不着了。"王婆哈哈笑道："好教大官人得知了罢，笑一声。他的盖老，便是街上卖炊饼的武大郎。"西门庆听了，跌脚笑道："莫不是人叫他三寸丁谷树皮的武大郎么？"王婆道："正是他。"西门庆听了，叫起苦来，说道："好一块羊肉，怎生落在狗口里！"王婆道："便是这般故事。自古骏马却驮痴汉走，美妻常伴拙夫眠。月下老偏这等配合。"西门庆道："干娘，我少你多少茶果钱？"王婆道："不多，由他，歇些时，却算不妨。"西门庆又道："你儿子王潮跟谁出去了？"王婆道："说不的，跟了一个淮上客人，至今不归，又不知死活。"西门庆道："却不叫他跟我，那孩子倒乖觉伶俐。"王婆道："若得大官人抬举他时，十分之好。"西门庆道："待他归来，却再计较。"说毕，大谢起身去了。（第二回）

这段对话很有意思，从远的地方拉过来，再推过去。西门庆问刚刚那个人是谁，王婆就知道他是只肥羊，故意吊他胃口。西门庆却没有接着问潘金莲的情况，而是突然转到了茶果钱上，又问王婆的儿子王潮在哪里。这都是有意的，没有讲到她，可是句句都是她，暗示可以给王婆钱，王婆的儿子也可以到他那里帮忙。王婆当然没有什么不懂的。这段对话，看起来漫不经心，却一个字都不能删。

约莫未及两个时辰，又踅将来王婆门首帘边坐的，朝着武大门前。半歇，王婆出来道："大官人，吃个梅汤？"西门庆道："最好。多加些酸味儿。"王婆做了个梅汤，双手递与西门庆。吃了，将盏子放下，西门庆道："干娘，你这梅汤做得好，有多少在屋里？"王婆笑道："老身做了一世媒，哪讨得一个在屋里！"西门庆笑道："我问你这梅汤，你却说做媒，差了多少！"王婆道："老身只听得大官人问这媒做得好，老身只道说做媒。"西门庆道："干娘，你既是撮合山，也与我做头媒，说头好亲事，我自重重谢你。"王婆道："看这大官人作戏。你宅上大娘子得知，老婆子这脸上怎乞得那等刮子！"西门庆道："我家大娘子最好性格。见今也有几个身边人在家，只是没一个中得我意的。你有这般好的，与我主张一个，便来说也不妨。若是回头人儿也好，只是要中得我意。"王婆道："前日有一个倒好，只怕大官人不要。"西门庆道："若是好时，与我说成了，我自重谢你。"王婆道:"生的十二分人材,只是年纪大些。"西门庆道:"自古半老佳人可共。便差一两岁也不打紧。真个多少年纪?"王婆子道:"那娘子是丁亥生,属猪的,交新年恰九十三岁了。"西门庆笑道:"你看这风婆子,只是扯着风脸取笑!"说毕,西门庆笑了起身去。(第二回)

西门庆第二次来到王婆的茶坊,要了梅汤。他要"多加些酸味儿",就是味道要重一点儿。这梅汤是一个引子,喝罢梅汤,两人打趣了几句,便要进入正题,开始做媒了。王婆说"老身只听得大官人问这媒做得好",意思是西门庆要的话,也可以帮他做媒。西门庆是聪明人,便顺水推舟请王婆帮忙。王婆担心西门家的大娘子吃醋,对自己不利,西门庆答"我家大娘子最好性格",意思是但请对方做媒无妨。"若是回头人儿也好",这是一个重点,西门庆不在乎那人是不是处女,只要中意就好。王婆仍然没有把话说定,却告诉西门庆那所谓"年纪大些"的家人已经九十三岁了,惹得对方笑骂。姜真是老的辣,王婆就这样故意吊着西门庆,胃口吊足,价钱才会够高。

看看天色晚了,王婆恰才点上灯来,正要关门,只见西门庆又踅将来,径去帘子底下那凳子上坐了,朝着武大门前只顾将眼瞭望。王婆道:"大官人,吃个和合汤?"西门庆道:"最好!干娘放甜些。"王婆连忙取一钟来,与西门庆吃了。坐到晚夕,起身道:"干娘,记了账目,明日一发还钱。"王婆道:"由他。伏惟安置,来日再请过论。"西门庆笑了去。到家甚是寝食不安,一片心只在妇人身上。当晚无话。(第二回)

西门庆第三次来找王婆,在王婆的建议下,吃了个和合汤。和合汤通常是结婚时候喝的,俩人都是意在言外,更接近真实目的了。

第二天,王婆刚要开门,就看到西门庆在街前走来走去,心知这只肥羊真的可以好好敲一敲了。"原来这开茶坊的王婆子，也不是守本分的。便是积年通殷勤，做媒婆，做卖婆，做牙婆，又会收小的，也会抱腰，又善放刁。还有一件不可说：鬏髻上着绿，阳腊灌脑袋。端的看不出这婆子的本事来！"这"一件不可说"，也就是接下来唱的最后两句："藏头露尾，撺掇淑女害相思；送暖偷寒，调弄嫦娥偷汉子。"总之，王婆这般人物，"端的惯调风月巧安排"。

>这婆子正开门，在茶局子里整理茶锅，张见西门庆蓦过几遍，奔入茶局子水帘下，对着武大门首，不住把眼只望帘子里瞧。王婆只推不看见，只顾在茶局子内煽火，不出来问茶。西门庆叫道："干娘，点两杯茶来我吃。"王婆应道："大官人来了。连日少见，且请坐。"不多时，便浓浓点两盏稠茶，放在桌子上。西门庆道："干娘相陪我吃了茶。"王婆哈哈笑道："我又不是你影射的，缘何陪着你吃茶！"西门庆也笑了。一会儿便问："干娘，间壁卖的是甚么？"王婆道："他家卖的拖煎河漏子，干巴子肉，翻包着菜肉匾食，饺窝窝，蛤蜊面，热汤温和大辣酥。"西门庆笑道："你看这风婆子，只是风！"王婆笑道："我不是风，他家自有亲老公。"西门庆道："我和你说正话。他家如法做得好炊饼，我要问他买四五十个拿的家去。"王婆道："若要买他炊饼，少间等他街上回来买，何消上门上户。"西门庆道："干娘说的是。"吃了茶，坐了一会，起身去了。（第二回）

这是西门庆第四次上门。王婆这边欲擒故纵，先是假装没看见他，又故意不顺着他的心意接话。"大官人来了。连日少见，且请坐。"这句话有趣，明明昨天西门庆还来了三次。王婆提到的这些食物，都是暗指性器官，西门庆当然听得懂。王婆接着提醒西门庆，那妇人已有丈夫。西门庆想借买炊饼上门，被王婆挡了回去。

西门庆当然没死心，又来了第五次。西门庆在那边走来走去，"一连走了七八遍"。作者这一系列过程的刻画多么幽默，简直是活生生的舞台剧。只要简单摆几张桌子，挂一个帘子，两个人就可以演得很精彩。这次，西门庆拿钱出来了。

西门庆便笑将起来，去身边摸出一两一块银子，递与王婆，说道："干娘权且收了，做茶钱。"王婆笑道："何消得许多！"西门庆道："多者干娘只顾收着。"婆子暗道："来了，这刷子当败。且把银子收了，到明日与老娘做房钱。"便道："老身看大官人有些渴，吃了宽煎茶儿如何？"西门庆道："如何干娘便猜得着？"婆子道："有甚难猜处。自古入门休问荣枯事，观看容颜便得知。老身异样跷蹊古怪的事，不知猜勾多少。"西门庆道："我有一件心上的事，干娘若猜得着时，便输与你五两银子。"王婆笑道："老娘也不消三智五猜，只一智，便猜个中节。大官人，你将耳朵来！你这两日，脚步儿勤，赶趁得频，已定是记挂着间壁那个人。我这猜如何？"西门庆笑将起来，道："干娘端的智赛隋何，机强陆贾。不瞒干娘说，不知怎的，吃他那日叉帘子时见了一面，恰似收了我三魂六魄的一般，日夜只是放他不下。到家茶饭懒吃，做事没入脚处。不知你会弄手段么？"王婆哈哈笑道："老身不瞒大官人说，我家卖茶，叫作鬼打更。三年前十月初三日下大雪，那一日卖了一个泡茶，直到如今不发市，只靠些杂趁养口。"西门庆道："干娘，如何叫作杂趁？"王婆笑道："老身自从三十六岁没了老公，丢下这个小厮，无得过日子。迎头儿跟着人说媒，次后揽人家些衣服卖，又与人家抱腰、收小的，闲常也会做牵头、做马泊六，也会针灸看病，也会做贝戎儿。"西门庆听了笑将起来："我并不知干娘有如此手段！端的与我说这件事，我便送十两银子，与你做棺材本。你好教这雌儿会我一面。"王婆便哈哈笑了。（第二回）

这次，两个人终于说通了。王婆虽然开着茶馆，但"杂趁"倒更像主业。做媒、卖衣服、接生、看病、小偷小摸……各种营生都做得来。她是《金瓶梅》故事中少见的有办法靠自己的本领活下来的"女强人"，不是靠出卖身体，不是靠别人养，就是自力更生。除了最后这个"贝戎儿"，都是靠力气、靠头脑的营生。前面我提到过，魏子云先生一辈子研究《金瓶梅》，做了详细的注解。但是，他对"贝戎儿"犯了难，想不出是什么。我看到这里，哑然失笑，觉得老一辈人真是温柔敦厚。我一看就联想到"贼"字，"贼"字分开不就是"贝戎"？可能我们这一代真的比上一代要"贼"吧。这是题外话。

小说最重要的是人物，人物之间最重要的是对白。对白成功，人物就成功。西门庆和王婆的这几番对话就非常精彩，人物也活灵活现。王婆老谋深算，西门庆也是一肚子鬼。可是这个时候他还嫩，所以被王婆牵着鼻子转来转去。我们讲过，崇祯本经过文人写定，删去了一些内容，但是对上面这段却一个字都没有删，而且还称赞了一句："摹写辗转处，正是人情之所必至。"两个人讲的好像全是废话，却是"作者精神之所在"，也是现实人情之所在。你一言，我一语，慢慢才入港，"若诋其繁而欲损一字者，不善读书者也"。

西门庆实施"挨光计"

西门庆开始展开行动了。他从王婆那里拿到了十条"挨光计"，也就是偷情计。最有意思的是，西门庆和潘金莲的"挨光"几乎是照着剧本在演，完全在王婆的掌握之中。她甚至连细节都设计到了，真是"赛诸葛"。每讲一步，她都告诉西门庆，如果对方不接话茬儿，"此事便休了"；如果对方顺着西门庆的意思来，再怎样继续演下去。

前九条计策我们且略过，直接来到第四回，看看这一段的高潮部分。王婆留西门庆和潘金莲两人在房里，独自出门买酒。西门庆便照着王婆教的，实施十条挨光计的最后一计。

却说西门庆在房里，把眼看那妇人，云鬟半軃，酥胸微露，粉面上显出红白来。一径把壶来斟酒，劝那妇人酒。一面推害热，脱了身上绿纱褶子，"央烦娘子，替我搭在干娘护炕上。"那妇人连忙用手接了过去，搭放停当。这西门庆故意把袖子在桌上一拂，将那双箸拂落在地下来。一来也是缘法凑巧，那双箸正落在妇人脚边。这西门庆连忙将身下去拾箸。只见妇人尖尖趫趫刚三寸、恰半扠，一对小小金莲正趫在箸边。西门庆且不拾箸，便去他绣花鞋头上只一捏。那妇人笑将起来，说道："官人休要啰唣。你有心，奴亦有意。你真个勾搭我？"西门庆便双膝跪下，说道："娘子，作成小人则个！"那妇人便把西门庆搂将起来说："只怕干娘来撞见。"西门庆道："不妨，干娘知道。"当下两个就在王婆房里脱衣解带，共枕同欢。（第四回）

"官人休要啰唣。"这一句话真是绝，意思是说，干吗这么麻烦呢？我们不必再演了，不必再拖了。可见潘金莲是一个果断的人。事情做完的时候，王婆马上杀进来，做出一副全不知情、吃了大亏的样子，占领道德制高点。她的意图也很明显，一方面在帮西门庆争取更大的利益，一方面是要拴住这二人，表明"我是知道你俩这些事的，以后都要听我的，别想撇下我"。所以我们说，王婆才是最厉害的角色。

随后，王婆问西门庆："这雌儿风月如何？"西门庆答："这色系子女不可言！""色系"就是"绝"，"子女"就是"好"，合在一起是说潘金莲"绝好"。那个时候流行拆白道字，这是一种文字游戏。那如果"相思"应该讲成什么？"木目田心！"不过，王婆和西门庆在文字上搞的花样还不止这些。

第二天，西门庆便给王婆送来了十两银子。王婆大喜，马上去武大家借瓢。各位想想，她名义上是借一个水瓢，实际上是要向武大借一个老婆来嫖，所谓意在言外的幽默效果就在这里。每个人都看得懂，只有武大不知道借瓢即是借嫖。昨天的激情过后，今天"西门庆见妇人来了，如天上落下来一般"。

王婆和潘金莲又开始讲闲话，西门庆呢？他"仔细端详那妇人"，觉得"比初见时越发标致"。这里写得很好。两个人昨天那一场激情演出如一阵暴风雨，现在激情过后，才有闲工夫慢慢端详。西门庆细看潘金莲的长相，发现她真是很漂亮，觉得很开心。

被毒死的"亲夫"

我们来看一下郓哥儿这个角色。郓哥儿为什么要帮武大捉奸？是基于人情道义吗？

西门庆本来对他不错，会"赏发他些盘缠"。此时，得知西门庆在王婆家忙着，郓哥儿就要往里闯，被王婆"一把手便揪住"。郓哥儿对王婆讲："干娘，不要独自吃，你也把些汁水与我呷一呷。我有甚么不理会得！"这样一来就很清楚了，郓哥儿告诉武大他戴了绿帽子，根本不是出于人情道义，只是因为他在王婆那里分不到好处。换句话讲，如果王婆肯给郓哥儿一点儿汁水，他也不会去做什么事情。这里完全是从人情现实来讲的。在利益面前，什么道义都要放两旁了。而武大也很"倒霉"，我意思是说，对武大而言，这件事是被郓哥儿硬生生拆穿的。就好像有些人在外面有"小三"，原配看起来总是最后知道的，其实是他（她）不愿意知道，打算凑合过下去就算了。可是，总是有善心人士出来两肋插刀，硬要把事情拆穿，有时是有些荒谬的。

武大就是被郓哥儿激出来的，要不然他可能真的会装聋作哑下去，等着哪一天西门庆给他一些好处，也就算了，这个也不是没有前例。而且无论如何，潘金莲至少晚上还会乖乖地在家，还是他老婆。那些道义、道德对他们来讲，不能拿来过日子。可是，郓哥儿因为自己没捞到好处，导致大家撕破了脸，撕破脸之后事情便急转直下。当初没有人想害死武大，但自此时开始，他已经是非死不可。

害死武大是王婆的主意。潘金莲依计将砒霜调在汤药里，武大服下后，便是"地狱新添食毒鬼，阳间没了捉奸人"。武大死后的画面非常生动，如在眼前。潘金莲其实还是害怕，"手脚软了，安排不得"。王婆说："有甚么难处，我帮你便了。"言罢，她将武大嘴边七窍瘀血的血痕擦干净，又把衣服盖在武大身上，整个过程干净利落，让人不禁怀疑，王婆不会是第一次做这样的事。接着，"看官听说"又出来了，讲出当时的社会观感："原来但凡世上妇人，哭有三样：有泪有声谓之哭，有泪无声谓之泣，无泪有声谓之号。当下那妇人干号了半夜。"这般人情世故，真的很有意思。

各位有没有想过，第六回的下半回"王婆打酒遇大雨"到底是什么用意？对此，张竹坡给了一个解释。他说，在这里故意要铺排王婆出去买酒，然后遇到一阵大雨，是为了烘托武松被耽搁了时间，所以才晚回来，和第八回相呼应。武松自清河县往京城替知县送礼，来回本用不了那么久。但是，"去时三四月天气，回来却淡暑新秋。路上雨水连绵，迟了日限。前后往回也有三个月光景"。据此，张竹坡认为第六回写王婆打酒遇大雨，是在呼应那一年刚好雨水特别多，所以武松才会将归期延后，武大、潘金莲、西门庆等人的命运也就随之改变。

书中特别提到，王婆上街的时候，手里拿了一条十八两的秤。旧制一斤是十六两，王婆却拿着十八两的秤，说明这个人真的很差劲儿，她准备欺负人了，向卖家多要一些东西。这也是一件寻常俗事，一般的小说家怎么会想到写这个呢？就像我们前面提到的，《金瓶梅》的奇就在于不奇，一般人不会想到的最寻常的事，居然可以写出来，而且还写得头头是道。

崇祯本绣像说奸夫淫妇

接下来，我们说说书里的绣像。它们常常被人忽略，其实很精彩。这些绣像在崇祯本中首次出现，后来被词话本挪用过来。因此，绣像上面标出的回目是崇祯本的回目，画面上也是崇祯年间的装潢或者摆设之类。

崇祯本第三回的上半回是"定挨光王婆受贿"（如图5），画面上的人物表情特别生动。你看王婆、西门庆的表情，两个人笑得多开心。下半回是"设圈套浪子丝挑"（如图6）。潘金莲在缝衣服，西门庆过来，王婆跟他一搭一唱。请各位注意看这三个人的情态：西门庆满是笑意的脸；王婆背着潘金莲在跟他打手势，一副老奸巨猾的样子；潘金莲在两人中间，低着头工作。当时已经是三月天，春光明媚，所以桌下的东西不可能是火炉。我个人认为这是熨斗，有一根长柄，前面是长方形的金属块，烤得热热的，拿去熨平衣服上的褶子，刚好与潘金莲缝衣服的活动相呼应。

图5- 定挨光王婆受贿

崇祯本第五回的下半回是"饮鸩药武大遭殃"（如图7），图上画了武大家的全景。王婆推开院门，正在往楼上看，虽然只以后背示人，但是肢体表情很丰富。楼上，潘金莲正在喂武大郎吃毒药；楼下桌子上放着蒸笼，正是武大郎做炊饼必不可少的器具，可谓画龙点睛。炊饼就是馒头，要用蒸笼蒸，因为避宋仁宗赵祯的讳，就改称"炊饼"。这些看似不起眼的东西，是我最大的兴趣所在，其中透露出的当时的风土民情非常有意思。

崇祯本第六回的上半回是"何九受贿瞒天"（如图8）。西门庆毒死武大郎之后，先去贿赂仵作。请各位看这个小酒馆的造型，和仇

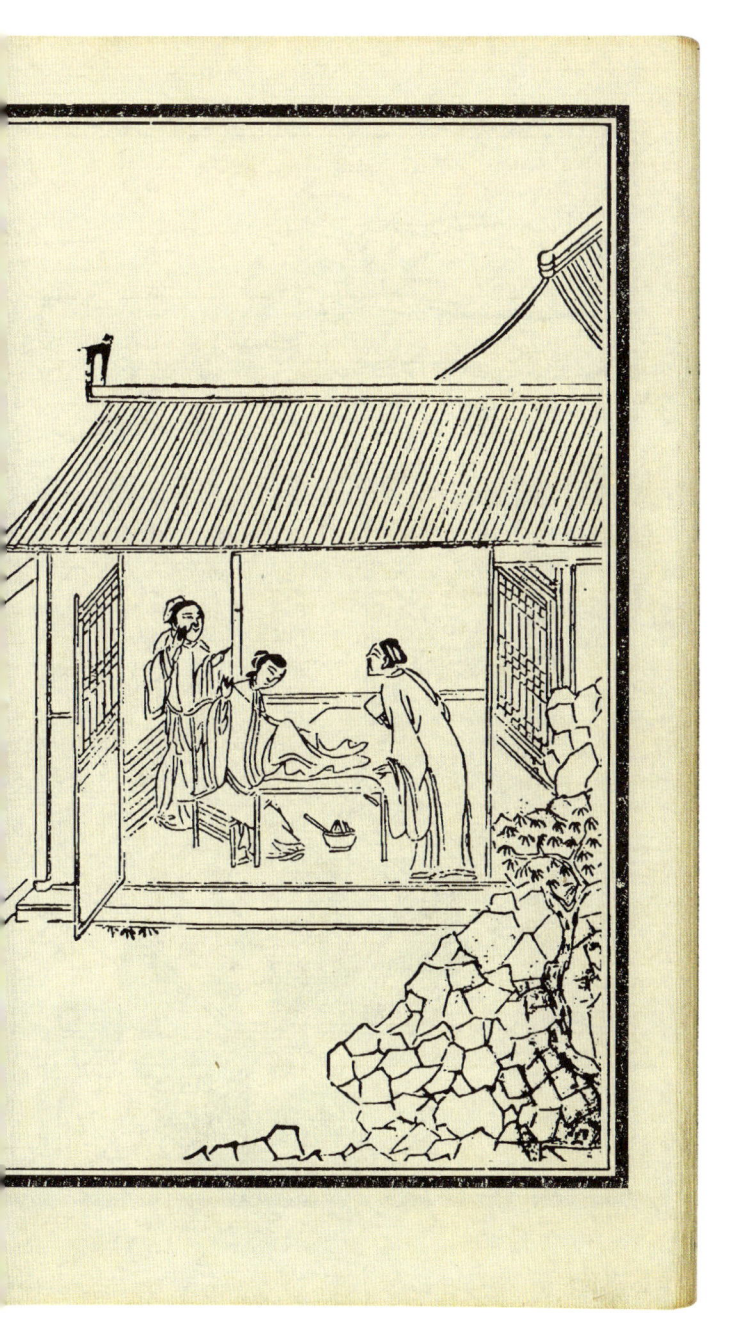

图6-设圈套浪子丝挑

英《清明上河图》中的酒馆（如图9）简直一模一样。

　　右下角是一间厨房，里面的人回过头，好像在和院里那个上菜的人说话。往上一点儿是一个柜台，柜台旁边的架子上放着一些盆菜，大概相当于现在的小菜，像上海馆子一样。屋檐下则挂着风鸡、风鱼，门口还有一个水盆，大概是用来涮洗东西的。左上角对坐的两个人，俊俏后生当然是西门庆，留山羊胡的就是何九了。各位注意看酒馆的柜台，最外面的东西样子很有趣，上面长长的一条像扳手又像切刀，它也出现在了第九回的绣像中。那它是用来切什么的呢？我认为是切银子的。明朝的中晚期，纸钞已经

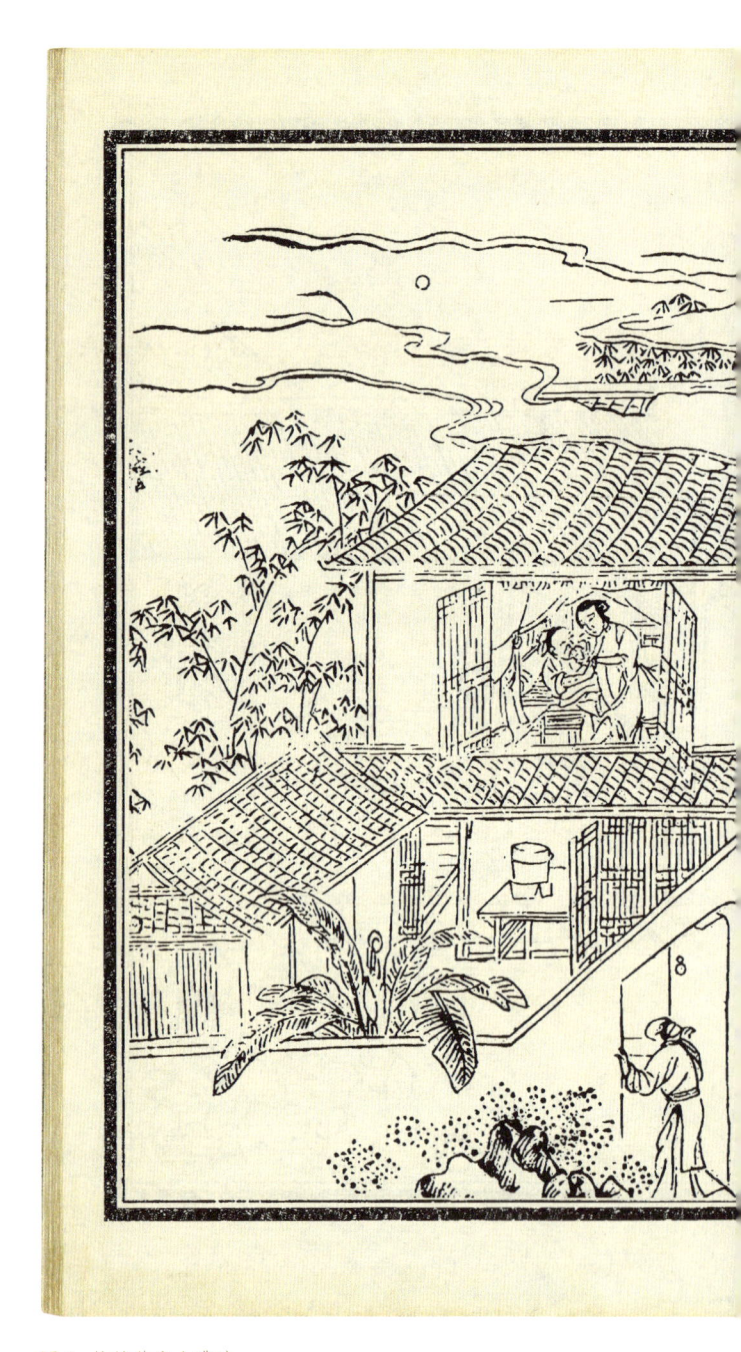

图7-饮鸩药武大遭殃

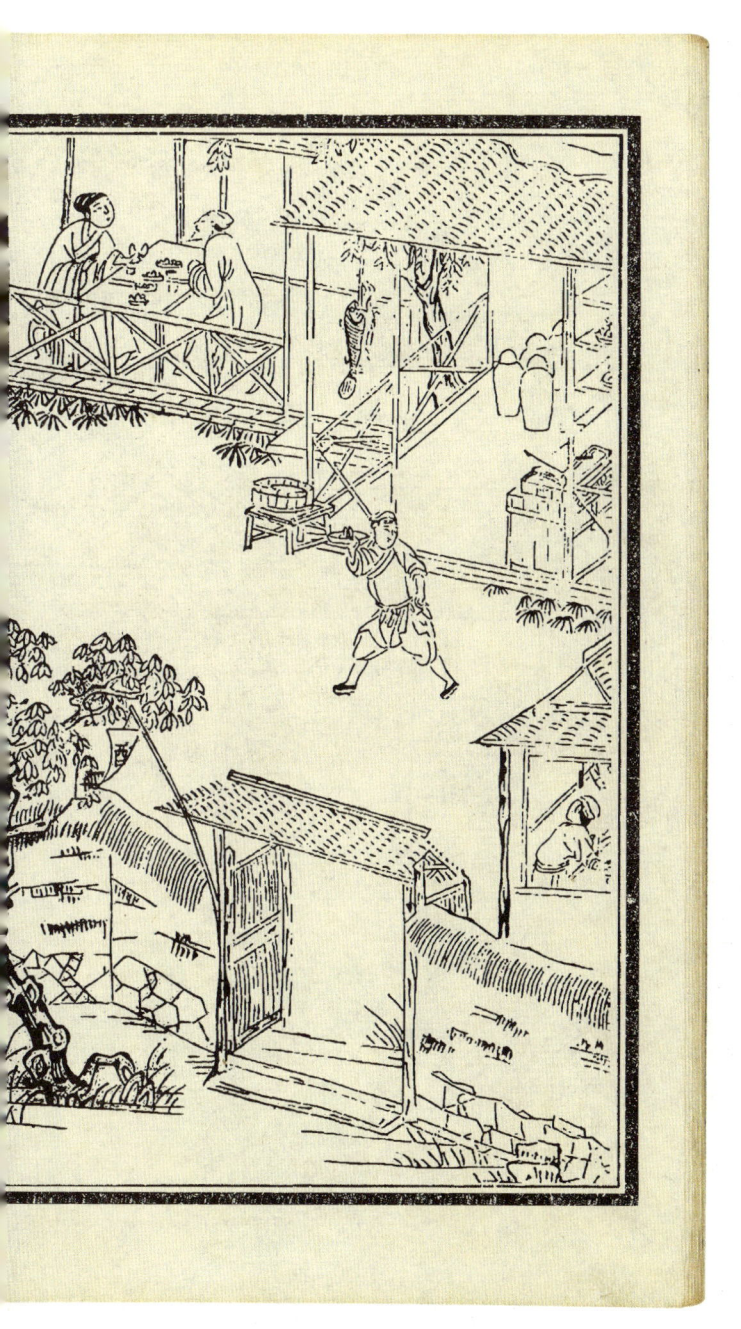

图 8- 何九受贿瞒天

没有办法用了，大家就是用银子。一块银子，可能并不是千足纹银，里面夹锡、夹铜；或者店家找不开，就需要用工具来切。《红楼梦》里也有关于把整块银子弄碎的描述，不过是使用剪刀剪。柜台的里面有一个算盘，算盘和切银刀之间有一个长方形的东西（第九回的绣像上也有），上面有两个圆洞，大概可以直接将银子投进抽屉里，构造有点儿像寺庙里的功德箱，只有老板能够打开。

崇祯本第九回下半回"武都头误打李皂隶"（如图10）的绣像中，楼上已经打成一团，楼下店家不知所措，西门庆翻进人家的院子。除了与第六回绣像中酒店非常相似的设施，这家

图 9- 明 仇英《清明上河图》之酒馆

图10- 武都头误打李皂隶

酒店还有一面写着"美酒"的店招。柜台上放着两只笋子，透露出绣像描绘的是江南一带的场景，因为春笋在北方比较少见。

在第七回中，会有一个比较重要的人物初次登场，她就是西门庆的第三房妾孟玉楼。各位不妨想一想，为什么孟玉楼宁愿嫁西门庆做小，也不愿嫁给尚书当正头娘子。而在后面的故事里，我们还会看到潘金莲的坚韧，看到她所承受的巨大的焦虑，以及她和西门庆的一场重要约会。也正是这场约会，决定了她的未来。

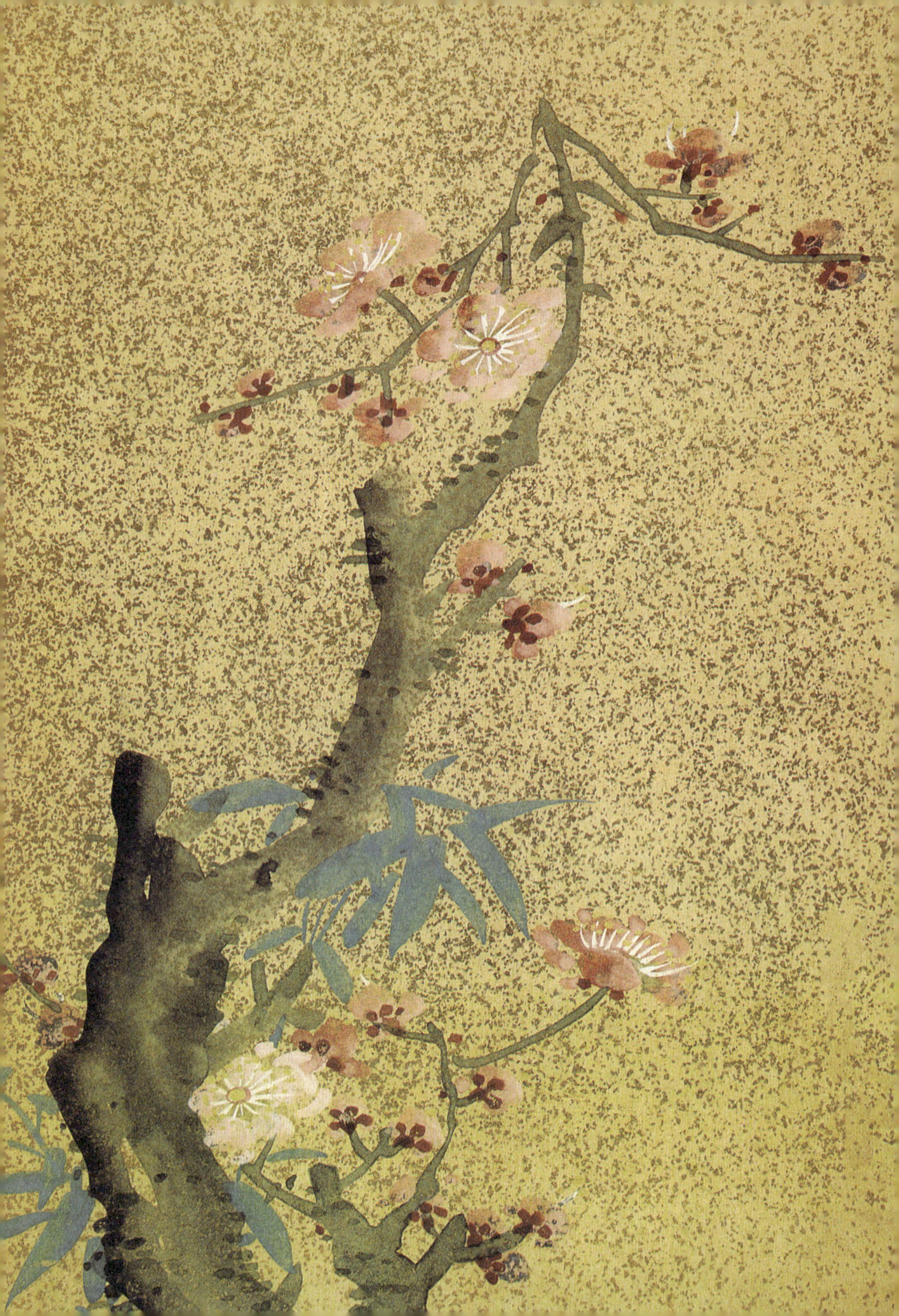

第四章

西门庆借色聚财孟玉楼

前面我们讲到第六回,"奸夫淫妇"终于把该杀的给杀了,现在从第七回接下去,潘金莲正满心期待要嫁进西门府,谁知半路杀出个程咬金。

"高人"孟玉楼

张竹坡给《金瓶梅》的评语,有些很有道理,有些全没道理。比如,他非常痛恨吴月娘,一提到她,就有骂不完的话,不知是何缘故。他最欣赏孟玉楼,说她是"高人""乖人""第一美人"。这个"乖"不是乖巧,而是聪明伶俐、懂得趋吉避凶。"第一美人"也不是说她漂亮,同样是讲她处事圆融,内外都吃得开。

在整部《金瓶梅》里,孟玉楼常常会被忽略,因为好像只要有潘金莲在,她就没有声音,而通常她在的时候,潘金莲也在旁边。不过,各位读过小说后可能会发现,即便她常常没有声音,关键性的一句两句却具有杀伤力。她冷静、机智、稳重,因此又有批评家说她是一个"圆人"——看起来没有棱角,很清楚自己在做什么,会适时地帮助潘金莲,也会适时地默不作声。

这样的孟玉楼其实是一个关键性的人物。我们前面提到,她的IQ(智商)和EQ(情商)应该算是这几个女人当中平均值最高的。潘金莲很聪明,大概IQ是最高,可是EQ不行;吴月娘的EQ不错,可是IQ不够高。这就好像《红楼梦》中的人物,性灵派的高点是林黛玉,现实派的高点是薛宝钗,探春刚好兼具两个方面,而且都不会让人觉得过分。这种人——《红楼梦》里的探春或《金瓶梅》里的孟玉楼，在处世哲学上是最成功的，走到哪里都不会被排斥，也不会结党营私，不会咬群。"咬群"这个词很精彩。潘金莲就是一匹咬群的马，一天到晚找人捉对厮杀。而孟玉楼呢？她每次都很巧妙地把潘金莲拱到前线去。潘金莲跟她讲个不休的时候，她就适时加上一两句关键性的话，把这一锅热汤弄滚。另一方面，在重要的关口，她也可以帮月娘做调停。潘金莲把她当作知己，月娘也喜欢她、需要她。从这个角度来讲，她真是一个"高人"。

孟玉楼和潘金莲的对比

孟玉楼本来嫁给布商杨宗锡，但她出场时已经守寡了。杨宗锡在外做买卖，不幸因病死去，留下大笔财产。和西门庆相遇时，孟玉楼已经守寡一年多。这段前情是在第七回加进来的。从文学结构上讲，为什么要这样做呢？如果没有这个情节，这部小说好像也没有什么损失。前十回大部分是从《水浒传》过来的，可是第七回是独立创作，为什么不干脆把潘金莲的故事先讲完，再讲孟玉楼呢？我个人认为，主要有下面几个用意。

第一，大家想一想，西门庆的个性是怎样的？贪财，而且很容易喜新厌旧。也就是说，插入的这一回，实际上是为了突显西门庆的个性。第二，潘金莲的好戏就要完了，这一段也突显了潘金莲被抛弃的危险，增加了戏剧的张力。第三，这个《水浒传》里没有的人物，也昭示着《金瓶梅》是一本全新的创作，有全新的故事情节、人物塑造，不再是《水浒传》的附庸。第四，在这里插入孟玉楼嫁给西门庆的情节，还有一个实际的作用，类似于科学实验中的对照组。西门庆娶孟玉楼是明媒正娶，有下定，有婚礼，婚礼后还有过三日，都是照规矩来的。可是潘金莲那边呢？词话本的回目是"西门庆急娶潘金莲"，崇祯本改为"偷娶"，烘托出潘金莲的不堪。潘金莲原本一无所有，最后居然逆转取胜，也是由孟玉楼这个故事烘托出来的。

后面我们会讲到，潘金莲好不容易做了三十个"夸馅肉角儿"（蒸饺），因怀疑被迎儿偷吃了一个，就把对方打得死去活来。除了突显这妇人个性的阴狠、强悍、无情之外，事实上也烘托出潘金莲当时的经济状况：那一笼饺子对她来讲很珍贵。而在第七回，西门庆到了孟玉楼那里，作者特别强调了茶食和茶具："小丫鬟拿了三盏蜜饯金橙子泡茶，银镶雕漆茶钟，银杏茶叶匙。"这二者刚好可以拿来对比。

西门庆和潘金莲在一起是谁主动的？很明显是西门庆，他在王婆那里走来走去好几天。可是，孟玉楼和西门庆这一段婚姻我们可以确定西门庆是被动的，是薛嫂主动提亲的。

薛嫂来找西门庆，跟他计划好，要先去找孟玉楼的姑姑杨姑娘，从杨姑娘下手。第二天她马上去找孟玉楼，孟玉楼并没有觉得突兀。可见，孟玉楼应该是知道这件事的，有可能她是主动的一方，安排由薛嫂穿针引线。如果薛嫂没有来找，西门庆可能就没有后面的动作了。

西门庆和潘金莲的关系是"恃财猎色"。他仗着自己是一个大官人，家里"黄的是金，白的是银，圆的是珠，光的是宝"，便借此猎色。而他和孟玉楼的关系，则是"借色聚财"。不过，他借的是自己的色。不要忘记，西门庆长得很帅，风流俊俏，他将通过这个条件积聚起一笔不小的财富。

戏剧性在这里又出现了。西门庆明明是被动的，可是孟玉楼在一个月之内就嫁入了西门家，还有一个风光的婚礼。与此同时，曾被西门庆主动出击的潘金莲却还在那里望穿秋水、孤军奋斗。孟玉楼凭什么可以如此风光、简单地达到自己的目的，而潘金莲却像一个快溺水的人，连一根稻草都抓不到呢？

我们很容易想到"钱"这个因素。书中第七回说道："世上钱财，乃是众生脑髓，最能动人。"这是一个"普世价值"，钱到位了，什么事都好办。如果由这个角度来说，潘金莲真是处于劣势了。而她在一无所有的情况之下，还能够逆转取胜，也是了不起，后面我们会进行分析。

城市商人阶级妇人的自主性

《金瓶梅词话》的前六回，以及《水浒传》的相关章节中，帮我们塑造了一个千古奇人——王婆，她也是古代那些"女强人"的一个代表。现在，又出现了一个薛嫂，两人所做的事情其实差不多，但是又可以看出她们的手段是不一样的。这是《金瓶梅》另外一个厉害的地方，明明是同一种人，却有各种各样不同的表现。

孟玉楼为什么要嫁给西门庆呢？她明明还有一个更好的机会。她为什么不愿意去当人家的继室，即所谓的大太太，而宁愿去当一群女人当中排行老三的妾呢？一方面是因为西门庆很帅，孟玉楼被他迷住了，但还有深层的原因。

一部好的小说——所有的艺术作品都一样，一定有三个要素，就是能够反映人性、时代性，并具有超越性。人性是通过对人物的精彩描写来展现的；时代性就是能够传达相应时代的思想、背景、氛围；超越性则是通过作品引导读者去思考一些哲学性的问题，比如前面讲过的东吴弄珠客的序，就比较有超越性。

通过孟玉楼这个角色，我们可以看到，在晚明社会，也就是16世纪后半叶，至少以城市来讲，寡妇再嫁是非常自然、非常正常的事情，这就是我们前面提到过的社会背景。宋明理学强调"存天理，去人欲"，而到了明朝后期，尤其是王守仁（阳明），则强调个人的自我认识，后来又有正视人类情欲的学说出来。这些说法由文人提出，由商人实践，所以我们说这是市民的写实，是文人的写心。孟玉楼身后有这样一个时代背景。

通过"三言二拍"里《蒋兴哥重会珍珠衫》（《喻世明言》）一类的故事，我们可以看出，当时的商人妇如果死了丈夫，或者离婚了，再嫁是很自然的事，而且还可能越嫁越好，一般人是不嫌弃的。反而是乡下的小农社会中相对保守闭塞，讲究三从四德，城市事实上很开放。孟玉楼是寡妇，薛嫂却和西门庆说："青春年少，守他甚么？"可见当时社会认为年轻寡妇再嫁是可以被接受的。这是孟玉楼得以嫁给西门庆的最重要的一个因素。

再者,我个人认为,孟玉楼要嫁西门庆,第二个原因也很重要。在临清这一带,在小小的清河县,西门庆也算小有名气了。他的优点是"潘、驴、邓、小、闲"——长得帅,有钱,会赔小心,对女人一开始是很好的,又有闲。中国传统社会中总是讲"父母之命,媒妁之言",讲"嫁汉嫁汉,穿衣吃饭",女方父母考虑的是对方能不能养好我女儿,女人嫁人就是找一张长期饭票,这样的观点几乎是根深蒂固的。但孟玉楼要嫁什么?她要嫁一个可人心意。从这一点上,也可以看出孟玉楼所影射的16世纪下半叶明朝城市中商人阶级妇人的自主性。

这个观念在《金瓶梅》的故事中还没有被特别发扬,我们只是通过孟玉楼的行为看出来。但是,到了曹雪芹的《红楼梦》里面,就通过尤三姐之口讲得很明白了。尤三姐出身市井,特别强调自己要追求爱情。她对尤二姐和贾琏说:"这如今要办正事,不是我女孩儿家没羞耻,必得我拣个素日可心如意的人,才跟他。要凭你们拣择,虽是有钱有势的,我心里进不去,白过了这一世了。"这是曹雪芹替女子所做的大胆宣言:女人也可以选择她所爱的,而不只是被动接受选择,或者仅仅是挑拣物质条件。

尚举人有学问,也有田产,但孟玉楼不去当举人的妻子,宁愿选择当西门家一个妾。为什么呢?那个人说不定既老迈,又古板无趣,对于孟玉楼来讲不好玩;她要的是可人心意的那一种,她是真的喜欢西门庆。此外还有一个现实原因,孟玉楼有钱,却有两个大麻烦,一个是张四舅,一个是杨姑娘,分别是她死去丈夫的舅舅和姑姑。杨姑娘年纪大了,而且毕竟是女流之辈,用一些钱是可以填饱的;而张四舅是一个流氓,是一个男的,胃口非常大。她选择了杨姑娘认定的西门庆,而不是张四舅挑选的尚举人,实际上也是在亡夫的两个长辈之间两害相权取其轻。如果嫁给尚举人,张四舅还是会天天来纠缠,要东要西,应付起来很麻烦;而西门庆是"把持官府的人",她可以得到有力的保护,让张四舅无法兴风作浪。可见,除了对西门庆的好感,孟玉楼也很清楚自己是什么、能做什么，以及要什么。

孟玉楼的肾上腺激素没有潘金莲那么强烈。潘金莲的占有欲和性欲都非常强；孟玉楼则是想要带着自己的财产，过安定生活，衣食无缺，也不被威胁。这一方面和她的个性有关，一方面也体现了女性意识的觉醒。通过张四舅和孟玉楼对嘴的精彩片断，我们可以看到16世纪下半叶一个妇女的婚姻观和处世观。

这里还有一个吊诡处。西门庆害死了武大，就把潘金莲搁在一边，没有帮武大烧灵，却先去帮孟玉楼的前夫烧灵。五月初，西门庆和孟玉楼一见钟情，当月二十四日便下了聘，二十六日帮烧灵，六月初二便来迎娶。而武大的灵却要迟到八月初六才烧，且在烧灵时，"那贼秃冷眼瞧见帘子里，一个汉子和婆娘影影绰绰，并肩站立，想起白日里，听见那些勾当，只顾乱打鼓撺钹不住"，场面很是不堪。试想，如果潘金莲是在富贵人家，这些和尚敢这样吗？潘金莲又何必这样呢？孟玉楼和西门庆结婚之前会这样子吗？真的是一文钱逼死英雄汉——我好像处处在帮潘金莲开脱，可我还是认为，我们现在看《金瓶梅》，应该有现代的女性意识和女性观点。

女强人薛嫂

我个人认为，相比王婆，薛嫂更加聪明、能干、机灵，她可以出入大户人家，就说明她的应对进退是为大户人家所接受的。王婆也许手段厉害，可是那种厉害是属于比较底层的，行事阴狠，你死我活，白刀子进，红刀子出，很明显的拉皮条式的。虽然做的是同一类事情，但是薛嫂的手段就让人感觉比较"高级"，或者说更加圆滑。《金瓶梅》的第七回完全是薛嫂的戏，非常精彩，可以花一点儿时间好好来看。上来便是薛嫂自报家门：

我做媒人实自能，全凭两腿走殷勤。唇枪惯把鳏男配，舌剑能调烈女心。利市花红头上带，喜筵饼锭袖中撑。只有一件不堪处，半是成人半败人。

我们知道，舞台上各种各样的戏曲开场时，常常会有一个人走上前来，在舞台当中一站，说自己姓甚名谁，说接下来要做什么。这个人通常是配角或者丑角，比如《苏三起解》里的解差崇公道，开口就是"你说你公道，我说我公道，公道不公道，只有天知道"，造成一种舒缓的、喜剧的效果。这种手法也是从说书人那里借鉴来的。通过薛嫂的这段自报家门，可以看出她通过做媒婆赚到不少好东西，在喜筵上还能拿就拿，一直往宽袍大袖里塞东西。"只有一件不堪处，半是成人半败人"，有时候，姻缘说得好，也是在害人。

薛嫂平时是卖翠花儿的。这些三姑六婆因为是女人，可以在深宅内院通行无阻。这一天，她主动找上西门庆，开门见山："我有一件亲事，来对大官人说……"接着，便凭借自己的三寸不烂之舌，开始介绍孟玉楼。薛嫂很了解西门庆，首先说的就是钱财：

> 这位娘子，说起来你老人家也知道，是咱这南门外贩布杨家的正头娘子。手里有一分好钱；南京拔步床也有两张。四季衣服、妆花袍儿，插不下手去，也有四五只箱子。珠子箍儿、胡珠环子、金宝石头面、金镯银钏不消说。手里现银子，他也有上千两；好三梭布也有三二百筒。

然后，讲她的身世背景：

> 不幸他男子汉去贩布，死在外边。他守寡了一年多，身边又没子女，止有一个小叔儿，还小，才十岁。青春年少，守他甚么！有他家一个嫡亲的姑娘，要主张着他嫁人。

"姑娘"就是姑姑,她是主张这个没子女的年轻寡妇再嫁的。接着,才说到孟玉楼的样貌:

> 这娘子今年不上二十五六岁,生的长挑身材,一表人物。打扮起来,就是个灯人儿。风流俊俏,百伶百俐。

这人长得很漂亮,身材高挑;打扮起来更美,像花灯上面的美人,或者说像现在的广告明星一样。西门庆一向喜欢肉肉的、脸白白的小个子,孟玉楼的形象在西门庆的妻妾中算得一个异数。

最后,说她的能耐:

> 当家立纪,针指女工,双陆棋子……又弹了一手好月琴。

薛嫂的这番介绍真有技巧。"西门庆只听见妇人会弹月琴,便可在他心上",而潘金莲会弹琵琶,可见他喜欢有些音乐背景的人。"当家立纪"四字,意谓孟玉楼是很能干的主妇。

听了薛嫂的话,西门庆便问:"几时相会看去?"薛嫂原已计划得非常周详,便告诉他:我们不是要先看孟玉楼,而是要先看她的姑姑(杨姑娘),因为姑姑才有助力。她用了一句当时的俗语:"求只求张良,拜只拜韩信。"意思是不用去找汉高祖(本主),找下边的人就够了,只要找对人,反而比较有用。"这婆子爱的是钱财。明知道他侄儿媳妇有东西,随问什么人家他也不管,只指望要几两银子。大官人多许他几两银子。有的是那嚣段子,拿上一段,买上一担礼物,亲去见他,和他讲过,一拳打倒他,随问傍边有人说话,这婆子一力主张,谁敢怎的!""一拳打倒他"很有趣味,也是当时的俗语,类似于现在说的"一击即中",一下就成了。

这薛嫂儿一席话，说的西门庆欢从额角眉尖出，喜向腮边笑脸生……

西门庆当日与薛嫂相约下，明日便是好日期，就买礼往北边他姑娘家去。薛嫂说毕话，提着花箱儿去了。西门庆进来，和傅伙计算账。

上面最后两句话，张竹坡特别批了个"细"字。开头是薛嫂是提着花箱来，西门庆在铺子里和主管算账，最后又收在这里，写得很完整。第二天，西门庆就由薛嫂带着，去见杨姑娘了。我们看看他的一身打扮："头戴缠棕大帽，一撒钩绦，粉底皂靴……"张竹坡批了"市井气"三字。这个时候，他还只是一个生药铺的老板，没有官位，生意也没做大，尽量打扮之后也只能到这个效果。可是，他很会讲话，见到杨姑娘，开口便称"姑娘"，认定对方以后就是自己的亲戚了。杨姑娘也是明人不说暗话，在薛嫂一番垫话后，回道："官人做大做小，我不管你。只要与我侄儿念上个好经。"这其实只是一个门面，重点在后面："就与上我一个棺材本，也不曾要了你家的。"意思是我们杨家本身很有钱，西门庆并不吃亏。"我破着老脸，和张四那老狗做臭老鼠，替你两个硬张主。"杨姑娘这是在告诉西门庆，还有一个很讨人厌的张四存在，可是如果西门庆给她钱，她可以帮他摆平。她的条件也很简单："娶过门时，生辰贵降，官人放他来走走，就认俺这门穷亲戚，也不过上你穷。"这话说得很直白，孟玉楼与西门庆结婚后，逢年过节不能忘了杨姑娘，但孟玉楼手上有钱，再怎么样也不会被吃穷。

西门庆听罢，就说："休说一个棺材本，就是十个棺材本，小人也来得起。"他不仅讲话的口气很大，还当场拿出了三十两雪花官银，又向杨姑娘许诺："到明日娶过门时，还找七十两银子、两匹缎子，与你老人家为送终之资。其四时八节，只照旧上门行走。"这门亲戚，西门庆算是认下了。我们看下去，就会知道，后来西门庆家请客、过节时，总有杨姑娘在场，而且每次来都住好几天，就住在孟玉楼的房间。老实说，西门庆对亲戚还蛮慷慨的，所以杨姑娘这门亲也做对了，给自己捞到了不少好处。

"这老虔婆黑眼睛珠，见了二三十两白晃晃的官银，满面堆下笑来，说道：'官人在上，不当老身意小。自古先说断，后不乱。'""先说断，后不乱"大体相当于"先小人，后君子"，"丑话说在前头"。薛嫂又适时加添了几句，"一席话，说的婆子屁滚尿流"，这门婚事算是成了。从杨姑娘家出来，西门庆拿了一两银子给薛嫂做驴子钱，更多的当然在后面，薛嫂还"指望典两间房儿住"呢。

西门庆、孟玉楼相亲

第三天，西门庆打扮得更漂亮——或者说更"市井气"，到了孟玉楼的家。

> 原来门面四间，到底五层。坐南朝北，一间门楼，粉青照壁。西门庆勒马在门首等候，薛嫂先入……里面仪门紫墙，竹枪篱影壁，院内摆设榴树盆景，台基上靛缸一溜，打布凳两条。薛嫂推开朱红槅扇，三间倒坐客位，正面上供养着一轴水月观音、善财童子。（第七回）

孟玉楼夫家原先是卖布的，所以有染坊。这一回的绣像细致还原了"朱红槅扇"后面的陈设（如图11）。

画面上的西门庆依旧英俊潇洒；右下角是仆人玳安，他捧着一个方盒子，里面就是要下定的东西；薛嫂掀起孟玉楼的裙子，让西门庆看她的脚，表情很生动。

回到故事本身，孟玉楼还没有出来。一个小厮先拿来一盏福仁（橄榄仁）泡茶，借这个机会，作者透过薛嫂之口进一步介绍孟玉楼。

当初有过世的他老公在铺子里,一日不算银子,搭钱也卖两大簸箩。毛青鞋面布,俺们问他买,定要三分一尺。现一日常有二三十染的吃饭,都是这位娘子主张整理。手下使着两个丫头、一个小厮。长丫头十五岁,吊起头去,名唤兰香;小丫头才十二岁,名唤小鸾。到明日过门时,都跟他来。(第七回)

图11-薛媒婆说娶孟三儿

孟玉楼的丈夫在世时,店里生意很好,所售商品卖的价钱也好。手下二三十个工人都归孟玉楼管理。结婚时两个丫头、一个小厮都会跟着孟玉楼到西门家。这很重要,西门庆等于是娶一赚三。

薛嫂又说:"你老人家去年买春梅,许了我几匹大布,还没与我。"这是本书中第一次出现春梅的名字,原来春梅也是通过薛嫂进入西门家的。孟玉楼现在居住的这座宅院,"也值七八百两银子",薛嫂提议"丢与小叔罢了",也是在情在理。

"正说着,只见使了个丫头来叫薛嫂。良久,只闻环佩叮咚,兰麝馥郁,妇人出来。"先听到声音,再闻到香气,人再出来,写得很有层次。

> 长挑身材,粉妆玉琢。模样儿不肥不瘦,身段儿不短不长。面上稀稀有几点微麻,生的天然俏丽;裙下映一对金莲小脚,果然周正堪怜。二珠金环,耳边低挂;双头鸾钗,鬓后斜插。但行动,胸前摇响玉玲珑;坐下时,一阵麝兰香喷鼻。恰似嫦娥离月殿,犹如神女下瑶阶。(第七回)

果然长得很漂亮。"西门庆一见,满心欢喜。薛嫂忙去掀开帘子。妇人出来,望上不端不正道了个万福,就在对面椅上坐下。"我个人认为,"不端不正"是在强调孟玉楼并不是卑躬屈膝的:我也是一个主家娘子,你现在登门求亲,我不需要低三下四,我有我的自信和尊严。潘金莲就没有这样的福分,随时都要很小心,动不动还要跪下磕头。西门庆用力看了孟玉楼一番,开口就是谎话:"小人妻亡已久欲娶娘子入门为正,管理家事。"孟玉楼回他:"官人贵庚?没了娘子多少时了?"这些其实都是门面话,孟玉楼当然知道对方家里有大老婆,因为吴月娘也是一个千户的千金小姐,打听一下总会知道,可是门面还要装一装。西门庆接着问"娘子青春多少"——"先说断,后不乱",虽然媒婆说她二十五六岁,西门庆当然是不相信的。孟玉楼也不欺瞒他,说:"奴家青春是三十岁。"长西门庆两岁。薛嫂反应非常快,立刻接道:"妻大两,黄金日日长;妻大三,黄金积如山。"

这时候,"只见小丫鬟拿了三盏蜜饯金橙子泡茶,银镶雕漆茶钟,银杏叶茶匙"。孟玉楼有钱,才能用这些东西。相比较之下,潘金莲是真的什么都没有。"妇人起身,先取头一盏,用纤手抹去盏边水渍,递与西门庆。"每一个肢体语言都是有意义的。这是在暗示什么?孟玉楼今天第一次见到西门庆,她满意吗?满意。所以,她才愿意"用纤手抹去盏边水渍",有一点儿夫妻间相互照顾的感觉。西门庆"忙用手接了",两个人彼此都中意。

薛嫂还用手掀起孟玉楼的裙子,刚好露出三寸金莲。可见那个时候脚的大小真的很重要。西门庆叫玳安呈上锦帕二方,宝钗一对,金戒指六个——当时一个中上人家,不算特别有钱,下定的水平是这样的。西门庆允诺:"今月二十四日,有些微礼过门来。六月初二日准娶。"孟玉楼说要知会杨姑娘,薛嫂讲已经去过了,杨姑娘很欢喜。孟玉楼的反应很有意思:"既是姑娘恁的说,又好了!""又好了",表示什么?其实她已经满心欢喜,已经很好了;现在姑姑也答应了,那就更好了。这个女人真大方,不扭捏作态。我想这也体现了她的人格尊严。

西门庆出去之后,薛嫂问他的意思,西门庆就答"其实累了你",意思是"有劳了",可见他很满意。接下来又是将最平常的行为化作小说的情节。媒人送走了一方,一定要回去问问另外一方的意思,再作计议。孟玉楼"问西门庆房里有人没有人",大概就是确认一下,并不见得很在乎。薛嫂此时跟她讲清楚了,但也不明着讲:"好奶奶,就有房里人,那个是成头脑的!"她承认西门庆家里有一堆人,只是没有一个好的,让对方放心。而且,她再次强调:"他老人家名目,谁是不知道的?清河县数一数二的财主,有名卖生药、放官吏债西门大官人!知县、知府都和他往来。近日又与东京杨提督结亲,都是四门亲家,谁人敢惹他!"

孟玉楼招待薛嫂酒食,正用着,杨姑娘那边叫人来问消息,而且带了几样食品作为礼物。和《红楼梦》里的食品一样,《金瓶梅》里的食品也能适切地推动剧情发展,而且可以补充人物的信息。杨姑娘让人带来的是四块黄米面枣儿糕、两块糖和十几个艾窝窝,这些是很普通的食品,可见这个姑姑家没有什么钱。孟玉楼回赠什么呢?满满一盒子点心腊肉,远远比收到的礼物丰厚。从此以后,杨姑娘每次去西门庆家里做客,就没有空着手回去的,吴月娘一定让她带上一些礼物,这是他们家的规矩。薛嫂见着好处,便要捞一点儿油水,直接问"姑奶奶送来什么",要"包了家去,捎与孩子吃"。孟玉楼给了她一块糖、十个艾窝窝,她便"千恩万谢出门"了。

孟玉楼风光出嫁

接下来就要写孟玉楼和张四舅了。张四这个母舅,不敢去找西门庆,只好从孟玉楼一方下手,想说服她不要嫁到西门家。两人各执一词,有来有往,进行了一段非常精彩的对话。

(张四)走来对妇人说:"娘子不该接西门庆插定,还依我嫁尚推官儿子尚举人。他又是斯文诗礼人家,又有庄田地土,颇过得日子,强如嫁西门庆。那厮积年把持官府,刁徒泼皮。他家现有正头娘子,乃是吴千户家女儿。你过去做大是做小是?却不难为你了!况他房里又有三四个老婆,并没上头的丫头。到他家人多口多,你惹气也!"妇人道:"自古船多不碍路。若他家有大娘子,我情愿让他做姐姐,奴做妹子。虽然房里人多,汉子欢喜,那时难道你阻他?汉子若不欢喜,那时难道你去扯他?不怕一百,人单摆着。休说他富贵人家,哪家没四五个?着紧街上乞食的,携男抱女,也挈扯着三四个妻小。你老人家忒多虑了!奴过去自有个道理,不妨事。"张四道:"娘子,我闻得此人,单管挑贩人口,惯打妇熬妻。稍不中意,就令媒人卖了。你愿受他的这气么?"妇人道:"四舅,你老人家差矣!男子汉虽利害,不打那勤谨省事之妻。我在他家,把得家定,里言不出,外言不入,他敢怎的?为女妇人家,好吃懒做,嘴大舌长,招是惹非,不打他,打狗不成?"张四道:"不是。我打听他家,还有一个十四岁未出嫁的闺女。诚恐去到他家,三窝两块,他人多口多,惹气怎了?"妇人道:"四舅说哪里话?奴到他家,大是大,小是小,凡事从上流看。待得孩儿们好，不怕男子汉不欢喜，不怕女儿们不孝顺。休说一个，便是十个，也不妨事。"张四道："我见此人，有些行止欠端，在外眠花卧柳；又里虚外实，少人家债负。只怕坑陷了你。"妇人道："四舅，你老人家又差矣！他就外边胡行乱走，奴妇人家只管得三层门内，管不得那许多三层门外的事。莫不成日跟着他走不成？常言道：世上钱财倘来物，哪是长贫久富家？紧着起来，朝廷爷一时没钱使，还问太仆寺借马价银子支来使。休说买卖的人家，谁肯把钱放在家里？各人裙带上衣食，老人家倒不消这样费心。"（第七回）

这孟玉楼果然是一个厉害角色。你不要惹着她，你要惹到她，她也不是省油的灯。所谓"世上钱财倘来物，哪是长贫久富家"，也就是我们说的"富不过三代"，有钱没钱，其实都是起起落落的。张四说西门庆事实上没有钱，但孟玉楼认为有钱没钱有什么关系呢，连朝廷都有要跟太仆寺借马价银子的时候。"各人裙带上衣食"，结婚以后物质生活的好坏更是个人的私事了。孟玉楼每一句话好像都是和和气气地劝张四舅不用替自己担心，事实上气死他了：反正我自己有钱，用你管我！这不就是当时的世道人心吗？

这里也写出了明朝中晚期一般人家妇女的婚姻观和处世观：丈夫三妻四妾没有关系，只要自己有分寸，仍然可以立得住脚；而且她只管三门内，三门外是不管的，一丈以内是丈夫，一丈之外就随便他。

五月二十四日，西门庆请了吴大妗子，来正式下聘。吴大妗子是吴月娘的嫂子，从这里可以看出他把这件事告诉了吴月娘，而吴月娘也没有反对，并且是由她娘家的嫂子"坐轿押担"。聘礼很多，"衣服头面，四季袍儿，羹果茶饼，布绢绸绵，约有二十余担"。二十六日，又"请十二位高僧念经做水陆、烧灵"。这些也间接突显了潘金莲的可怜。

接着就要搬东西了。张四带了一伙人来，想借机讨要一些。他对孟玉楼讲道："只把你箱笼打开，眼同众人看一看。"这是鬼话，左邻右舍都在，孟玉楼马上哭起来,并且说:"莫不奴的鞋脚,也要瞧不成?"裹脚布是很私密的东西,大庭广众下讲出来,便是将了张四一军。这时,杨姑娘也加入了战局(如图12)。

这幅绣像上,哪一个是杨姑娘?拿个拐杖那个。她后面那个高高的是谁?孟玉楼,果然是长挑身材。孟玉楼左边那个呢?薛嫂。张四是哪一个?右边第二个,两手都被人家拉住那个。书中对杨姑娘和张四舅吵架的描写也很精彩,将两人那种非常市井气的形象——说白点儿就是泼妇和流氓,和最底层社会的骂街方式——怎么难听怎么说,都展现出来了。这个时候也看出了薛嫂的能干,趁杨姑娘和张四舅吵得不可开交,她指

图12- 杨姑娘气骂张四舅

挥众人搬的搬，抬的抬，一阵风把所有箱笼都搬走了。

六月初二，一顶大轿，四对红纱灯笼，最有趣的是小叔杨宗保还当花童，孟玉楼就这样风风光光进了西门府。她带了三个人——丫鬟兰香、小鸾，还有一个琴童，这个琴童后面是有戏的。到了三日——那个时候结婚第三天还要请客，杨姑娘家，以及孟玉楼的两个嫂子都来了，从此亲戚来往不绝。对西门庆来说，一个月之内便完成了这样一门多赢的婚事，是一个理想的结果。

六月十二日便是西门大姐要出嫁的日子，西门庆马上又开始张罗这件事。孟玉楼陪嫁了两张南京描金彩漆拔步床，他将其中一张给了西门大姐，可见孟玉楼带来的东西也就是西门庆的东西了。

潘金莲的双重焦虑

接下来，我们回去看看潘金莲。

第六回的末尾，临近端午节的时候，西门庆来到潘金莲家。"两个殢雨尤云，调笑玩耍。少顷，西门庆又脱下他一只绣花鞋儿，擎在手内，放一小杯酒在内，吃鞋杯耍子。"鞋杯是当时流行的玩乐，也是在夸耀女人的脚有多小。西门庆是将酒杯放在莲鞋里，还有用瓷器或其他材料做成小鞋子的样子，也叫鞋杯。"当日西门庆在妇人家盘桓至晚欲回家，留了几两散碎银子，与妇人做盘缠。"——只有几两散碎银子。"妇人再三挽留不住。西门庆带上眼罩，出门去了。"以前没有柏油路，北方风沙又大，一阵风沙来会把沙子吹到眼睛里去，所以当地人习惯用眼罩，或者叫眼纱。眼罩是用很细的纱布做的，用的时候直接绑在眼睛上面。

"妇人下了帘子"——请各位想想，如果是舞台剧表演，一定要有一个帘子和一扇后门做道具，王婆经常在后门出入，而帘子是潘金莲和西门庆之间必不可少的联系物。潘金莲"又和王婆吃了一回酒，各散去了"。这一走一散，便到了第八回。

张竹坡有一句批语："一部《金瓶梅》，总是冷热二字。"第七回写孟玉楼是热——闹哄哄，有做媒的，有相亲的，有结婚的，有吵架的；第八回写潘金莲是冷，而且是非常冷，"每日门儿倚遍，眼儿望穿"，却"盼不见西门庆来到"。这一热一冷是同时发生的。整部《金瓶梅》，前五十回是热，后五十回是冷。此是后话，现在我们来看看潘金莲，看她如何在巨大的焦虑中煎熬。

自端午节前后，便不见西门庆身影，中间潘金莲托玳安捎了一封信，也没有下文。一直到七月二十九日，王婆才把他"抓"来，离上次两人见面已经将近三个月了。这段时间，潘金莲落入了困境。第一，她相思难耐。她和西门庆至少是两情相悦，这是她情欲上的苦。第二，她有经济上的压力。西门庆每次给潘金莲多少钱，都随他高兴。而且武大郎死后，没有人再卖炊饼，她也没有别的进账。像第六回末尾的那几两散碎银子，够她生活多久？她自己省吃俭用，那一笼"夸馅肉角儿"对她来讲是很昂贵的，是为了等西门庆才做的。迎儿偷吃一个，便被她又抽又打，这反映出她在情感和经济上沉重的焦虑。万一西门庆从此不来，她就两头落空，那她怎么办？如果她和西门庆就此结束，她可一点儿反击的筹码也没有，她最终很有可能会被王婆卖了，或者沦落为暗娼，靠王婆替她拉皮条。这是一个她不敢想的未来。

书里将潘金莲的焦虑写得很好。她用自己的鞋子打了一个相思卦。这个相思卦让我们知道，原来那个时候女人小小的鞋子还有这么个用处。这就和西方人手拿一朵花，一边摘小小的花瓣，一边念"他会来，他不会来，他会来，他不会来"是一个意思。我们不能说摘花瓣的很浪漫，拿鞋子的就恶心。其实这些表达的都是闺中女人的无助。人只有在最无助的时候，才会去祈求这些有象征意义的事物吧。她一边卜卦，一边巴巴地想今天西门庆是不是会来，所以去蒸了一笼饺子。最可怜的是迎儿，被朝打暮骂，还不知是何缘故。潘金莲尽管很伤心，但还是一直苦等，这也显露出她不放弃的个性。后面我们会看到李瓶儿的故事，李瓶儿也是忽然间被西门庆冷落，以致相思成病，找了一个医生，然后就嫁给医生了。比起李瓶儿来说，潘金莲更能坚持，等了将近三个月，而李瓶儿等了一个月就不行了。后来李瓶儿因潘金莲的加害而走向死亡，也反映出二人个性上软弱与强硬的分别。我们可以说，《金瓶梅》将人物的个性写得非常好。

这一天，好不容易逮到玳安，就写了一首《寄生草》，请玳安捎给西门庆。西门庆的小厮玳安也是一个很重要的人物，潘金莲"常与他浸润"，给他甜头。那笼珍贵的饺子后来被谁吃了？玳安。

玳安收好书信，将出门时，潘金莲说道："你到家见你爹，就说六姨好不骂你。他若不来，你就说六姨到明日坐轿子亲自来哩。"玳安回："六姨！自吃你卖粉团的撞见了敲板儿蛮子叫冤屈，麻饭疙瘩的帐；骑着木驴儿磕瓜子儿，琐碎昏昏。"这是当时的俚语，大意是你们这些缠缠绕绕的关系，弄得我昏头昏脑，这些话叫我怎么说呢？

此后，"那妇人每日长等短等……看看七月将尽，到了他生辰。这妇人挨一日似三秋，盼一夜如半夏"。终于，潘金莲还是请了王婆吃酒肉，又拿一根金头银簪子给她——可见潘金莲的经济困难，贴身饰物都拿出来了。西门庆寿辰次日，七月二十九日，王婆把西门庆"抓"来了。潘金莲即将迎来她生命中最重要的一场戏，这是她最后的机会。

潘金莲先是文骂，后用武攻。她从西门庆头上拔下一根簪子，上面有"金勒马嘶芳草地，玉楼人醉杏花天"字样，正是孟玉楼的陪嫁物。潘金莲"猜做哪个唱的与他的，夺了放在袖子里不与他"。接着，她把他手上的扇子折断了。这个过程中，西门庆都在一旁嬉皮笑脸。武行之后，潘金莲立刻又改了样式，开始给西门庆过生日。

我想，再怎样了不起、怎样得意的男人，有时候也想身边有人可以骂骂自己。曹雪芹笔下的宝二爷就很喜欢让他的丫头晴雯骂。有时候，被人骂还是一种过瘾。西门庆的其他妻妾，还不敢这样当面锣对面鼓地跟他对骂，潘金莲就有这一点儿胆，这点儿胆刚好投西门庆所好。他当然不会担心被她骂，还会觉得像挠痒痒一样过瘾。

潘金莲安排了一桌酒席,接着是送礼物:

> 一双玄色缎子鞋;一双挑线密约深盟随君膝下,香草边阑松、竹、梅花,岁寒三友,酱色缎子护膝;一条纱绿潞绸,永祥云嵌八宝,水光绢里儿,紫线带儿,里面装着排草梅桂花兜肚;一根并头莲瓣簪儿,簪儿上钑着五言四句诗一首云:"奴有并头莲,赠与君关鬓。凡事同头上,切勿轻相弃。"(第八回)

准备这些东西是要花很大工夫、很多钱的,"西门庆一见,满心欢喜,把妇人一手搂过,亲了个嘴",他说道:"哪知你有如此一段聪慧,少有!"潘金莲为了进一步巩固战果,"插烛也似的磕了四个头",西门庆更喜欢了,两人再次共度春宵。没想到次日一早,便收到武松书信,说不久就到。这个消息有如临门一脚,将潘金莲"踢"进了西门府。在王婆的怂恿下,西门庆和潘金莲约定:八月初六为武大烧灵,初八晚上便抬娶潘金莲过门。

第八回的最后,是"烧夫灵和尚听淫声",一方面是在嘲笑这些和尚,一方面也将潘金莲和孟玉楼作对比。孟玉楼有钱,所以能请到十二位高僧。潘金莲家低墙矮户,请的和尚格局也不会高。同时,她又为了笼络西门庆,两人大白天就在房间里翻云覆雨。潘金莲觉得被和尚听见不好意思,让西门庆赶快。西门庆才不管呢:"你且休慌,我还要在盖子上烧一下哩!"烧灵结束,和尚还不忘在嘴上讨潘金莲的便宜。小说中讽刺和尚的地方不在少数。

潘金莲孤军深嫁西门府

第九回开头便是"西门庆偷娶潘金莲",潘金莲终于进了西门府,一顶轿子,四个灯笼,王婆送亲,玳安跟轿。——跟孟玉楼怎么比?但潘金莲也真是了不起,在一无所有的情况下,居然成功了,取得了逆转胜。而且一进来,西

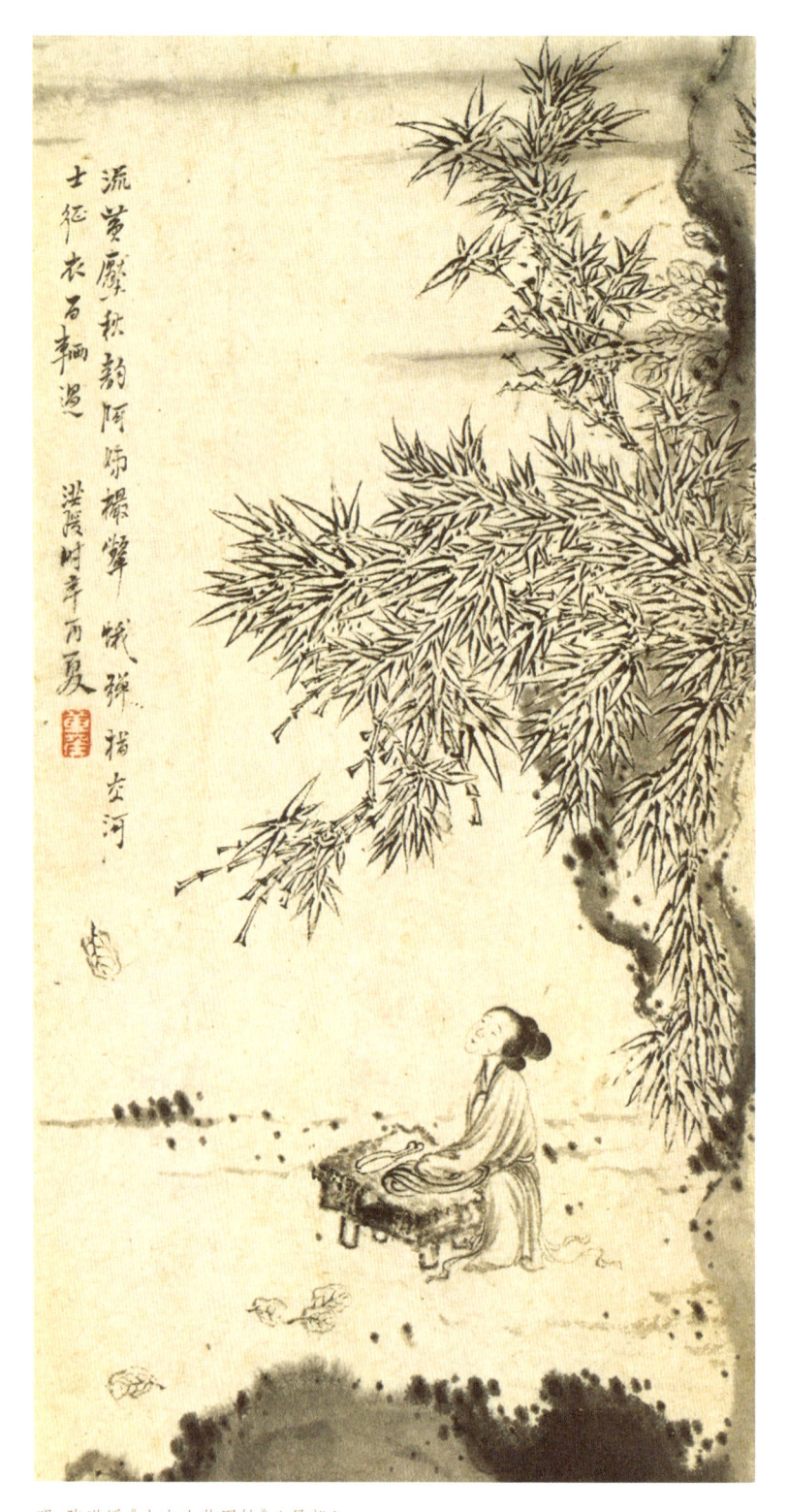

明 陈洪绶《山水人物图轴》(局部)

门庆就给她"花园内楼下三间"居住,其他妻妾都住在后面,她算是一个独立的单元。西门庆又给她两个丫头,其中一个本来是吴月娘的丫头,叫春梅;另一个是新买来的上灶丫头,叫秋菊。西门庆早就对春梅有意思,把她转到潘金莲这里,比较好行事。

> 且说西门庆娶潘金莲来家,住着深宅大院,衣服头面又相趁,二人郎才女貌,正在妙年之际;凡事如胶似漆,百依百随,淫欲之事,无日无之。

独门独院,衣服头面,专人服侍——潘金莲没想到自己居然还有这么一天。这大概是她有生以来最心满意足的时候。

前面通过旁人的三言两语,我们已经知道西门庆家里有好几个女人。对潘金莲来说,此前她都是通过西门庆的眼睛来看西门府众女子,但男人的眼睛靠不住,现在她要自己端详了。而在读者这一面,也要借由潘金莲的眼睛看看这几个女人是何形状。潘金莲本就是精细人儿,她来到这个新的环境,一定会把众人看个仔细:哪一个是可以欺负的,哪一个是要笼络好。所以,用潘金莲的眼睛来看众人是最合适的。

潘金莲打量众人的同时,吴月娘也在看她。作为大老婆,她很想知道潘金莲到底是何等人物,可以让丈夫为了她去杀人。女人看女人,往往是很刻薄的,吴月娘从潘金莲身上看到了什么呢?

> 吴月娘从头看到脚,风流往下跑;从脚看到头,风流往上流。论风流,如水晶盘内走明珠;语态度,似红杏枝头笼晓日。看了一回,口中不言,心内暗道:"小厮们家来,只说武大怎样一个老婆,不曾看见;今日见了果然生的标致,怪不的俺那强人爱他。"(第九回)

在吴月娘眼中，潘金莲果然是一号人物。接着，小说便转入潘金莲视角。

> 金莲先与月娘磕了头，递了鞋脚。月娘受了他四礼。次后李娇儿、孟玉楼、孙雪娥都拜见，平叙了姊妹之礼，立在旁边。月娘教丫头拿个坐儿教他坐，分付丫头媳妇赶着他叫五娘。这妇人坐在傍边，不转睛把眼儿只看吴月娘：约三九年纪；因是八月十五日生的，故小字叫作月娘。生的面若银盆，眼如杏子，举止温柔，持重寡言。第二个李娇儿，乃院中唱的，生的肌肤丰肥，身体沉重，人前多咳嗽，上床懒追陪；虽数名妓者之称，而风月多不及金莲也。第三个就是新娶的孟玉楼，约三十年纪，生的貌若梨花，腰如杨柳，长挑身材，瓜子脸儿，稀稀多几点微麻，自是天然俏丽。惟裙下双弯，与金莲无大小之分。第四个孙雪娥，乃房里出身，五短身材，轻盈体态；能造五鲜汤水，善舞翠盘之妙。这妇人一抹儿都看到在心里。（第九回）

只这一会儿工夫，潘金莲便把这几个人看尽了，对于日后如何处事，心中已有主张。

> 过三日之后，每日清晨起来，就来房里与月娘做针指、做鞋脚。凡事不拿强拿，不动强动。跟着丫头赶着月娘一口一声只叫大娘。快把小意儿贴恋几次，把月娘喜欢的没入脚处，称呼他做六姐，衣服首饰拣心爱的与他，吃饭吃茶和他同桌儿一处吃。因此，李娇儿等众人见月娘错敬他，各人都不做喜欢，说："俺们是旧人，倒不理论！他来了多少时，便这等惯了他？大姐姐好没分晓！"（第九回）

"不拿强拿，不动强动"，"赶着月娘一口一声只叫大娘"，潘金莲初到西门府，还没有站稳脚跟，对环境也不明了，所以先要贴尽小心，打牢基础。不需要她拿的，她偏偏赶着去拿；不需要她动手的，她也要献殷勤。"不拿强拿，不动强动"，这八个字就写尽了潘金莲的精细与精明。等她了然于胸之后，当然又是一番天地了。而吴月娘这时还有一点儿笨，很容易就被骗了，以为潘金莲是一个很好的人，还很喜欢她。"人前多咳嗽，上床懒追陪"这两句，可能是混入的他人的眉批，在崇祯本中被删掉了。李娇儿也是一代名妓，虽然现在身体发福了，风月不及潘金莲，也不至于是这般模样。

潘金莲终于进了西门府，地位也在逐渐稳固。孟玉楼也进来了。下一个要出场的是另一个很重要的人物，"金瓶梅"中的"瓶"——李瓶儿。

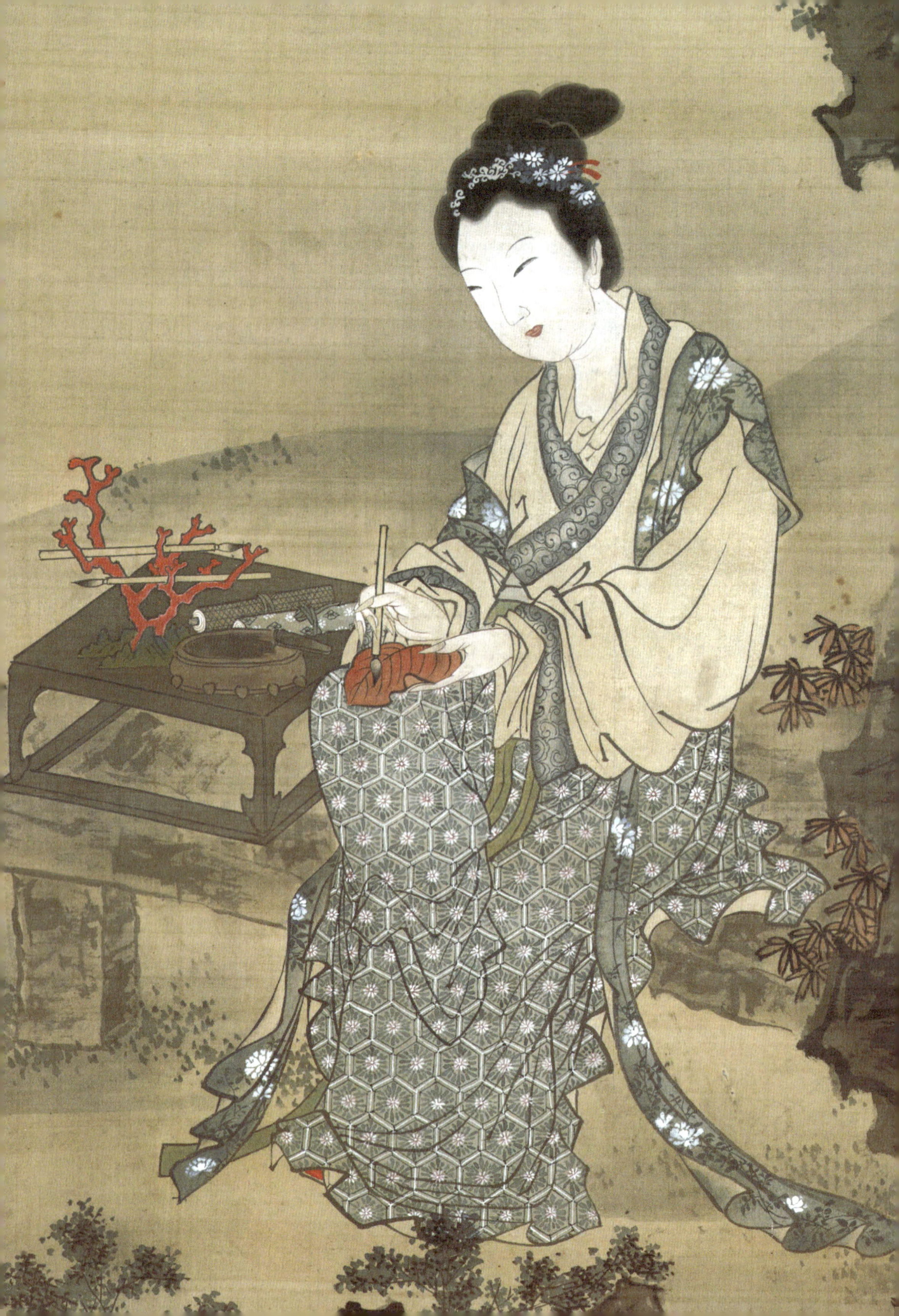

第五章

李瓶儿一波三折的情戏

前面我们讲过，西门庆和潘金莲的关系是"恃财猎色"，和孟玉楼的关系则是"借色聚财"。这几个字重新排列一下，刚好就是西门庆和李瓶儿的关系。一开始，李瓶儿和西门庆之间的关系是"借色猎色"——两人互相喜欢，彼此都用自己的色去猎对方的色。可是到了后来，西门庆凭借自己的财势——不仅是财富，还包括权势，将李瓶儿的财聚过来了，即"恃财聚财"。

我们先看第二十回。到这一回，西门庆已经娶了六个女人。这六个女人里面，我们站在西门庆旁边看着他娶了三个——孟玉楼、潘金莲跟李瓶儿。潘金莲进门的过程占了八回；孟玉楼最简单，一回就搞定；李瓶儿前后也花了八回的篇幅。在《金瓶梅》一百回中，两人进门的过程就各自占了八回，算是篇幅很多的。当然，后面讲李瓶儿之死的时候篇幅更多。

三个女人的算计与考量

前二十回中娶回的这三个人，从女性主义的自觉意识来讲，都是了不起的。在那个要求女人三从四德的年代，在讲究"饿死事小，失节事大"的氛围中，这三个人至少都有作为一个人的自觉意识。什么叫作人的自觉意识？想办法让自己过得好一点儿，尽力追求自己喜欢的东西，这就是人的自觉。所以，我们说不要太轻易地给书中的人物作道德评判，他们本来就无关道德，那是人的本性。至少，这三个女人都很勇敢地想为自己活一次看看。

这三个女人先后成了寡妇，她们亡夫的烧灵，西门庆都参与了。从西门庆的角度来说，他也一点儿罪恶感都没有，他觉得他该做的都做了，该奉行的礼节，他一样也没少。看《金瓶梅》要从这个角度进来，而不是随便说这是一个奸夫，那是一个淫妇，那样实在是把人生简单化了。

讲《红楼梦》的时候，我常常引用法国哲学家加缪的一句话："幸福不是一切，人还有责任。"这里我想套用这个句式："情欲不是一切，人生还有很多考量和算计。"也就是说，这三个女人并不是飞蛾扑火、不顾一切的。喜欢他是一回事，可是喜欢他之后的考量和算计，才反映了这三个人各自的性情与人生。

潘金莲和西门庆在一起后，为什么那样朝思暮想，除了感情上的原因，更重要的是她的基本生活发生了困难，所以她一定要抓住西门庆。即将归来的小叔也是一个潜在的巨大威胁，同样迫使潘金莲一定要想尽办法进入西门府，求得保障。这就是她的考量和算计。

孟玉楼也喜欢西门庆，还主动出击，但另一方面，也因为她家里还有两个凶亲恶戚。在那个年代，一个寡妇拥有财富是一件危险的事情，她要找一个安全的港湾，把自己所有的财产搬过去，以求得生活的安定，让张四舅和杨姑娘无法兴风作浪。嫁给西门庆，便是她考量和算计的结果。

李瓶儿一开始也是被西门庆吸引，可是在她做了一两次失败的算计之后，不堪人财两失，急急找了一个止损点，赶快嫁进西门府。

我们常说，《金瓶梅》是一部奇书，却刻画了最现实的人生。有算计，有考虑，各人关注的都是长长远远的问题。反而是我们每天看的八点档电视剧，表面上好像很写实，角色生活在城市里，穿的衣服和我们一样，玩着手机，坐地铁，其实剧情非常离谱，总是在洒狗血。这样来看，《金瓶梅》才是现代意义上写实主义的作品，即小说情节的发展应与特定人物所处的特定环境相配合。《金瓶梅》里的潘金莲、孟玉楼、李瓶儿，她们在不同的特定环境中会做出相对应的现实反应，这是非常现代的写法。因此，《金瓶梅》常被认为是全世界第一部以市民为写作对象、从市民观点切入的写实主义作品。

西门庆和李瓶儿快乐的调情

现在我们来看李瓶儿这个人。李瓶儿是一个很有争议性的人物。就人物形象来说，在既往关于《金瓶梅》的论说中，将她看作温柔的敦厚的好人，或者是很坏的淫妇的，大概各占一半。而就写作技巧来讲，也有好几位评论者认为李瓶儿这个人被写坏了，因为她前后不一致。但我认为，这正是写得太好了。诸位想想看，《红楼梦》里的尤二姐，曾经也是顶着淫荡的罪名，可是在情归贾琏之后，她忽然变成了一个遵守妇道的女性，一直是忍让的，所以才会死在王熙凤的手里。一个人会不会改变自己的性情，取决于动机够不够大，如果动机够大的话，人的个性是可以改变的。李瓶儿这个角色写得很符合人性，一开始她很风流，但后来的转变也是很合理的。

第十回后半部分说，隔壁"花太监家的"送了东西过来。花家的女主人正是李瓶儿，可说是未见其人，先闻其名。李瓶儿正式上场是在第十三回，作者借由西门庆的眼睛传递出她的形象。

> ……（花子虚）浑家李瓶儿，夏月间戴着银丝鬏髻，金镶紫瑛坠子，藕丝对衿衫，白纱挑线镶边裙；裙边露一对红鸳凤嘴，尖尖趫趫立在二门里台基上，手中正拿一只纱绿潞绸鞋扇。那西门庆三不知，正进门，两个撞了个满怀。这西门庆留心已久。虽故庄上见了一面，不曾细玩其详。于是对面见了一面：人生的甚是白净，五短身材，瓜子面皮，生的细弯弯两道眉儿。

《金瓶梅》对于人物穿着的描写很细腻，色彩尤其得作者关注。李瓶儿身上有银，有金，有白，有红，有绿，非常亮眼。"红鸳凤嘴"就是三寸金莲，

第五章 ● 李瓶儿一波三折的情戏

《金瓶梅》插画图册－李瓶儿迎奸赴会

作者对三寸金莲真是很迷恋，每次都把它写得好美的样子。由于脚形的关系，以前女人的绣花鞋多是自己做的，鞋扇就是还没有缝上鞋底的鞋帮子。她一边绣鞋，一边可能也在偷看；西门庆则是"留心已久"，现在有意无意地一撞，终于看清了对方的长相。这是李瓶儿的正式上场，果然两个人都对上眼了，由此展开了一场快乐的调情。

西门庆和李瓶儿的调情，与和潘金莲的调情又不太一样。从这点我们也可以看出，西门庆一开始对女人还是充满了耐心和浪漫情调，舍得花费时间和精力；只是到了后来，前面这一段几乎全省掉了。

当天，西门庆是花子虚邀请来的，但花子虚此时并不在家。李瓶儿便对西门庆讲："今天他请大官人往那边吃酒去，好歹看奴之面，劝他早些来家。两个小厮又都跟的去了，止是这两个丫鬟和奴，家中无人。"试想一下，隔壁邻居的太太，看到你家的先生，就讲"我们家没有人，你劝我先生赶紧回来"，似是一句平常的嘱咐，可是又让人深深地感觉到李瓶儿把西门庆当知心人、好朋友，把家中此时的情形都告诉了他。西门庆开始嫂子长，嫂子短的，许诺"在下一定伴哥同去同来"。说话间，花子虚回来了，两人吃喝一番，便去给妓女吴银儿做生日。酒席上，"西门庆留心把花子虚灌的酩酊大醉"，送他回府后，李瓶儿又告状："奴为他这等在外胡行，不听人说，奴也气了一身病痛在这里。往后大官人但遇他在院中，好歹看奴薄面，劝他早早回家。奴恩有重报，不敢有忘。"聪明人都听得出来，李瓶儿对西门庆是有意思的，是另眼相看的。"这西门庆是头上打一下，脚底板响的人"，又"积年风月中行走"，一点就透，晓得"今日妇人明明开了一条大路，让他入港"。两个人你一言，我一语，这种调情与《红楼梦》中的情形完全不一样，可是也有一种粗俗的快乐。

> 自此，这西门庆就安心设计，图谋这妇人。屡屡安下应伯爵、谢希大这伙人，把子虚挂住在院里饮酒过夜，他便脱身来家，一径在门首站立着。看见妇人领着两个丫鬟在门首，西门庆便在门前咳嗽，一回走过东来，又往西去；或在对门站立，把眼不住往门里盼着。妇人影身在门里，见他来，便闪进里面；他过去了，又探头去瞧。两个眼意心期，已在不言之表。（第十三回）

我忽然想到两只小麻雀，跳过来，跳过去，我看你一眼，你看我一眼，真是快乐。过几天，李瓶儿让花子虚送礼物给西门庆。吴月娘问起缘由，西门庆便和这正头娘子话家常，讲来龙去脉："此是花二哥前日请我们在院中与吴银儿做生日，醉了，被我搀扶了他来家，又见我常时院中劝他休过夜，早早来家，他娘子儿因此感不过我的情，想是对花二哥说，买了此礼来谢我。"吴月娘听了，很是不解："我的哥哥，你自顾了你吧，又泥佛劝土佛！你也成日不着个家，在外养女调妇，又劝人家汉子！"吴月娘作为大老婆，语气非常得体，没有泼妇骂街般的指责，还透着幽默，但意思都到了。对于这样的劝告，西门庆当然听得懂，但也不至于太难堪。两人的关系就像一般的夫妻，彼此感情不错，平实亲切。

西门庆家里的事情，基本上是一部琼瑶那个年代的"三厅电影"，与《傲慢与偏见》或者《战争与和平》不太一样。是哪三厅？客厅、餐厅、咖啡厅。而西门庆的活动范围几乎都在屋内，也像"三厅电影"一般在有限的空间里展开故事。《金瓶梅》是非常适合演舞台剧的，因为大多为室内环境。譬如说要表现潘金莲第一次和西门庆偷情的整个过程，舞台上只需要有一个帘子。帘内帘外，情景和气氛一下就出来了。至于要表现李瓶儿这个故事，舞台上需有什么道具？墙！墙里墙外，隔墙偷看，攀墙过来，这堵墙很重要。

接下来，天假其便。如果不是花大、花三、花四这几个花家兄弟来闹事的话，这事情应该怎么发展？两个人会各自保有家庭，西门庆大概会继续墙里墙外爬上爬下，和李瓶儿享受偷情的快乐吧。他们不见得要成夫妻，不见得一定要有什么结果，但是，花大、花三、花四来要花子虚家的财产了。花子虚知道李瓶儿存有三千两银子，但他不知道的是，已经过世的叔叔花太监把自己的家财也私下交予了李瓶儿。官司一起，李瓶儿马上把这些财物转移到西门庆那里。因为花子虚会突然被抓起来，很显然花大等人使了钱，李瓶儿知道在没有所谓公理正义的环境中，谁去用钱关说、送红包，谁就赢了。万一花大、花三、花四使的钱真的够多，她和花子虚可能会被抄家灭族。当然她这时候急着把财产转移到西门庆家，除了金钱上的考虑，一方面也是想借这个机会跟所爱的人表达自己的心意，等于借机告诉西门庆：你才是我要长久依靠的，我把钱都放到你那里，我放心。就这样，李瓶儿将"许多金银细软宝物"迅速搬进了

《金瓶梅》插画图册－西门庆择吉佳期

西门家。

但是,她这一招太轻举妄动了。这一次之后,天平就倾斜到西门庆那边去了。他得了人,又得了钱,天平的另一端,李瓶儿被悬在半空中了。嫁进西门家,成了她唯一的归宿。但因为天平的失衡,从此她得放低姿态,求西门庆。而西门庆的态度呢?第十六回的回目说得很清楚——"西门庆谋财娶妇",图她的钱罢了。

李瓶儿五求西门庆

"花子虚打了一场官司出来,没分的丝毫,把银两、房舍、庄田没了,两箱内三千两大元宝又不见踪影,心中甚是焦躁。"李瓶儿对他无好颜色,更有心顺势将他活活气死。这就有些残忍了。西门庆本来不想做这么绝,那三千两还想还花子虚一些,是李瓶儿从中作梗,极力阻拦。最后,花子虚举家搬到狮子街,没多久得了伤寒,李瓶儿也没有好好给他医治,不上半个月,花子虚含恨而终。

来年正月十五,李瓶儿生日,西门庆来狮子街的花家。李瓶儿张罗酒菜,再次跟西门庆表白心迹。

妇人递与西门庆酒,磕下头去,说道:"拙夫已故,举眼无亲。今日此杯酒,只靠官人与奴儿做个主儿。休要嫌奴丑陋,奴情愿与官人铺床叠被,与众位娘子做个姊妹,奴死也甘心。不知官人心下如何?"说着,满眼落泪。西门庆一壁接酒,一壁笑道:"你请起来。既蒙你厚爱,我西门庆铭刻于心。待你孝服满时,我自有处,不劳你费心。今日是你的好日子,咱们且吃酒。"

李瓶儿摆低姿态,可是西门庆并没有给她一个明确的答案。

见此情形,李瓶儿再次动之以钱。她告诉西门庆,自己还藏着三四十斤沉香、两百斤白蜡、两罐子水银、八十斤胡椒——这些在那时候都是很珍贵的东西。她也又一次对西门庆表白:"你若不嫌奴丑陋,到家好歹对大娘说,奴情愿只要与娘们做个姊妹,随问把我做第几个的也罢。亲亲,奴舍不得你!"见她"眼泪纷纷的落将下来",这时西门庆才给她一句,要等到李瓶儿孝服满,那边房子盖好,不然娶过去也没有地方住。李瓶儿闻言,满心欢喜,说:"我的哥哥,这等才可奴之意。"

到了三月上旬,花子虚百日那天,李瓶儿预备给他烧灵,并第三次求西门庆。

李瓶儿预先请过西门庆去,和他计议:要把花子虚灵烧了,"房子卖的卖,不的,你着人来看守。你早把奴娶过去罢!省的奴在这里,晚夕空落落的,我害怕,常有狐狸鬼混的慌。你到家对大娘说,只当可怜见奴的性命罢。随你把奴做第几个,奴情愿伏侍你,铺床叠被,也无抱怨。"说着,泪如雨下。

求了三次,哭了三次,李瓶儿似乎已经渐渐没有办法控制自己的情绪了。西门庆重复了之前的说法,李瓶儿应道:"娶奴过去,到你家住一日,死也甘心。"这时候的西门庆其实是有些疑虑的,后面我们再说。

由三月上旬又拖到五月初五,李瓶儿与西门庆商定五月十五日给花子虚烧灵,再选个日子迎李瓶儿过门。念经烧灵完毕,当天晚上,"李瓶儿摘去了孝髻髻,换了一身艳服。堂中灯烛荧煌,预备下一桌齐整酒肴,上面独独安一张交椅,让西门庆上坐"。"独独"二字也透露出李瓶儿一直在放低身段,想当初两人偷情的时候,李瓶儿是跟西门庆平起平坐的,现在她已经把自己当成一个妾、一个下人,不敢与他同座。

她第四次求西门庆。"李瓶儿满斟一杯递上去,插烛也似磕了四个头,说道:'今日拙夫灵已烧了,蒙大官人不弃,奴家得奉巾栉之欢,以遂于飞之愿。'"意思就是"赶快娶我吧"。这时,西门庆开口问:花大两口子有没有说什么。他的考虑绝对是自私的。花大、花三、花四搞了花子虚一通,弄得他家破人亡;娶李瓶儿是小事,但是会不会把那些祸害也统统带进来?这正应了我们前面说的那个公式,喜欢是一回事,在喜欢之外,人生还有很多是需要考量和算计的。何况西门庆又不是一个笨蛋,他是一个很精明的商人,马上会想到自身的周全。

李瓶儿马上回答,已经安顿好了。西门庆一听,便说"容他上门走走也不差甚么"。就好像孟玉楼那边的杨姑娘,以后也算亲戚了。这样的情节让我们看到人生本来的荒谬:对于花大来讲,李瓶儿是他弟弟花子虚的老婆,可是等到李瓶儿嫁给西门庆之后,他也摇身一变,以李瓶儿娘家亲人的身份和西门庆走动。

接下来,李瓶儿又要求西门庆,这是她第五次开口。"我的亲哥!你既真心要娶我，可趁早些。你又往来不便，休丢我在这里日夜悬望。"我们这样一条一条讲，就是想让各位明白，李瓶儿后来之所以那么容易接受蒋竹山，是因为她的精神长期紧绷，已经焦虑到不行了；她的大部分财产已经在西门庆那里了，如果再没有一个着落，真的就完了。

我们能够看到，西门庆终于答应她的时候，她是多么开心。"李瓶儿叫迎春盒儿内取出头面来，与西门庆过目。黄烘烘火焰般一付好头面，收过去，单等二十四日行礼，出月四日准娶。"两人谈妥，西门庆五月二十四日来下聘，六月初四要把李瓶儿娶过去。通常结婚的时候，男方要为女方准备头面，但是李瓶儿连头面都自己备好了。从这里也可以看出来，她事实上是很谦卑的，走到这一步，已经输到没什么可以再输，只好这样。"黄烘烘火焰般"的，不只是头面而已，还有她的心。

作者在写李瓶儿这个角色时，是花费了很大心血的，和写潘金莲完全不同。潘金莲是一个泼妇，可是她内心比较简单。李瓶儿就比较难写，她本性并不坏，可是又要当淫妇，又要厚道、温柔。如何将这些特点融合在一个角色身上，并且说服读者接受这个自身充满矛盾的角色，知道她是一个淫妇，但是又同情他，对作者来说是一个考验。所以，作者一再铺陈李瓶儿的内心变化，写足了她的感情戏：她被悬在那里，着急要嫁，不断地求西门庆，心里"黄烘烘火焰般"的热。千万算计就是没想后面还有一番波折，这个意外就是戏剧效果。

误嫁蒋竹山

西门庆的女儿西门大姐和女婿陈经济忽然上门，带来了亲家出事的手书。看罢书信，西门庆便"慌了手脚"。还是自己的身家性命重要，他立马把李瓶儿丢到不知哪里去了。他后来打她骂她，讲自己怎样劝她，叫她等，是她不等那些话，是不对的。他哪里劝过她？"影儿也没有"，根本是完全不理她了。李瓶儿完全搞不清状况，她的忧虑是可以想象的——越热切，就越失落。"妇

《金瓶梅》插画图册－李瓶儿许嫁蒋竹山

人自此梦境随邪，夜夜有狐狸假名抵姓，来摄其精髓。"其实从精神科医师的角度来讲，她大概是得了焦虑症或抑郁症，吃也吃不下，睡也睡不好，完全不行了。

于是，这些天替李瓶儿走动的冯妈妈请来了蒋竹山，给她看病。李瓶儿吃了一次蒋竹山的药就见效了，几天后，"精神复旧"。崇祯本的批点者在这里又把李瓶儿痛骂了一顿，说如果她对西门庆用情深厚，哪有用一次药就见效的，可见其情薄。这样说未免太狠。那个年代的点评者都是站在男性的角度，忽略了女性内心的曲折，忽略了那些起起伏伏的内容，就得出一个"情薄"的结论。其实，哪有那么简单？李瓶儿已经承受了太多太多，对于这样一个焦虑、抑郁的人来说，蒋竹山的出现，就好像是溺水时突然看到的一根枯枝，是最后的、唯一的那点儿希望，她要攀住它。所以，她才会听信蒋竹山那一套话。

蒋竹山其实也早就别有居心，所以先套李瓶儿的话，诸如她今年到底几岁，为什么会生病之类；接着，便要打动她了。

> 竹山道："可惜娘子这般青春妙龄之际，独自孀居，又无所出，何不寻其别进之路？甘为幽郁，岂不生病？"妇人道："奴近日也讲着亲事，早晚过门。"竹山便道："动问娘子，与何人作亲？"妇人道："是县前开生药铺西门大官人。"竹山听了道："苦哉！苦哉！娘子因何嫁他？小人常在他家看病，最知详细。此人专在县中抱揽说事，举放私债，家中挑贩人口。家中不算丫头，大小五六个老婆。着紧打躺棍儿，稍不中意，就令媒人领出卖了。就是打老婆的班头，坑妇女的领袖。娘子早是对我说，不然进入他家，如飞蛾投火一般，坑你上不上，下不下，那时悔之晚矣。况近日他亲家那边为事干连他，在家躲避不出，房子盖的半落不合的，都丢下了。东京门下文书，坐落府县拿人。到明日他盖这房子，多是入官抄没的数儿。娘子没来由嫁他则甚？"（第十七回）

当初孟玉楼要嫁西门庆的时候，张四舅去劝她，叫她不要嫁，说那人"单管挑贩人口，惯打妇熬妻"，是一个很坏的男人。现在，蒋竹山对李瓶儿说了类似的话。这两幕的幽默和讽刺在于，张四舅和蒋竹山都不是好人，都不怀好意，可是他们说的都是实话。问题是孟玉楼不听，李瓶儿听了。孟玉楼是一个更有主见的人，拿定了自己的主意。李瓶儿这时已经身心俱疲，人财两失，听蒋竹山这么一讲，便信了。"一篇话把妇人说的闭口无言。况且许多东西丢在他家……"人生是有考量的，喜欢还是摆一边吧。所以，她"寻思半晌，暗中跌脚"，说："怪嗔道一替两替请着他不来，原来他家中为事哩！"一个人如果精神状态不好，通常就没有什么雄心壮志了。这时，她已经退而求其次，打算找一个看起来还不错的男人，过简单的夫妻生活就罢了。

此时，李瓶儿出言试探，蒋竹山便双膝跪下了。——这又是一个讽刺性的描述，李瓶儿跪西门庆，蒋竹山跪李瓶儿，有钱就是大人。蒋竹山说："倘蒙娘子垂怜见爱，肯结秦晋之缘，足称平生之愿。小人虽衔环结草，不敢有忘！"简直把她当作再世恩人一样。李瓶儿便顺水推舟，成其好事，六月十八日将蒋竹山招赘入门，又"凑了三百两银子与竹山，打开门面两间，开店焕然一新"。她万万没有想到这蒋竹山也不是个人物，接着再被西门庆背地里找人搞破坏，不消三个月，蒋竹山就被李瓶儿"休"了！"临出门，妇人还使冯妈妈舀了一锡盆水，赶着泼去，说道：'喜得冤家离眼前！'"从此，李瓶儿"一心只想西门庆"。

潘金莲的考量：拥有知情权

现在我们换一个角度，看看潘金莲、吴月娘、西门庆对李瓶儿的看法，这些精彩画面都是经由对白呈现的。我们先看潘金莲。潘金莲是一个咬群的，一进西门府就开始兴风作浪，打这个，骂那个，对李瓶儿这件事却没有拒绝，而是接受了。李瓶儿和西门庆偷情的时候，被她抓到，但她只要求每次两人做了

什么，都要巨细靡遗地告诉她，其他就没有了。我个人认为，潘金莲是聪明人，她知道自己禁不了他们，西门庆处于绝对的强势，想要阻碍西门庆爬墙过去，只是自讨苦吃。于是，她选择了阿Q式的精神胜利法，即在众多妻妾里只让她一个人知道西门庆另外的好事，仿佛拥有了作为"知己"的特权。这就是潘金莲要的东西。后面我们会看到，春梅说潘金莲并不是一个要钱的人，她要的是强，意思是精神上的满足。她并不贪小便宜，但是要面子，要和人家不一样。

有一个评论者说得很好，西门庆对于潘金莲不见得有什么爱情和尊重，可是他们两个人有一起做坏事很快乐的契合。就是说，做坏事的话，西门庆不太会想让月娘知道，因为月娘会劝他；他后来也不会想让李瓶儿知道，因为李瓶儿心疼他。可是他跟潘金莲讲，会享受到做坏事的快乐。小孩子才有做坏事的快乐，我们现在都已经失去了那种快乐，失去了那种能力，因为我们都被制约了，对做坏事有很深的罪恶感。西门庆做这些事，也想跟人家分享快乐，潘金莲刚好对他的胃口。虽然对方也会指着他的鼻子骂几句，可是很爽；经由潘金莲的嘴巴，西门庆又得到了一种快感。潘金莲也乐得享受这种"知己"的快乐，"船多不碍港，车多不碍路"，她用这种方式来拉住西门庆的心，来实现自己的考虑。

吴月娘的考量：帮丈夫聚财

吴月娘好像是要钱不要人，所以张竹坡又把她骂一顿，说她真是不要脸。张竹坡恨月娘，觉得她很虚伪，可是我不这么认为。吴月娘有作为大妇的考虑，她的反应是对的。钱财谁不爱，她是当家媳妇，当然替丈夫着想，帮丈夫聚财。李瓶儿三千两白花花的银子和一堆值钱的物件要送来寄放，她能说不要吗？不仅不能，她还要帮着出主意：大件包上毯子，趁夜晚打墙上过来；银子让小厮用食盒抬回来，不让左右邻居知道他们在做什么。至于西门庆要娶李瓶儿进门这回事，后来西门庆也问过她，她以一个当家大妇的身份做出考量。第十六回中，她对西门庆指出：

> 你不好娶他休。他头一件，孝服不满；第二件，你当初和他男子汉相交；第三件，你又和他老婆有连手，买了他房子，收着他寄放的许多东西。常言：机儿不快梭儿快。我闻得人说，他家房族中花大，是个刁徒泼皮的人。倘或一时有些声口，倒没的惹虱子头上挠。奴说的是好话，赵钱孙李，你依不依——随你。

这是非常生动的大老婆的口吻：我把我该说的说了，你听不听，那你自己看着办。"几句话说的西门庆闭口无言。"由此可见西门庆对于这件事情也是患得患失，他不一定要娶李瓶儿的。

西门庆终娶李瓶儿

经过蒋竹山的一番波折，李瓶儿最后终于还是嫁入西门府了。无奈西门庆刻意冷落，李瓶儿不堪处境，于第三日晚上吊自尽，幸赖抢救，存活。隔夜，西门庆提鞭进房。

> 且说西门庆见妇人在床上控着身子哭泣，见他进去不起身，心中就有几分不悦；先把两个丫头都赶去空房里住了。西门庆走来，椅子上坐下，指着妇人骂道："淫妇！你既然亏心，何消来我家上吊？你跟着那矮王八过去便了，谁请你来！我又不曾把人坑了你什么，缘何流那毯尿怎的？我自来不曾见人上吊，我今日看着，你上个吊儿我瞧！"于是拿一绳子丢在他面前，叫妇人上吊。那妇人想起蒋竹山说的话来，说西门庆是打老婆的班头，降妇女的领袖。思量："我哪世

里晦气？今日大睁眼，又撞入火坑里来了。"越发烦恼痛哭起来。这西门庆心中大怒，教他下床来脱了衣裳跪着。妇人只顾延挨不脱，被西门庆拖翻在床地平上，袖中取出鞭子来，抽了几鞭子，妇人方才脱去上下衣裳，战兢兢跪在地平上。（第十九回）

接着，西门庆又发话了。

西门庆坐着，从头至尾问妇人："我那等对你说过，教你略等等儿，我家中有些事儿；如何不依我，慌忙就嫁了蒋太医那厮？你嫁了别人，我倒也不恼！那矮王八有甚么起解？你把他倒踏进门，去拿本钱与他开铺子，在我眼皮子跟前开铺子，要撑我的买卖！"妇人道："奴不说的悔也是迟了。只因你一去了不见来，把奴想的心斜了；后边乔皇亲花园里常有狐狸，要便半夜三更假名托姓变作你，来摄奴精髓，到天明鸡叫时就去了。你不信，只问老冯和两个丫头便知端的。后来把奴摄的看看至死、不久身亡，才请这蒋太医来看，恰吊在面糊盆内一般，乞那厮局骗了，说你家中有事，上东京去了。奴不得已，才干下这条路。谁知这厮砍了头是个债桩，被人打上门来，经官动府。奴忍气吞声，丢了几两银子，吃奴实时撑出去了。"西门庆道："说你教他写状子，告我收着你许多东西，你如何今日也到我家来了！"妇人道："你么，可是没的说。奴哪里有这个话，就把身子烂化了！"西门庆道："就算如此，我也不怕。你道说你有钱，快转换汉子，我手里容你不得！我实对你说罢了，前者打太医那两个人，是如此如此、这般这般使的手段。只略施小计，教那厮疾走无门；若稍用机关，也要连你挂了，到官弄到一个田地！"妇人道："奴知道是你使的计儿。还是你可怜见奴，若弄到那无人烟之处，就是死罢了！"看看说的西门庆怒气消下些来了，又问道："淫妇你过来，我

《金瓶梅》插画图册 - 傻西门引新娘见醉客

问你,我比蒋太医那厮谁强?"妇人道:"他拿甚么来比你!你是个天,他是块砖,你在三十三天之上,他在九十九地之下。休说你仗义疏财,敲金击玉,伶牙俐齿,穿罗着锦,行三坐五,这等为人上之人。只你每日吃用稀奇之物,他在世几百年还没曾看见哩!他拿甚么来比你?你是医奴的药一般,一经你手,教奴没日没夜,只是想你。"

(第十九回)

西门庆闻言,讲了一句精彩的结论:"我的儿,你说的是。果然这厮他见甚么碟儿天来大!"他要的就是李瓶儿这番表白。西门庆自己心虚,就想李瓶儿是不是四处跟人讲他拿了她的东西;李瓶儿说没有,还发了誓。但他的重点还是在自己和蒋竹山谁强。像这类问话以后还会经常出现。西门庆跟女人办事的时候,喜欢问对方:我是谁,你是谁,我怎么样……大概他骨子里面还是有些心虚或自卑的。李瓶儿真会讲话,几句话讲出了柔情千万,将西门庆天大的怒气化解掉了。西门庆拿鞭子打李瓶儿,是要彻底收服李瓶儿,但经此转折,李瓶儿已经收服了西门庆。"你是医奴的药一般,一经你手,教奴没日没夜,只是想你。"这对于西门庆来讲是非常中听的,"把西门庆欢喜无尽",所以他说:"我的儿,你说的是。"人生很艰难,又充满意外,可是人还是有能耐可以化解这些意外。这是很有趣的。

我们再来分析一下西门庆。他打李瓶儿,除了觉得被背叛外,也实在是因为太瞧不上蒋竹山了。如果李瓶儿不是嫁给蒋竹山,而是嫁给夏提刑或者周守备这样的人物做妾,西门庆会去找人破坏吗?显然不会。不仅如此,以后在宴会场合碰到李瓶儿,还要毕恭毕敬叫一声嫂子。

李瓶儿与西门庆言归于好,大宴宾客请"会亲酒",席间,应伯爵等帮闲对李瓶儿极力吹捧,且看李瓶儿出场见客的架势:

那玳安去了半日出来,复请了西门庆进去。然后才把脚下人赶出去，关上仪门。四个唱的，都往后边弹乐器，簇拥妇人上拜。孟玉楼、潘金莲，百方撑掇，替他抿头，戴花翠，打发他出来。厅上又早铺下锦毡绣毯，麝兰瑷瑝，丝竹和鸣，四个唱的，导引前行。妇人身穿大红五彩通袖罗袍儿，下着金枝线叶沙绿百花裙；腰里束着碧玉女带，腕上笼着金压袖；胸前项牌璎珞，裙边环佩玎珰，头上珠翠堆盈，鬓畔宝钗半卸；紫瑛金环，耳边低挂；珠子挑凤，髻上双插。粉面宜贴翠花钿，湘裙越显红鸳小。正是：恍似嫦娥离月殿，犹如神女到筵前。四个唱的，琵琶筝弦，簇拥妇人，花枝招飐，绣带飘飘，望上朝拜。慌的众人都下席来还礼不迭。（第二十回）

妻妾众人各怀心事

原来明朝有钱人娶一个妾，妾出来见客时是可以有这个排场的。而也因为这场面，第二十回，吴月娘哭了。

不一时，吴大舅吃了第二道汤饭，走进后边来见月娘。月娘见他哥进房来，连忙花枝招飐，与他哥哥行礼毕，坐下。吴大舅道："昨日你嫂子在这里打搅，又多谢姐夫送了桌面去。到家对我说，你与姐夫两个不说话。我执着要来劝你，不想姐夫今日请。姐姐，你若这等，把你从前一场好都没了。自古痴人畏妇，贤女畏夫。三从四德，乃妇道之常。今后姐姐，他行的事，你休要拦他，料姐夫他也不肯差了，落得你还做好好先生，才显出你贤德来。"月娘道："早贤德好来，不教人这般憎嫌。他有了他富贵的姐姐，把俺这穷官儿家丫头，只当亡故了的算帐。你也不要管他，左右是我，随他把我怎么的罢！贼强人，从几时这等变心来？"说着，月娘就哭了。

在西门府，她是大妇，可是她的情绪、她的精神也不轻松。吴大舅是她的亲哥哥，一个女人只有在见到娘家人的时候，心房才会打开，伤心落泪。她落泪的原因大概有以下两点。第一，她自始至终反对西门庆娶李瓶儿，可是丈夫不听她的，很伤她作为大妇的自尊；不仅如此，西门庆还因为这件事情与她夫妻反目，好一阵子根本不和她说话，这也让她觉得颜面无光。第二，李瓶儿嫁入西门家，对她的威胁非常大，因为李瓶儿实在太有钱了。

人生如戏，我们不能忽略舞台上还有一个精彩人物——孟玉楼。很多评论者认为孟玉楼是一个不相干的，不，我认为她是一个关键的少数，就像一锅菜里面最重要的调味素，她只需在关键时刻说出紧要的一两句话就够了。我们且举个例子。第十八回，西门庆发现李瓶儿嫁给蒋竹山之后，非常生气，进了家门，刚好吴月娘、孟玉楼、潘金莲和西门大姐在月下跳百索（跳绳）。西门庆一来，大家都走了，只有潘金莲在一边提鞋，被西门庆踢了两脚。吴月娘埋怨潘金莲没有眼色，"却教他蝗虫蚂蚱一例都骂着"。再看孟玉楼，实在太厉害了，她说："骂我们也罢，如何连大姐姐也骂起淫妇来了？没糟道的行货子！""没糟道的行货子"就是"上不得台盘"的意思，她这句话就是在提醒吴月娘，他连你都骂成淫妇了。所以，我前面提到孟玉楼的乖绝对不是乖巧，她是很聪明、很厉害的一个人。

潘金莲果然风里火里就发作了。她接过来说："这一家子只我是好欺负的！一般三个人在这里，只踢我一个儿，哪个偏受用着甚么也怎的？"她的意思，要踢就三个人一起踢——太笨了。吴月娘终于被激怒了："你头里，何不教他连我也踢不是？你没偏受用，谁偏受用？"金莲还是怕吴月娘的，月娘一生气，她赶忙找补："姐姐，不是这等说，他不知哪里因着甚么由头儿，只拿我煞气。要便睁着眼望着我叫，千也要打个臭死，万也要打个臭死！"吴月娘接道："谁教你又要嘲他来？他不打你，却打狗不成！"这句话显出吴月娘也是厉害角色。潘金莲几次兴风作浪，胜利的都是吴月娘。你不要看吴月娘笑嘻嘻的，好像什么事都不管，她这个位置坐得才稳呢；反倒潘金莲总是搞不清楚状况，胡乱叫骂而已。

　　孟玉楼的一句话，就让潘金莲和吴月娘有了这样一番言语往来。十九回，李瓶儿的花轿子到了，老半天没有人去理，又是孟玉楼出来说话。她对吴月娘讲："姐姐，你是家主，如今他已是在门首，你不去迎接迎接儿，惹的他爹不怪？他爹在卷棚内坐着，轿子在门首这一日了，没个人出去，怎么好进来的？"各位想想看，孟玉楼出面讲这几句话，给多少人解了围？第一，她替李瓶儿解围了；第二，她替吴月娘解围了。她知道吴月娘想出去接李瓶儿，可是心里面又很生气，也伤了自尊；可是如果吴月娘不去，又担心西门庆会生气，孟玉楼刚好让她有一个台阶下。西门庆会不会感激孟玉楼？也会。如果吴月娘真的不去接，李瓶儿晾在那里，西门庆脸上也不好看。但她话一出口，三个人都被照顾到了。

　　第二十回，吴月娘向众人说起自己与西门庆的不睦，又是孟玉楼出面解围。她说："姐姐在上，不该我说。你是个一家之主，不争你与他爹两个不说话，就是俺们不好张主的，下边孩子们也没投奔。他爹这两日，隔二偏三的，也甚是没意思。看姐姐恁的，依俺们一句话儿，跟他爹笑开了罢。"这一回的一半回目叫作"孟玉楼义劝吴月娘"，可见她话虽少，出演的却是关键情节，能够推动故事的发展。到第二十一回，西门庆窥见吴月娘为西门家求子嗣，主动与她和好；吴月娘半推半就，也便应了孟玉楼说的，"跟他爹笑开了"。聪明人会在最适当的时候做最好的选择，说最得体的话；一面煽风点火，一面做公道人，面面俱到。孟玉楼就是这样一个聪明人。后面大家看到她讲话时，可以留心一下。

　　各位或许会觉得很奇怪，为什么在《金瓶梅》里面，下人们管主子都是叫"爹"和"娘"呢？因为明朝的律法是禁止贩卖人口的，包括买妾。但是被禁止的东西，实际上就是最盛行的东西。法律上有禁，就把要买的人——妾也好，丫鬟也好，小厮也好，变成养子、养女的身份。台湾早期那些人口买卖，买一个下女、用人的，身份证上登记的也是养女，跟这是一个意思。所以，当时凡是妾、丫头、下人叫主子，都叫"爹"和"娘"，名义上都是一家人，以规避法律的制裁。

金瓶物语之金簪

其实《金瓶梅》跟《红楼梦》一样——应该说《红楼梦》跟《金瓶梅》一样，每件东西都有它存在的意义。《红楼梦》里面的一杯茶都有意思，一个金锁片、一块玉也各有含义。回到《金瓶梅》，我们先说簪子好了。

前面我们讲过，潘金莲将西门庆头上孟玉楼送的簪子拿掉，换上了自己的。簪子是日常离不开的物品，从这里就可以看出潘金莲的用意。

九月九日重阳节，西门庆和李瓶儿终于在一起那晚，李瓶儿从头上拔下两根金簪，送给西门庆，特别提醒他："若在院里，休要叫花子虚看见。"可见这是很重要的信物了。后来，潘金莲识破了二人的奸情，作势要大声嚷嚷，于是这两根金簪马上被西门庆用来封她的嘴了。潘金莲一看，"却是两根番纹底板、石青填底、金玲珑寿字簪儿，乃御前所制造，宫里出来的，甚是奇巧"，遂"满心欢喜"。除了簪子这么漂亮谁不爱的原因之外，她还得意于西门庆终于被自己降伏，有把柄在自己手里了。

转年正月初九，是潘金莲的生日。花子虚还没过五七，李瓶儿便穿着一身孝服去拜寿。饭吃到一半，潘金莲和潘姥姥一起退到后面去。重新打扮后，潘金莲再次露面，视角就转到了孟玉楼这里，借由她的眼来看潘金莲的样子，"看见金莲艳抹浓妆，鬓嘴边撇着一根金寿字簪儿，从外摇摆将来"。这根簪子显然就是之前西门庆给她的"金玲珑寿字簪儿"，她为什么要特意换上呢？这时，月娘对着李瓶儿说话了："二娘，你与六姐这对寿字簪儿，是哪里打造的？倒且是好样儿，到明日俺每人照样也配恁一对儿戴。"真是一山更比一山高。潘金莲显然是看到了李瓶儿头上的簪子，这才特意将一模一样的换上给她看，暗示对方"我知道你俩的事情"。而月娘一开口，等于告诉所有人：整个过程老娘统统知道。当时，李瓶儿的心脏一定跳得很快，潘金莲也讨不到巧，因为她发现月娘也什么都知道了。这一根簪子背后有多少文章，真是很有意思的。

金瓶物语之墙

我们再说墙，且看十三回。

> 且不说花子虚在院吃酒。单表西门庆推醉到家，走到潘金莲房里，刚脱了衣裳，就往前边花园里去坐，单等李瓶儿那边请他。良久，只听的那边赶狗关门。少顷，只见丫鬟迎春黑影影里扒着墙推叫猫，看见西门庆坐在亭子上，递了话。这西门庆掇过一张桌凳来踏着，暗暗扒过墙来。
>
> …………
>
> 当下二人如胶似漆，盘桓到五更时分，窗外鸡鸣，东方渐白。西门庆恐怕花子虚来家，整衣而起。妇人道："你照前越墙而过。"两个约定暗号儿：但子虚不在家，这边使丫鬟立墙头上，暗暗以咳嗽为号，或先丢块瓦儿；见这边无人，方才上墙叫他。西门庆便用梯凳爬过墙来。这边早安下脚手接他。两个隔墙酬和，窃玉偷香，又不由大门里行走，街坊邻舍怎得晓的暗地里事。
>
> …………
>
> 却说西门庆天明依旧扒过墙来，走到潘金莲房里。

这是重阳节酒宴后的事。李瓶儿的丫头迎春打狗关门，转身便"黑影影里扒着墙推叫猫"。这句话是意在言外的，暗示猫在叫春。迎春又递话给西门庆，西门庆本来就在亭子里等着，得了信号，便爬墙过去了。这是我们看到的第一面墙。到次日西门庆回返家中，一共出现了八个"墙"字，可是西门庆还在墙

《金瓶梅》插画图册－李瓶姐墙头密约

这头,李瓶儿还在墙那头。

一日,同孟玉楼饭后的时分,在花园亭子上坐着做针指。只见掠过一块瓦儿来,打在面前。那孟玉楼低着纳鞋没看见。这潘金莲单单把眼四下观盼,影影绰绰只见一个白脸在墙头上探了探就下去了。金莲忙推玉楼指与他瞧,说道:"三姐姐,你看这个是隔壁花家那大丫头，不知上墙瞧花儿，看见俺们在这里，他就下去了。"说毕也不在意，就罢了。到晚夕，西门庆自外赶席来家，进金莲房中。金莲与他接了衣裳，问他，饭不吃，茶也不吃，趔趔着脚儿只往前边花园里走的。这潘金莲贼，留心暗暗看着他。坐了好一回。只见先头那丫头在墙头上打了个照面。这西门庆就躐着梯凳过墙去了。(第十三回)

这段中一共出现了四个"墙"字。李瓶儿还是没能越过墙来，潘金莲倒是上心了。接着，李瓶儿要转移财产过来，大件也是从墙上走，还是月娘的主意。

月娘说："银子便用食盒叫小厮抬来。那箱笼东西，若从大门里来，教两边街坊看着不惹眼？必须如此如此，夜晚打墙上过来，方隐密些。"西门庆听言大喜，即令来旺儿、玳安儿、来兴、平安四个小厮，两架食盒，把三千两金银先抬来家。然后到晚夕月上的时分，李瓶儿那边同两个丫鬟迎春、绣春，放桌凳把箱柜挨到墙上。西门庆这边止是月娘、金莲、春梅，用梯子接着。墙头上铺苫毡条，一个个打发过来，都送到月娘房中去。(第十四回)

潘金莲生日那天，李瓶儿明明穿着孝服，也赶去凑热闹，当晚还和潘姥姥一起歇了。次日，潘金莲带李瓶儿游花园，看到西门府正在起房子。

李瓶儿看见他那边墙头开了个便门，通着他那壁，便问："西门爹几时起盖这房子？"金莲道："前者央阴阳看来，也只到这二月间典工动土，收拾起要盖。把二娘那房子打开通做一处，前面盖山子卷棚，展一个大花园；后面还盖三间玩花楼，与奴这三间楼相连，做一条边。"这李瓶儿听见在心。(第十四回)

这里有我们要讲的最后一个"墙"字。墙里墙外，一直是西门庆爬来爬去，现在李瓶儿终于到了墙的另一头，在西门庆这边了。墙在西门庆和李瓶儿的故事里具有很强的象征意义，将二人关系的来龙去脉串联起来。

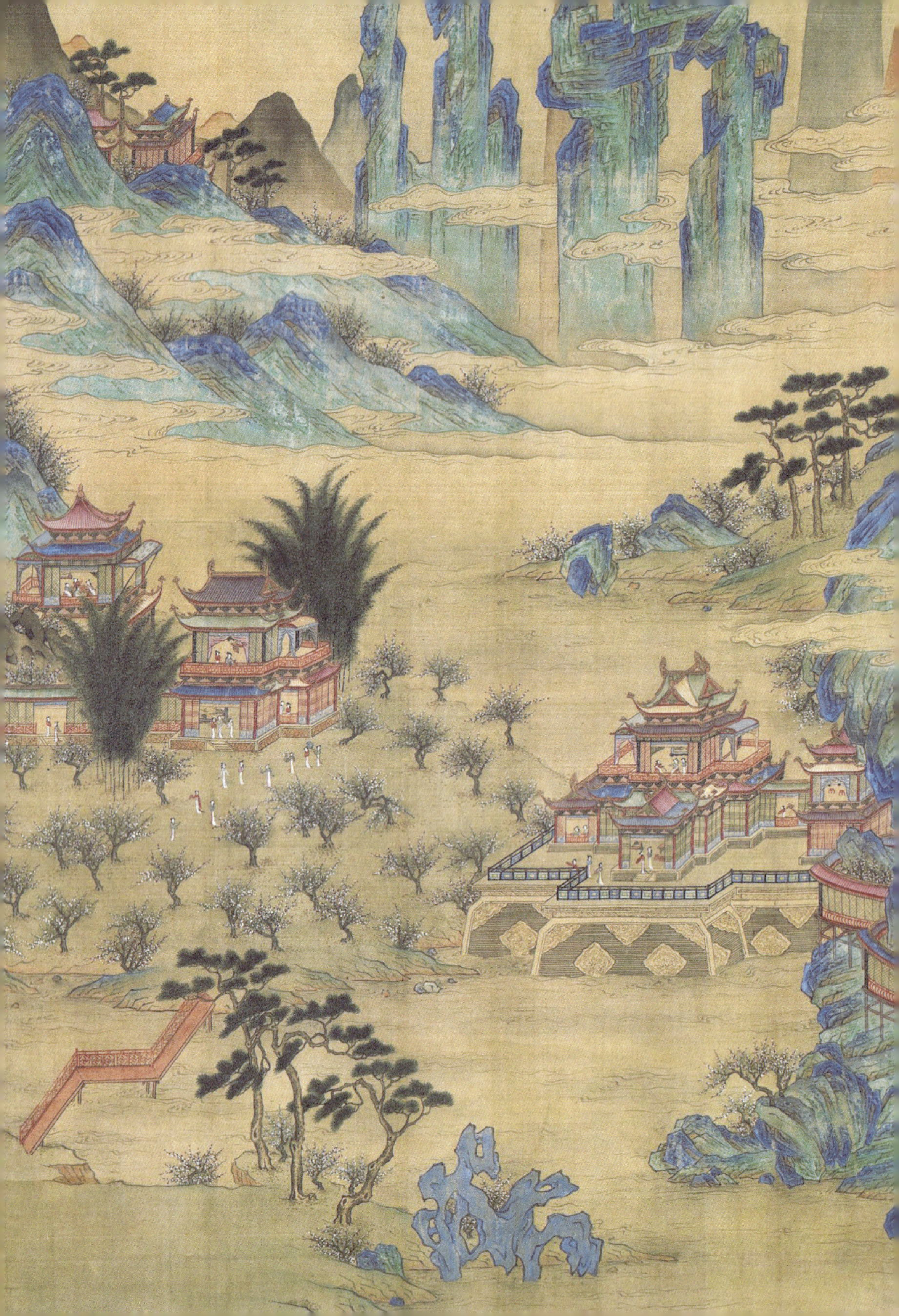

第六章　《清明上河图》再现晚明风物

山东阳谷县建有"金瓶梅文化旅游区",山东临清市建有一条"金瓶梅文化街",景区的街上是仿古建筑,可是场景基本上是来自《水浒传》的。比如武松打虎之后抬着一只虎走在街上的塑像,王婆、潘金莲、西门庆坐在一起的塑像,以及对外营业的王婆茶馆和武记烧饼店。这家武记烧饼店特别弄成两层楼,楼上有一个窗户,就是潘金莲手中的棍子掉下来打中西门庆的地方。一些游人呆呆地对着它看,好像巴不得再有一根棍子掉下来,打中自己。我个人觉得这样的景区开发皆以旅游观光为目的,文化底蕴的挖掘则明显不足。

好在明代画家仇英画过一幅《清明上河图》,其精致度和时间感或许对我们理解《金瓶梅》的社会环境更有帮助。仇英大概生于1498年(明弘治十一年),去世于1552年(明嘉靖三十一年)。他是一位职业画家,是"明四家"(沈周、文徵明、唐寅、仇英)中唯一不是文人身份的。他出身于市井,虽然没有办法在画上题诗作文,却留下了一张非常重要的《清明上河图》(北宋年间,画家张择端也有同名画作传世),表现了明嘉靖年间苏州城的面貌,在时间上与《金瓶梅》故事的创作年代基本吻合。

除了时间重叠以外,苏州和山东的临清(《金瓶梅》故事中的清河)实际上同属依托于京杭大运河的运河商业经济圈。在明朝中晚期,临清和苏州一样拥有全国八大钞关之一。所谓钞关就是政府机关扣关税的地方,都设在大的码头城镇,可见临清经济之繁荣就算比不上当时的苏州,大概也八九不离十。

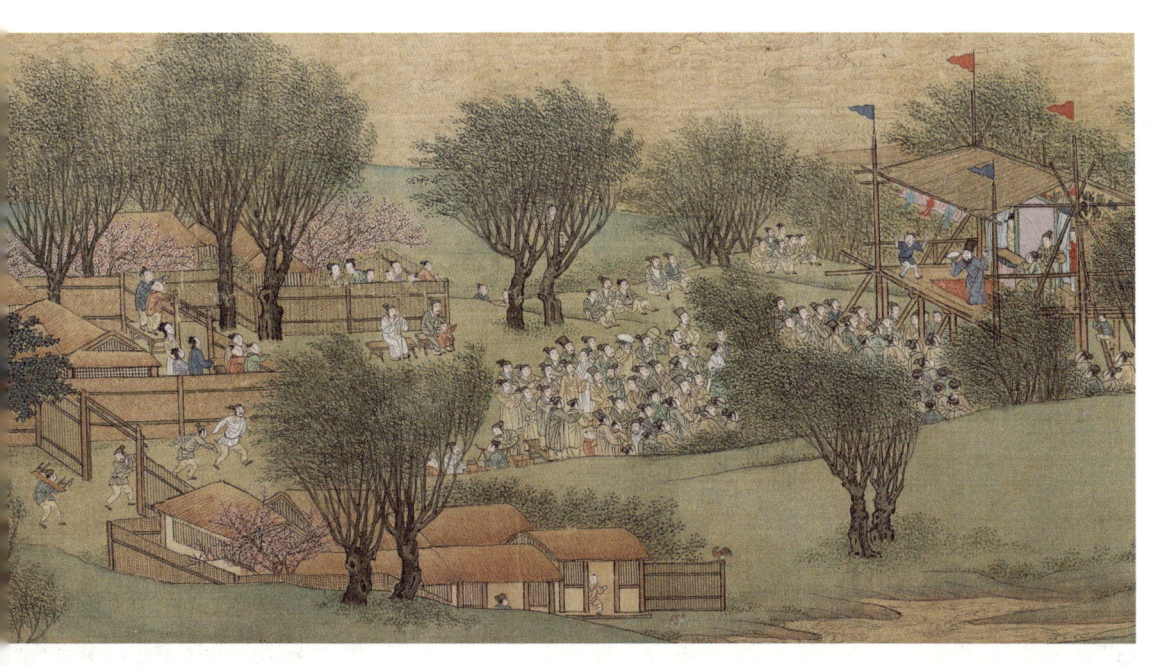

图13-《清明上河图》之独门独院

　　小说虽然是虚构，可是其背景有所本，包括生活环境、服装、饮食、商业等。《清明上河图》中的场景是最接近明朝中晚期的第一手数据。西门庆家本来就有的生药铺，帮李瓶儿打首饰的银匠家，娶了李瓶儿之后新开的当铺等，都可以找到参照。因此，我们可以透过这幅画，遥想西门庆、潘金莲等人的生活情景。

　　仇英的《清明上河图》基本上仿照北宋张择端的《清明上河图》，一样有虹桥，有市集，有城内城外；沿着运河，从郊外开始，进到城中，一番热闹的景况，又渐渐往市区的边缘去，最后进入一个很像天上的化外之境。各个局部场景有时候在上面，有时候在下面，有时候在两边，我们逐个来讲。

　　各位请先看这个独门独院，后来韩道国、王六儿所争取到的房子大概就是这样的。走进去，一个小小的院落，有一座小楼，还有阳台，简单舒适（如图13）。

图14-《清明上河图》之娶亲图

不过,我想各位更感兴趣是娶亲的画面。孟玉楼嫁进西门庆家,至少有这样的排场。前面打着四盏灯,有一个敲锣打鼓的队伍;接着是用扁担担着两坛酒,牵着一只羊。花轿由媒婆引着,跟在后面。大概孟玉楼是可以有这样的待遇,李瓶儿应该也有(如图14)。潘金莲入门时的阵仗可能就小一点儿。

《清明上河图》中的虹桥,是整个画面上最热闹的地区,附近有多家店铺,经营种类各不相同,画中人物面目表情生动。右下角有一家店,"本店宰赁猪羊",经营者显然是个屠户。旁边卖"各色鲜鱼面",从运河里现捞上来的鱼,马上就可以煮面;筷子和我们现在用的一模一样。"解三世图"的地方是算命摊,看你的前世、今生和来世。沿途我们可以看到很多摆设的摊位,商业氛围很热闹。左上角有个算命的,大概是看面相也看手相(如图15)。

沿着虹桥上去,看到一家"兑换纹银酒器,各样金银首饰"的店家。它的

第六章 ● 《清明上河图》再现晚明风物

图15-《清明上河图》之虹桥右下角

对面是个玩具铺子,卖各种小孩子的玩具,比如面具之类。玩具铺子旁边是个"零剪绫罗"的小摊位,可以按顾客的需要剪一块布出售的。后面我们会看到官店,规模比较大,布料是整匹出售。"零剪绫罗"旁边卖活鱼的摊位上,摊主正在向木桶中注入活水(如图16)。

继续走,有"各色细果、参苓补糕",每一种点心蜜饯都用盖子盖着。小说里面经常提到各色细果摆上来,喝茶吃酒,动辄一二十种,可以到这里购买,很方便。店铺前面手拿拨浪鼓那位,是典型的货郎形象。宋惠莲和西门庆在一起以后,变得很猖狂,每天都在店门口买这个买那个,交易对象就是这种

图 16-《清明上河图》虹桥上方

走街串巷的小本商人。当时这样的小本商人很多,背个货担就可以沿街叫卖,主要是胭脂花粉、针头线脑、小首饰一类。店铺右侧是代写书信的摊位。从前会书写的人并不多,几十年前,台湾街头也有代写书信的,写的通常是文言,"来信告知""盼复"等,有一定的格式。

再往上,还有人在踢球,也叫踢圆(如图17)。《金瓶梅》第十五回,西门庆、应伯爵一行去丽春院李桂姐那里,"正唱在热闹处","圆社"来人了,于是众人准备踢球——当时的足球比现代的足球要轻,叫作气球。缠着一双三寸金莲的李桂姐也踢了两脚,并获得了圆社成员白秃子、小张闲和罗回子的"假喝彩奉承"。这三人其实就是市井的小混混,借着这个行业,跟有钱人去逛妓院,顺便赚一点儿钱。

我们下桥来,视线向左移,看到一家"主雇木行",以及一家小酒馆。木

图17-《清明上河图》踢圆

行显然是出售各种建筑、家具用料的。明世宗、明神宗时期，建房主要贵在木料，也就是建材上。小说后面也写到，西门庆盖新房子的时候，管木料的太监假公济私，送给他们一堆木料之类的。木材行声明的经营宗旨应该是"公平交易"，但是"公平"两个字的位置被遮住了，只能看到"交易"二字。小酒馆把鸡鸭鱼肉挂在门口吸引人。跑堂的在送菜；一位老先生手持一把扇子，应该是在说书，一些人聚在旁边听。街上，一个和尚托钵，一个和尚顶着一座小宝塔，以"卖艺"的方式吸引路人的注意。整张图中有好几处是和尚"卖艺"的场景，可见当时的和尚要自己去筹募善款。旁边二人挑着几层的食盒——《金瓶梅》里一再提到，西门庆家的下人挑着食盒到郊外去或者送到应伯爵家去，大概就是这样（如图18）。

继续往前走，到了城门口，这里也有各种各样的店。有卖上等白细布的；

图18-《清明上河图》主雇木行、和尚卖艺

有杂货行,也写着"公平交易";有卖各种小玩意儿的,写着"京货"——这个"京"是指南京,那个时候南京比北京的工商业发达很多,标上"京货",类似于现在的"原装进口",表示出售的是很好的东西。又是一个算命摊,算命先生看起来也是在讲命理方面的东西,可见当时的人很喜欢占卜。货郎担前,有个小孩子不肯走,大人在拉他。还有一间打铁店(如图19)。

进了城,先是城门守卫室,接着是一家医院,再是成衣铺、家具行和琴行。守卫室的房屋结构很清楚,门口有卫兵把守。里面的座椅是典型的明式家具,造型非常简练。全世界最好的家具就是明式家具,可以用这么简单的线条凝结工艺之美,现在最新的艺术创作也比不上。研究明代家具的学者通过当时绘画中椅子的造型,就可以写出一篇论文。医院同时卖药,打着"男女内外药室"的招牌;门口还有一副对联,下联是"红杏得春多","杏"是指杏林,是医生群体的代称。成衣铺里也可以定做衣服。但西门庆家比较有钱,他们不去

第六章 ◆ 《清明上河图》再现晚明风物

订做，而是把裁缝叫到家里来，每个人缝几套衣服。家具行里有一个衣柜，还有一张床。床在《金瓶梅》里也常常被提到，有十六两银子一张的，有六十两银子一张的，非常重要。以前的大床就是这样的，几乎相当于一个小房子，蚊帐放下来，可以自成一个天地，里面吃喝玩乐都有（如图20）。

现在台北的西门町寸土寸金，临街的房子都拿来开店，而且一个门面可以分租给好多家，画中的成衣铺和家具行也是类似的情形。《金瓶梅》故事里，西门庆得了一处临街的房子后，也会拿来做生意。第十四回，花子虚在狮子街买了一栋新房子，后来西门庆谋财娶妇，

图19-《清明上河图》城门口

就地开起铺面来。此前，蒋竹山娶得李瓶儿之后，也在那儿开过一大间生药铺。门前是热闹的街道，门后重重帘幕密遮，仍然是一个很舒服的住所。

在街对面的巷子里，有一家私塾，一位老先生带着两个小萝卜头。和前面我们见到的那些算命的、说书的、代写书信的人一样，他的头上也戴着一顶儒冠。当时，要进过学，考取了童生的人，才有资格戴这顶帽子，表明是个知识分子了。吊诡的是，私塾旁边就是一家青楼，帘幕做得很漂亮；里面的三名女子，一个在学琵琶，一个在学笛，一个在打牙板。张岱也是生活在明朝末期

图20-《清明上河图》城门守卫室、医院、成衣铺、家具行、琴行

的人,根据他在《陶庵梦忆》里的描述,当时的青楼主要以"唱"为招徕,从业人员是要有一定技艺的,所以又叫"唱的"。《金瓶梅》里,对青楼女子有三种称呼——唱的、妓女和粉头,内部还要分出等级。孙雪娥后来被春梅卖入娼家,先要学弹唱,因为不会,还被打得全身是伤(如图21)。

巷子口正对着的是一座学士府,称得上是深宅大院。两边也是店铺,右边"酒器俱全,成造金银首饰",左边卖"各式描金漆器"。明朝中晚期商人家的

图 21-《清明上河图》私塾和青楼比邻

妇女，生活是很奢侈的，金银首饰各出奇稀。李瓶儿进西门庆家之后，拿出一件金丝䯼髻，因吴月娘没有这般好的，自己"不好带出来"，便叫西门庆替她拿到银匠家毁了，"打一件金丸九凤钿根儿，每个凤嘴衔一挂珠儿"，剩下的再打一件，"照依他大娘正面戴的、金镶玉观音满池娇分心"。潘金莲一盘算，金子还有多打一件九凤钿的富余，马上说自己也要。"银匠家"就类似于这种"承造金银首饰"的地方，可以买现成的，也可以定做。现在的银楼戒备森严，柜台上还有安全锁，当时却全部敞开经营（如图22）。

漆器店下方是一家裱褙行。明朝晚期，整个运河沿岸工商业发达，商人有钱，又要附庸风雅，所以当时的诗、书、画都很发达。明代的"四大家"——沈周、文徵明、唐寅、仇英，都在这一带活动。商人喜欢以名家画作馈赠朋友，还有人要给藏品重新装裱，裱褙店应运而生。有几样东西是裱褙店一定要有的——大桌子、糨糊和刷子，画中人就正在刷糨糊。裱褙行旁边的井栏上写了一个"义"字，表明这是公共水源。有钱人家可以在院子里凿井，一般大众

图22-《清明上河图》学士府及两边店铺

就通过义井取水。巷子的下面又是一家医院,写着"小儿内外方脉药室",店里有盛放中草药的柜子,还有现成的药水,医生正在开处方。这画面和第十九回绣像中蒋竹山开的那家生药铺比较一下,是不是很接近?蒋竹山也是"拣选南北地道川广生熟药材",放在一格一格的百子柜里。地上有一个药碾,也与《清明上河图》的描绘非常接近。画卷上其他的医家,有的画了一只眼睛,表示可以看眼科;有专看妇儿科的,病人上来先要奉茶;门口一串狗皮膏药。《金瓶梅》里面请过的赵太医和胡太医,大概就是开着类似的小型诊所(如图23)。

右拐是另一条巷弄,里面还是店铺,写着"纱帽京靴不误主雇"和"儒履朝鞋";女鞋、男鞋,各种帽子,包括乌纱帽、将军帽等,什么样的都有。孟玉楼的亡夫在世时就是开染坊的,门口有一溜儿染缸,上面挑着竹竿。其形式

金瓶梅的读法

图23-《清明上河图》装裱行、小儿内外方脉药室

和画中相仿，但规模一定比这个大。画中染坊的工人正在研磨染料，漂染过的布则撑起来晒干（如图24）。

这条巷子的左侧又是几进的豪宅。两名女眷正在院内凭着栏杆说话——像不像潘金莲和孟玉楼？漫漫长日真的是很无聊。西门庆家新的园子盖好之后，吴月娘带着府中女眷去游园，有时候她们会到一个高台上下棋。画中下棋的人都戴着官帽，穿着朝服，没准儿一个是宋御史，一个是蔡状元。旁边手捧茶壶服侍着的小厮，大概就是平安、玳安之类了。院中还有荡秋千的。月娘也带着女眷们荡过秋千，其中荡得最好的是宋惠莲，也许就是画中这个姑娘的动作。武陵台榭上，歌舞伎正在表演。西门庆请蔡状元和宋御史来做客的时候，叫了"唱的"李桂姐、吴银儿、董娇儿等人歌舞助兴，大概就是

图 24-《清明上河图》鞋帽店和染坊

这般光景（如图 25）。

豪宅外的街道上，两个官员偶然相遇，各自都有卫兵、小厮；看起来上面的那位官阶比较高，因为下面的正在鞠躬行礼。西门庆当官以后，夏提刑马上调给他一批士兵来当守卫，应该就是这样的。小厮的手里抱着红色的毡包，里面装着待换的衣服；到了主人家，寒暄过后，要先更衣，将外面的厚重衣物脱下来，换上便服。毡包里通常还有名片，以便门子通报。这些在《金瓶梅》里也常常提到。

豪宅墙外的店铺，右起第一家瓷器店，接着是"官盐"。《金瓶梅》故事里，西门庆通过官盐赚了不少钱。当时实行的是食盐专卖制度，只要能够拿到这个资格，几乎注定是赚饱的。旁边是一家铜器行，"打造诸般铜器"，有人在

金瓶梅的读法

图 25-《清明上河图》豪宅内景

第六章 ● 《清明上河图》再现晚明风物

敲敲打打。再往左是一家名为"集贤堂"的书籍铺子，各种各样的书都有，要买很方便。不过，西门庆大概对书店没什么兴趣，而会对隔壁的经营项目更上心。这是一家经营纱罗缎绢的官店，有官方颁发的执照，质量保证，也会贵一点儿的；布料一匹一匹卷好，码放整齐。这家店正好和前面的"零剪绫罗"形成对照。店铺里，一名男子正在长椅上歇息，可见当时的店铺很会给客人方便，逛累了就可以歇一下（如图26）。

继续往左走，到了刚才那个豪宅的大门口，蹲着两头石狮子。潘金莲和庞春梅闲来无事，最喜欢在门口探头探脑，看看人来人往的街道，逢有可心的物件，就叫进来买了。左边这家店卖诗画古玩，只有在商业很发达，有钱人很多的时候，这些东西才有销路；而且这家店铺还颇具规模，占了两个店面的位置，可见当时物阜民丰。旁边是一家生药店，正好是西门庆家祖传的生意。这家药店专售"道地药材"，店里的伙计正在对药材进行炮制。再往前的店铺标

图26-《清明上河图》豪宅外两官相遇及店铺

明"倾销",柜台上摆放着称银两的秤。街上有个貌似来自西域或者印度的和尚在抛耍铙钹,获取人家的布施,大人小孩都看得不亦乐乎。"倾销"店左边的铺子写着"选日合婚"。当初李瓶儿、孟玉楼与西门庆结婚,一定都看了好日子。再往左,有一家小酒馆,挂着"应时美酒"的招牌,鸡鸭鱼肉挂在门口;前面也有客,后面也有客,生意兴隆。王婆要是想上街买些熟食,在这里各种烧鸭、腊鱼、肥鸡都可以买得到(如图27)。

过了河,还有很多店铺。《金瓶梅》里有两次用算命的预卜来暗示各人的结局,一个是"吴神仙"吴名奭(无名氏),一个是施灼龟。《清明上河图》中,河边也有一个灼龟的。灼龟就是把乌龟壳用火烧一烧,看它上面的裂痕。画中的这位先生拿着一块龟板,正在户外借着阳光研究。再来是一家专售上白细面的店铺,可见当时的商业分得也很细。下面敲锣打鼓,又是一个"卖艺"的和

尚。画卷前面有托塔的，有耍铙钹的，这位更辛苦，边走边跪，后面有人拿着一张画在请布施。这一组人马，也成为街道街景。下方又是一个沿街叫卖的游商。只有在城市经济非常发达的时候，大家手上有熟钱可以随时流通，这种小贩才能够生存。他随便做些生意，一天走下来，也够家里一日用度了。

"上白细面"左侧是当铺。一名男子拿着一个毡包，背对观众，当铺门面，遮得严严实实。这行业到今天还是一样，逢要典当物资，一定要很神秘，人走到这一条路，总不是那么光荣。西门庆娶得李瓶儿之后，财力大增，也开了当铺。

图 27-《清明上河图》豪宅大门左边商铺

当铺左边这家,"女工钢针梳具刷抿剪刀牙尺俱全",都是妇女日常会用到的东西,透露出工商业分工之细。继续往左,可以看到一家卖雨具的,有一个人在买伞,正撑开检查。后面是典衣铺。典衣铺不同于成衣铺,它是做二手衣买卖的,跟当铺类似,穷的时候拿去典了,如果过期无法赎回,衣服就归店里了。《卖油郎独占花魁》故事中,秦重去见花魁娘子之前,便先"到典铺里买了一件见成半新半旧的绸衣,穿在身上,到街坊闲走,演习斯文模样"。二手衣的价格比较便宜,不过店面看起来也不错。门口有个人衣衫褴褛,耍猴子的，境况比游民、乞丐好不到哪里去。

　　典衣铺左边是一家小小的纸铺，只占了一个小角落。纸铺左边是"毡绒货行"，做皮货生意的。下一家店铺正好相反，是扇铺。扇子在明朝中晚期是很流行的手工艺产品。一个卖冬天的皮货，一个是卖夏天的扇子，两家是隔壁，很有意思。扇铺门口又是一个货郎。扇铺上方，有个磨镜的人，旁边还挂着几面镜子。这是磨镜的标准动作。第五十八回中，孟玉楼和潘金莲就拿了家里的镜子给一个老叟磨，后来还大发慈悲，送给他很多东西。往下看，一个小户人家的妇人正在当街喂奶，自己也不觉得怎么样（如图28）。

　　大家将目光移回灼龟铺，向下，过河。两人抬着一顶小轿，跟着一位妇人——李瓶儿分明就在轿中。第十四回中，"正月初九日，李瓶儿打听是潘金莲生日，未曾过子虚五七，就买礼坐轿子，穿白绫袄儿，蓝织金裙，白苎布鬏髻，珠子箍儿，来与金莲做生日。冯妈妈抱毡包，天福儿跟轿"，各位不妨想象一下当时家居妇人出门的场景。右边是一个贩卖香囊的小贩（如图29）。

　　往左走，河边有炭行和粮食米麦豆行之类（如图30）。因为靠着运河，借着漕运的方便，可以经营较大件的东西；而与运河有一定距离的店铺卖的往往是运输便利的手工业产品。除了《金瓶梅》之外，我觉得汪曾祺的小说最接近仇英《清明上河图》中的场景，各行各业都像他笔下的。

　　画面渐渐离开了最繁华的市中心，房子变得比较疏落，也比较矮。有一处正在盖房子，地上是瓦片和木料。

图28-《清明上河图》过河店铺：灼龟店、卖艺、游商、面店、当铺、女性用品店、雨具店、典衣铺、皮货店、扇铺

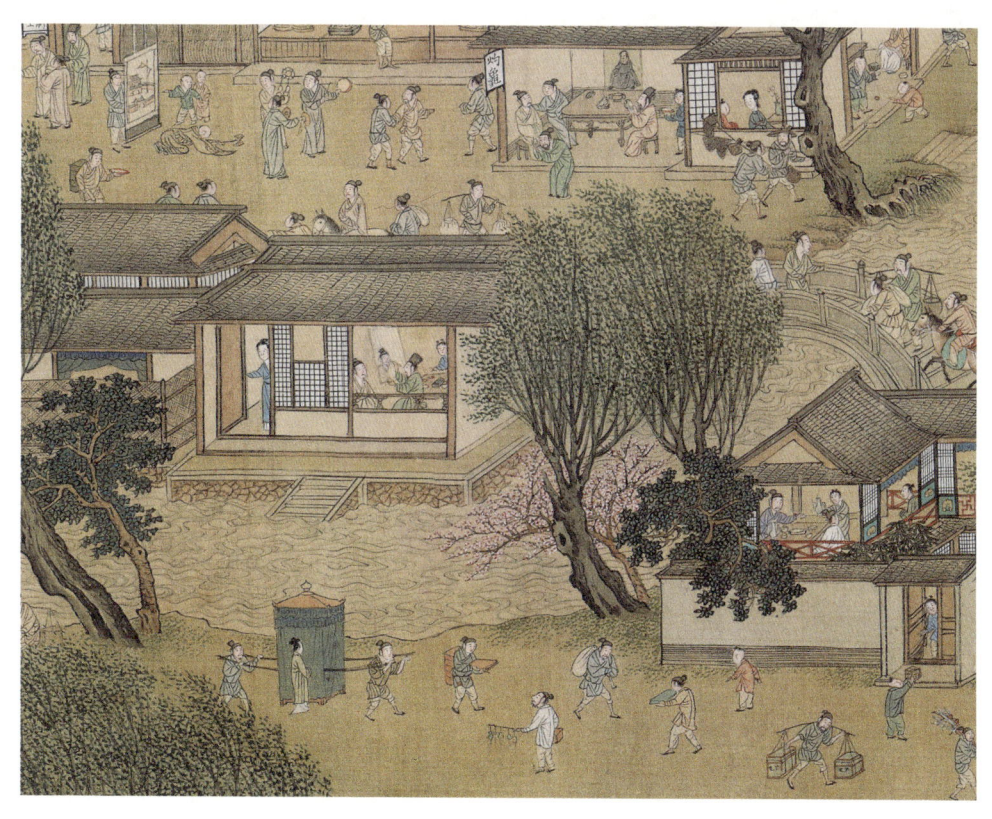

图29-《清明上河图》家居妇人坐轿出行

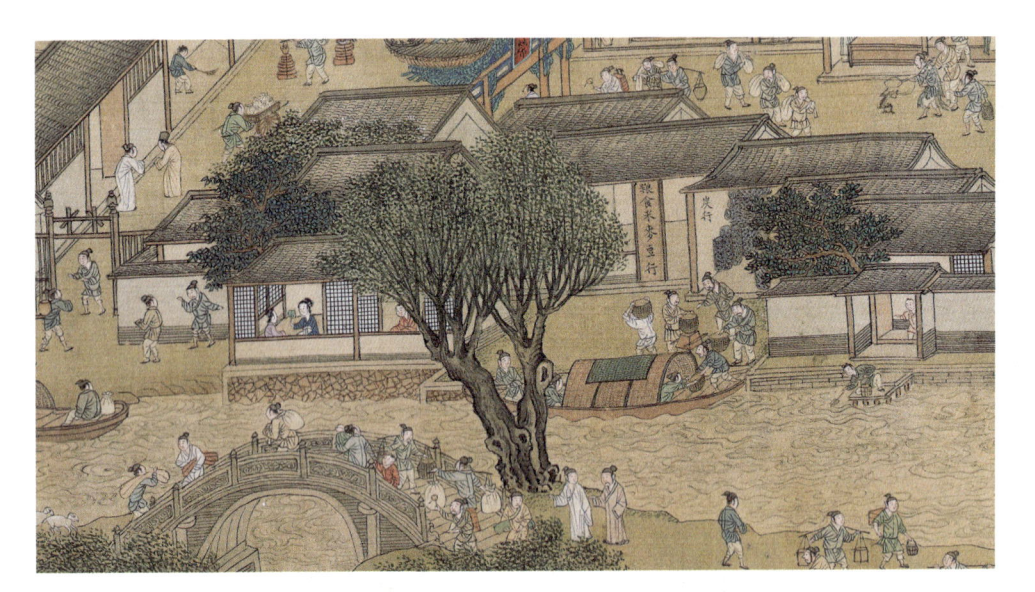

图30-《清明上河图》炭行和粮食米麦豆行

    右边的人家前面开店,院里的人正在高谈阔论。右下店铺写明"南货发贩","南货"和"京货"一样,意味着地道、优质。左下店铺是经营"鲜明花朵",卖的是假花,装饰用的。《金瓶梅》中的人家里有各种布置,用的通常是假花。但当时手工业发达,假花也栩栩如生,所以叫"鲜明花朵"。再往左边看,好像西门庆过来了。主子骑着马,玳安拿着一个毡包在后面走,这些都是最写实的生活画面(如图31)。

    再往左走,是一家"红绿细绢线铺",专卖绣花或者缝衣服的线。接下来,还有"打造锡器""主雇钉靴""装塑佛像"等。"装塑佛像"右下角挑着两个桶的人,可能是一位卖油郎。《卖油郎独占花魁》中,秦重每天都要挑两桶油去卖,就是这个样子。看来看去,街上都是我们认识的人(如图32)。

    过河还有一间酒坊。故事中逢有婚丧喜庆,朋友们就会送各种各样的酒,有钱的买一坛,穷一点儿的就买一瓶。酒坊右边是卖"万应膏药"的,《清明上河图》中,已经出现好几家药店、医院了,但这家规模比较小。酒坊左侧有"六陈店"(售卖粮食或药材)"各色杂货""朝山纸烛"等,还有一家肉铺,案桌上有一柄斧头,前面挂着分好的肉(如图33)。

    这一带已经是城市边缘了,但店铺仍然不少。肉铺对岸是汗巾手帕店。

图31-《清明上河图》造屋、南货店、花店

图32-《清明上河图》红绿细绢线铺、打造锡器、主雇钉靴、装塑佛像

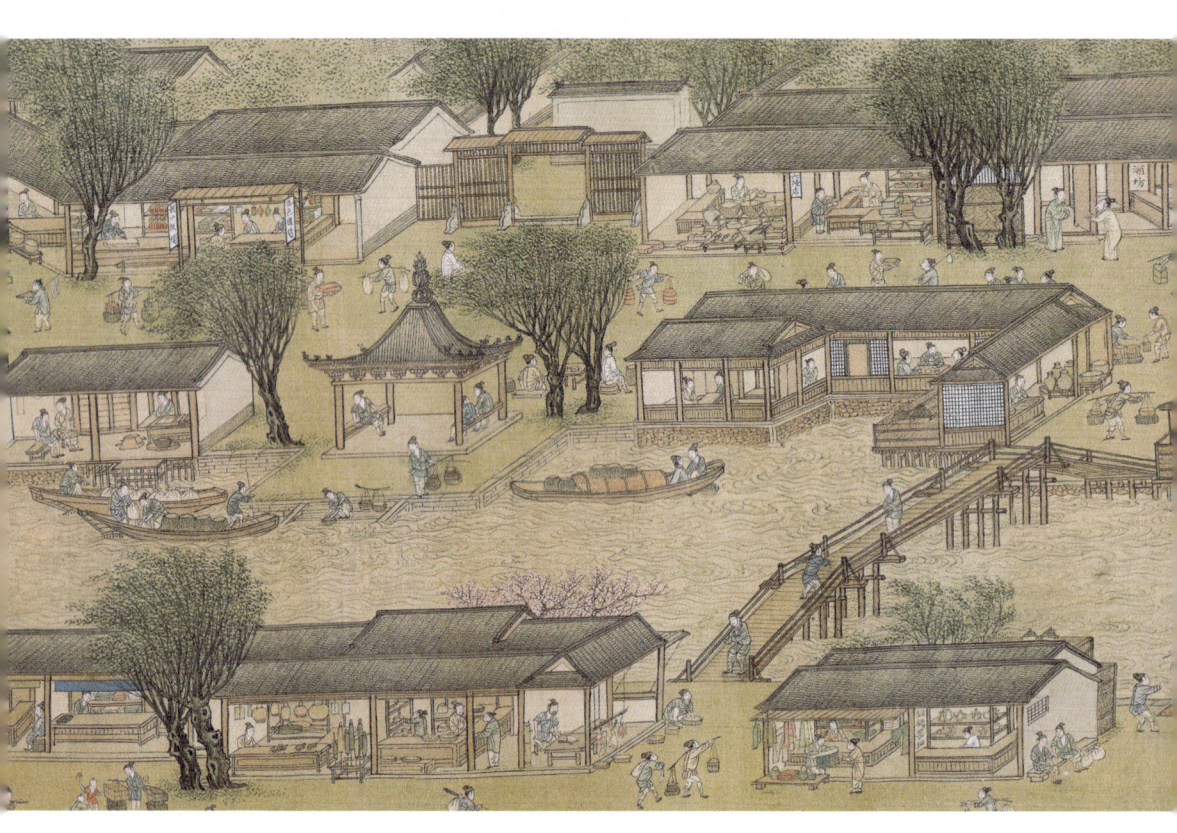

图 33-《清明上河图》酒坊、万应膏药、六陈店、杂货店、纸烛店、肉铺

图 34-《清明上河图》汗巾手帕店

《金瓶梅》里面有一条手帕巷，大概已经形成了一个小小的特色行业，并有知名商户，比如"专一发卖各色改样销金点翠手帕汗巾儿"的王家。陈经济曾经自告奋勇去帮潘金莲、李瓶儿挑选。又有"重金雅扇"，顾名思义是卖扇子的。此外，还有卖鸡鸭的摊子等（如图34）。

对于大多数读者来说，《金瓶梅》中所描述的场景、器物是比较陌生的，如果有适合的图像作为辅助，阅读、理解起来就容易多了。如第十一回的绣像中，有一幅是"潘金莲激打孙雪娥"。潘金莲进门就开始咬群，先欺负

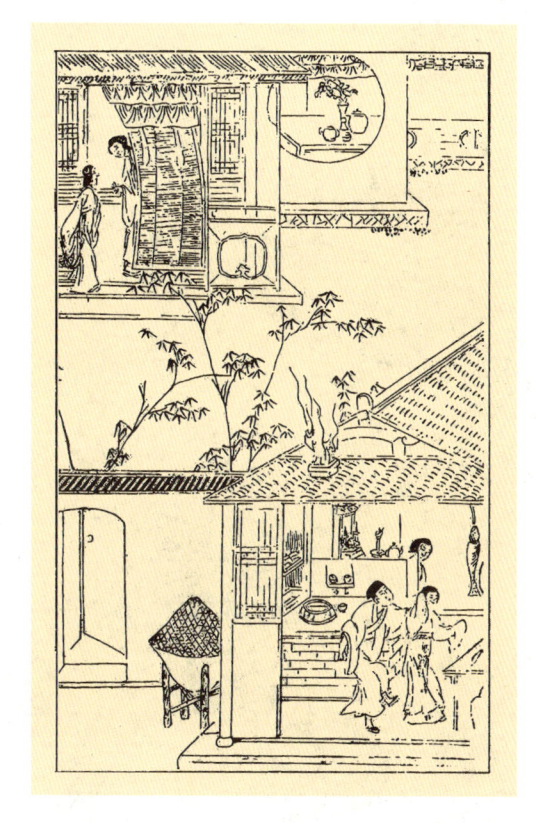

图35-潘金莲激打孙雪娥

这些女人当中最弱势的孙雪娥，挑唆西门庆揍了她一顿。这个画面很有趣，完全不用西方的透视技法，而是以类似于画卷的方式展现场景。左上角是潘金莲的房间，右下角是西门庆家的厨房，烟囱还冒着烟。厨房里吊着一只火腿和一条鱼；最里面是灶王爷的神位，前面还摆放着两个烛台。大灶的右边是一张桌子，可怜的孙雪娥正在被西门庆打；而潘金莲则在自己房门口细听端详（如图35）。

看到画面之后，文字所描写的人事在一瞬间重合，变得鲜明生动起来。我们几乎可以把仇英的《清明上河图》看作整部《金瓶梅》的背景，画中的众生百态演绎也是故事中人"不奇之奇"的际遇。

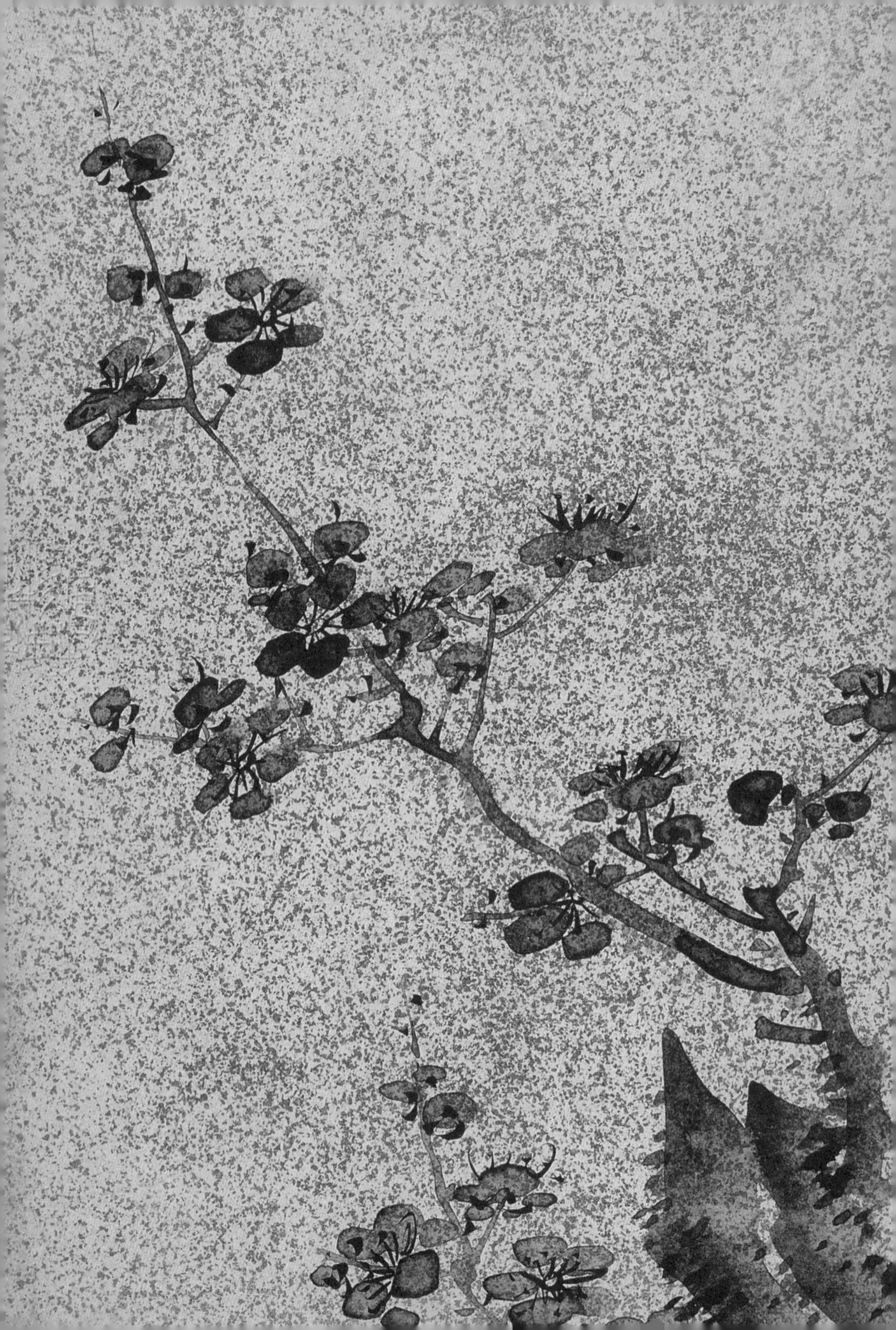

第七章 春梅初露头角

性聪慧、善应对的春梅

书名叫作《金瓶梅》，我们已经介绍过"金"（潘金莲）和"瓶"（李瓶儿），现在要花一点儿时间来认识一下"梅"——庞春梅。春梅的个性是作者铺陈最多的。

今天我们越来越能够客观地评论《金瓶梅》，所以可以静下心来讨论春梅这个人物在文学上的成就，了解这部书究竟好在哪里。它的人物是立体的，打破了以前那种将人物类型化、脸谱化的做法。《水浒传》里的女性角色，除了山上的那几位，其他都是淫妇，都是祸水。《金瓶梅》虽然脱胎于《水浒传》，可是每个人都有血有肉。她们的共名是"淫妇"，可是在淫妇这个身份之外，各有不同性格。比如潘金莲和李瓶儿，各自经历曲折，各自努力过自己的一生。潘金莲一天到晚咬群，无事生非，有她的可怜处，也有她的合理处。李瓶儿之前为了情欲私通西门庆，放任花子虚死去，进入西门家后选择做一个贤妻良母，动机都足够强烈；而后来的一系列遭遇表明她的选择未必正确，却也凸显了她性格上的弱点。至于春梅和宋惠莲，一个是丫鬟，一个是下人，都被主子收用，但结局很不一样。宋惠莲得志张狂，死得很惨；春梅我行我素，颇得西门庆宠爱，她在西门庆死后，因缘际会嫁与周守备，还当上了正头娘子。

虽说金、瓶、梅三人都是所谓的淫妇，可是在西门庆死前，也就是前八十回，我们几乎没有看到春梅的床戏。我们看得最多的是潘金莲，还有李瓶儿（李瓶儿进入西门家后，床戏越来越少了）、王六儿（韩道国的老婆）。这是作者在爱护这个角色，不希望用床戏模糊了她的个性。

春梅第一次出现是在第七回，只是薛嫂口中的一个名字。薛嫂带着西门庆要去看孟玉楼，提到"你老人家去年买春梅"，可见她最初也只是一个被买进来的丫头而已。第二次提到她，是第九回中潘金莲进门之后，西门庆将在大娘子吴月娘房中做事的春梅给了她，又用六两银子买了上灶丫头秋菊。第十回便揭晓了西门庆此举的动机。他觊觎春梅已久，可是有点儿怕月娘，不敢造次，换到潘金莲这里，行事就方便多了。潘金莲也顺水推舟，让西门庆在第二天就收用了春梅。这是春梅和读者照面的过程。

> 原来春梅比秋菊不同，性聪慧，喜谑浪，善应对，生的有几分颜色，西门庆甚是宠他。

寥寥数笔勾勒出春梅的脾性和外貌。"宠他"两个字很重要，其他人不见得能够得到这样的待遇。书中对西门庆收用春梅的描写只有两句："春点杏桃红绽蕊，风欺杨柳绿翻腰。"显而易见，与潘金莲、孟玉楼、李瓶儿不同，春梅是处女，这对西门庆来说，能够在心理上获得更多的满足。西门庆对春梅的宠爱随着小说的发展，渐渐超出了男人出于色欲的疼爱，而是有点儿像父女的感情了。

此外，春梅的个性也与那些对西门庆唯唯诺诺、谄媚巴结的女人大不相同。她是一个天生有贵气，或者说傲气的人，常常对西门庆不假颜色，反而令西门庆觉得很稀罕。她鲜少向西门庆要求小恩小惠，只有一次，西门庆要请众官娘子，要大家都出来见，她丢了一句："娘们都新裁了衣裳，陪侍众官户娘子，便好看。俺们一个一个，只像烧糊了卷子一般，平白出去惹人家笑话！"西门庆闻言，马上给她做了新衣服（第四十一回）。潘金莲、宋惠莲、如意儿等，总是在与西门庆欢好之际，顺便讨要财物；而春梅是不干这种事的，也正是这一点儿傲气,反而让西门庆对她另眼相待。

有人说春梅的个性有一点儿像后来曹雪芹笔下的晴雯。在怡红院里面,晴雯似乎就是负责骂贾宝玉的。有一次,晴雯又揶揄宝玉,袭人就笑宝玉一天不被说几句,实在过不去。所以说,人有时候真的很奇怪,平时高高在上,人人都俯首帖耳,突然有一个敢跟他凶的,他反而视如珍宝。

潘金莲与春梅的"革命"情感

潘金莲是"卧榻之侧,岂容他人鼾睡"之人,却可以容忍春梅的存在,而且两人感情还很好。这是什么原因呢?这两个人之间有没有真感情呢?

一开始,潘金莲让西门庆收用春梅,有自己的考虑:第一,她初来乍到,不能对西门庆有所违背;第二,她需要一个帮手,和她一起对抗日后可能面临的不利情形。所以,在春梅被收用之后,她极力拉拢春梅,"一力抬举他起来,不令他上锅抹灶,只叫他在房中铺床叠被,递茶水。衣服首饰,拣心爱的与他,缠的两只脚小小的"(第十回)。劳累的工作都给谁?秋菊;挨打的也是秋菊。

潘金莲这辈子至少做对了一件事——善待春梅。因为她后来暴尸街头,是春梅帮她收尸的。而且,在她被逐出西门家时春梅真的很想救她,甚至在自己成为守备夫人后,还希望周守备也把潘金莲娶进来,自己宁愿降格。人是立体的,再坏的人也可能交到好朋友。潘金莲对别人坏,可是对春梅好,而春梅也能够感恩图报,终于在二人之间形成了同舟共济的"革命感情"。

也因为金莲对春梅好,所以在她遇到危机时,春梅马上发挥了作用。这两次,如果不是春梅搭救,进门未久的她或许就无法在西门家安身了。

春梅两次搭救潘金莲,都是在第十二回。

第一次,潘金莲"色胆如天",和府内小厮琴童勾搭在一起,一来二去便传到西门庆那里。西门庆先打琴童,又打潘金莲;潘金莲死不承认,只依偷听

第七章 春梅初露头角

《金瓶梅》插画图册－潘金莲私仆受辱

到的琴童供词，说香囊是被琴童拾到的。

  （西门庆）又见妇人脱的光赤条条，花朵儿般身子，娇啼嫩语，跪在地下，那怒气早已钻入爪哇国去了，把心已回动了八九分。因叫过春梅，搂在怀中问他："淫妇果然与小厮有首尾没有？你说饶了淫妇，我就饶了罢！"那春梅撒娇撒痴，坐在西门庆怀里，说道："这个，爹，你好没的说！和娘成日唇不离腮，娘肯与那奴才？这个都是人气不愤俺娘儿们，做出这样事来。爹，你也要个主张，好把丑名儿顶在头上，传出外边去好听？"几句把西门庆说的一声儿不言语，丢了马鞭子，一面教金莲起来穿上衣服，吩咐秋菊看菜儿、放桌儿吃酒。

春梅的意思是，如果你西门庆相信潘金莲和琴童有染，不就等于承认自己戴了绿帽子吗？总要在乎一下外面的风评吧？这几句话，不仅救了潘金莲，也透露出她绝对不是省油的灯，无愧于"性聪慧""善应对"的评语。

第二次，当时西门庆最热衷的妓女李桂姐想见潘金莲一面，金莲不肯。李桂姐回首便讲给西门庆听，让他回去剪一撮潘金莲的头发，"只剪下一柳子头发，拿来我瞧"。

  这西门庆吃他激怒了几句话，归家已是酒酣。不往别房里去，径到前边潘金莲房来。妇人见他有酒了，加意用心伏侍。问他酒饭，都不吃。吩咐春梅："把床上拭抹凉席干净，带上门出去。"他便坐在床上令妇人脱靴，那妇人不敢不脱。须臾脱了靴，打发他上床。西门庆且不睡，坐在一只枕头上，令妇人褪了衣服，地下跪着。那妇人唬的捏两把汗，又不知因为甚么，于是跪在地下，柔声大哭道："我的爹爹，你透与奴个伶俐说话，奴死也甘心！饶奴终夕惴提心吊胆，陪着一千个小心,还投不着你的机会,只拿钝刀子锯处我,教奴怎生吃受?"西门庆骂道:"贼淫妇!你真个不脱衣裳,我就没好意了!"因叫春梅:"门背后有马鞭子,与我取了来!"那春梅只顾不进房来。叫了半日,才慢条斯礼推开房门进来,看见妇人跪在床地平上,向灯前侧着桌儿下了油。西门庆使他,只不动身。妇人叫道:"春梅,我的姐姐,你救我救儿!他如今要打我。"西门庆道:"小油嘴儿,你不要管他,你只递马鞭子与我,打这淫妇!"春梅道:"爹,你怎的恁没羞!娘干坏了你的甚么事儿,你信淫妇言语来?平地里起风波,要便搜寻娘,还教人和你一心一计哩!你教人有哪眼儿看得上你!"倒是也不依他,拽上房门,走在前边去了。那西门庆无法可处,反呵呵笑了,向金莲道:"我且不打你,你上来,我问你要桩物儿,你与我不与我?"

潘金莲非常害怕,乖乖地又跪在地上,但完全不清楚自己做错了什么。又是春梅,说了几句冷话,甩了个冷脸,将西门庆制住了。每当春梅盛气凌人地站在那里,潘金莲却跪在地上的时候,真像张竹坡说的:"金莲偏有丫鬟气,春梅却有夫人身份。"

而春梅也是非常聪明的。一般比较笨人的话,像宋惠莲之类的,见主子受罚,也许就借机踩到她头上去了。但春梅没有,她要护住潘金莲。她也知道西门家里面其实是步步危机,她与潘金莲一荣俱荣,一损俱损,彼此是鱼帮着水,水帮着鱼。两人从利害关系出发,最后培养出真正的感情。第九十六回,"春梅游旧家池馆",已是守备夫人的春梅,重游西门府,看到潘金莲住过的房子落魄萧条,一番感慨,非常生动。

春梅看了一回,先走到李瓶儿那边。见楼上丢着些折桌坏凳破椅子,下边房都空锁着。地下草长的荒荒的。方来到他娘这边,楼上

《金瓶梅》插画图册－潘金莲激打孙雪娥

还堆着生药香料，下边他娘房里，止有两座橱柜，床也没了。因问小玉："俺娘那张床往哪去了，怎的不见？"小玉道："俺三娘嫁人，赔了俺三娘去了。"月娘走到跟前说："因有你爹在日，将他带来那张拔步床，赔了大姐在陈家。落后他起身，却把你娘这张床赔了他嫁人去了。"春梅道："我听见大姐死了时，你老人家就把床还抬的来家了。"月娘道："那床没钱使，只卖了八两银子，打发县中皂隶，都使了。"春梅听言，点了点头儿，那星眼中由不的酸酸的，口内不言，心下暗道："想着俺娘，那咱争强不伏弱的，问爹要买了这张床。我实承望要回了这张床去，也做他人家一念儿，不想又与了人去了！"由不的心下惨切。又问月娘："俺六娘那张螺钿床，怎的不见？"月娘道："一言难尽。自从你爹下世，日逐只有出去的，没有进来的。常言家无营活计，不怕斗量金。也是家中没盘缠，抬出去交人卖了。"春梅问："卖了多少银子？"月娘道："止卖了三十五两银子。"春梅道："可惜了的！那张床，当初我听见爹说，值六十两多银子，只卖这些儿！早知你老人家打发，我倒与你老人家三四十两银子，我要了也罢。"月娘道："好姐姐，诸般都有，人没有早知道的。"一面叹息了半日。

春梅不仅做了丫鬟时敢于和西门庆四房孙雪娥对阵，后来当上周守备的正头娘子，更把她卖入娼家，而且特别强调卖到其他地方都不可以。那她为什么这么恨孙雪娥呢？

第十一回，"潘金莲激打孙雪娥"，看起来好像是潘金莲大获全胜，但张竹坡有点评，认为明是写金莲得宠，实是写春梅得宠。我们看一下来龙去脉就会发现，先是春梅激潘金莲，才有潘金莲激西门庆。写金莲、雪娥，都是在写春梅；表面上是金莲和雪娥斗嘴，暗地里都是春梅的能耐。开篇就很精彩。

话说潘金莲在家恃宠生骄，颠寒作热，镇日夜不得个宁静。性极多疑，专一听篱察壁，寻些头脑厮闹。那个春梅，又不是十分耐烦的。一日，金莲为些零碎事情，不凑巧骂了春梅几句。春梅没处出气，走往后边厨房下去，掂台拍盘，闷狠狠的模样。那孙雪娥看不过，假意戏他道："怪行货子！想汉子便别处去想，怎的在这里硬气？"春梅正在闷时，听了几句，不一时暴跳起来："那个歪斯缠说我哄汉子！"雪娥见他性不顺，只做不开口。春梅便使性做几步走到前边来，如此如此，这般这般，一五一十，又添些话头道："他还说娘教爹收了我，和娘捎一帮儿哄汉子。"挑拨与金莲知道。

"颠寒作热""听篱察壁""寻些头脑厮闹"，都是很活泼的字眼。金莲不肯安静，春梅也不是好惹的，这次挨骂之后，她便"使性"将火气撒在了没眼色的孙雪娥身上。"使性"，任性，正是春梅贵气和傲气的体现。这样一个人，最恨别人说她是奴才，孙雪娥偏偏犯了忌讳。

隔日一早妇人见秋菊不来，使春梅："你去后边瞧瞧，那奴才只顾生根长苗不见来。"春梅有几分不顺，使性子走到厨下，只见秋菊正在那里等着哩，便骂道："贼淫妇，娘要卸你那腿哩！说你怎的就不去了哩。爹紧等着，吃了饼要往庙上去，急的爹在前边暴跳，叫我采了你去哩！"这孙雪娥不听便罢，听了心中大怒，骂道："怪小淫妇儿，马回子拜节，来到的就是！锅儿是铁打的，也等慢慢儿的热来。预备下熬的粥儿又不吃，忽剌八新娘兴出来要烙饼做汤。哪个是肚里蛔虫？"春梅不忿他骂，说道："没的扯毯淡！主子不使了来问你，哪个好来问你要？有没，俺们到前边只说的一声儿，有那些声气的！"一只手拧着秋菊的耳朵，一直往前边来，雪娥道："主子奴才，常远似这等硬气、有时道着！"春梅道："中有时道使时道，没的把俺娘儿两个别变了罢！"于是气狠狠走来。妇人见他脸气的黄黄，拉着秋菊进门，便问："怎的来了？"春梅道："你问他。我去时还在厨房里雌着，等他慢条厮礼儿才和面儿。我自不是，说了一句'爹在前边等着，娘说你怎的就不去了，使我来叫你来了'，倒被小院儿里的千奴才、万奴才骂了我怎一顿，说爹'马回子拜节，来到的就是'，只像哪个调唆了爹一般。'预备下粥儿不吃，平日新生发起要饼和汤。'只顾在厨房里骂人，不肯做哩。"妇人在旁便道："我说别要使他去，人自怎和他合气，说俺娘儿两个把拦你在这屋里。只当吃人骂将来。"

这西门庆听了，心中大怒，走到后边厨房里，不由分说，向雪娥踢了几脚，骂道："贼歪剌骨，我使他来要饼，你如何骂他？你骂他奴才，你如何不溺胞尿把你自家照照！"那雪娥被西门庆踢骂了一顿，敢怒而不敢言。（第十一回）

此前，春梅还在月娘房里时，只是二等的上灶小丫头，相当于秋菊的地位。她到厨房干活的时候，因为手脚不利落，曾被孙雪娥打。这事还是孙雪娥此番惹气，自己向吴月娘吐露的。

这雪娥气愤不过，走到月娘房里，正告诉月娘此事。不防金莲蓦然走来，立于窗下潜听。见雪娥在屋里对月娘、李娇儿说他怎的把拦汉子，背地无所不为："娘，你不知淫妇，说起来比养汉老婆还浪，一夜没汉子也成不的。背地干的那茧儿，人干不出，他干出来！当初在家，把亲汉子用毒药摆死了，跟了来；如今把俺们也吃他活埋了，弄的汉子乌眼鸡一般，见了俺们便不待见！"月娘道："也没见你，他前边使了丫头要饼，你好好打发与他去便了，平白又骂他怎的？"雪娥道："我骂他秃也、瞎也来？那顷这丫头在娘房里，着紧不听手，俺没曾在灶上把刀背打他，娘尚且不言语。可可今日输他手里，便骄贵的这等的了！"（第十一回）

孙雪娥也有自己的委屈：你春梅只不过是一个奴才，怎么还跳到我上面去了？她受不了，所以才要找春梅的茬儿。这就看出来，孙雪娥的智商和情商都不够高，现在的春梅已经不是那时候的春梅了。自贵如春梅，这个仇记住了。如果说春梅和善待她的潘金莲之间是"革命感情"，那和轻视她的孙雪娥之间就是生死仇恨了。

春梅的自我意识凸显

我们前面提到过,作者非常爱护春梅,所以前八十回都故意回避她的床戏,而是一直在强调她的个性;虽然戏份不多,可是每次出现分量都很重。到第二十二回,才有春梅的主戏。

那天是腊月初八,西门庆约了应伯爵给尚推官家送殡,丽春院乐工李铭来西门府教春梅、玉箫、兰香、迎春四个丫鬟弹唱。应伯爵来迟了,寒暄过后,便在西门庆家先用饭。

> 西门庆陪应伯爵、陈经济吃了,就拿小银钟筛金华酒,每人吃了三杯。壶里还剩下上半壶酒,吩咐小厮画童儿:"连桌儿抬下去,厢房内与李铭吃。"就穿衣服起身,同应伯爵并马而行,与尚推官送殡去了。只落下李铭在西厢房,吃毕酒饭。
>
> 那月娘房里玉箫和兰香众人打发西门庆出了门,在厢房内乱厮打闹,顽成一块。一回,都往对过东厢房西门大姐房里鬼混去了,止落下春梅一个,和李铭在这边教演琵琶。李铭也有酒了。春梅袖口子宽,把手兜住了。李铭把他手拿起,略按重了些。被春梅怪叫起来,骂道:"好贼王八!你怎的捻我的手,调戏我?贼少死的王八,你还不知道我是谁哩!一日好酒好肉,越发养活的那王八灵圣儿出来了,平白捻我手的来了。贼王八,你错下这个锹撅了。你问声儿去,我手里你来弄鬼!爹来家等我说了,把你这贼王八一条棍撑的离门离户!没你这王八,学不成唱了?愁本司三院寻不出王八来?撅臭了你这王八了!"被他千王八万王八,骂的李铭拿着衣服往外,金命水命,走投无命。(第二十二回)

西门庆生药铺的伙计贲四(贲第传)每月才二两工钱,李铭按月领西门庆五两银子，算很多了。他按春梅的手，未必是成心，春梅借题发挥的可能性比较大。她闹就闹个淋漓尽致，让西门庆知道，也让所有读者知道：我春梅不是一个随便的人！"你还不知道我是谁哩？"好大的口气。第七十五回，春梅又讲一次"他还不知道我是谁哩"。本来，一个西门府的小丫鬟，谁知道她是谁；可这话一出口，她作为独立个体的意识便凸显出来了。同时，在这次事故中，她也在表现自己的鹤立鸡群，其他三个丫鬟嬉闹成一片，"你推我，我打你，顽成一块，对着王八雌牙露嘴的，狂的有些折儿也怎的"，她就是看不上眼，她只管练自己的琵琶。

第二十二回的回目叫作"西门庆私淫来旺妇，春梅正色骂李铭"，"来旺妇"就是宋惠莲。宋惠莲和西门庆勾搭上后，迅速露出浅薄愚蠢的样子，和春梅的自尊自贵形成鲜明对比。"我不是那不三不四的邪皮行货。"春梅的心气，宋惠莲的不堪，都在这句话里了。

西门庆最宠春梅是在第三十四回。至于春梅到后来那种纵欲的情况，我觉得写得不好，那个以后我们再说了。

春梅对同为丫鬟的秋菊也很坏。比如，潘金莲如果要打秋菊一下，她会说打十下，说娘你这样不够，应该叫人把她衣服全剥光，让外面的小厮狠狠打，好像秋菊和她有不共戴天之仇一样。

接下去我们会谈谈春梅为什么对秋菊那么恨，这又是另外一个多样性的写法了。而宋惠莲到底是怎样一个人？她后来为什么要上吊？那双丢失的小红鞋意味着什么？来旺儿一走，她应该从此可以过幸福快乐的日子，为什么反而过不下去了呢？且看下文分解。

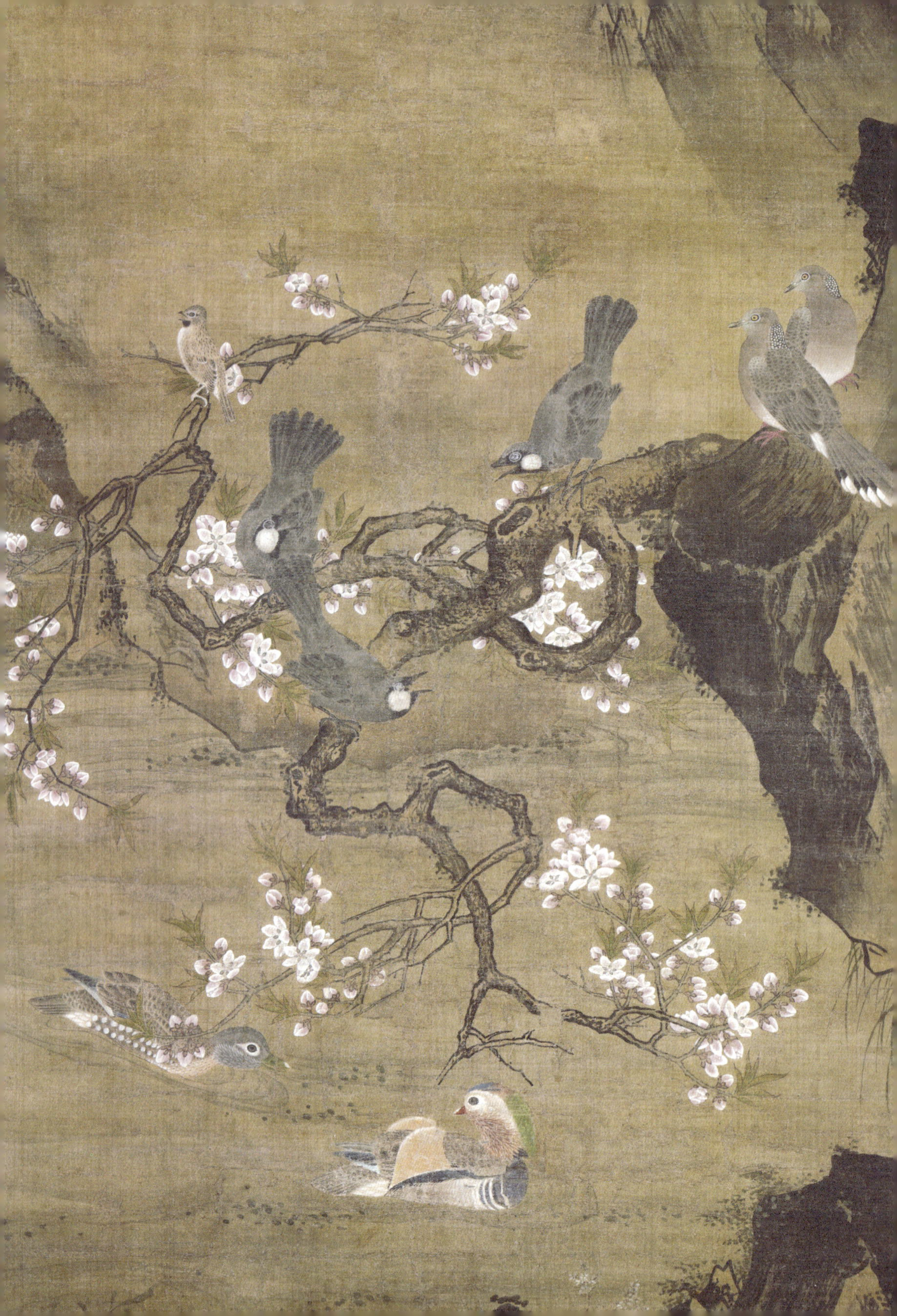

第八章 两个金莲生死斗

自然主义的标本

《金瓶梅》具备非常严谨的文学素质，有对比，有暗喻，有补充，有象征，这些通常是现代文学才能做到的。这么好的一部书，这么有文学价值，如果我们现在想读还要遮遮掩掩，实在不晓得从何说起。

浙江大学的徐朔方教授在其《论金瓶梅》中谈到《金瓶梅》在文学史上的两大贡献：一、它是以反面人物为主的长篇小说；二、它是中国文学史上第一个自然主义的标本。我们先来解释一下什么是自然主义。

在西方的文学传统中，自然主义是19世纪才出现的。之前先是浪漫主义，大仲马、小仲马的作品，《金银岛》等，都属于浪漫主义的范畴。浪漫主义后面则是写实主义，在时间上与印象画派的时代接近，在观念上强调如实传达眼睛所见社会人生。比如巴尔扎克，他的"人间喜剧"系列有将近一百篇，成为对19世纪巴黎众生相最真实的记录：当教堂的钟声被工厂的机器声所掩盖，世俗社会充满欲望，充满罪恶，也充满欢乐。而如果你想了解英国的产业革命，就不能错过狄更斯的《大卫·科波菲尔》。

自然主义比写实主义还要晚。与写实主义相比，被划归为自然主义一类的作者，将自己隐藏得更好，对社会现象的书写更加客观。自然主义的兴起还有一个很重要的背景，即19世纪以后自然科学、西方医学和心理学的日益发达。自然主义文学的代表作，如左拉（1840—1902）的《娜娜》、莫泊桑（1850—1893）的《羊脂球》《项链》和福楼拜（1821—1880）的《包法利夫人》，其共同的特点是写人性的复杂与黑暗面，但尽量不加入道德批判，而是强调用科学的、医学的，甚至就是心理学的方法去探讨人的复杂性。

《项链》的主人公玛蒂尔德是一个小公务员的妻子，向朋友借了一条钻石项链去参加晚会，却不小心把项链弄丢了。夫妻俩只好瞒着朋友花大笔钱另买一条相同的送还。因为这，在其后的十年，她从事了各种辛苦的劳动。等到她终于还清债务，两位朋友偶然间再次相见。有钱的那位风采依旧，而玛蒂尔德已经像一个历尽沧桑的老妇人了。此时，她却被告知弄丢掉的那条项链是不值钱的仿制品。短短的故事浓缩了人性，作者却没有加入任何主观批判。

《羊脂球》以普法战争为背景。一辆法国马车要穿过被普鲁士控制的国境，车上的"体面人"都希望由妓女羊脂球对敌国士兵实行性贿赂，以顺利通过管控区，并表示事成后会善待她。羊脂球本不情愿，耐不住大家一再地游说，还是牺牲了自己。第二天，马车顺利过境，但"体面人"却态度大变，都以羊脂球为耻。这个故事也是用自然主义的手法展示复杂的人性。

更有趣的是左拉的《娜娜》。作者根本就是站在医学的角度，探讨一个淫荡的母亲是否会生出淫荡的女儿。当时遗传学正兴起，作家也来讨论遗传的问题，这就是标准的自然主义。

回到《金瓶梅》。我们称它为文学史上很重要的写实主义作品，比西方至少要早上两百年。但是其中很多地方，已经更进一步，到达了自然主义的领域。那时候中国虽然没有所谓的心理学、西方医学，或者像19世纪下半叶那样的科学，可是说书先生和广大市民长期以来的集体智慧，还有这一位集大成的兰陵笑笑生，已经让我们看到了人性的复杂和多样。

比如《金瓶梅》故事中的宋惠莲和潘金莲，从自然主义的角度来说，早年的际遇是比较相似的，却因着不同的个性，有不同的结局。两个人都出身小户人家，曾在有钱人或有权人家里做使女。潘金莲初嫁武大郎，宋惠莲初嫁蒋聪，婚后都与他人私通。潘金莲攀上西门庆后，对武大郎愈发不满，终于将其毒死；宋惠莲则借助情夫来旺儿的帮助为横死的丈夫报仇，与来旺儿结合后，也搭上西门庆，却在与孙雪娥的一番激烈争执后，选择了自行了断。19世纪、20世纪以来，很多心理学家都在探讨，即便有着相同的际遇，为什么有些人会往上走，有些人会往下沉沦。我们常常说，个性决定了你的命运，这就是一种自然主义的表达。

我们前面提到，自然主义是尽量让社会或者人性的本身去呈现，不加以任何所谓的教条、舆论等影响。《金瓶梅》行文中有很多"看官听说"，代表的是经由说书先生之口传达的社会观点，而且"看官听说"的内容总要有一些警世劝善的意味。这是因为说书本就起源于佛家的佛经讲说，所以说书先生也都带了一些"使命感"，在给听众一个香艳肉感刺激的故事之余，也一定要告诉大家"善有善报，恶有恶报；若是未报，时候未到"，以达到劝善的效果。"看官听说"四个字，很巧妙地将道德劝诫与《金瓶梅》本身的文本切割开来，而这一切割，你会发现故事中人一个个活得理直气壮，生龙活虎，对生命怀有极大的热忱，心中并没有什么罪恶感，也没有什么道德论。这就是自然主义要关注的对象。

《金瓶梅》对宋惠莲的描写，我个人认为是很典型的自然主义。我们看不到宋惠莲对于自己的行为有过愧疚，或者其他道德上的困惑，她是中国古典章回小说中少有的立体的、有厚度的小人物。《金瓶梅》中的每一个女人都充满活力，宋惠莲更是真实地呈现了人性的复杂。她很粗俗，很浅薄，同时也很聪明，反应非常机敏；她很随便，跟谁都可以来一腿，可是又很有原则；最难得的是，她还有坚持原则的勇气和执行的能力。宋惠莲的原则是什么？偷情不算什么，但是不可以伤人性命，不可以伤害自己的丈夫。如果对方这样做了，她一定要拼到底，所以她会去冲撞西门庆，冲撞西门府里的天王。她选择上吊自杀，一次没死成，就来第二次。很多社会学家会说，想自杀的人，第一次没死成，通常不会有第二次，因为太痛苦了，除非死意甚坚——就像宋惠莲这样。

复杂多样的宋惠莲

宋惠莲虽然只是《金瓶梅》里的一个小人物,可是和她的表演也跨越了五回的篇幅——从第二十二回到第二十六回,在第二十八回还余波荡漾,可见这个人物在《金瓶梅》作者心中也是相当重要的。

宋惠莲本名宋金莲,八卦一点儿说的话,她和潘金莲的故事可以题名为"两个金莲生死斗"。

宋惠莲是不是淫妇,是不是节妇,我觉得都有待商榷。梁羽生先生写过一些关于《金瓶梅》的专栏,都写得很好,可是他给宋惠莲的定义,我个人并不完全同意。梁先生说,对宋惠莲这个角色多样性、复杂性的刻画是《金瓶梅》很了不起的地方,我没有意见;但是他又说宋惠莲"淫妇在先,节妇在后",就有些简单化。我个人认为,说她是淫妇太严重,说她节妇又太轻易,人不是那么简单可以给出一个框框的。

> 那来旺儿因他媳妇自家痨病死了,月娘新近与他娶了一房媳妇,娘家姓宋,乃是卖棺材宋仁的女儿。当先卖在蔡通判家房里使唤,后因坏了事出来,嫁与厨役蒋聪为妻小。这蒋聪常在西门庆家做活答应,来旺儿早晚到蒋聪家叫蒋聪去,看见这个老婆,两个吃酒刮言,就把这个老婆刮上了。一日,不想这蒋聪因和一般厨役分财不均,酒醉厮打,动起刀杖来,把蒋聪戳死在地,那人便越墙逃走了。老婆央来旺儿对西门庆说了,替他拿帖儿县里和县丞说,差人捉住正犯,问成死罪,抵了蒋聪命。后来,来旺儿哄月娘,只说是小人家媳妇儿,会做针指。月娘使了五两银子,两套衣服,四匹青红布,并簪环之类,娶与他为妻。月娘因他叫金莲,不好称呼,遂改名惠莲。这个老婆属马的,小金莲两岁,今年二十四岁了,生的黄白净面,身子儿不肥不瘦,模样儿不短不长,比金莲脚还小些儿。性明敏,善机变,会

妆饰，龙江虎浪，就是嘲汉子的班头，坏家风的领袖。（第二十二回）

这段描写也是自然主义的方法，没有批判，只是陈述事实。宋惠莲本来还带着些土气，进西门府之后有样学样，渐渐学会了如何打扮。她曾是厨子蒋聪的妻子，这也就可以理解为什么她能用一根柴把一个猪头烧得那么好，这本事大概是从蒋聪那里学来的。蒋聪死后，她想方设法让凶手抵命，可见她对于人命的原则是早就有的——生死交关之事，一定要有个了断。

不要忘了自己是谁

大家不妨设想一下，和西门庆私通后的宋惠莲，形象是轻盈的、快乐的，还是沉重的、哀戚的？我想应该是前者。她没有那么多负担，她比潘金莲还要快乐。潘金莲还有很多东西放不下，宋惠莲则是很容易就满足了。如果给这个形象加上背景音乐，大概是一首轻快的回旋曲。西门庆一看上她，她马上配合。在获得偷情本身的快乐之余，宋惠莲还赚了外快，"背地不算与他衣服、汗巾、首饰、香茶之类，只银子成两家带在身边，在门首买花翠胭粉"。而且，她的工作也变轻松了。从此，她不用再到大灶上烟熏火烤，只和玉箫料理月娘的小灶，"专炖茶水，整理菜蔬，打发月娘房里吃饭，与月娘做针指"。除此之外，她还给自己安排了一个"半妾"的位置。

正月十六，合家欢乐饮酒。正面围着石崇锦帐围屏，挂着三盏珠子吊灯，两边摆列着许多纱灯桌椅。西门庆与吴月娘居上坐，其余李娇儿、孟玉楼、潘金莲、李瓶儿、孙雪娥、西门大姐，都在两边列坐。都穿着锦绣衣裳、白绫袄儿、蓝裙子；惟有吴月娘穿着大红遍地金通袖袍儿、貂鼠皮袄，下着百花裙，头上珠翠堆盈，凤钗半卸。春梅、玉箫、迎春、兰香一般儿四个家乐，在傍拣筝敲板，弹唱灯词。

独于东首设一席,与女婿陈经济坐。一般三汤五割,食烹异品,果献时新。小玉、元宵、小鸾、绣春都在上面下菜斟酒。

那来旺儿媳妇宋惠莲不得上来,坐穿廊下一张椅儿上,口里嗑瓜子儿,等的上边呼唤要酒,他便扬声叫:"来安儿,画童儿,娘上边要热酒,快攒酒上来!贼囚根子,一个也没在这里伺候,多不知往哪里去了!"只见画童烫酒上去。西门庆就骂道:"贼奴才!一个也不在这里伺候,往哪里去来?贼少打的奴才!"小厮走来说道:"嫂子,谁往哪去来?就对着参说,吆喝教爹骂我!"惠莲道:"上头要酒,谁教你不伺候?关我甚事!不骂你骂谁?"画童儿道:"这地上干干净净的,嫂子嗑下恁一地瓜子皮,爹看见又骂了。"惠莲道:"贼囚根子!六月债儿热——还得快。扫就是,甚么打紧,教你雕佛眼儿?便当你不扫,丢着,另教个小厮扫。等他问,我只说得一声。"画童儿道:"耶哝,嫂子!将就些儿罢了,如何和我合气!"于是取了笤帚来,替他扫瓜子皮儿。这宋惠莲外边嗑瓜子儿,不题。(第二十四回)

李娇儿、孟玉楼、潘金莲、李瓶儿、孙雪娥都是有名分的,可以上桌。宋惠莲无名无分,上不了台面,又绝对不愿到下面去,便使了个小聪明,在穿廊下给自己安排了一个介于主子和仆人之间的专座,一边吃五喝六,一边嗑瓜子。嗑瓜子本身除了卖弄风情的意味之外,还代表有钱、有闲。她自认比来安、画童等人高一级,嚣张地把瓜子壳嗑了满地。画童说了两句,她就骂上了,完全忘了自己是谁。

宋惠莲得意忘形的态度,和春梅的"你还不知道我是谁呢"形成有趣的对比,所以二人的下场也截然不同。春梅可以长长远远,最后还当上了守备夫人;而属于宋惠莲的快乐就很短,半年不到。作者不加批判,但把真相呈现给读者;世间人的浅薄和轻佻也不用多讲,就可以看出来。

宋惠莲先犯众怒，再惹潘金莲

宋惠莲刚和西门庆勾搭上，便抓紧一切机会混在西门府的姨太太中间，站到不属于自己的位置上去，还真的以为自己和她们平起平坐了。她第一个惹到的，就是西门府智商最高的人——孟玉楼。请看第二十三回：

> 这惠莲在席上斜靠桌儿站立，看着月娘众人掷骰儿，故作扬声说道："娘，把长么搭在纯六，却不是天地分？还赢了五娘。"又道："你这六娘，骰子是个锦屏风对儿。我看三娘这么三配纯五，只是十四点儿，输了。"被玉楼恼了，说道："你这媳妇子，俺们在这里掷骰儿，插嘴插舌，有你什么说处？"几句把老婆羞的站又站不住，立又立不住，飞红了面皮，往下去了。正是：
>
> 谁人汲得西江水，难洗今朝一面羞。

"有你什么说处！"——孟玉楼这句话算是很重了。她一下就点出来：你这算什么？但是，她并没有吸取教训。接下来又先后遭到小厮平安、玳安的嘲笑。

这天，西门庆背着人和惠莲偷偷在花园内藏春坞欢聚。

> 到次日清早辰，老婆先起来，穿上衣裳，蓬着头，走出来。见角门没插，吃了一惊；又摇门，摇了半日摇不开。走去见西门庆，西门庆隔壁叫迎春替他开了。因看见簪销门儿，就知是金莲的簪子，就知晓夕他听了去了。这老婆怀着鬼胎，走到前边，正开房门，只见平安从东净里出来，看见他只是笑。惠莲道："怪囚根子，谁和你雌着那牙笑哩！"平安儿道："嫂子，俺们笑笑儿也嗔？"惠莲道："大清早晨，

平白笑的是甚么？"平安道："我笑嫂子三日没吃饭眼前花。我猜你昨日一夜不来家！"这老婆听了此言，便把脸红了，骂道："贼枉口拔舌见鬼的囚根子，我哪一夜不在屋里睡？怎的不来家？你丢块瓦儿也要下落！"平安道："我刚才远看嫂子锁着门，怎的赖得过？"惠莲道："我早起身，就往五娘屋里，只刚才出来，你这囚根子在哪里来？"平安道："我听见五娘教你腌螃蟹，说你会劈的好腿儿。嗔道五娘使你门首看着拴簸箕的，说你会咽的好舌头。"把老婆说的急了，拿起条门拴来，赶着平安儿绕院子骂道："贼汗邪囚根子，看我到明日对他说不说，不与你个功德也不怕，狂的有甚些折儿也怎的！"那平安道："耶哝，嫂子！将就着些儿罢。对谁说？我晓的你往高枝儿上去了。"那惠莲急讪起来，只赶着他打。

…………

平昔这妇人嘴儿乖，常在门前站立，买东买西，赶着伙计叫傅大郎，陈经济叫姑夫，贲四叫老四。昨日和西门庆勾搭上了，越发在人前花哨起来，常和众人打牙犯嘴，全无忌惮。或一时叫："傅大郎！我拜你拜，替我门首看着买粉的。"那傅伙计老成，便敬心儿替他门首看，过来，叫住，请他出来买。玳安故意戏他，说道："嫂子，卖粉的早辰过去了，你早出来拿秤称他的好来！"老婆骂道："贼猴儿，里边五娘、六娘使我要买搽的粉，你如何说拿秤称？三斤胭脂二斤粉，教那淫妇搽了又搽。看我进里边对他说不说！"玳安道："耶哝，嫂子！行动只拿五娘唬我，几时来？"一回又叫："贲老四，你替我门首看着卖梅花菊花的，我要买两对儿戴。"那贲四误了买卖，好歹专心替他看着，卖梅花的过来，叫住，请出他来买。妇人立在二层门里，打开箱儿拣，要了他两对鬓花大翠，又是两方紫绫闪色销金汗巾儿，共该他七钱五分银子。妇人向腰里摸出半侧银子儿来，央及贲四替他凿，称七钱五分与他。那贲四正写着帐，丢下，走来蹲着身子替他锤。

只见玳安走来，说道："等我与嫂子凿。"一面接过银子在手，且不凿，只顾瞧那银子。妇人道："贼猴儿，不凿，只情端详的是些甚么？你半夜没听见狗咬，是偷来的银子？"玳安道："偷倒不偷。这银子有些眼熟，倒像爹银子包儿里的。前日爹在灯市里，凿与买方金蛮子的银子，还剩了一半，就是这银子。我记得千真万真。"妇人道："贼囚！一个天下人还有一样儿的。爹的银子怎的到得我手里？"玳安笑道："我知道甚么帐儿！"妇人便赶着打。（第二十三回）

宋惠莲和西门庆私通之后，内心一定非常快乐，这个也要买，那个也要买。玳安认出了西门庆的银子，她否认一番之后，还送给玳安四五分，并不太当回事。如此嚣张，似乎预示着她终归要倒霉。

元宵节后一天，荆千户来西门府拜访。西门庆打发平安上茶，平安来到宋惠莲处，惠莲不理，让他找厨房里上灶的要去。厨房里上灶的惠祥也是一个下人媳妇，正在做饭腾不开手，又让平安去后边要。平安把惠莲的话学了一遍，惠祥恼了，"偏不打发上去"。推来推去，来回耽搁了半日，茶上来时，已经冷了。西门庆心中不悦，要打人，吴月娘赶忙骂了惠祥一顿，才让她躲过一番皮肉之苦。

这惠祥在厨下，忍气不过，刚等的西门庆出去了，气狠狠走来后边，寻着惠莲，指着大骂："贼淫妇，趁了你的心了罢！你天生的就是有时运的爹娘房里人，俺们是上灶的老婆来！巴巴使小厮坐名问上灶要茶，'上灶的'是你叫的？你我生米做成熟饭，你识我见的！促织不吃癞虾蟆肉，都是一锹土上人。你恒数不是爹的小老婆就罢了；是爹的小老婆，我也不怕你！"惠莲道："你好没要紧，你炖的茶不好，爹嫌你，管我甚事？你如何走来拿人撒气？"惠祥听了此言，越发恼了，骂道："贼淫妇！你刚才调唆打我几棍儿好来，怎的不教打我？你在蔡家养的汉数不了，来这里还弄鬼哩！"惠莲道："我养汉，你看见来？没有扯臊淡哩！嫂子，你也不是什么清净姑姑儿！"那惠祥道："我怎不是清净姑姑儿？跷起脚儿来，比你这淫妇好些儿。我不说你罢，汉子有一拿小米数儿。你在外边，哪个不吃你嘲过？你说你背地干的那营生儿，只说人不知道。你把娘们还不放到心上，何况以下的人！"惠莲道："我背地说甚么来？怎的放不到心上？随你压我，我不怕你！"惠祥道："有人与你做主儿，你可不怕哩！"

两个正拌嘴，被小玉儿请的月娘来，把两个都喝开了："贼臭肉们，不干那营生去，都拌的是些甚么？教你主子听见又是一场儿。头里不曾打得成，等住回却打得成了！"惠莲道："若打我一下儿，我不把淫妇口里肠抅了也不算！我破着这命摈兑了你，也不差甚么。咱大家都离了这门罢！"说着，往前去了。后次这宋惠莲越发猖狂起来，仗西门庆背地和他勾搭，把家中大小都看不到眼里，逐日与玉楼、金莲、李瓶儿、西门大姐、春梅在一处顽耍。（第二十四回）

无声胜有声的金莲初斗

从惠莲和惠祥的对骂可以看到庶民非常活泼的语言。惠莲打牙犯嘴，得罪了不少人，终于惹到了一个惹不起的人。在潘金莲得知西门庆与宋惠莲的奸情后，故意透风给宋惠莲，宋惠莲只好下跪求她，请她不和别人讲。只是到正月十六夜晚，她居然当着金莲的面，公然和陈经济调情。

当下三个妇人，带领着一簇男女；来安、画童两个小厮，打着一对纱吊灯跟随。女婿陈经济踏着马，抬放烟火花炮与众妇人瞧。宋惠莲道："姑夫，你好歹略等等儿，娘们携带我走走！我到屋里搭搭头就来。"经济道:"俺们如今就行。"惠莲道:"你不等,我就是恼你一生!"于是走到屋里,换了一套绿闪红缎子对衿袄儿,白挑线裙子;又用一方红销金汗巾子搭着头,额角上贴着飞金,三个香茶翠面花儿,金灯笼坠子,出来跟着众人走百病儿。月色之下,恍若仙娥,都是白绫袄儿,遍地金比甲。头上珠翠堆满,粉面朱唇。经济与来兴儿,左右一边一个,随路放慢吐莲、金丝菊、一丈兰、赛月明。出的大街市上,但见香尘不断,游人如蚁;花炮轰雷,灯光杂彩;箫鼓声喧,十分热闹。左右见一队纱灯引导一簇男女过来,皆披红垂绿,以为出于公侯之家,莫敢仰视,都躲路而行。那宋惠莲一回叫:"姑夫,你放个桶子花我瞧。"一回又道:"姑夫,你放个元宵炮煃我听。"一回又落了花翠,拾花翠;一回又掉了鞋,扶着人且兜鞋;左来右去,只和经济嘲戏。玉楼看不上,说了两句:"如何只见你掉了鞋?"玉箫道:"他怕地下泥,套着五娘鞋穿着哩!"玉楼道:"你叫他过来我瞧,真个穿着五娘的鞋?"金莲道:"他昨日问我讨了一双鞋,谁知成精的狗肉,他套着穿!"惠莲于是搂起裙子来,与玉楼看。看见他穿着两双红鞋在脚上,用纱绿线带儿扎着裤腿,一声儿也不言语。

(第二十四回)

宋惠莲已经狂得毫无章法了。她的用意很明显,就是向潘金莲示威:你抓了我的小辫子,我便怕你不成?又是"拾花翠",又是"扶着人且兜鞋",这些举动是不是似曾相识?当初西门庆得知李瓶儿嫁给蒋竹山后,气急败坏地回府,众人都避开了,只有潘金莲靠着柱子提鞋。——两人同构性太高,连把戏都差不多,潘金莲自然不会哑忍,这下她非要除掉宋惠莲不可了。

"一声儿也不言语",这几个字巨力万钧,收得太精彩了。是谁"一声儿也不言语"?宋惠莲、孟玉楼、潘金莲,三个人都是。如果用电影的画面,一定要给这个场景一个特写,而且停格在宋惠莲的脚——刚刚沿路还是元宵节的热闹烟火，忽然之间什么声音都没有了。这种安静其实有一种恐怖的效果。孟玉楼为什么不言语？她是一个乖人，这场宋惠莲和潘金莲的纠结，她犯不着得罪任何一个。况且，她也不必再讲话，因为她的目的已经达到了，在场所有人都看见宋惠莲居然敢把潘金莲的鞋套在自己的鞋外面挡泥。潘金莲不讲话，就更厉害了。像潘金莲这样的人，如果她当众跟你呛，骂完就算，你反而是没什么危险的；如果她这样一言不发，你大概就要觳觫了，因为你不知道她接下去要怎么整你。无声胜有声的肃杀之气呼之欲出。每个家庭都是政治和社会的缩影，不要觉得这只是几个无聊的女人在家里斗来斗去。

通过前面的描写，我们一步步确认了宋惠莲的粗俗、浅薄与轻佻，不仅随意差遣西门府里的小厮，还支使西门庆的女婿陈经济做这做那。人走在这个世界上，几乎所有的结果都是自己招来的，每一个人都要为自己的行为负责，并承担结果。像宋惠莲，没有人要害她，是她自己害自己，自己惹祸上身。在宋惠莲的身上，我们不能简单地讲"天理昭彰""举头三尺有神明""善恶有报"之类，都不是；她之所以会有那样的结局，是由她自己的行为导致的。这也是《金瓶梅》最难得的地方，不同于那些用天命因果解决问题的章回小说。

性明敏、善机变的宋惠莲

但是也不要忽略，宋惠莲还是聪明的，书中就说她"性明敏，善机变"。在很多方面，她的反应是非常快的。我们再举几个例子。

第二十二回，宋惠莲刚和西门庆私通的时候，来旺儿正在杭州为西门庆采办要送给蔡太师的生日礼物，不知道有事发生。第二十五回，来旺儿回到西门府，孙雪娥将那两人的事情讲与来旺儿。来旺儿盛怒，找宋惠莲对质，不想反被宋惠莲一通数落。

> 到晚夕，到后边吃了几钟酒，归到家中。常言：酒发胸腹之言。

因开箱子中，看见一匹蓝缎子，甚是花样奇异。便问老婆："是哪里的缎？谁人与你的？趁早实说。"老婆不知就里，故意笑着回道："怪贼囚，问怎的！此是后边见我没个袄儿，与了这匹缎子。放在箱中，没工夫做。端的谁肯与我？"来旺儿骂道："贼淫妇，还搗鬼来哄我？端的是哪个与你的？"又问："这些首饰，是哪里的？"妇人道："呸，怪囚根子，哪个没个娘老子？就是石头狢剌儿里迸出来，也有个窝巢儿；枣核儿生的，也有个仁儿；泥人合下来的，他也有灵性儿；靠着石头养的，也有个根绊儿。为人就没个亲戚六眷？此是我姨娘家借来的钗梳，是谁与我的？白眉赤眼，见鬼倒路死囚根子！"被来旺儿一拳来险不打了一跤儿："贼淫妇，还说嘴哩！有人亲看见你和那没人伦的猪狗有首尾：玉箫丫头怎的牵头，送缎子的与你，在前边花园内两个干，落后吊在潘家那淫妇屋里明干，成日合的不值了。贼淫妇，你还来我手里吊子日儿！"那妇人便大哭起来，说道："贼不逢好死的囚根子，你做甚么来家打我！我干坏了你甚么事来？你怎是言不是语，丢块砖瓦儿也要个下落。是哪个嚼舌根的没空生有、枉口拔舌调唆你来欺负老娘！老娘不是那没根基的货，教人就欺负死，也拣个干净地方。谁说我？不信你问声儿，宋家的丫头若把脚略翘儿，把"宋"字儿倒过来！我也还雌着嘴儿说人哩，贼淫妇王八，你来嚼说我！你这贼囚根子，得不的个风儿就雨儿，万物也要个实才好。人教你杀哪个人，你就杀哪个人？"几句话儿，说的来旺儿不言语了，半日说道："不是我打你，怕一时被那厮局骗了。"妇人又道："这匹蓝缎子，一发我和你说了罢。也是去年十一月里，三娘生日，娘看见我身上上穿着红袄，下边借了玉箫的紫裙子穿着，说道：'媳妇子怪刺刺的甚么样子，不好。'才与了我这匹缎。谁得闲做他！哪个是不知道？就纂我怎一篇舌头。你错认了老娘，老娘不是个饶人的！明日我咒骂了样儿与他听，破着我一条性命，自怎寻不着主儿哩！"来旺儿道："你

既没此事罢，平白和人合甚气？快些打铺我睡。"（第二十五回）

她的反应真是非常快，几句话就把来旺儿唬住了。跟着，潘金莲在房中哭，对西门庆将"来旺儿酒醉发言，要杀主之事诉说一遍"；并引着西门庆得知孙雪娥与来旺儿有首尾，于是孙雪娥先遭殃，"拘了他头面衣服，只教他伴着家人媳妇上灶，不许他见人"。接着西门庆使玉箫叫宋惠莲出来，盘问来旺儿是不是有杀人的心思。

这老婆便道："阿呀，爹你老人家没的说，他可是没有这个话。我就替他赌个大誓。他酒便吃两钟，敢恁七个头八个胆，背地里骂爹！又吃纣王水土，又说纣王无道！他靠哪里过日子？爹，你不要听人言语。我且问，爹听见谁说这个话来？"那西门庆被老婆一席话儿说的闭口无言。问的急了，说："是来兴儿告诉我说来。他某日吃醉了，在外风里言风里语骂我。"惠莲道："来兴儿因爹叫俺这一个买办，说俺们夺了他的，不得赚些钱使。挟下这仇恨儿，平空做作出来，拿这血口喷他，爹就信了？他有这个欺心的事，我也不饶他。爹，你依我，不要教他在家里，在家里和他合气。与他几两银子本钱，教他信信脱脱，远离他乡做买卖去；休要放他在家里，旷了他身子。自古道：饱暖生闲事，饥寒发盗心。他怎么不胡生事儿？这里无人，他出去了，早晚爹和我说句话儿也方便些！"（第二十五回）

你看这个宋惠莲多厉害，她马上换了一套话。先是讲来旺儿不会又拿西门庆的钱，又背后说他；接着讲就算来旺儿有这个心，她也不会放过他。这就是在告诉西门庆：你放心，我把他吃得死死的。给西门庆吃了定心丸，然后宋惠莲又站在他的角度，给他出主意；将来旺儿派遣得远远的，以后两人"说话"也就方便了。这一番道理，说得西门庆是"满心欢喜"。

潘金莲的反击：借刀杀人

事情发展到这步，似乎西门庆已经大事化小，来旺儿安全着陆。但是，潘金莲岂是容易罢休的人。她对西门庆讲："剪草不除根，萌芽依旧生；剪草若除根，萌芽再不生。"向来心狠的西门庆"如醉方醒"，终于定下杀机。

我们在笔记小说中常见栽赃陷害的把戏，西门庆用的也是这一套。第二天，西门庆借故改派来保前往东京，让来旺儿"搭主管开酒店做买卖"。宋惠莲得知西门庆给了来旺儿银两，还以为西门庆真听了自己的话，因此又教训来旺儿，要他"安分守己，休再吃了酒，口里六说白道"。她不知道，真正的危机就要来临了。

也是合当有事，刚睡下没多大回，约一更多天气，将人才初静时分，只听得后边一片声叫赶贼。老婆忙推睡醒来旺儿。来旺儿酒还未醒，楞楞睁睁，爬起来就去取床前防身梢棒，要往后边赶贼。妇人道："夜晚了，须看个动静，你不可轻易就进去！"来旺儿道："养军千日，用在一时。岂可听见家有贼，怎不行赶！"于是拖着梢棒，大扠走入仪门里面。只见玉箫在厅堂台上站立，大叫："一个贼往花园中去了！"这来旺儿径往花园中赶来。赶到厢房中角门首，不防黑影抛出一条凳子来，把来旺儿绊倒了一跤。只见响喨了一声，一把刀子落地。左右闪过四五个小厮，大叫："捉贼！"一齐向前，把来旺儿一把捉住了。来旺儿道："我是来旺儿！进来赶贼，如何颠倒把我拿住了？"众人不由分说，一步两棍打到厅上。

只见大厅上灯烛荧煌，西门庆坐在上面，即叫："拿上来！"来旺儿跪在地下，说道："小的听见有贼，进来捉贼，如何倒把小的拿住了？"那来兴儿就把刀子放在面前，与西门庆看。西门庆大怒，骂道："众生好度人难度，这厮真个杀人贼！我到见你杭州来家，教你领三百两银子做买卖,如何黉夜进内来要杀我?不然拿这刀子做甚么?取过来我看!"灯下观看,是一把背厚刃薄扎尖刀,锋霜般快。看见越怒,喝令左右:"与我押到他房中,取我那三百两银子来。"众小厮随即押到房中。惠莲见了,放声大哭,说道:"他去后边捉贼,如何拿他做贼?"向来旺儿道:"我教你休去,你不听,只当暗中了人的拖刀之计!"一面开箱子,取出六包银两来,拿到厅上。西门庆灯下打开观看,内中止有一包银两,余者都是锡铅锭子。西门庆大怒,因问:"如何抵换了我的银两,往哪里去了?趁早实说。"那来旺儿哭道:"爹抬举小的做买卖,小的怎敢欺心抵换银两?"西门庆道:"你打下刀子,还要杀我。刀子现在,还要支吾甚么?"因把甘来兴儿叫到面前跪下,执证说:"你从某日,没曾在外对众发言要杀爹?嗔爹不与你买卖做。"这来旺儿只是叹气,张着口儿合不的了。西门庆道:"既赃证刀杖明白,叫小厮与我拴锁在门房内,明日写状子,送到提刑所去。"

只见宋惠莲云鬟髭松,衣裙不整,走来厅上,向西门庆不当不正跪下,说道:"爹,此是你干的营生!他好意进来赶贼,把他当贼拿了。你的六包银子,我收着,原封儿不动,平白怎的抵换了?恁活埋人,也要天理!他为甚么,你只因他甚么打与他一顿。如今拉刺刺着送他哪里去?"西门庆见了他,回嗔作喜道:"媳妇儿,不关你事,你起来。他无理胆大,不是一日。现藏着刀子要杀我,你不得知道。你自安心,没你之事。"因令来安儿小厮:"你速搀扶你嫂子回房去,休要慌吓他!"那惠莲只顾跪着不起来,说:"爹好狼心处。你不看僧面看佛面,我怎说着,你就不依依儿?虽故他吃酒,并无此事。"缠的西门庆急了,教来安儿挡他起来,劝他回房去了。

到天明,西门庆写了柬帖,叫来兴儿做证见,揣着状子,押着来旺儿往提刑院去,说某日酒醉持刀,黉夜杀害家主,又抵换银两等情。才待出门，只见吴月娘轻移莲步走到前厅，向西门庆再三将言劝解。说道："奴才无礼，家中处分他便了，你要拉剌剌出去惊官动府做甚么？"西门庆听言，圆睁二目喝道："你妇人家不晓道理！奴才安心要杀我，你倒还教饶了他罢！"于是不听月娘之言，喝令左右把来旺儿押送提刑院去了。（第二十六回）

夏提刑将来旺儿拷打一番，便下了狱。西门庆一边瞒着宋惠莲说来旺儿没事，一边却对来旺儿痛加折磨，再递解徐州。先说来旺儿要被解往徐州的时候，"已是打的稀烂"。大家可以将第二十六回"来旺儿递解徐州"（如图36）和第十回"义士充配孟州道"（如图37）的绣像对比一下。

图36-来旺儿递解徐州

两幅图的主题很像，都是一个犯人披枷戴锁，差官在旁边赶。但是，武松被发配的时候，还身强体壮，衣服也很好；不仅有人相送，四名解差还扛着很多行李，他一路上应该不会受什么罪。来旺儿的衣服已经是一身破烂，身体也可想而知了；差人用绳子牵着他，一点儿行李都没带；他想去西门府找宋惠莲讨箱笼，"西门庆也不出来，使出五六个小厮，一顿棍打出来，不许在门首缠绕"。最后，来旺儿只好找宋惠莲的父亲宋仁讨了一两银子，然

第八章 ● 两个金莲生死斗

后一路往徐州去。他的恨该有多深！后二十回，来旺儿回来了。按理说，前面铺排了这么多，应该有一个大大的戏剧性的高潮出现，却没有；我为这个角色感到可惜。

再回来看宋惠莲，西门庆对她好言相"骗"，这点儿"柔情"，让潘金莲觉得芒刺在背。这两个人除了一样聪明灵巧之外，宋惠莲还有一个让潘金莲忌惮的"长处"——她的脚更小。潘金莲名为"金莲"，这是她最引人注目的优势；现在有了一双更小的脚，威胁太大了。

完全不知情的宋惠莲也是好骗，听了小厮几句糊弄，又"每日淡扫蛾眉，薄施脂粉，出来走跳"了。在这样的关键时刻，孟玉楼又发挥了作用。

孟玉楼早已知道，转来告潘金莲，说他爹怎的早晚要放来旺儿出来，另替他娶一个；怎的要买对门乔家房子，把媳妇子吊到那里

图 37- 义士充配孟州道

去，与他三间房住；又买个丫头扶侍他，与他编银丝鬏髻，打头面，一五一十说了一遍："就和你我等辈一般，其么张致！大姐姐也就不管管儿？"潘金莲不听便罢，听了忿气满怀无处着，双腮红上更添红。说道："真个由他，我就不信了！今日与你说好话，我若教贼奴才淫妇与西门庆做了第七个老婆，我不是喇嘴说，就把'潘'字掉过来

哩！"玉楼道："汉子没正条，大的又不管，咱们能走不能飞，到的哪些儿？"金莲道："你也忒不长俊，要这命做甚么？活一百岁杀肉吃？他若不依，我拼着这命，摈兑在他手里，也不差甚么！"玉楼笑道："我是小胆儿，不敢惹他，看你有本事和他缠！"（第二十六回）

孟玉楼为什么要笑？因为开心，潘金莲已经中计了。她自己不去惹宋惠莲，却鼓动潘金莲去和对方纠缠，自己好坐山观虎斗。潘金莲此时的怒气已经到达顶点，足够让她下决心与宋惠莲决一死战了。只不过，这一次她要借刀杀人；被借的这把刀，则是早已被西门庆"下放"的孙雪娥。孙雪娥这个人，又自卑，又要不甘心地讲几句酸话，耍一点儿威风，虽然她后来的命运也很不好，但此番却是她先把宋惠莲送上了死路。

四月十八日，李娇儿生日。院中李妈妈并李桂姐都来与他做生日，吴月娘留他同众堂客在后厅饮酒，西门庆往人家赴席不在家。这宋惠莲吃了饭儿，从早晨在后边打了个捵儿，一头拾到屋里直睡到日沉西，由着后边一替两替使了丫鬟来叫，只是不出来。雪娥寻不着这个由头儿，走来他房里叫他，说道："嫂子，做了王美人了，怎的这般难请？"那惠莲也不理他，只顾面朝里睡。这雪娥又道："嫂子，你思想你家旺官儿哩，早思想好来！不得你，他也不得死，还在西门庆家里！"这惠莲听了他这一句话，打动潘金莲说的那情由，翻身跳起来，望雪娥说道："你没的走来浪声颤气！他便因我弄出去了，你为甚么来，打你一顿，撑的不容上前！得人不说出来，大家将就些便罢了，何必撑着头儿来寻趁人？"这雪娥心中大怒，骂道："好贼奴才，养汉淫妇！如何大胆骂我？"惠莲道："我是奴才淫妇！你是奴才小妇！我养汉养主子，强如你养奴才！你倒背地偷我的汉子，你还来倒自家掀腾！"这几句话，分明戳在雪娥身上，那雪娥怎不急了。那宋惠莲不防他，被他走向前，一个巴掌打在脸上，打的脸上通红的。说道："你如何打我？"于是一头撞将去，两个就揪扭打在一处，慌的来昭妻一丈青走来劝解，把雪娥拉的后走，两个还骂不绝口。吴月娘走来骂了两句："你们都没些规矩儿，不管家里有人没人，都这等家反宅乱。等你主子回来，我对你主子说不说！"当下雪娥便往后边去了。月娘见惠莲头发揪乱，便道："还不快梳了头，往后边来哩！"惠莲一声儿不答话，打发月娘后边去了。走到房内，倒插了门，哭泣不止。哭到掌灯时分，众人乱着后边堂客吃酒，可怜这妇人忍气不过，寻了两条脚带，拴在门槛上，自缢身死，亡年二十五岁。（第二十六回）

这是宋惠莲得知来旺儿已被递解徐州之后的第二次自杀，而这次成功了。西门庆和宋惠莲打从前一年的十一月间勾搭上，转年的四月十八，宋惠莲已经一命归西。她的快乐时光还不到半年。

宋惠莲为什么要自尽？回目中的说法是"来旺儿递解徐州，宋惠莲含羞自缢"——但这个"羞"如果只理解为羞耻，似乎太轻易了，其中应该也带着一些气愤和愧疚。我不杀伯仁，伯仁却因我而死。除此之外，大概还有恨，恨世界为何如此对待自己——她不觉得自己有错，每个人只是尽力去争取更多的幸福而已。

偷情不是"罪"，害人伤天理

宋惠莲除了是一个自然主义的立体人物形象之外，也昭告了天地间的一个暗事实：偷情从来都不被认为是那么严重的事。要不然，这个社会怎么会对外遇、"小三"容忍有加？偷情算什么，小三算什么，都是逢场作戏罢了。虽然古人总是讲"饿死事小，失节事大"，但在日常生活里，偷情还不是自古有之，于今依然。

宋惠莲这个角色最大的成功之处就是，以一个社会底层女子的身份，将这种现实讲出来。她在蔡通判家的时候，可以帮着大妇找男人，甚至跟她一起找男人，这件事小说中点到为止。她跟蒋聪在一起的时候，可以找来旺儿，可是当蒋聪被杀，她一定要为他报仇，将元凶抓到抵罪。每个人都有自己的原则，宋惠莲的原则是她最"可爱"的地方——当然不是说她觉得偷情不算什么，而是虽然她觉得偷情是件小事，但不能因此杀人、害人。宋惠莲最后自杀，既不是节妇之举，也不是殉情，而是一种原则被破坏，又无力修补的绝望反抗。

夫妻的感情有很多种方式，爱情有时候是很薄的一种。《金瓶梅》必须要有相当年纪才能够看得懂。人生走过，你才会知道为什么人家说"婚姻是爱情的坟墓"，因为两个人的感情从此不一样了，更多变成了家人的关系；亲情越来越重，爱情反而消失无踪。宋惠莲替蒋聪讨公道，大概就是由于家人被伤害。

我个人很欣赏香港孙述宇先生的说法，可是也不能完全接受。他说宋惠莲和来旺儿之间是一种穷人和穷人相处所产生的感情。其实，两个人能够成为"自己人"，和是不是穷人关系不大。宋惠莲讲"一夜夫妻百日恩"，求西门庆不要让来旺儿挨打，把他放得远远的就好，还出主意再替来旺儿娶一个，大家好来好去。这比较像对自己的哥哥或弟弟那种亲情的感觉。

而以宋惠莲的气性，这样被出卖、被欺骗，她对于西门庆是非常愤怒的，甚至我个人认为她已经瞧不起他了。宋惠莲第一次上吊，被人救下来，人家劝也不听，就"坐在冷地下哭泣"。这又是一个电影的特写镜头。如果真的拍成电影，一定要用蒙太奇的方式，与她"也不用人推送，那秋千飞起在半天云里，然后抱地飞将下来，端的恰似飞仙一般"的镜头重合，才能达到最佳效果。就在不久之前，她还以为自己可以飞上青天去，结果这么快就坐在冷地上哭起来。

西门庆道："好禋孩子！冷地下冰着你。你有话对我说，如何这等拙智？"惠莲把头摇着，说道："爹，你好人儿！你瞒着我干的好勾当儿，还说甚么孩子不孩子！你原来就是个弄人的刽子手！把人活埋惯了。害死人，还看出殡的！你成日间只哄着我，今日也说放出来，明日也说放出来，只当端的放出来。你如递解他，也和我说声儿。暗暗不透风，就解发远远的去了。你也要合凭个天理！你就信着人干下这等绝户计？把圈套儿做的成成的，你还瞒着我！你就打发，两个人都打发了，如何留下我做甚么？"（第二十六回）

西门庆还想装糊涂，但宋惠莲已经发狠了。随后，西门庆送钱和酒食到她房里，她统统不要，可见这个人个性是很强的。

宋惠莲不是没有可能过得更好，但这个"更好"也是极难。她终于明白了西门庆有多阴狠，潘金莲有多厉害，整个西门府里没有一个人是好惹的，万念俱灰，干脆一死了之。很多文人文绉绉地讲一通道理，还比不上一个没有知识的女人通过动作来证明自己的原则。

西门庆和宋惠莲有没有感情？有，从他对宋惠莲自尽的态度可以看出来。得知宋惠莲已死，西门庆讲了一句话："他自个拙妇，原来没福！"一方面，他很冷血，一点儿不认为自己有错，全赖对方蠢笨；另一方面，他曾经向宋惠莲许诺"买了对过乔家房，收拾三间房子与你住，搬了那里去，咱两个自在顽耍"，现在宋惠莲寻死，在他看来就是没命享受他要给的福分，他当然有一些惋惜。第二十八回，潘金莲掉了一只鞋，丫鬟秋菊找来找去，却将西门庆藏在书房里的宋惠莲的鞋找出来了。这个行为最容易让人联想到的是西门庆是个恋鞋癖或恋足癖，但也说明他对宋惠莲还是有感情的。

西门庆的这一行为更让潘金莲笃定自己除掉宋惠莲是正确的。她要将这只鞋"剁做几截子，掠到毛司里去"。对潘金莲来说，两个"金莲"的斗争在她的咬群史上具有承上启下的意义。她先是捏软柿子，欺负孙雪娥；接着对宋惠莲下手，大获全胜。这次胜利给了她经验和勇气，待到李瓶儿怀孕生子之后，她就要大显身手了。毫无还手之力的李瓶儿母子，将注定死在手段日益纯熟的潘金莲手里。

金瓶物语之秋千、烧猪头

《金瓶梅》中有很多具有象征意义的物品，这在古典小说中是非常难得的。如果我们将这部书改编成一部舞台剧，都会需要什么道具呢？我们围绕着宋惠莲这段故事来想一想。

西门庆与潘金莲偷情，舞台上要有一个帘子；与李瓶儿成事，要有一面墙；与宋惠莲私通，除了前面提到的那只鞋，还要有一个山洞——藏春坞雪洞子。山洞有很大的象征意义，即她和西门庆只能偷偷摸摸地躲在山洞里，两人的这一段关系不可能端上台面，也不会有任何结果。潘金莲帘子一掀开就成了，李瓶儿可以从墙外头进到墙里头，但山洞是永远不见天日的。

另外一件具有象征意义的东西是秋千。清明节的时候，潘金莲、孟玉楼、宋惠莲等人荡秋千，宋惠莲荡得最高。

> 这惠莲手挽彩绳，身子站的直屡屡，脚趾定下边画板。也不用人推送，那秋千飞起在半天云里，然后抱地飞将下来，端的恰似飞仙一般，甚可人爱。（第二十五回）

荡秋千，一定要站稳，否则容易摔得很惨。"也不用人推送"是个双关语。人的一生，有时候有人推，有时候有人送；可是宋惠莲这一生，都是自己单打独斗，她用自己的方式将这一生给挥洒完。她以为秋千将她送到了半天云里，

清 佚名《仿仇英汉宫春晓图卷》(局部)

可是秋千一下子又回到地上来了;属于宋惠莲的快乐和飞黄腾达,也如秋千的起落一般快速。因此,这架秋千对于宋惠莲、对于这个故事来讲就特别有意义了。她攀上西门庆,以为不用人推送,就可以飞得高高的,但那么快就坐在冰冷的地上哭泣。四百多年前的文学作品,我们现在读来,仍然深受感动。

我们再看一样东西——烧猪头。《金瓶梅》里面写到的食物很多,可是详细描写烹饪过程的并不多,烧猪头是一个例外。在品味上,烧猪头是非常平民化的吃食,甚至带着一些粗俗;但论制作过程的精心,可与《红楼梦》里"拿十几只鸡来配"的茄鲞作一比较;而与饮食文化同时呈现的,还有当时的社会文化。

潘金莲让宋惠莲烧猪头,当然是故意的。她就是要指使她,让她不要忘记自己的身份,因为她看到惠莲每天都跟她们一起混,已经忘记自己是谁了。面对来自潘金莲的指令,宋惠莲本能地拒绝了,她明明在嗑瓜子,却说"我不得闲,与娘纳鞋哩",还嗔怪"巴巴坐名儿教我烧"。负责传话的来兴儿只丢了一句:"你烧不烧随你,交与你,我有勾当去。"口气呛辣。玉箫替她打圆场:"你且丢下,替他烧烧罢。你晓的五娘嘴头子,又惹的声声气气的。"惠莲笑道:"五娘怎么就知道我会烧猪头,巴巴的栽派与我替他烧。"她的这一笑,是苦笑和尴尬的笑,顺势下台阶。

作者对烧猪头过程的描写非常当行,孟玉楼对烧好的猪头的处置也很周全:

> 于是起身,走到大厨灶里,舀了一锅水,把那猪首蹄子剃刷干净,只用的一根长柴安在灶内,用一大碗油酱并茴香大料,拌着停当,上下锡古子扣定。哪消一个时辰,把个猪头烧的皮脱肉化,香喷喷五味俱全。将大冰盘盛了,连姜蒜碟儿,教小厮儿用方盒拿到前边李瓶儿房里。旋打开金华酒筛来。玉楼拣上份儿齐整的,留下一大盘子,并一壶金华酒,与月娘吃,使丫鬟送到上房里。其余三个妇人围定,把酒来斟。(第二十三回)

孟玉楼果然是一个乖人。月娘虽然不在,但是妾不可以背着大妇偷吃东西,于是玉楼拣了最好的部位很整齐地留了一大盘子给她,自己和潘金莲、李瓶儿吃余下的部分——这是妻妾身份有别的直观体现。相对于妻妾而言,宋惠莲只能算"偷"了。她过来问猪头烧得如何,又是孟玉楼出面,让丫鬟绣春"筛一盏儿与你嫂子吃"。实际上为宋惠莲夹肉送碗的是李瓶儿,她不能接过来就吃,"插烛也似磕了三个头,方才在桌头傍边立着,做一处吃酒"。妾和"偷"之间的身份差异,也明明白白的了。

宋惠莲至少在这一刻是懂得规矩的,因为她接收到了实在的信息:潘金莲要她烧猪头，她就得烧，她仍是下人的身份。有了这样的认知，即便让她一起吃，她也绝不敢坐下来。一个猪头背后，不仅有饮食文化，也体现了一个家庭内部的身份等级和所谓的社会文化。

宋惠莲在《金瓶梅》中的戏份不多，可是几乎每个谈到《金瓶梅》的人，都不能忘却她。尽管论说角度各有不同，但她就这样活在了文学史中。好人坏人，淫妇节妇，都是太单薄、轻巧的论断；她有血有肉，和你我一样真实，有人的多样性、复杂性，有自己不可破坏的原则和过不去的关口。

她自尽时二十五岁，短暂的一生不仅像那骤起骤落的秋千，也像这个猪头，甚至不消一根柴火，就已经皮脱肉化了。

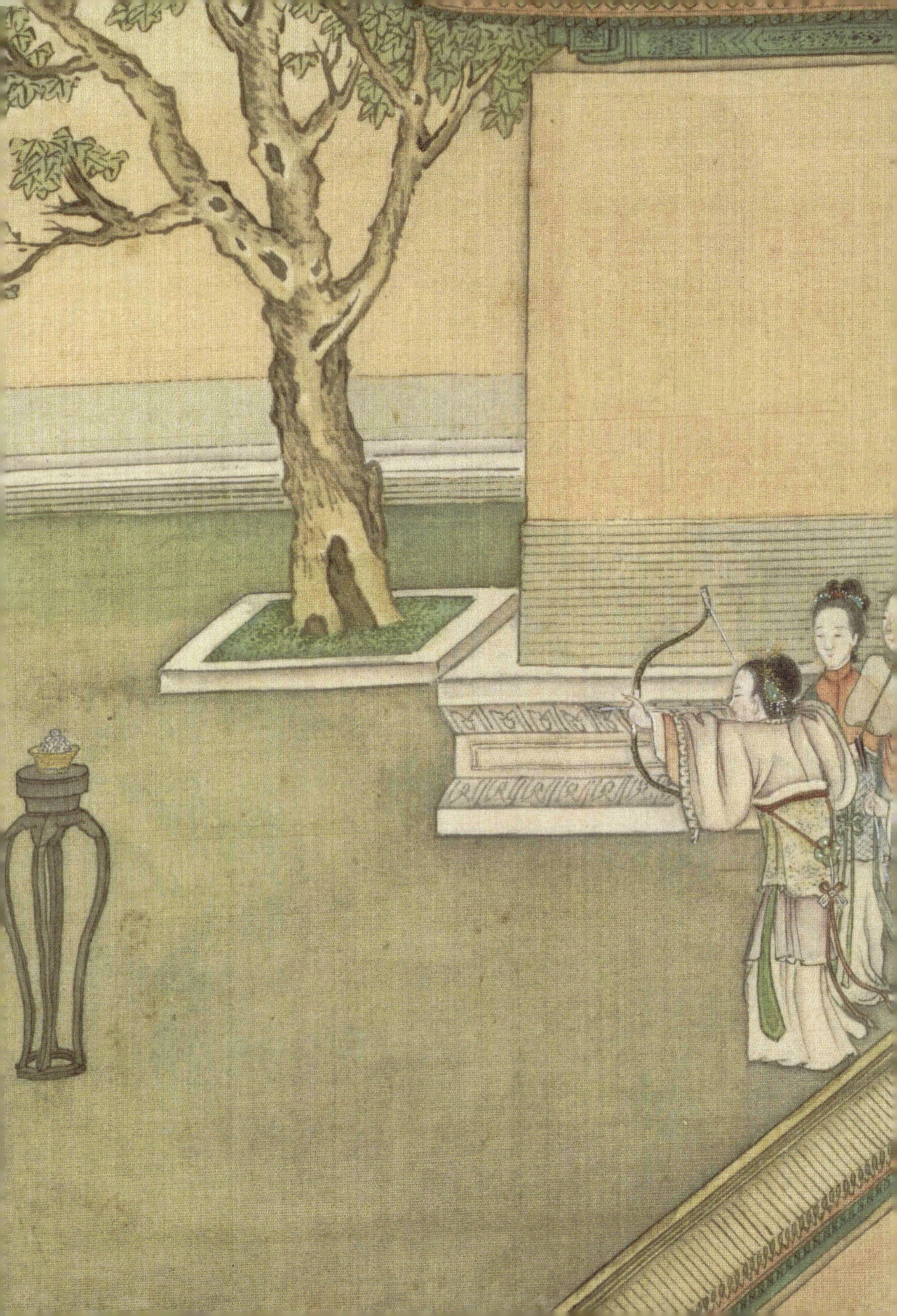

第九章 金、瓶、梅同唱一台戏

第二十七回是《金瓶梅》故事的一个关键，此回本书命名的三位女主角都同时出场，且各人分量相当，常被视为《金瓶梅》之简版，且其中西门庆对她们的称呼也可看出那天各人在他心中的地位：瓶儿是"我的心肝"，金莲叫"贼小淫妇"，春梅称"小油嘴"。在这一回中，李瓶儿怀孕得宠，手段日趋成熟的潘金莲开始将李瓶儿当成自己的头号敌人。第二十八回中，宋惠莲留下的一只红鞋一直在读者眼前晃来晃去，这又是作者一个很有趣的写作手法。第二十九回也很重要，通过一次算命，暗示了故事中人的未来。第三十回，西门庆开始升官加爵。下面我们就来看这部分故事，顺便认识一些故事中的配角。

毛宗岗说《三国演义》有"三绝"，即"奸绝"曹操、"义绝"关公和"智绝"诸葛亮；我们说《金瓶梅》也有三绝，即西门庆、潘金莲和应伯爵。应伯爵不是哪一回的重点，可是他几乎每一回都出现。

我们一开始就讲过，崇祯本的改写者应该是李渔，同时他也加入了自己的批点。在第二十七回，他是这么说潘金莲的："金莲之丽情娇致愈出愈奇，真可谓一种风流千种态，使人玩之不能释手，掩卷不能去心。"大家有没有注意到，至少到目前为止，虽然她嘴巴很厉害，一天到晚在咬群，但是你不能否认她如此的鲜活亮丽、神气十足，充满了生命力，这在古典文学里面是非常少见的。古典文学非常喜欢强调女性那种病态美，其中集大成者当然是林黛玉。这和传统的男尊女卑的思想有关，女孩子的生活空间被越缩越小；

到了清朝，美女要像扇子底下小小的坠子那样，薄薄一片，让人随时会忘记她的存在，如李香君之类。在这样的氛围里，潘金莲事实上是可爱的，因为她活泼、亮丽。下面我们不再针对某一个人，我们来看一些事件的发展，还有文学怎样来牵动。

第二十七回到第三十回，最重要的物品就是鞋。张竹坡不厌其烦地一个一个数出来，数了八十几个。我们现在从第二十七回看起。这一回很关键，有两件事情发生：一是李瓶儿怀孕，而且已经临月；二是随之展开的潘金莲和李瓶儿的生死斗。同时，这一回又被认为是整部《金瓶梅》最淫秽的地方——潘金莲醉闹葡萄架，在所谓的"洁本"中会变成"此处删去1221字"，读者完全搞不清楚具体发生了什么。还有一个更夸张的版本，是清乾隆时期宫内的版本，把整个二十七回都删掉了，从第二十六回直接跳到第二十八回，可见这一回有多露骨。今天，我们拜风气大开所赐，可以公然谈论这一回。

潘金莲焦虑加倍

李瓶儿怀孕并即将临盆的消息令她顿时加倍受宠，而潘金莲的妒意和焦虑也加倍了，所以会有醉闹葡萄架。如果我们从一个比较悲悯的角度讲，潘金莲是在天平又一次骤然失衡的情况下，试图通过肉身的牺牲来挽回自己本来的地位。西门庆在这一回中对她的所作所为事实上是一种性虐待。一边是李瓶儿开始加倍受宠，一边是潘金莲忍受超常的凌虐，后者的恨意当然更深了。这是另一场生死斗的决定性的开端。此前，潘金莲虽然有不少犀利的言辞与举动，她还是有可爱之处的；而在这之后，一切都改变了。

第二十七回主要是六月初一这天西门庆的家中日记。《红楼梦》第三十回，也是贾宝玉五月初四这天的日记。长篇小说有时候一件事占好几回，有时候一回记几件事，有时候一回就是一天的日记。

六月初一在伏天里，非常炎热。这里有一段借题发挥，讲庶民夏天的生活很辛苦。世上有三种人怕热——农夫、经商的客旅和边塞的战士；有三种人不怕热——皇宫内院的王侯贵戚、富室名家和化外人士。这部分内容与整个故事是毫无关系的，所以在崇祯本中被全部删掉了。

西门庆作为山东省清河县的一个暴发户，这个时候有钱但还不是特别有钱。当天天气热，他不出门，就在自家花园里赏花。这时，潘金莲出现了，为了一朵花和西门庆斗嘴。看起来挺无聊的举动，崇祯本的批点却不这样看。它说："金莲之丽情娇致，愈出愈奇，真可谓一种风流千种态，使人玩之不能释手，掩卷不能去心。"

这就是一个女孩子可爱、可人心意的地方，虽然是有刺的玫瑰，可是挺来劲的，心上一直搁着她。不过，这大概是潘金莲最后的可爱了，因为这个时候她还不知道李瓶儿有孕，所以她是开心的。等她马上知道之后，她每次讲的话就都犀利如刀，越来越不可爱，甚至最后陷入一种几近歇斯底里的状态。有人比较同为"淫妇"的李瓶儿和潘金莲，认为李瓶儿越来越可爱，而潘金莲越来越尖酸刻薄、令人生厌，我想转折点就是第二十七回。因为之后，我们很难再看到潘金莲的鲜活亮丽，也很难再听到她无伤大雅的笑谑了。

照理讲，李瓶儿怀孕了，西门庆应该很开心，但是他为什么要对潘金莲进行性虐待呢？他把她吊在那里，半天不理她，还自己喝酒，自己睡着了。后来办事时，硫黄圈断在潘金莲的身体里，直使她"目瞑气息，微有声嘶，舌尖冰冷，四肢不收，弹然于衽席之上矣"。遭受这样的痛苦，主要还是潘金莲自己的原因。

那潘金莲放着椅儿不坐，只坐豆青磁凉墩儿。孟玉楼叫道："五姐，你过这椅儿上坐，那凉墩儿只怕冷。"金莲道："不妨事，我老人家不怕冰了胎，怕甚么？"……那潘金莲不住在席上只呷冰水，或吃生果子。玉楼道："五姐你今日怎的只吃生冷？"金莲笑道："我老人家肚内没闲事，怕甚么冷糕么？"羞的李瓶儿在傍，脸上红一块，白一块。西门庆瞅他一眼。说道："你这小淫妇儿，单管只胡说白道的！"金莲道："哥儿，你多说了话，老妈妈睡着吃干腊肉，是恁一丝儿一丝儿的，你管他怎的！"正饮酒中间，忽见云生东南，雾障西北，雷声隐隐，一阵大雨来，轩前花草皆湿。（第二十七回）

没有孟玉楼，潘金莲还不那么出色。西门庆听了潘金莲的话，心内有气，因为现在不一样了，李瓶儿肚子里是他的心肝宝贝。潘金莲直接对家中的红人甩风凉话，醋意和恨意之重，消耗了西门庆对她的喜欢。

此外，后面我们会知道，西门庆偷偷留了宋惠莲的一只鞋——说是感情可能有些太过，至少还是喜欢她的。这么一个喜欢的人，被潘金莲一激再激，最后上吊自杀了。虽然他口中说拙妇没福之类，可我想他心里还是有些不痛快的。好像一个小男孩，手上有十个心爱的玩具，哪一个不见了，都会觉得那个是最好玩的。两件事凑在一起，他干脆就给潘金莲一些教训。

故事将主要场景设定为葡萄架，是有典故的。在古代，人们常用"葡萄架倒"来形容男人怕老婆。这个典故出自《笑林广记》。同时，我们也可以设想一下，葡萄大多是有酸味，"葡萄架倒"也可以意味着倒下太多的酸葡萄，和吃醋的意思差不多。故事中的葡萄架其实是潘金莲浓烈醋意的象征。

"醉闹葡萄架"时，潘金莲没少求饶，表面上是撒娇的情趣用语，背后却是残酷的现实人生的压迫。她不敢真的和西门庆翻脸，撒娇事实上是哀求。

自古以来，有多少人看《金瓶梅》就只是在看这一段，觉得这一段没看就不算看过《金瓶梅》。我读研究所的时候，有一次跟班上的男生讨论《金瓶梅》，彼此询问看过葡萄架那一回没有——都看过，非常得意。在那个年代，我们居然以看过这段为荣，我记得我们当时在椰林道上的椰子树下击掌，好开心——你看到，我也看到了。那位同学就是后来在《联合报》写了很多"关了灯的文化"的先生。他从此走上这条路，专门写这方面的典故，也成一家之言。

醉闹葡萄架之前，潘金莲与西门庆先在架下摆上了若干吃食：

西门庆一面揭开盒，里边攒就的八槅细巧果菜，一槅是糟鹅胗（zhēn）掌，一槅是一封书腊肉丝，一槅是木樨银鱼鲊，一槅是劈晒雏鸡脯翅儿，一槅鲜莲子儿，一槅新核桃穰儿，一槅鲜菱角，一槅鲜荸荠，一小银素儿葡萄酒，两个小金莲蓬钟儿，两双牙箸儿，安放一张小凉机儿上。（第二十七回）

崇祯本将这部分全删了，真遗憾。这是16世纪下半叶一个城市商人家中日常享用的消夏食物，既有精致肉食，也有应季鲜果；而且，他家用的酒器也很当令，是夏日代表性植物的造型。

在此之前，西门庆于花园中摆酒，有冰盆，有细果，有美酒，有美妾，还有音乐。孟玉楼操月琴，潘金莲弹琵琶，李瓶儿代板，众人齐唱《梁州序》，这大概是西门庆家中最快乐的生活情景了。随后，孟玉楼将月琴交给了春梅，春梅又交与潘金莲，由潘金莲一路带到葡萄架下，倚到一旁。所以张竹坡说孟玉楼是李瓶儿和潘金莲之间的"针线眼"。每次潘金莲发作，总和她有千丝万缕的联系。

第二十七回可以视为《金瓶梅》的浓缩版，金、瓶、梅三人戏份相当。潘金莲奉献了知名度极高的"醉闹葡萄架"。李瓶儿怀孕将生正受宠。春梅在剧情中穿梭——潘金莲和西门庆办事的时候，被她撞上，她爬到高亭上玩棋子，隔岸观火；潘金莲被倒吊在葡萄架上，她没有管，"打雪洞内一溜烟往后边去了"。

西门庆称李瓶儿为"我的心肝"，称金莲为"淫妇""贼小淫妇"，称春梅为"小油嘴"——这是一个很亲密的称呼，他还叫过春梅"小肉儿"。通过这些称呼，我们就可以看出这三个人在西门庆心目中的地位。孟玉楼虽然也出现了，但是西门庆对她没有昵称，也没有直接和她讲话，她仍是一个被冷处理的角色。

想必潘金莲也衡量出三个称呼之间的差别，所以她要低声下气，向西门庆哀求。

半日，星眸惊闪，苏省过来，因向西门庆作娇泣声，说道："我的达达，你今日怎的这般大恶？险不丧了奴之性命。今后再不可这般所为，不是耍处。我如今头目森森然，莫知所之矣！"（第二十七回）

六月初一是西门庆快乐的一天，是潘金莲辛苦的一天，也是李瓶儿嘴角含笑的一天。

金瓶物语之鞋：女人如鞋

对于二十八回，张竹坡说："此回单状金莲之恶，故惟以'鞋'字播弄尽情。"用鞋做主角推进故事情节，对每个人物的刻画也围绕鞋展开，这样借着鞋子大做文章，不仅在中国的古典小说里面少有，在全世界的文学作品中也找不到第二个例子。

潘金莲头天晚上回到屋内，连自己有没有穿鞋都不知道。秋菊说她进来的时候没有穿鞋，她还很生气，说鞋在自己脚上怎么会不知道。这实际上是在暗示她昨天在葡萄架上真的很受罪，晕过去又醒来之后，仍然神志不清，根本顾不上穿没穿鞋，昏头昏脑地就回来了。这就是不写之写，是最厉害的地方。作者不需要告诉读者"潘金莲好可怜""潘金莲好辛苦"，再点三个惊叹号；你发现她居然连自己穿没穿鞋都不知道的时候，会自然联想到这一点。对以前缠足的妇女来说，鞋是很重要的。在《卖油郎独占花魁》中，花魁莘瑶琴被一个富家公子强拉上船，因她抵死不从，就被脱掉鞋子和裹脚布，又丢在岸边。寸步难移的莘瑶琴急得要投河自尽，刚好被卖油郎秦重所救。这个剧情就反映了那个时候的现实，由于缠过的脚是畸形的，拆开裹脚布之后是几乎无法走路的。潘金莲丢了鞋子，居然还能走回她的屋子，可见她在葡萄架上被折磨之惨，已经超过了赤足行走的痛苦。

鞋丢了就要找，这个差事落到了《金瓶梅》中最倒霉的丫鬟秋菊身上。秋菊三天两头挨打，而且通常是无缘无故的，这次也一样。潘金莲的鞋不见了，本不关秋菊的事，可她就要让秋菊到院中跪着，还威胁要让她顶大石头。秋菊哭丧着脸，由春梅押着，再到花园里寻鞋。

西门府中下人来昭的儿子小铁棍儿在葡萄架下捡到了潘金莲的鞋。西门庆女婿陈经济碰到小铁棍儿，得知这是潘金莲的鞋，便拿到手里，找机会往金莲房中去"撩逗他一番"。没想到潘金莲拿回鞋后，反而向西门庆告小铁棍儿的状，结果西门庆将小铁棍儿狠狠地打了一顿。

同一时间秋菊在"藏春坞雪洞儿里，拜帖匣子内"也找到一只鞋，被潘金莲认出是宋惠莲的，骂过仍不解气，吩咐："取刀来，等我把淫妇剁做几截子，掠到毛司里去。叫贼淫妇阴山背后，永世不得超生。"

鞋的故事还延续到第二十九回，一开头便是李瓶儿、潘金莲和孟玉楼在做鞋。潘金莲在葡萄架上掉的是一只睡鞋，虽然失而复得，但西门庆嫌弃"弄油了"，要她再做一只新的。三个美女一起做鞋，似乎是和谐美丽的风光，可是回想起前一天晚上潘金莲要剁鞋的狠劲，便不由得感到一阵阴阴的杀气。潘金莲似乎是在昭告天下：犯我者，逆我者，就是此鞋的下场。在那个年代，鞋就等于女人。女人没有名字，没有脸孔，只有鞋，只有脚。第二十八回到第二十九回将近一百个"鞋"字，其实都是在说女人。

第三十回，上来又是鞋，从第二十七回一路过来，还真是余波荡漾。春梅坐在穿廊下的凉椅上纳鞋，暗示着她跟西门府中的妾是要同等观的。她们对鞋的讲究，对精致的追求，也实际上表明了自身以色事人的处境。这些"鞋"起到了起承转合的作用，上承宋惠莲的故事，下启陈经济和潘金莲的关系。陈、潘二人起先只是有那么一点儿意思，从这里开始，他们正式交换了信物。

回到第二十八回"陈经济因鞋戏金莲"：

> 经济袖着鞋，径往潘金莲房来，转过影壁，只见秋菊跪在院内，便戏道："小大姐，为甚么来投充了新军？又撅起石头来了。"金莲在

楼上听见，便叫春梅问道："是谁说他撅起石头来了？干净这奴才没顶着？"春梅道："是姐夫来了。秋菊顶着石头哩！"妇人便叫："陈姐夫，楼上没人，你上来不是？"这小伙儿，方扒步撩衣，上的楼来。只见妇人在楼前面开了两扇窗儿，挂着湘帘，那里临镜梳头。这陈经济走到傍边一个小机儿坐下，看见妇人黑油般头发，手挽着梳，还拖着地儿，红丝绳儿扎着。一窝丝攒上，戴着银丝鬏髻，还垫出一丝香云。鬏髻内安着许多玫瑰花瓣儿，露着四鬓上，打扮的就是个活观音。须臾，看着妇人梳了头，撅过妆台去，向面盆内洗了手，穿上衣裳，唤春梅："拿茶来与姐夫吃。"那经济只是笑，不做声。妇人因问："姐夫笑甚么？"经济道："我笑你管情不见了些甚么儿？"妇人道："贼短命！我不见了，关你甚事？你怎的晓得？"经济道："你看我好心倒做了驴肝肺，你倒讪起我来。怎说我去罢！"抽身往楼下就走。被妇人一把手拉住，说道："怪短命，会张致的！来旺儿媳妇子死了，没了想头了，却怎么还认的老娘？"因问："你猜着我不见了甚么物件儿？"这经济向袖中取出来，提挡着鞋拽靶儿，笑道："你看这个好的儿是谁的？"妇人道："好短命！原来是你偷拿了我的鞋去了。教我打着丫头，绕地里寻。"经济道："你怎的到得我手里？"妇人道："我这屋里再有谁来？敢是你贼头鼠脑，偷了我这只鞋去了！"经济道："你老人家不害羞！我这两日又不往你这屋里来，我怎生偷你的？"妇人道："好贼短命！等我对你爹说，你到偷了我鞋，还说我不害羞。"经济道："你只好拿爹来唬我罢了！"妇人道："你好小胆子儿！明知道和旺儿媳妇子七个八个，你还调戏他，想那淫妇教你戏弄。既不是你偷了我的鞋，这鞋怎落在你手里？趁早实供出来，交还与我鞋，你还便益。自古物见主不索取，但迸半个不字，教你死无葬身之地！"经济道："你老人家是个女番子，且是倒会的放习！这里无人，咱每好讲。你既要鞋，拿一件物事儿，我换与你。不然，天雷也打不出去！"妇人道："好短命！我的鞋应当还我，教换甚么事儿与你？"经济笑道："五娘，你拿你袖的那方汗巾儿赏与儿子，儿子与了你的鞋罢。"妇人道："我明日另寻一方好汗巾儿，这汗巾儿是你爹成日眼里见过，不好与你的。"经济道："我不，别的就与我一百方，也不筭；一心我只要你老人家这方汗巾儿。"妇人笑道："好个老成久惯的短命！我也没气力和你两个缠！"于是向袖中取出一方细撮穗白绫挑线莺莺烧夜香汗巾儿，上面连银三事儿，都掠与他。这经济连忙接在手里，与他深的唱个喏。妇人吩咐："你好生藏着，休教大姐看见。他不是好嘴头子！"经济道："我知道。"一面把鞋递与他，如此这般："是小铁棍儿昨日在花园里拾的，今早拿着问我换网巾圈儿耍子。"一节，告诉一遍。（第二十八回）

陈经济要潘金莲用袖间的汗巾来换这只红鞋，潘金莲有些忌讳，说这条是西门庆每天看的，要另拿一条给他。经济不允，非要这条不可，金莲也就同意了。她还特别要陈经济藏好，休叫西门大姐看见，因为大姐是个大嘴巴。

交换这样贴身的物件，自然是意在言外，有一种不言自明的亲密。仇英的《清明上河图》里有专门的汗巾铺子，小贩也走街串巷地售卖，可见汗巾在当时是很流行的用品。潘金莲的汗巾上还连着银三事儿。话说李瓶儿第一次到西门庆家的时候，在潘金莲房间过夜。第二天早上起来，春梅服侍她洗脸，"因见春梅伶变，知是西门庆用过的丫鬟，与了他一付金三事儿"。"银三事儿""金三事儿"是三样随身的小东西，即牙签、耳挖子和小剪刀，连在汗巾上，又实用，又漂亮。现在我们如果要表达类似的情感，该送什么呢？

鞋捡了，也还了，潘金莲为什么还要让西门庆狠打小铁棍儿呢？这可能要从时代性和人性来解释。当时，女人的睡鞋是非常私密的东西，被外人捡到，甚至看到，都是一件了不得的事。小铁棍儿虽然只有十一二岁，但也是个男孩子，他就不应该去捡这只鞋。特别是潘金莲本来就是一个咬群的，无事都要生事，何况现在有事。借这个机会让男人为她打人，她便可以立威，昭示西门庆还是疼她的。另外，有这一打，顺便引出西门庆藏在书箧内的那只宋惠莲的鞋，她就可以借题发挥了。

孟玉楼房里兰香落后才拿茶至。三人吃了，玉楼便道："六姐，你平白又做平底鞋做甚么？不如高底鞋好着。你若嫌木底子响脚，也似我用毡底子，却不好？走着又不响。"金莲道："不是穿的鞋，是睡鞋。也是他爹因我了那只睡鞋，被小奴才儿偷了，弄油了我的，吩咐教我从新又做这双鞋。"玉楼道："又说鞋哩，这个也不是舌头。李大姐在这里听着，昨日因你不见了这只鞋，来昭家孩子小铁棍儿，怎的花园里拾了；后来不知你怎的知道了，对他爹说，打了小铁棍儿一顿。说把他猴子打的鼻口流血，躺在地下，死了半日；惹的一丈青，好不在后边海骂。骂那个淫妇，王八羔子学舌，打了他小厮。说他小厮一点尿不晓孩子，晓的甚么？便唆调打了他恁一顿。早是活了，若死了，淫妇王八羔子也不得清洁！俺再不知骂淫妇、王八羔子是谁？落后小铁棍儿进来，他大姐姐问他：'你爹为甚么打你？'小厮才说；'因在花园里耍子，拾了一只鞋，问姑夫换圈儿来。不知甚么人对俺爹说了，教爹打我一顿。我如今寻姑夫，问他要圈儿去也。'说毕，一直往前跑了。原来骂的王八羔子是陈姐夫。早是只李娇儿在傍边坐着，大姐没在根前。若听见时，又是一场儿！"金莲问："大姐姐没说甚么？"玉楼道："你还说哩！大姐姐好不说你哩！说：'如今这一家子乱世为王，九条尾狐狸精出世了。把昏君祸乱的贬子休妻，想着去了的来旺儿小厮，好好的从南边来了，东一帐，西一帐，说他老婆养着主子，又说他怎的拿刀弄杖，成日做贼哩，养汉哩，生儿祸弄的打发他出去了。把个媳妇又逼临的吊死了！如今为一只鞋子，又这等惊天动地反乱。你的鞋好好穿在脚上，怎的教小厮拾了？想必吃醉了，在那花园里和汉子不知怎的饧成一块，才掉了鞋！如今没的掩羞，拿小厮顶缸，打他这一顿，又不曾为甚么大事！'"（第二十九回）

经由孟玉楼之口，潘金莲得知连吴月娘都知道小铁棍儿挨打一事了。崇祯本在"大姐姐没说甚么"下面批点了两个字："心虚。"可见她对吴月娘还是心存畏惧的。将"九条尾狐狸精出世了，把昏君祸乱的贬子休妻"也学给潘金莲听，又把前番宋惠莲之事再讲一遍，可见孟玉楼果然是一个乖人——看起来还是一脸无辜，是非已经拨弄完毕。

潘金莲当然非常生气。孟玉楼最厉害的地方是先给对方加油，到了临界点，她就开始踩刹车了，她要潘金莲将听到的这些话"只放在你心里，休要使出来"。潘金莲这种爆炭性格岂是刹得住的，你不让她做什么，她就非得做给你看不行。

我个人很喜欢孟玉楼这个角色，很难写，却写得很好。吴月娘好写，就是一个大老婆的身份，做她该做的事，讲她该讲的话；潘金莲也好写，就是一个淫妇，一个恶婆娘。孟玉楼出现的画面不是很多，颜色也不是很浓，但她在关键点上轻描淡写一句话，就能点着火，这是特别难写的。如果我们做一个模拟，这个角色难写的程度大概相当于《红楼梦》里贾珍的继室尤氏。

第二十九回也可以作为中国社会史的史料来看，特别是在缠足这方面。经过这一回，我们大概知道当时的女鞋有平底的、有高底的。木头底的，走起路来有声音；用毡、毛料做底的，走起来静悄悄。再诸如制作工序、种类、款式、质地、色彩等，都能有所了解。如果要研究当时关于鞋的风俗，这是第一手资料。

三个人选择的不同的鲜艳程度，也体现出她们各异的作风和个性。大家可能会奇怪，西门府奴仆成群，为什么妻妾还要自己做鞋呢？有一篇文章讲道，千年来中国女人的日课就是做鞋，夜课其实也是。因为缠足，鞋成为传统文化中很特别的存在,可光明,可阴暗。一方面,它是重要的社交礼物;早年间媳妇进门,要事先给所有夫家人各做一双鞋,以显示手艺和勤奋。另一方面,它非常私密,直接与性或情色相联结。

关于鞋在女人生活中的重要性,我们再举几个例子来看。李瓶儿第一次登西门府的门,是去给吴月娘过生日,送给对方的礼物就是鞋。潘金莲进门的时候,送给吴月娘的礼物也是鞋。西门庆做官之后,李桂姐认吴月娘当干娘,送的礼物还是鞋。可见,鞋在当时已经是送礼自用两相宜的物品了。

女人终其一生,手上好像都有做不完的鞋。《金瓶梅》将鞋作为第二十九回的主角,真是一个合理又特别的审美观点。

金瓶物语之床:女人的私密空间

第二十九回中还有一样物品值得一提。

潘金莲进门的时候,西门庆"旋用十六两银子,买了一张黑漆欢门描金床"(第九回)。后来,"因李瓶儿房中,安着一张螺钿厂厅床,妇人旋教西门庆使了六十两银子,也替他也买了这一张螺钿有栏杆的床。两边槅扇,都是螺钿攒造。安在床内,楼台殿阁,花草翎毛。里面三块梳背,都是松竹梅,岁寒三友。挂着紫纱帐幔,锦带银钩。两边香球吊挂"(第二十九回)。六十两银子算很贵了。如果将帐幔放下来,这张床很像一个独立的小房间,抽屉里可以放些私密的个人用品。这其实是一个女人的隐秘空间。

第九十六回"春梅游玩旧家池馆",后买的这张床又在春梅和月娘的对话中出现了。此时,春梅已是守备夫人,还生了儿子,正当得意。她在原先潘金莲住的地方找这张床,才知道已经以三十五两银子的价格卖掉了。为此,她不胜唏嘘。

宿命式的预言

第二十九回也是《金瓶梅》关键性的一回。在这一回中，西门府的每个女人都得到了宿命式的预言。脂砚斋说《红楼梦》"深得《金瓶》壶奥"，《红楼梦》第五回中以判词揭示人物结局的写法，大概就是从《金瓶梅》里学来并发扬光大的。

来西门府算命的吴神仙吴名奭，是周守备推荐的，而周守备是春梅后来的丈夫。周守备因夫人患有眼疾，约请吴神仙去看，特送他来西门家看相。我们来看看作者是如何安排每一个人的（如图38）。

图38-吴神仙冰鉴定终身

神仙道："请先观贵造，然后观相尊容。"西门庆便说与八字："属虎的，二十九岁了，七月二十八日子时生。"这神仙暗暗掐指寻纹，良久说道："官人贵造戊寅年，辛酉月，壬午日，丙子时，七月廿三

日白露，已交八月算命。月令提刚辛酉，理取伤官格。子平云：伤官伤尽复生财，财旺生官福转来。立命申宫，是城头土命。七岁行运辛酉，十七行壬戌，二十七癸亥，三十七甲子，四十七乙丑。官人贵造，依贫道所讲，元命贵旺，八字清奇，非贵则荣之造。但戊土伤官，生在七八月，身忒旺了。幸得壬午日干，丑中有癸水，水火相济，乃成大器。丙子时，丙合辛生，后来定掌威权之职。一生盛旺，快乐安然，发福迁官，主生贵子。为人一生耿直，干事无二，喜则和气春风，怒则迅雷烈火。一生多得妻财，不少纱帽戴。临死有二子送老。今岁丁未流年，丁壬相合。目下丁火来克。若你克我者为官鬼，必主平地登云之喜，添官进禄之荣。大运见行癸亥，戊土得癸水滋润，定见发生。目下透出红鸾天喜，熊黑之兆。又命宫驿马临申，不过七月必见矣。"西门庆问道："我后来运限何如，有灾没有？"神仙道："官人休怪我说，但八字中不宜阴水太多，后到甲子运中，常在阴人之上；只是多了底流星打搅，又把个壬午日冲破了，不出六六之年，主有呕血流脓之灾，骨瘦形衰之病。"西门庆问道："于今如何？"神仙道："目今流年，只多日逢破败，五鬼在家吵闹，些小气恼，不足为灾，都被喜气神临门冲散了。"西门庆道："命中还有败否？"神仙道："年赶着月，月赶着日，实难矣。"西门庆听了，满心欢喜，便道："先生，你相我面何如？"神仙道："请尊容转正，贫道观之。"西门庆把座儿掇了一掇。神仙相道："夫相者，有心无相，相逐心生。有相无心，相随心灭。吾观官人，头圆顶短，必为享福之人；体健筋强，决是英豪之辈；天庭高耸，一生衣禄无亏；地阁方圆，晚岁荣华定取。此几桩儿好处。还有几桩不足之处，贫道不敢说。"西门庆道："仙长但说无妨。"神仙道："请官人走两步看。"西门庆真个走了几步。神仙道："你行如摆柳，必主伤妻；鱼尾多纹，终须劳碌。眼不哭而泪汪汪，心无虑而眉缩缩，若无刑克，必损其身。妻宫克过方可。"西门庆道:"已刑过了。"神仙道:"请出手来看一看。"西门庆舒手来与神仙看。神仙道:"智慧生于皮毛,苦乐观乎手足,细软丰润,必享福逸禄之人也。两目雌雄,必主富而多诈;眉抽二尾,一生常自足欢娱;根有三纹,中年必然多耗散;奸门红紫,一生广得妻财;黄气发于高旷,旬日内必定加官;红色起于三阳,今岁间必生贵子。又有一件不敢说:泪堂丰厚,亦主贪花;谷道乱毛,号为淫杪。且喜得鼻乃财星,验中年之造化;承浆地阁,管末世之荣枯。

承浆地阁要丰隆,准乃财星居正中。
生平造化皆由命,相法玄机定不容。"

神仙相毕,西门庆道:"请仙长相相房下众人。"一面令小厮:"后边请你大娘出来。"于是李娇儿、孟玉楼、潘金莲、李瓶儿、孙雪娥等众人都跟出来,在软屏后潜听。神仙见月娘出来,连忙道了稽首,也不敢坐,在傍边观相:"请娘子尊容转正。"那吴月娘把面容朝看厅外。神仙端详了一回,说:"娘子面如满月,家道兴隆;唇若红莲,衣食丰足。山根不断,必得贵而生子;声响神清,必益夫而发福。请出手来。"月娘从袖口中,露出十指春葱来。神仙道:"干姜之手,女人必善持家;照人之鬓,坤道定须秀气。这几桩好处。还有些不足之处,休道贫道直说。"西门庆道:"仙长但说无妨。"神仙道:"泪堂黑痣,若无宿疾必刑夫;眼下皱纹,亦主六亲若冰炭。

女人端正好容仪,缓步轻如出水龟。
行不动尘言有节。无肩定作贵人妻。"

相毕,月娘退后。西门庆道:"还有小妾辈请看看。"于是李娇

儿过来。神仙观看良久:"此位娘子,额尖鼻小,非侧室必三嫁其夫;肉重身肥,广有衣食而荣华安享。肩耸声泣,不贱则孤;鼻梁若低,非贫即夭。请步几步我看。"李娇儿走了几步。神仙道:

"额尖露臀并蛇行,早年必定落风尘。
假饶不是娼门女,也是屏风后立人。"

相毕,李娇儿下去。吴月娘叫:"孟三姐,你也过来相一相。"神仙观看:"这位娘子,三停平等,一生衣禄无亏;六府丰隆,晚岁荣华定取。平生少疾,皆因月孛光辉;到老无灾,大抵年宫润秀。请娘子走两步。"玉楼走了两步。神仙道:

"口如四字神清彻,温厚堪同掌上珠。
威媚兼全财命有,终主刑夫两有余。"

玉楼相毕,叫潘金莲过来。那潘金莲只顾嬉笑,不肯过来。月娘催之再三,方才出见。神仙抬头观看这个妇人,沉吟半日,方才说道:"此位娘子,发浓鬓重,兼斜视以多淫;脸媚眉弯,身不摇而自颤。面上黑痣,必主刑夫;人中短促,终须寿夭。

"举止轻浮惟好淫,眼如点漆坏人伦。
月下星前长不足,虽居大厦少安心。"

相毕金莲,西门庆又叫李瓶儿上来教神仙相一相。神仙观看这个女人:"皮肤香细,乃富室之女娘;容貌端庄,乃素门之德妇。只是多了眼光如醉,主桑中之约无穷;眉蹙渐生,月下之期难定。观卧蚕明润而紫色，必产贵儿；体白肩圆，必受夫之宠爱。常遭疾厄，只因根上昏沉；频过喜祥，盖谓福星明润。此几桩好处。还有几桩不足处，娘子可当戒之：山根青黑，三九前后定见哭声；法令绷缠，鸡犬之年焉可过！慎之，慎之！

> 花月仪容惜羽翰，平生良友凤和鸾。
> 朱门财禄堪依倚，莫把凡禽一样看。"

相毕，李瓶儿下去，月娘令孙雪娥出来相一相。神仙看了，说道："这位娘子，体矮声高，额尖鼻小，虽然出谷迁乔，但一生冷笑无情，做事机深内重。只是吃了这四反的亏，后来必主凶亡。夫四反者，唇反无棱，耳反无轮，眼反无神，鼻反不正故也。

> 燕体蜂腰是贱人，眼如流水不廉真。
> 常时斜倚门儿立，不为婢妾必风尘。"

雪娥下去，月娘教大姐上来相一相。神仙道："这位女娘，鼻梁仰露，破祖刑家；声若破锣，家私消散。面皮太急，虽沟洫长而寿亦夭；行如雀跃，处家室而衣食缺乏。不过三九，常受折磨。

> 惟夫反目性通灵，父母衣食仅养身。
> 状貌有拘难显达，不遭恶死也艰辛。"

大姐相毕，教春梅也上来教神仙相相。神仙睁眼儿见了春梅，年约不上二九，头戴银丝云髻儿，白线挑衫儿，桃红裙子，蓝纱比甲儿，缠手缚脚出来，道了万福。神仙观看良久，相道："此位小姐，五官端正，骨格清奇，发细眉浓，禀性要强；神急眼圆，为人急躁。山根不断，必得贵夫而生子；两额朝拱，主早年必戴珠冠。行步若飞仙，声响神清，必益夫而得禄，三九定然封赠。但吃了这左眼大，早年克父；右眼小，周岁克娘。左口角下只一点黑痣，主常沾啾唧之灾；右腮一点黑痣，一生受夫爱敬。

天庭端正五官平，口若涂朱行步轻。
仓库丰盈财禄厚，一生常得贵人怜。"

神仙相毕，众妇人皆咬指以为神相。

　　为西门庆细细看过相之后，吴神仙又给府中的女眷看。号称"神仙"，也是在为世俗服务，有钱就是衣食父母。吴月娘一露面，吴神仙就赶忙迎上去，话也往好听了说。李娇儿是自己走过来的，得了个非娼即妾的断语。孟玉楼是吴月娘唤了才出来，"威媚兼全财命有"，也不错。潘金莲随时都要表现一下，乔张做致，要人三催四请才现身，然后一句好话也没得到。李瓶儿是西门庆叫上来的，自二十七回之后，他待她真是不一样了。吴神仙前面说的都很好，话锋一转，便是"三九前后定见哭声"。后来，李瓶儿果然在二十七岁上殒命。吴月娘让孙雪娥出来的时候，用的是"令"，可见后者的地位仍然是一个下人；吴神仙说她"必主凶亡"。西门大姐是吴月娘叫来的，将来会"不过三九，常受折磨"。至于春梅是谁叫来的，作者并没有说，但吴神仙把她夸得不行，"三九定然封赠"。李瓶儿、西门大姐、庞春梅，一个三九会死，一个三九会受折磨，一个三九定然封赠，多么鲜明的对比。

　　这些女人的反应也很有趣。有几个明明得了很不好的断语，却好像没事一样，只谓吴神仙算得准，大概没走到那一步，心里也不会太当真的。吴神仙走后，吴月娘表达了自己的看法。

月娘道："相的也都好。只是三个人相不着。"西门庆道："哪三个人相不着？"月娘道："相李大姐有宿疾，到明日生贵子。他现今怀着身孕，这个也罢了。相咱家大姐到明日受折磨，不知怎的折磨？相春梅后日也生贵子，或者只怕你用了他，各人子孙，也看不见。我只不信说他春梅后来戴珠冠，有夫人之分。端的咱家又没官，那讨珠冠来？就有珠冠，也轮不到他头上！"

吴月娘的话传到春梅耳中，春梅甚是不服，当着西门庆的面进行了反驳。

春梅道："那道士平白说戴珠冠，教大娘说'有珠冠只怕轮不到他头上'。常言道：凡人不可貌相，海水不可斗量。从来旋的不圆砍的圆，各人裙带上衣食，怎么料得定？莫不长远只在你家做奴才罢！"

作者再次告诉我们：春梅不是省油的灯。

《金瓶梅》中有这么多角色，但每一个人的个性都抓得很好。各位如果自己上手写一篇小说，就知道这有多难，写到后来，圆的都会变成扁的，无法准确把握人物个性。吴神仙相出春梅的富贵命，后来春梅果然嫁给了周守备，这是作者戏剧性的安排。这番预言有如故事大纲，每个人都照着自己的路线走，走到尽头，命没了，书也就写完了。

不要小看小人物——秋菊

我们也来说说秋菊，要不然枉费她挨了那么多打。

秋菊一天到晚挨打。大家都觉得她蠢。我倒不觉得这是蠢，她说的都是实话，只是没有人要理她而已；作者对其憨直的描写也是很传神的。潘金莲最后就是死在秋菊手里，你不要小看这样一个小人物，你对她恶劣，有一天或许就会在这条阴沟里翻船。

第二十八回中,秋菊替潘金莲找鞋,拿回的却是别人的鞋。

> (潘金莲)下的楼来,教春梅取板子来,要打秋菊。秋菊说着不肯躺,说道:"寻将娘的鞋来,娘还要打我!"妇人把刚才陈经济拿的鞋递与看,骂道:"贼奴才!你把那个当我的鞋,将这个放在哪里?"秋菊看见,把眼瞪了半日,不敢认。说道:"可是怪的勾当!怎生跑出娘的三只鞋来了!"妇人道:"好大胆奴才!你敢是拿谁的鞋搪塞我,倒如何说我是三只脚的蟾!这个鞋从哪里出来了?"不由分说,教春梅拉倒,打了十下。打的秋菊抱股而哭,望着春梅道:"都是你开门,教人进来,收了娘的鞋,这回教娘打我!"

"寻将娘的鞋来,娘还要打我!"作者用幽默的手法来表现一个丫头的无辜。她对潘金莲手里多出来的那只鞋的反应也很逗趣,却万万没想到对方会将她的话解读成嘲笑,然后就被打了一顿。

确认这只鞋属于宋惠莲之后,潘金莲又骂了她几句,将宋惠莲的鞋"赏"给她穿。秋菊说这鞋"只好盛我一个脚指头儿罢了",可见她是一个大脚丫头。春梅还会把脚缠得小小的,秋菊则完全没有缠脚,这在当时是社会底层的女性的标志。她的口白和她的性格、身份倒是很一致,有什么说什么,不会拐弯抹角。

春梅对秋菊总是特别凶、特别坏,比如潘金莲要隔着衣服打,她就会建议把衣服剥光,叫外面的小厮进来打。照理讲,同样是丫鬟,应该互相遮掩一下,可是她偏不。鲁迅在《坟·论照相之类》里曾引用一句常语:"临下骄者,事上必谄。"我认为正好可以解释春梅的心理。当你学会当奴才的时候,也就学会了当主子;当你学会服从的时候,也就学会了当统治者。各位如果在外面做事,大概就会知道,中级主管的嘴脸是最难看的,春梅就是类似这样的角色——气派够了,但毕竟不是真正做主的。所以,她在秋菊的身上获取作为"主子"的满足:要打你几下就打几下，你是归我管的。另外，像过去人们常讲"多年媳妇熬成婆"，婆婆虐待起媳妇，一定比男人还要厉害，因为她的个性已经扭曲，又掌握了媳妇的命门，当然可以一招毙命。

春梅的个性中有阴狠的一面，但是她对吴月娘又有一贯的尊敬——这是她做人的一个道理。就好像宋惠莲，我们都觉得她可以不必死，可是她一定要死，因为触及了她做人的原则。她不是为谁死的，就是为自己的原则。春梅对吴月娘的尊敬，不能用简单的"奴性"来形容，而是一种义气。后面我们还会谈到她。

一部炎凉书

长篇小说有一个特性，即三不五时就要加入新的情节和新的人物，像棵大树一样，必须开枝散叶。第三十回一口气加进两个重要元素，一在家内，一在家外。西门庆家添了新成员——李瓶儿的儿子官哥儿。虽然这个人物没有说话，可是众人围绕他而产生的互动非常活跃。同时，西门庆从平民变身为官员，通过他当官后的作为，我们将领略到官场百态。第三十回骤然热到极点，故事情节也由此大大丰富。

张竹坡曾给第三十回下评语："一部炎凉书，不写其热极，如何令其凉极？"这一回中，西门庆得子又加官，可谓热极。他还说，《金瓶梅》前五十回都是热的，后五十回就是凉的了。前五十回就是步步高升，后五十回就在收拾残局，该死的死，该走的走，该败的败了。从第三十回开始，热度持续上升，和自然的节气一样，西门府的"盛夏"也来临了。

李瓶儿生孩子这部分，作者使用了一种幽默、热闹的手法，各人的状态概括一下就是瓶儿痛、月娘忙、金莲骂、雪娥慌（如图39）。作者在写过瓶儿腹痛后，一笔也没写产房里的事情，一笔也没写瓶儿如何呼天抢地，全在写其他人的反应，这是一种很好的文学技巧。然后，冷不丁告诉读者："良久，只听房里呱的一声，养下来了。"

李瓶儿难产之际，其他人照样过自己的日子，生死存亡本都是非常孤独的行为，没有人帮得了你，没有人可以与你分担。即便有人来安慰，也没有任何意义，人最终还是要独自承受。试想一下，当一个人生了重病，躺在病床上，非但没有名字，连性别也没有，有的只是一个号码而已。听起来很残酷，但这就是事实。我相信真是要有一些阅历，才能读懂《金瓶梅》。

后面我们会讲到李瓶儿之死，大家可以进行参照。如同生官哥儿时一样，李瓶儿死的时候，也是自己在死。当时，吴月娘一直在看顾她，潘金莲一直在敲锣打鼓，恨不得她早一点儿死，可是都没有意义了。众声喧哗，而她就要独

金瓶梅的读法

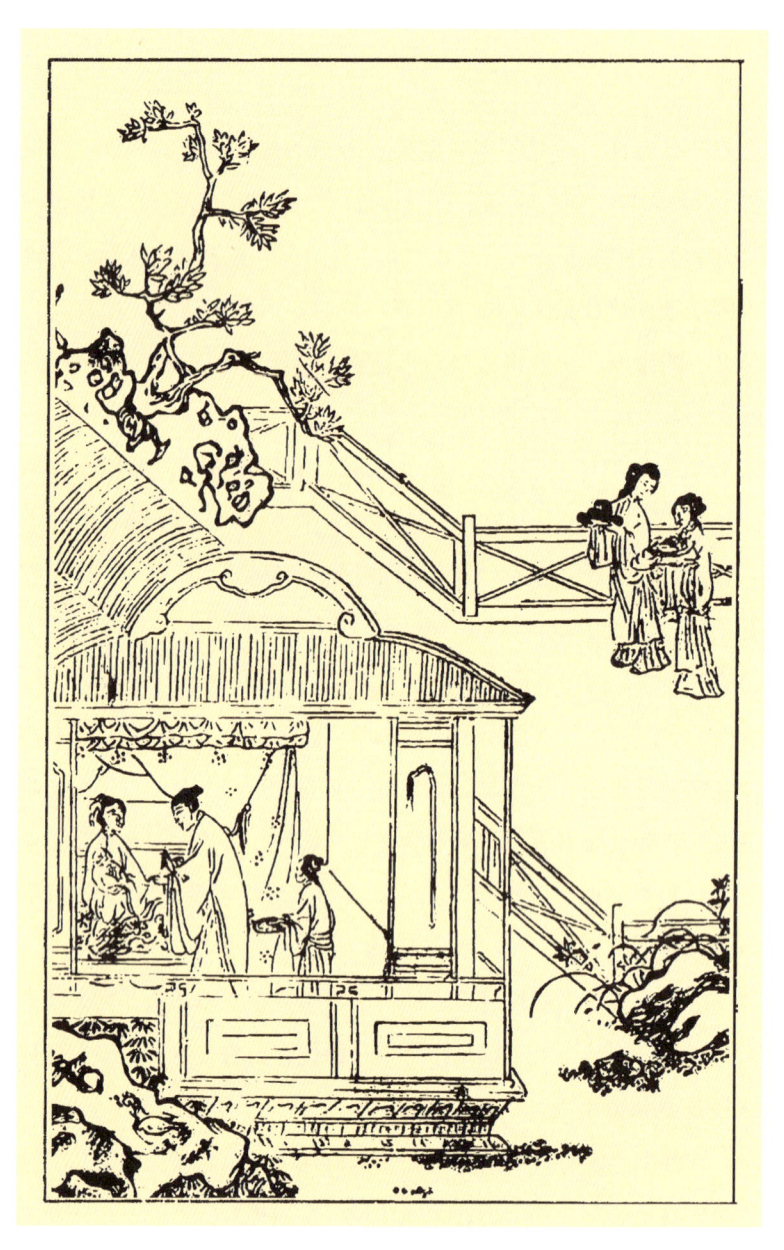

图39- 西门庆生子加官

自死去，那种落寞才是特别的落寞。

孩子生下来后，"合家欢喜乱成一块"。而在第七十九回，西门庆死去的一刹那，吴月娘的孩子出生了，那种凄凉和哀哀无助的感觉，正与此处形成一种强烈的对比。

话说六月二十三日，李瓶儿肚子痛。得知李瓶儿要生产了，吴月娘很开心，孟玉楼没有表现出什么，潘金莲焦虑得要命。孟玉楼和潘金莲议论了几句，金莲恶声恶气，玉楼都不愿搭腔了。

且说玉楼见老娘进门，便向金莲说："蔡老娘来了，咱不往屋里看看去？"那金莲一面不是一面说道："你要看你去，我是不看他。他是有孩子的姐姐，又有时运人，怎的不看他？头里我自不是，说了句话儿，见他不是这个月的孩子，只怕是八月里的，叫大姐姐白抢白相。我想起来好没来由，倒恼了我这半日。"玉楼道："我也只说他是六月里孩子。"金莲道："这回连你也韶刀了！我和你怎算，他从去年八月来，又不是黄花女儿，当年怀，入门养。一个后婚老婆，汉子不知见过了多少，也一两个月才生胎，就认作是咱家孩子！我说差了！若是八月里孩儿，还有咱家些影儿。若是六月的，踩小板凳儿糊脸神道，还差着一帽头子哩！失迷了家乡，那里寻犊儿去？"正说着，只见小玉抱着草纸、绷裤并小褥子儿来。孟玉楼道："此是大姐姐预备下，他早晚临月用的对象，今日且借来应急儿。"金莲道："一个是大老婆，一个是小老婆，明日两个对养。十分养不出来，零碎出来也罢。俺们是买了个母鸡不下蛋，莫不杀了我不成？"又道："仰着合着，没的狗咬尿胞虚欢喜！"玉楼道："五姐是甚么话！"（第三十回）

通过二人的言谈，我们得知，吴月娘这时也有孕在身。不过，吴月娘后来小产了，此是后话。潘金莲说话越来越不像话，玉楼是一个乖人，就低头弄裙子,"并不做声应答他"。一方面,她不想惹到潘金莲;一方面,她作为一个妾,碰到这样的"喜事",一定也有自己的心事。

潘金莲有一肚子的话要骂。平常都是玉楼与她搭话,把她的话激出来,可是现在连玉楼都不理她,她就被晾在那儿了。潘金莲用手扶着柱子,一只脚踩着门槛,口里嗑着瓜子——光是关于旧时女人嗑瓜子这个举动,就可以写一篇硕士论文了,不同的场合,不同的态度,不同的心情。孙雪娥听见李瓶儿要生孩子了,慌慌张张走来观看,差点儿被绊了一跤。也是该她倒霉,又被金莲一通奚落。

金莲看见,叫玉楼:"你看,献勤的小妇奴才!你慢慢走,慌怎的?抢命哩!黑影子绊倒了,磕了牙也是钱。姐姐,卖萝卜的拉盐担子——攮咸嘈心!养下孩子来,明日赏你这小妇一个纱帽戴。"(第三十回)

看到这样的话语,人物也宛在眼前。

李瓶儿生孩子时这么热闹,也衬托出后来吴月娘生孩子时的惨状。给李瓶儿接生,蔡老娘得到很多酬劳;等到吴月娘生的时候,接生的还是她,对方明明是大老婆,给的反而少了,她还因此颇有怨言。这是另一段世态炎凉。

蔡老娘的自报家门是标准的俗文学,就像舞台上的丑角,通过自身诙谐的语言,缓和了现场的进展气氛。

蔡老娘道:"你老人家听我告诉:我做老娘姓蔡,两只脚儿能快。身穿怪绿乔红,各样鬏髻歪戴。嵌丝环子鲜明,闪黄手帕符搽。入门利市花红,坐下就要管待。不拘贵宅娇娘,哪管皇亲国太。教他任意端详,被他褪衣刮划。横生就用刀割,难产须将拳搋。不管脐带胞衣,着忙用手撕坏。活时来洗三朝,死了走的偏快。因此主顾偏多,请的时常不在。"

"横生就用刀割",看到这里,我们知道当时已经有剖腹产了;"难产需将拳揣",如果孩子不好生下来,就要上手去拽。后面是她的自我调侃。如果孩子生下来很好,三天后给孩子洗澡时,她可以拿一笔奖赏;如果遇到难产死胎,她跑得比飞还快。不过,她的生意很好,请还不一定能请到。

第十章 帮闲与妓女

帮闲与妓女：最实际的人性

我个人认为，可以从两个角度来看《金瓶梅》。一是像我们之前那样，看人物，看故事背后的人性，看文学技巧；二是看民俗，看社会风俗史的第一手资料，这些都是《金瓶梅》难得的地方。在社会风俗史方面，《金瓶梅》有两类人物写得很多，一是妓女，一是帮闲，而且不带任何偏见，没有所谓的道德观或者人权观，有的只是最实际的人性。

《金瓶梅》故事中的妓女，既不像唐传奇中的李亚仙，也不像明话本里的杜十娘，所谓自古侠女出风尘，带着超凡入圣的气息；也不是销金窟里的蛇蝎美人，床上精进，将恩客榨干为止。她们就是普通人而已。这些人能够出入于民宅，月娘也把她们当客人招待；西门庆家有喜事或丧事，她们也会送礼、慰问。

第三十回之前，《金瓶梅》讲的都是西门庆怎样娶妾取财；第三十回之后，他开始当官了。

"时来谁不来，时不来谁来？"（第三十回）这两句话真好，俚俗的字眼儿背后往往是对人生最深的感悟。当红之际，踏破门槛，落魄之时，门可罗雀，人的反应都是非常快速现实的。我们来看看西门庆当官之后同僚的反应："提刑所夏提刑拿帖儿差了一名写字的，拿手本三班送了十二名排军来答应"；李知县"又拿帖儿送了一名小郎来答应，年方一十六岁"，西门庆"一见小郎伶俐，满心欢喜"，将其留在身边，"改换了名字，叫作书童儿"，"专管书房收礼帖，拿花园门钥匙"；"祝日念又保举了一个十四岁的小厮来答应，亦改名棋童，每日派定和琴童儿两个背书袋、夹拜帖匣，跟马。"

西门庆开始有官场上的应酬了。上任时，他在衙署摆大酒席，"出票拘集三院乐工牌色长承应，吹打弹唱，后堂饮酒"。做官的人不可以召私妓，这些乐工是有官方身份的，可以到官员家中提供服务。这也可以解释，为什么西门庆一做官，马上就变成李桂姐的干爹了。第一，在李桂姐这方面来说，沾一点儿官家的关系，以后行事方便。果然，她后来闹事，就躲进了西门庆家。第二，西门庆做了官之后，就不方便明目张胆去她家嫖妓了，于是李桂姐干脆自己上门，以干女儿的身份走动。

（西门庆）每日骑着大白马，头戴乌纱，身穿五彩洒线揉头狮子补子员领，四指大宽萌金茹楠香带，粉底皂靴，排军喝道，张打着大黑扇，前呼后拥，何止十数人跟随，在街上摇摆。上任回来，先拜本府县帅府都监，并清河左右卫同僚官，然后亲朋邻舍，何等荣耀施为！家中收礼接帖子，一日不断。（第三十一回）

"摇摆"两个字真是酸透西门庆了。

不可或缺的角色：应伯爵

我们现在来说说帮闲。各位先回头看一下前面东吴弄珠客的序：

借西门庆以描画世之大净，应伯爵以描画世之小丑，诸淫妇以描画世之丑婆、净婆，令人读之汗下。

大净就是京剧里的大花脸，通常是主角；小丑则是舞台上的甘草人物，有一些悲苦，又有一些卑微，但不可或缺。应伯爵这样的角色，我们在生活中似曾相识，而在东吴弄珠客眼中，他的重要性几乎等同于西门庆和潘金莲等"淫妇"。萧红《呼兰河传》中的有二伯也是应伯爵一类的角色。他们在这个世界上，看起来可有可无，也挺无耻的，可是他们就这样活下去了。

《王汝梅解读金瓶梅》一书中说："没有价值的是应伯爵的人生，有很高价值的是应伯爵的艺术形象。"我个人不太同意前半句，因为这已经给应伯爵加框框了。应伯爵他一生所做的事情，是他赖以为生、养家活口必需的手段，这就是他的价值。没有价值的价值也是价值，看你用什么来给价值下定义。应伯爵没有其他我们认为可以谋生的本钱，可是他有办法让西门庆在各个方面依赖他，通过"寄生"的方式赚取财物，使自己和家人能够生存下去——这就是他的人生价值。我们看《金瓶梅》，最重要的一点就是学会打破框框。佛曰不可说，因为只恐去了这一端，又死守那一端；我们要时时提醒自己，不要用我们既有的道德观或人生观去框限他人。

《王汝梅解读金瓶梅》一书认为：《金瓶梅》写了百几十号的人物，若以知名度高低论，应伯爵可以排在西门庆、潘金莲之后，而与善说风情的王婆同列第三。不过，王婆是《水浒传》中就有的人物，而应伯爵是《金瓶梅》作者自创的，再者，《金瓶梅词话》一百回中，有七个回目是以应伯爵起头的，而且从第十一回到第八十回，有半数的回目都少不了应伯爵的活动。另外，中国文学评论家夏志清教授认为第二十回至第八十回是《金瓶梅》真正的精华所在，这部分是"小说中的小说"。刚巧应伯爵大多数的活动也出现在这部分，第八十回以后，他就只出现过一次而已。因此，主编《中国古典小说六大名著鉴赏词典》的霍松林教授在"应伯爵"条目下云："没有应伯爵，那还叫什么《金瓶梅》？"我个人认为《红楼梦》里如果没有王熙凤，大观园中的故事就由彩色变为黑白了；应伯爵的作用堪比王熙凤。因为有他随时在旁边插科打诨，讲各种有趣的事情，西门庆饭才吃得香，觉才睡得着。

所谓"帮闲"，顾名思义是帮助别人消遣余闲的人。达官贵人要装门面，要摆威风，要寻开心，要通消息，都需要这些人。比较上得了台面的叫作智囊团，等而下之的就是"应伯爵"——"应"是应声虫，"伯爵"谐音白嚼。

西门庆十兄弟

说好听一点儿，帮闲也叫门客或清客，他们需要陪着达官贵人吃喝玩乐、打架闹事。《红楼梦》中贾政门下几个清客的名字很恰切地概括了帮闲的职能，如詹光（沾光）、单聘仁（善骗人）、钱华（钱花）等。这些人读书不成，仕宦不就，但长大成人后总要谋生，就到富贵人家去当清客。《金瓶梅》故事里，几乎有西门庆就有应伯爵，吃饭时一起，逛妓院时相陪，帮闲也帮嫖。第十五回的回目中即有"狎客帮嫖丽春院"。应伯爵要陪着西门庆喝酒、听曲，与妓女调笑，自己还要会讲笑话，会关说，会当打手，会帮东家拉他要的伙计。明明做了很多事，门庆少了他还真不行，怎么可以说这是没有价值的人生？

词话本的第十回和第十一回两次介绍了西门庆身边的九个帮闲，连他共是十兄弟。

> 西门庆是个大哥，第二个姓应，双名伯爵，原是开细绢铺的应员外儿子，没了本钱，跌落下来，专在本司三院帮嫖贴食，会一脚好气球，双陆棋子，件件皆通。第三个姓谢，名希大，字子纯，亦是帮闲勤儿，会一手好琵琶，每日无营运，专在院中吃些风流茶饭。还有个祝日念、孙寡嘴、吴典恩、云里手、常时节、卜志道、白来抢，共十个朋友。卜志道故了，花子虚补了。每月会在一处，叫两个唱的，花攒锦簇顽耍。众人见花子虚乃是内臣家勤儿，手里使钱撒漫，都乱撮合他在院中请婊子，整三五夜不归家。（第十回）

> 那西门庆立了一伙，结识了十个人做朋友，每月会茶饮酒。头

一个名唤应伯爵,是个破落户出身,一份儿家财都嫖没了,专一跟着富家子弟帮嫖贴食,在院中顽耍,诨名叫作应花子。第二个姓谢名希大,乃清河卫千户官儿应袭子孙,自幼儿没了父母,游手好闲,善能踢的好气球,又且赌博,把前程丢了,如今做帮闲的。第三名唤吴典恩,乃本县阴阳生,因事革退,专一在县前与官吏保债,以此与西门庆来往。第四名孙天化,绰号孙寡嘴,年纪五十余岁,专在院中闯寡门,与小娘传书寄柬,勾引子弟,讨风流钱过日子。第五是云参将兄弟,名唤云离守。第六是花太监侄儿花子虚。第七姓祝,名唤祝日念。第八姓常,名常时节。第九个姓白,名唤白来创。连西门庆共十个。众人见西门庆有些钱钞,让西门庆做了大哥,每月轮流会茶摆酒。(第十一回)

崇祯本的《金瓶梅》这十兄弟的人名略有出入,如常时节在崇祯本中作"常峙节",白来抢(小说后文多作"白来创")作"白赉光"。不仅如此,崇祯本还对词话本的第一回进行了彻底改写,将"景阳冈武松打虎,潘金莲嫌夫卖风月"的水浒故事,变成全新的内容,即"西门庆热结十弟兄,武二郎冷遇亲哥嫂",表明这个故事不再附属于《水浒传》,而是完全独立的。西门庆在第一回即出场,告诉读者《金瓶梅》是以西门庆为中心人物的;"热结十弟兄"则直接讲明他交往的都是何许人,而这些人在整个故事中是不可或缺的。

对于西门庆的这些朋友,吴月娘颇有些不满。

吴月娘便道:"你也便别要说起这干人,哪一个是有良心的行货?无过每日来勾使的游魂撞尸。我看你自搭了这起人,几时曾着个家哩!现今卓二姐自恁不好,我劝你把那酒也少要吃了。"西门庆道:"你别的话倒也中听,今日这些说话,我却有些不耐烦听他。依你说,这些弟兄们没有好人,别的倒也罢了,只我这应二哥这一个人,本心

《金瓶梅》插画图册－傻帮闲趋奉闹华筵

又好又知趣，着人使着他，没有一个不依顺的，做事又十分停当。就是那谢子纯这个人，也不失为个伶俐能事的好人。咱如今是这等计较罢，只管恁会来会去，终不着个切实。咱不如到了会期，都结拜了兄弟罢。明日也有个靠傍些。"吴月娘接过来道："结拜兄弟也好，只怕后日还是别个靠的你多哩。若要你去靠人，提傀儡儿上戏场——还少一口气儿哩。"西门庆笑道："咱恁把人靠的着，却不更好了。"（"崇祯本"第一回）

"游魂撞尸"四个字，就可以概括吴月娘对这群帮闲的看法了。西门庆并不认可，在他看来，起码应伯爵是个让他十分称心的朋友。崇祯本对应伯爵形象的这番创作，让我们感觉到写定者是相当注重这个人物的，在第一回就很慎重地通过西门庆的嘴巴介绍了他。接着，西门庆又说到谢希大，评价也不错。俩人正说着关于西门庆与众人结拜的事情，应伯爵和谢希大上场了。崇祯本特别提到了应伯爵的穿着打扮，这在词话本里是很少见的。

（西门庆）一面走到厅上来，只见应伯爵头上戴一顶新盔的玄罗帽儿，身上穿一件半新不旧的天青夹绉纱褶子，却下丝鞋净袜，坐在上首。（"崇祯本"第一回）

看起来穿得还不错，算是干干净净的。两人"见西门庆出来，一齐立起身，连忙作揖道：'哥在家，连日少看'"。其实应伯爵的年纪比西门庆大，但有钱就是大爷，他便叫西门庆一声哥哥。大家有没有注意到，应伯爵每次叫西门庆"哥""哥哥"，都很贴心的感觉，怪不得西门庆很喜欢他。接着，三个人开始话家常，主要是西门庆和应伯爵的对话。

西门庆让他坐下，一面唤茶来吃，说道："你们好人儿，这几日我心里不耐烦，不出来走跳，你们通不来傍个影儿。"伯爵向希大道："何如？我说哥哥要说哩。"因对西门庆道："哥，你怪的是。连咱自也不知道成日忙些什么！自咱们这两只脚，还赶不上一张嘴哩。"西门庆因问道："你这两日在哪里来？"伯爵道："昨日在院中李家瞧了个孩子儿，就是哥这边二嫂子的侄女儿桂卿的妹子，叫作桂姐儿。几时儿不见他，就出落的好不标致了。到明日成人的时候，还不知怎的样好哩！昨日他妈再三向我说：'二爹，千万寻个好子弟梳拢他。'敢怕明日还是哥的货儿哩。"西门庆道："有这等事！等咱空闲了去瞧瞧。"谢希大接过来道："哥不信，委的生得十分颜色。"西门庆道："昨日便在他家，前几日却在哪里去来？"伯爵道："便是前日卜志道兄弟死了，咱在他家帮着乱了几日，发送他出门。他嫂子再三向我说，叫我拜上哥，承哥这里送了香楮奠礼去，因他没有宽转地方儿，晚夕又没甚好酒席，不好请哥坐的，甚是过不意去。"西门庆道："便是我闻得他不好得没多日子，就这等死了。我前日承他送我一把真金川扇儿，我正要拿甚答谢答谢，不想他又做了故人！"（"崇祯本"第一回）

西门庆和应伯爵、谢希大是非常亲密的，两人几日不登门，他还有些埋怨。应伯爵解释得也在理：两只脚一直在到处奔波，可是嘴巴才是无底洞，每天都在为了衣食忙碌。

此外，崇祯本里还有一处经典中的经典。词话本里，应伯爵一天到晚吃西门庆的，三天大概有两天的饭食归西门庆解决，但是描写都比不上崇祯本中这一段。

（西门庆）问："你们前日多咱时分才散？"伯爵道："承吴道官再三苦留，散时也有二更多天气。咱醉的要不的，倒是哥早早来家的便益些。"西门庆因问道："你吃了饭不曾？"伯爵不好说不曾吃，因说道："哥，你试猜。"西门庆道："你敢是吃了？"伯爵掩口道："这等猜不着。"西门庆笑道："怪狗才，不吃便说不曾吃，有这等张致的！"一面叫小厮："看饭来，咱与二叔吃。"……西门庆摇着头儿道："既恁的，咱与你吃了饭同去看来。"伯爵道："哥，不吃罢，怕误过了。咱们倒不如大街上酒楼上去坐罢。"于是一同到临街一个大酒楼上坐下。（"崇祯本"第一回）

应伯爵上门，但错过了饭点儿。西门庆问他是否吃过饭，他不明说，与西门庆打哑谜。有人用这段对来说明西门庆的残忍，故意让应伯爵难堪，明知道对方是来吃白食的，还故意揭穿。我倒觉得这证明两人真的哥俩儿好，挺开心的。作为帮闲，能言善道、察言观色、插科打诨、阿谀奉承都是基本功，此外，还要是个杂家，知晓各种奇怪的东西。应伯爵正是这样一个什么都可以说出一套的"全才"。除了这些，他的突出技能是可以将很夸张的言辞用真诚的态度表达出来，让被奉承的人感到很舒

《金瓶梅》插画图册－应伯爵追欢喜庆

服，这也是需要才情的。

机要秘书应伯爵

应伯爵还可以"骂"西门庆。词话本第十六回中，西门庆已和李瓶儿论好婚嫁，被应伯爵发现了，于是众人在丽春院庆祝。应伯爵"怪罪"西门庆："哥，你可成个人！"真是亲切到不行，比亲兄弟还要亲的感觉。知道西门庆担心花子虚的哥哥花大在自己娶亲时闹事，应伯爵又打包票："就是花大有些甚话说，哥只分付俺每一声，等俺每和他说，不怕他不依。他若敢道个不是，俺每就与他结一个大胳膊。端的不知哥这亲事成了不曾？哥一一告诉俺们。比来相交朋友做甚么？哥若有使令俺们处，兄弟情厚，火里火去，水里水去；愿不求同日生，只求各自死。弟兄每这等待你，哥你不说个道理，还只顾瞒着不说。"话说得真是太熨帖了。

虽然西门庆成天骂应伯爵"狗才"，但是有这个人在，他饭才吃得香。西门庆还经常让小厮看看应二爹来了没有，要等应伯爵来了才开饭。

话说西门庆做官了，找裁缝赶着制作官帽、官服、官带。伯爵极口称赞夸奖，说道："亏哥哪里寻的，都是一条赛一条的好带！难得这般宽大。别的倒也罢了，自这条犀角带并鹤顶红，就是满京城拿着银子也寻不出来。不是面奖，说是东京卫主老爷玉带金带空有，也没这条犀角带。这是水犀角，不是旱犀角。旱犀角不值钱，水犀角号作通天犀，你不信，取一碗水，把犀角安放在水内，分水为两处，此为无价之宝。又夜间燃火照千里，火光通宵不灭。"因问："哥，你使了多少银子寻的？"西门庆道："你们试估估价值。"伯爵道："这个有甚行款，我们怎么估得出来？"西门庆道："我对你说了罢，此带是大街上王招宣府里的带。昨日晚间，一个人听见我这里要带，巴巴来对我说。我着贲四拿了七十两银子,再三回了他这条带来。他家还张致不肯,定要一百两。"伯爵道:"且难得这等宽样好看。哥,你到明日系出去,甚是霍绰。就是你同僚间,见了也爱。"于是夸美了一回,坐下。(第三十一回)

应伯爵家虽然已经破落了,但他从小学会的吃穿本领还在;现在没得吃穿了,他只好依附在暴发户西门庆身上,教他吃,教他穿,进而陪吃陪穿。应伯爵讲话的艺术,和他的杂学旁通,在这一段有集中体现。什么水犀、旱犀,都可以讲一套出来。和结拜兄弟中的其他几位(特别是白来抢)相比,他实在是强太多了,所以,西门庆才会特别重视他。

西门庆梳拢李桂姐之后,每月给二十两包银。但李桂姐又偷偷接了别的客人,被西门庆发现了。西门庆因此使人大闹一场,发誓再不登门,这时就轮到帮闲出来两面当调解人了。李家送礼物给应伯爵、谢希大,请他们帮忙说好话,"当下二人死告活央,说的西门庆肯了"。于是,三人一同来到丽春院。李家已经置办了一桌齐整酒席,还有妓女弹唱,桂姐、桂卿打扮好了迎接,老虔婆跪着赔礼。

应伯爵、谢希大在傍打诨要笑,说砂磴语儿,向桂姐道:"还亏我把嘴头上皮也磨了半边去,请了你家汉子来。就不用着人儿,连酒儿也不替我递一杯儿,自认你家汉子!刚才若他撅了不来,休说你哭瞎了你眼,唱门词儿,到明日诸人不要你,只我好说话儿将就罢了。"桂姐骂道:"怪应花子,汗邪了你!我不好骂出来的。可可儿的我唱门词儿来?"应伯爵道:"你看贼小淫妇儿!念了经打和尚,往后不请人了?他不来,慌的哪腔儿;这回就翅膀毛儿干了!你过来,且与我个嘴温温寒着!"于是不由分说,搂过脖子来,就亲了个嘴。桂姐笑道:"怪攘刀子的,看推撒了酒在爹身上!"伯爵道:"小淫妇儿，会乔张致的，这回就疼汉子。'看撒了爹身上酒！'叫的爹那甜。我是后娘养的？怎的不叫我一声儿？"桂姐道："我叫你是我的孩子儿！"伯爵道："你过来，我说个笑话儿你听：一个螃蟹，与田鸡结为弟兄，赌跳过水沟儿去便是大哥。田鸡几跳，跳过去了，螃蟹方欲跳，撞遇两个女子来汲水，用草绳儿把他拴住，打了水带回家去。临行忘记了，不将去；田鸡见他不来，过来看他，说道：'你怎的就不过去了？'蟹云：'我过的去，倒不吃两个小淫妇掇的怎样了！'"于是，两过一齐赶着打，把西门庆笑的了不的。（第二十一回）

应伯爵不能一开口就对西门庆说："哎呀，算了算了。"也不能对李桂姐说："那你就跪下，赶快求饶吧。"于是他先跟李桂姐讲述自己的辛苦——"嘴头上皮也磨了半边去"，表示自己花了很大力气，暗示对方考虑一下要怎样谢他。接着，他连用了两次"你家汉子"，既说给李桂姐听，也说给西门庆听，像强力胶一样要把两边黏合起来。然后，又不着痕迹地将李桂姐之前的慌乱表现说给西门庆听——"刚才若他撅不来，休说你哭瞎了你眼，唱门词儿"，让西门庆感到心疼。"明日诸人不要你"又是说给桂姐听的，表明事关重大，自己出面做调人，如果她和西门庆再不和好，以后就没有人敢要你了。

李桂姐当然听得懂，就用最平常的话来缓和气氛。所谓最平常的话，就是和应伯爵调笑加"对骂"。气氛一下子变得很轻松。刚才应伯爵一口一个"你家汉子"，现在桂姐终于开口，又敢称西门庆爹了——很亲昵，双方的关系回到了本来的状态。应伯爵"不由分说，搂过脖子来，就亲了个嘴"——这就是帮嫖，当然西门庆一点儿都不在乎。接着，李桂姐又因应伯爵的笑话与他打闹，西门庆看得甚是开心。

这一幕是应伯爵在前三分之一故事中表现最出色的一回。本来双方已经撕破脸，但在他的穿针引线之下达成谅解，继续"花攒锦簇，调笑顽耍"。

第三十一回中，吴典恩做了驿丞，要向西门庆借银子。他没有直接去找西门庆，而是找到应伯爵帮忙开口，答应事成之后以十两银子酬谢。应伯爵便帮他借了一百两银子出来。西门庆做官后，每次请客，无论是请亲戚、同僚，还是朋友，应伯爵都在酒席上当陪客，帮忙应酬。西门庆谈生意、开厂、房贷等，也是应伯爵在当"白手套"，这个人对西门庆来说，真的非常重要。

西门庆死后，应伯爵很快就找到了新靠山——接替西门庆官位的张二官儿。他不仅将原来西门庆的二房李娇儿介绍给张二官儿做二房，还"把西门庆家中大小之事，尽告诉与他"。当然，这又是他的另一个人生了。

《扬州瘦马》：贩卖女子的产业链

在讲完帮闲之后，我先提一下张岱的《扬州瘦马》，这有助于我们了解明代中晚期的社会生活。

张岱生于明神宗万历二十五年（1597），早年生活富贵风流。明朝灭亡之后，他就隐居到山里，家徒四壁，衣食不济。因此，他用一种类似于《东京梦华录》的笔法，追忆自己早年的快乐日子，通过文字来"故国神游"。他曾给自己拟好墓志铭，说："少为纨绔子弟，极爱繁华，好金色、好美婢、好美童、好鲜衣、好美食、好骏马、好华灯、好烟火、好梨园、好鼓吹、好古董、好花鸟。"——这不活脱脱就是另一个西门庆吗？晚明时期，士人也罢，商人也罢，凡是生活上过得去的，大概都在追逐这些东西。他的散文集《陶庵梦忆》和《西湖梦寻》都是研究当时社会生活的重要数据，可以和《金瓶梅》相参看。《陶庵梦忆》中有一篇《扬州瘦马》。

> 扬州人日饮食于瘦马之身者数十百人。娶妾者切勿露意，稍透消息，牙婆驵侩，咸集其门，如蝇附膻，撩扑不去。黎明，即促之出门，媒人先到者先挟之去，其余尾其后，接踵伺之。至瘦马家，坐定，进茶，牙婆扶瘦马出，曰："姑娘拜客。"下拜。曰："姑娘往上走。"走

曰："姑娘转身。"转身向明立，面出。曰："姑娘借手瞧瞧。"尽褫其袂，手出、臂出、肤亦出。曰："姑娘瞧相公。"转眼偷觑，眼出。曰："姑娘几岁了？"曰几岁，声出。曰："姑娘再走走。"以手拉其裙，趾出。然看趾有法，凡出门裙幅先响者必大；高系其裙，人未出而趾先出者必小。曰："姑娘请回。"一人进，一人又出。看一家必五六人，咸如之。看中者，用金簪或钗一股插其鬓，曰"插带"。看不中，出钱数百文，赏牙婆或赏其家侍婢，又去看。牙婆倦，又有数牙婆蹲伺之。一日、二日，至四五日，不倦亦不尽，然看至五六十人，白面红衫，千篇一律，如学字者一字写至百至千，连此字亦不认得矣。心与目谋，毫无把柄，不得不聊且迁就，定其一人。插带后，本家出一红单，上写彩缎若干，金花若干，财礼若干，布匹若干，用笔蘸墨，送客点阅。客批财礼及缎匹如其意，则肃客归。归未抵寓，而鼓乐、盘担、红绿、羊酒在其门久矣。不一刻而礼币、糕果俱齐，鼓乐导之去。去未半里而花轿、花灯、擎燎、火把、山人、傧相、纸烛、供果、牲醴之属，门前环侍。厨子挑一担至，则蔬果、肴馔、汤点、花棚、糖饼、桌围、坐褥、酒壶、杯箸、龙虎寿星、撒帐牵红、小唱弦索之类，又毕备矣。不待复命，亦不待主人命，而花轿及亲送小轿一齐往迎，鼓乐灯燎，新人轿与亲送轿一时俱到矣。新人拜堂，亲送上席，小唱鼓吹，喧阗热闹。日未午而讨赏遍去，急往他家，又复如是。

通过这篇文字，我们能够了解牙婆的言语、行为，却看不到被挑选的女孩的样子。直到全部过程结束，她在哪里，处于何种环境，要如何生存下去，都一字未提。想想真是恐怖。

瘦马的出现有其历史背景。有学者研究过，明朝中晚期，城市经济有了较大发展，出现了资本主义的萌芽。人的自我意识随之加强，可是同时人被贩卖的可能性也增加了。这个市场很大程度上是由富裕的商人阶层造就的，因为家里需要更多的人手供差遣。所谓"瘦马",就是被人卖来卖去的女孩子。

关于"瘦马"一词的来源,说法不一。一是说曾经有一个妾,日子过得很惬意,觉得自己身价很高,主人却因为喜爱一匹马,就用她交换了;也就是说,当时一个妾的价值或者说地位等同于一匹马。还有一种说法,这个名词来自苏东坡的一段文字,里面将瘦马和小妓女摆在一起。他是说我们不要养瘦的马,也不要养年纪小的妓女,因为等你把它(她)养大、养肥了,它(她)可能就要换主人,你的心血就白费了。后来经过演变,"瘦马"就被用来指称被贩卖的女子。

张岱的《扬州瘦马》对扬州的"瘦马"市场进行了特写,但事实上这种事不仅发生在扬州。整个江南地区,京杭大运河沿岸比较繁荣的码头,普遍存在这种情况。有人会养几个小小的女孩子——可能是买来的,也可能是拐来的,按照各人资质,教给吹弹歌舞,准备等她长大之后卖一个高价。不只是《金瓶梅》,宋、元、明的许多话本小说都写到了"瘦马"的买卖过程。

《金瓶梅》中的冯妈妈做的就是这样的事情。冯妈妈是李瓶儿的奶妈,算是和她关系最密切的人。当李瓶儿病得快要死了的时候,西门庆问她为什么最近都没有来看李瓶儿呢,冯妈妈说自己忙着腌菜,因为家里又养了几个女孩,不腌菜就没的吃了。潘姥姥也是。第三十四回中,潘金莲回娘家,很快又回来了。月娘问她为什么不住一个晚上,潘金莲答:"(潘姥姥)又招了俺姨那里一个十二岁的女孩儿在家养活,都挤在一个炕上,谁住他!"那个时候,有条件的就多养几个,小门小户就零零碎碎地养,但目的是一样的——待价而沽。

还有卖自己女儿的,比如西门庆的高阶伙计韩道国。蔡太师府大管家翟谦因老婆没有生孩子,于是委托西门庆帮忙物色一个妾。韩道国就把自己的女儿韩爱姐送去了。伙计贲四的女儿长姐,长到十五岁,也被卖给了夏提刑,西门庆还表示祝贺。对当时的被雇佣阶层而言,贩卖子女是在为其谋求生路,其个人的感情、意愿是不被考虑的。

当时,还有一种行当叫作人行,比养瘦马更加等而下之。为了"公平起见"，人行交易时，买主是不能进行挑选的。李渔的短篇小说集《十二楼》中，有一篇《生我楼》，对人行有讲解："把这些妇女当作腌鱼臭鲞一般，打在包捆之内，随人提取，不知哪一包是腌鱼，哪一包是臭鲞，各人自撞造化。那些妇人都盛在布袋里面，只论斤两，不论好歉，同是一般价钱。"主人公姚继因为被"不买空回"则"立行枭斩"的告示吓到，随手指定了一个包捆。"及至解开袋结，还不曾张口，就有一阵雪白的光彩透出在叉口之外。姚继思量道：面白如此，则其少艾可知，这几两银子被我用着了。连忙揭开叉口，把那妇人仔细一看，就不觉高兴大扫，连声叫起屈来。原来那雪白的光彩不是面容，倒是头发！此女霜鬓皤然，面上皱纹森起，是个五十向外六十向内的老妇。"

我们前面提到过，春梅对秋菊特别坏。一个人如果从来就生活在你死我活、待价而沽的环境里，要有慈悲心也是很难的。西门庆家对待丫鬟奴仆的态度在当时不是特例；在经济繁荣的城市，下层民众，特别是女性的遭遇，都相差不远。

《陶庵梦忆》中还有一篇《二十四桥风月》。

广陵二十四桥风月，邗沟尚存其意。渡钞关，横亘半里许，为巷者九条。巷故九，凡周旋折旋于巷之左右前后者，什百之。巷口狭而肠曲，寸寸节节，有精房密户，名妓、歪妓杂处之。名妓匿不见人，非向导莫得入。歪妓多可五六百人，每日傍晚，膏沐熏烧，出巷口，倚徙盘礴于茶馆酒肆之前，谓之"站关"。茶馆、酒肆、岸上纱灯百盏，诸妓掩映闪灭于其间，疤戾者帘，雄趾者阈。灯前月下，人无正色，所谓"一白能遮百丑"者，粉之力也。游子过客，往来如梭，摩睛相觑，有当意者，逼前牵之去；而是妓忽出身分，肃客先行，自缓步尾之。至巷口，有侦伺者向巷门呼曰："某姐有客了！"内应声如雷。火燎即出，一俱去，剩者不过二三十人。沉沉二漏，灯烛将烬，茶馆黑魃无人声。茶博士不好请出，惟作呵欠，而诸妓酿钱向茶博士买烛寸许，以待迟客。或发娇声，唱《擘破玉》等小词，或自相谑浪嘻笑，故作热闹，以乱时候；然笑言哑哑声中，渐带凄楚。夜分不得不去，悄然暗摸如鬼。见老鸨，受饿、受笞俱不可知矣。

余族弟卓如，美须髯，有情痴，善笑，到钞关必狎妓，向余嚎曰："弟今日之乐，不减王公。"余曰："何谓也？"曰："王公大人侍妾数百，到晚耽耽望幸，当御者不过一人。弟过钞关，美人数百人，目挑心招，视我如潘安，弟颐指气使，任意拣择，亦必得一当意者呼而侍我。王公大人岂过我哉！"复大嚎，余亦大嚎。

我记得自己第一次读《陶庵梦忆》时，读到"夜分不得不去，悄然暗摸如鬼。见老鸨，受饿、受笞俱不可知矣"，非常难过。多年以后，《陶庵梦忆》的内容忘得差不多了，可是这一段还记得，画面也恍如眼前：夜已经深了，黑黑的一片，妓女当天没有做成生意，还要故作欢笑；到了不得不离开的时候，就无声无息地走，不知道接下来会受到怎样的惩罚。

言情小说和春宫画的盛行

明朝中晚期到清朝初年是中国历史上情色产业最兴盛的时期，我们讲《金瓶梅》，是没有办法避开情色产业和情趣用品的。当时，印刷业发达，市民阶层读书识字的多，又有钱有闲，喜欢看一些艳情小说。在"三言二拍"《今古奇观》《醒世姻缘》《十二楼》等作品中，都有不少讲到床笫之间的内容。比如冯梦龙"三言二拍"中的《蒋兴哥重会珍珠衫》里，就讲到蒋兴哥的妻子因丈夫外出经商，多日不归，夜晚不耐寂寞，与人偷情如何如何。

除了艳情小说达到极盛，明朝晚期还出现了大量春宫画。明四家中唐寅和仇英的春宫画都很有名，可见当时创作春宫画并不是很奇怪的事情。但在《金瓶梅》的创作时期（明世宗嘉靖年间），春宫画还不是特别普及。西门庆和潘金莲共赏的春宫画是李瓶儿的,此前两人都没见过,乍见之下兴奋得紧。李瓶儿的春宫画则是从宫内流出的。等到明神宗万历年间,春宫画已经盛行了。到了清朝,可以算是泛滥了。

著名的年画之乡杨柳青,当时也以春宫画闻名;而且有专门由女性绘制的春宫画,名为"女儿春",价格更高。这也可以视作女性的艺术内力,画得越好,将来就可以嫁得越好。这大概也是当时某种程度上的性教育吧。女孩子出嫁的时候,娘家人会将春宫画当作压箱底的嫁妆,这又是另外一种性教科书了。明代徐树丕的《识小录》中就记载了一名善画春宫的女子:"虞山一词林,官至大司成矣。子娶妇于郡城。妇美而才,眷一少年。事露,司成者必欲置少年于死地,而其子反左右之。乡绅更有左右之者,遂不能成狱。而司成以愤成病。其子妇有《寄夫子扬州》一词,调《菩萨蛮》,颇传诵;又能画,人物绝佳,春宫尤精绝,盖尤物云。《菩萨蛮》仅记二句,云'伊家本在江南住,何事教伊江北去'云云。"除此之外,人们还会将春宫画贴在灶头上,希望借此辟邪防火。原本是很隐秘的东西,但是大家又有强烈的需求,于是就给它一个道德化的包装,以便堂而皇之地挂出来。由于具有预防火灾的"功能",很多读书人还把春宫画放到书房里,几册书就夹一张。"淫器"我们暂且跳过,以后有机会再说。

妓女扮演公关角色

明朝中晚期的城市经济中有一个很重要的产业——青楼妓馆。在《金瓶梅》中,有名字、有居处的妓女(如丽春院里面的李桂姐)就有三十九人。妓女又被称为"粉头"和"唱的",我们经常看到西门庆"叫几个唱的"。青楼里除了有妓女之外,还有乐工、老鸨、丫鬟等,从业人口众多,妓女只是其中的一个代表而已。第九十二回中有如下描述:"这临清闸上,是个热闹繁华大马头去处。商贾往来,船只聚会之所,车辆辐辏之地,有三十二条花柳巷,七十二座管弦楼。"管弦楼里可以听曲子，也可以要妓女，兼有娱乐和社交功能。丽春院的后巷是吴银儿家，往旁边再去一点儿就是郑爱月儿开业的地方。西门庆喝酒玩乐都在妓院，生日聚会在妓院开，生意也在妓院谈；除了他亲自到妓院去，妓女也提供到府服务。到府服务不一定是服务男性，家里的妻妾也是主顾。

妓女也罢，帮闲也罢，都是当时的谋生手段。《金瓶梅》将生活的脉动展示给读者，而不做任何道德性的批判，这是最难得的地方。如果你家里是种田的，"日出而作，日落而息，凿井而饮，耕田而食，帝力于我何有哉"，世世代代被绑在同一块土地上，金钱和阶级的流动都很迟缓，当然也谈不上什么社交。但在资本主义萌芽的大城市中，金钱流动得很快，社会阶级的流动性也很强，社交需求相对增加，对社交场所也相应有了更大的需求。社交活动中不能只有男人，可是良家妇女在这样的场合中是缺席的。她们都大门不出、二门不迈，比如《金瓶梅》中的吴月娘，无论宋巡按来，还是蔡状元来，她都是不露面的。有一次，西门庆不在家，有人来访，月娘急死了，最后还是玳安出面摆平。男人在商场和官场上征讨，女主人又缺席，读书识字、能弹会唱，并且受过专业社交训练、见多识广的妓女就成了暂时的"女主人"，察言观色，谈笑风生，充当筵席上的润滑剂。经济越发达的城市，对这个行业的需求就越大。日本的艺伎大概也是类似的角色。现代社交中也少不了这样的"解语花"，在交流卡壳的时候出来圆场，诸如"某老板，你不要在乎""老某，大家干一杯"之类，合约就签下来了。

妓女解决了中国古代的爱情荒

中国几千年来的宗法社会，从来不鼓励夫妻之间拥有爱情，因为总认为夫妻之间一旦有了爱情，就会比较麻烦。相爱的夫妻通常都会被拆散，像汉乐府《孔雀东南飞》中的刘兰芝和焦仲卿，南宋诗人陆游和他的表妹唐琬。

还有清朝《浮生六记》的作者沈复和妻子芸娘等。传统社会讲究夫妻相敬如宾，后来往往变成相敬如"冰"。我们的阿婆、阿公那辈人，夫妻双方通常在结婚当晚才第一次见到对方，从此以后白天连房门都不能关。女方如果在白天走进自己的房间，就会被婆婆，甚至是家里其他人骂得很难听。在这种情况之下，两个人是不可能有感情的。很多夫妻孩子生了一大堆，但一辈子不讲话，要说些什么，还得找人传话。在这样的情形下，女性是完全被抹杀掉的，充当生儿育女、扶持家庭的工具而已。男人的下半身安顿好了，上半身到哪里去呢？尤其是那些还读过一些才子佳人的，心灵的空虚要如何解决呢？只能去找一些有文化、有才艺，又善解人意的红粉知己。

张爱玲说旧时中国是一个爱情荒的国度，但人的内心毕竟还是需要爱情的，只是这"爱情"大概要破费了。妓院的消费很大，故谓之"销金窟"。第十二回中潘金莲曾说："船载的金银，填不满烟花寨。"虽然毒杀了亲夫，又嫁了合谋的人，她仍然认为自己是良家妇女；但是，就这句话便把妓女出身的李娇儿得罪了。

妓女引领时尚潮流

台湾作家侯文咏先生在《没有神的所在——私房阅读〈金瓶梅〉》一书中提出，明朝的妓女就相当于现在的性工作者加上名模，加上流行歌手，加上选美佳丽。性工作者这一点没什么好讲，我们直接说选美佳丽。从明世宗嘉靖年间一直到明思宗崇祯年间，社会上有一项活动叫作"莲台仙会"。莲台仙会上，文人雅士参照科举考试的样子，给青楼艳妓评出等第，花榜第一名叫作女状元，下面还有榜眼、探花之类。说当时的妓女相当于今天的名模，也有很明显的例子。比如在《金瓶梅》中，就是由青楼艳妓带动了服饰潮流。第五十二回中，西门庆与潘金莲云雨之时，向她许诺："到明日，买一套好颜色妆花纱衣服与你穿。"潘金莲于是将李桂姐穿的裙子描摹一番："我昨日见李桂姐穿的，那五色线掐羊皮金挑的，油鹅黄银条纱裙子倒好看，说是里边买的。他们都有，只我没这条裙子。倒不知多少银子，你倒买一条我穿罢了！"《金瓶梅》的前半部分，独占鳌头的妓女（唱的）是李桂姐；第五十八回中，出来一位郑爱月儿。郑爱月儿一出场就娇里娇气的，"只是笑，不做声"。

> 月娘便问："这位大姐是谁家的？"董娇儿道："娘不知道，他是郑爱香儿的妹子郑爱月儿，才成人还不上半年光景。"月娘道："可倒好个身段儿。"说毕，看茶吃了。一面放桌儿摆茶与众人吃。那潘金莲且只顾揭起他裙子，撮弄他的脚看，说道："你每这里边的样子，只是忒直尖了。不相俺外边的样子趄。俺外边尖的停匀，你里边的后跟子大。"月娘向大妗子道："偏他恁好百胜，问他怎的！"一面又取下他头上金鱼撇杖儿来瞧，因问："你这样儿是哪里打的？"郑爱月儿道："是俺里边银匠打的。"须臾摆下茶，月娘便叫："桂姐、银姐，你陪他四个吃茶。"不一时，六个唱的做一处，同吃了茶。

说郑爱月儿是郑爱香儿的妹子，并不代表二人有血缘关系，只是说明辈分。其实她们都是"瘦马"一类的女孩子，类似的还有李桂卿和李桂姐。见到郑爱月儿，潘金莲直接去看对方的脚，当时对女性的审美就集中在这一双金莲上；接着又取下对方头上的金鱼发钗，问是哪里打的，郑爱月儿答"是俺里面的银匠打的"。"里边""里面"都是指的妓院，它有自己专门的裁缝和银匠，专门做一些新鲜好看的衣服，引得社会上的其他女性纷纷效仿。巫仁恕先生在《奢侈的女人——明清时期江南妇女的消费文化》这本书里指出，明清时期城市中商人的妻子以及妓女的消费是很高的，对带动市场经济起到了很大作用。那个时候有钱又舍得花钱的女人很多，其中最花得起钱的就是妓女，因此她们带动了时装界的流行。当时有一个特别的名词叫作"时样"，也叫时装——我们现在还在用这个词。今天李桂姐穿了一条别致的裙子，富商的妻妾紧随其后，中产阶级的女性跟着效仿，最后连卖油郎的老婆也有一件——质料虽然有差，但大家都沉浸在同一股风潮里。这些妓女所带动的还不只是衣服、饰品的潮流，也能够影响到食、住、行、娱乐等方面。以食为例。明朝的名妓们也懂得先俘获男人的胃，再俘获男人的心。她们不惜花费重金，向名厨学习烹饪技巧，做一些外面吃不到的菜品。每年农历三月上巳、清明前后，南京一带的名妓便会组织"盒子会"，打扮得漂漂亮亮，带着新奇而美味的私房菜互相切磋，一较高下。《金瓶梅》中有一道酥油泡螺，在西门庆家里，这个点心只有李瓶儿会做。所谓泡螺，是一种奶酪食品。李瓶儿归西后，郑爱月儿差人送来"一盒果馅顶皮酥，一盒酥油泡螺儿"，西门庆不由得睹物思人。幸有应伯爵在旁插科打诨，说些"死了我一个女儿，会拣泡螺儿，如今又是一个女儿会拣了"之类的话，让他"笑的两眼没缝儿"。酥油泡螺的造型很漂亮，"上头纹溜就像螺蛳儿一般"，还沾着飞金，大概有点儿像这几年日本很流行的用在食品中的金箔。这样的精致饮食，已经可以上升到艺术层面了。当时有人娶名妓回家，就是因为相中了对方的手艺。

妓院的富贵风流

我们接着说住，包括装潢。论起名妓，文学史上最有名的大概就是霍小玉、李亚仙、李师师、杜十娘几位了。她们都是有全国知名度的大腕。而《金瓶梅》里的李桂姐、吴银儿、郑爱月儿等人，属于知名度局限在省城的大腕。但就当地来讲，她们也算是顶尖的角色了。西门庆叫妓女到家里来唱，只有郑爱月儿故意来晚。西门庆责问因由，"那郑爱月儿磕了头起来，一声儿也不言语，笑着同众人一直往后边去了"。过了几天，西门庆又想起了郑爱月儿。

却说西门庆卸完货物，家中无事，忽然心中想起，要往郑爱月儿家去。暗暗使玳安儿送了三两银子、一套纱衣服与他。郑家鸨子听

清 佚名《雍正十二美人图》

见西门老爹来请他家姐儿，如天上落下来的一般，连忙收了礼物，没口子向玳安道："你多顶上老爹，就说他姐儿两个都在家里伺候老爹，请老爹早些儿下降。"玳安走来家中书房内回了西门庆话。西门庆约午后时分，吩咐玳安收拾着凉轿，头上戴着坡巾，身上穿青纬罗暗补子直身，粉底皂靴。先走在房子看了一回装修土库，然后起身，坐上凉轿，放下斑竹帘来，琴童、玳安跟随，留王经在家，止着春鸿背着直袋，径往院中郑月儿家来。（第五十九回）

从前的西门庆去妓院，总是骑马，大摇大摆的。这时的西门庆已经做官，按律不可以再去嫖妓，所以他也有了一些顾忌——头上戴着坡巾，坐进轿子里，还放下竹帘，装作有公事的样子，以掩人耳目。到了妓院，郑爱香儿先出来，然后才是郑爱月儿。

原来郑爱香儿家，门面四间，到底五层房子。转过软壁，就是竹枪篱，三间大院子，两边四间厢房。上首一明两暗，三间正房，就是郑爱月儿的房。他姐姐爱香儿的房，在后边第四层住。但见帘栊香霭，进入明间内，供养着一轴海潮观音，两旁挂四轴美人，按春、夏、秋、冬：惜花春起早，爱月夜眠迟，掬水月在手，弄花香满衣。上面挂着一联："卷帘邀月入，谐瑟待云来。"上首列四张东坡椅，两边安二条琴光漆春凳。西门庆坐下，看见上面楷书"爱月轩"三字。（第五十九回）

郑爱月儿只是一个成人不到半年的年轻妓女，居处排场却不小，典雅韵味不让书香门第。郑爱月儿、郑爱香儿和西门庆三人先在前厅吃茶，随后西门庆被引入郑爱月儿的内室。

西门庆叫玳安上来,把上盖青纱衣宽了,搭在椅子上,进入粉头房中。但见:

> 瑶窗以素纱罩,淡月半浸;绣幕以夜明悬,祥光高灿。正面黑漆镂金床,床上帐悬绣锦,褥隐华裀;旁设褪红小几,几上博山小篆,霭沉檀香。文锦囊挂楼鼻壁上,象窑瓶插紫笋其中。床前设两张绣垫矮椅,旁边放对鲛绡锦帨。云母屏,模写淡淡之笔;鸳鸯榻,高阁古今之书。

西门庆坐下,但觉异香袭人,极其清雅,真所谓神仙洞府,人迹不可到者也。

内室的装潢更加诗情画意,如文人雅士的书房一般。三人在此用点心、打牙牌。

彼此攀话之间,语言调笑之际,只见丫鬟进来安放桌儿。四个小翠碟儿,都是精制银丝细菜,割切香芹、鲟丝、鲲鲊、凤脯、鸳羹;然后拿上两箸赛团圆、如明月、薄如纸、白如雪、香甜美口、酥油和蜜饯麻椒盐荷花细饼。郑爱香儿与郑爱月儿亲手拣攒各样菜蔬肉丝,卷就安放小泥金碟儿内,递与西门庆吃。旁边烧金翡翠瓯儿,斟上苦艳艳桂花木樨茶。须臾,姊妹二人陪吃了饼,收下家伙去。揩抹桌席,铺茜红毡条,床几上取了一个沉香雕漆匣,内盛象牙牌三十二扇,两个与西门庆抹牌。当下西门庆出了个天地分——剑行十道,那爱香儿出了个地牌——花开蝶满枝,那爱月儿出了个人牌——搭梯望月。须臾收过去,摆上酒来。但见盘堆异果,酒泛金波。桌上无非是鹅鸭鸡蹄,烹龙炮凤,珍果人间少有,佳肴天上无双。正是:

舞回明月坠秦楼，歌遏行云遮楚馆。

　　鸳鸯杯，翡翠盏，饮玉液，泛琼浆。姊妹二人递上酒去，在旁筝排雁桂，款跨鲛绡。当下郑爱香儿弹筝，爱月儿琵琶，唱了一套"兜的上心来"。端的词出佳人口，有裂石绕梁之声。唱毕，又是十二碟果仁减碟，细巧品类。姊妹两个，促席而坐，拿骰盆儿，二十个骰儿，与西门庆抢红猜枚。饮够多时，郑爱香儿推更衣出去了。独有爱月儿陪着西门庆吃酒。（第五十九回）

点心也吃了，游戏也完了，西门庆和郑爱月儿开始进入主题。有前面的一系列铺排，才叫引人入胜，欲罢不能。我们拜《金瓶梅》所赐，像刘姥姥逛大观园一样，领略了明朝中晚期城市中妓院的规模与风情。清末小说《海上花》里，讲到上海的长三堂子，里面的清倌人也是很有才情的。男人到长三堂子消闲，和有品位、才艺佳、善解人意的佳人谈谈笑笑，最后一件事倒不是非要做。"当下西门庆与郑爱月儿留恋至三更，方才回家。"第二天，西门庆还要上衙门——他之所以这么早死，和累坏了脱不了干系。吴月娘问玳安西门庆昨晚的去处，玳安真是个好心腹，知道轻重，不该讲的绝不多言——既是不敢讲，也是不愿意惹这个麻烦。潘金莲见吴月娘问不出，就改问新来的"蛮小厮"春鸿去了。

　　那春鸿跪下便道："娘休打小的，待小的说就是来。小的和玳安、琴童哥三个，跟俺爹从一座大门楼进去，转了几条街巷，到个人家，只半截门儿，都用锯齿儿镶了。门里立着个娘娘，打扮的花花黎黎的。"金莲听见笑了，说道："囚根子，一个院里半门子也认不的了，赶着粉头叫娘娘起来。"金莲问道："那个娘娘怎么模样？你认的他不认的？"春鸿道："我不认的他。生的像菩萨样，也像娘们头上戴着这个假壳。进入里面，一个年老白头的阿婆出来，望俺爹拜了一拜。落后请到大后边，竹篱笆进去，又是一位年小娘娘出来，不戴假壳。生的银盆脸，瓜子面，搽的嘴唇红红的，陪着俺爹吃酒。"金莲道："你们都在哪里坐来？"春鸿道："我和俺玳安、琴童哥，便在阿婆房里，陪着俺们吃酒并肉兜子来。"把月娘、玉楼笑的了不得。因问道："你认的他不认的？"春鸿道："那一个好似在咱家唱的。"玉楼笑道："就是李桂姐了。"月娘道："原来摸到他家去了！"李娇儿道："俺家没半门子，也没竹枪篱。"金莲道："只怕你不知道，你家新安的半门子是的。"（第五十九回）

妓院的大门要特意半遮半露，这样妓女站在院中的时候，上半身能够很容易被外面的人看到，所以，"半门"就成了妓院的一个暗称。关于前一晚的情形，书中其实已经讲得巨细靡遗，现在再由春鸿来一次旁述。春鸿还是个不谙人事的小男孩，完全搞不清楚状况，只说跟着几个哥哥在阿婆房里吃酒吃肉，白头发的阿婆戴着假发髻，年轻女子嘴巴涂得红红的。潘金莲只道西门庆去了李桂姐家，还调侃李娇儿，完全没想到却是不久前见过的郑爱月儿。但是读者已经知道实情，可以自然而然地领略这份文学的趣味。类似的叙事手法也出现在其他小说里。《红楼梦》第三回，林黛玉进贾府，曹雪芹通过林黛玉的眼睛，正面展现了贾府的概况；第六回，刘姥姥来，则以"惊叹号"的方式对贾府进行一番描摹，为故事增加趣味，也将真正富贵风流烘托出来。但是，《金瓶梅》比《红楼梦》要早两百多年。

高消费的烟花之地

第十一回中，西门庆梳拢了李桂姐。梳拢还有另外一个名字，叫作"点大蜡烛"。梳拢即意味着取得妓女的第一次，当然要付很高的价钱。西门庆先付了

《金瓶梅》插画图册－西门庆梳拢李桂姐

五两银子作为定金；"次日，使小厮往家去拿五十两银子，缎铺内讨四套衣裳，要梳拢桂姐"。"那李娇儿听见要梳拢他家中侄女儿，如何不喜？连忙拿了一锭大元宝，付与玳安。"——这个反应和卫道人士完全不同，是否符合伦常也不在乎，大家都是生财有道而已。这大元宝"拿到院中打头面，做衣服，定桌席，吹弹歌舞，花攒锦簇，做三日饮喜酒。应伯爵、谢希大，又约会了孙寡嘴、祝日念、常时节，每人出五分银子人情作贺，都来赞他。铺的盖的，俱是西门庆出，每日大酒大肉，在院中顽耍，不在话下"。西门庆将李桂姐的房间布置得像新房一样，大大铺张了一番。但是，已花掉的五十五两只是和梳拢相关的费用；梳拢之后，西门庆在李桂姐那里一连住了差不多半个月，花费是要另算的。

当初西门庆娶回潘金莲后，将吴月娘的丫鬟春梅调动过来，又花五两银子买了一个叫小玉的丫头给月娘。梳拢李桂姐的价钱，算算可以买十一个小玉；而小玉还是一个年轻力壮、身家清白的少女，五两银子被卖掉，以后要做一辈子的苦工，生死都由东家了。韩道国的老婆王六儿和西门庆搞上之后，西门庆花四两银子给她买了一个十三岁的女孩做丫鬟，给名锦儿。锦儿的父亲负责照管军中的一匹马，马死了，赔不起，只好赶快将女儿贱价卖掉，不然就要负刑责——亲生女儿还抵不过一匹马。还有更多的例子：当初潘姥姥将十五岁的潘金莲卖给张大户，只得三十两银子；西门庆买春梅，花了十六两；而孙雪娥被春梅卖掉的时候，只有八两银子。

图40- 西门庆梳拢李桂姐

繁荣的烟花之地，残忍的人口贩卖，在《金瓶梅》里都能够看到。生活在销金窟中的青楼女子自视甚高，像李桂姐就根本不把潘金莲看在眼里，放言："俺们虽是门户中出身，跷起脚儿，比外边良人家不成的货儿高好些！"后来，同是妓女出身的李娇儿再嫁张二官，对方花了三百两银子，更是一笔大数目。

西门庆半月不回家，潘金莲受不了了。她写了一封情书，派玳安给西门庆送去。

第十章 ● 帮闲与妓女

（玳安）悄悄向西门庆耳边附耳低言，说道："家中五娘，使我捎了个帖儿在此，请爹早些家去。"西门庆才待用手去接，早被李桂姐看见。只道是西门庆前边那表子寄来的情书，一手挺过来，拆开观看，却是一幅回文边锦笺，上写着几行墨迹。桂姐递与祝日念，教念与他听。这祝日念见上面写词一首，名《落梅风》，对众朗诵了一遍：

黄昏想，白日想，盼杀人多情不至。因他为他憔悴死，可怜也绣衾独自！　灯将残，人睡也，空留得半窗明月。孤眠衾硬浑似铁，这凄凉怎挨今夜？

下书"爱妾潘六儿拜"。那桂姐听毕，撤了酒席，走入房中，倒在床上，面朝里边睡了。且说西门庆见桂姐恼了，把帖子扯的稀烂，众人前把玳安踢了两靴脚。请桂姐两遍不来，慌的西门庆亲自进房内抱出他来。（第十二回）

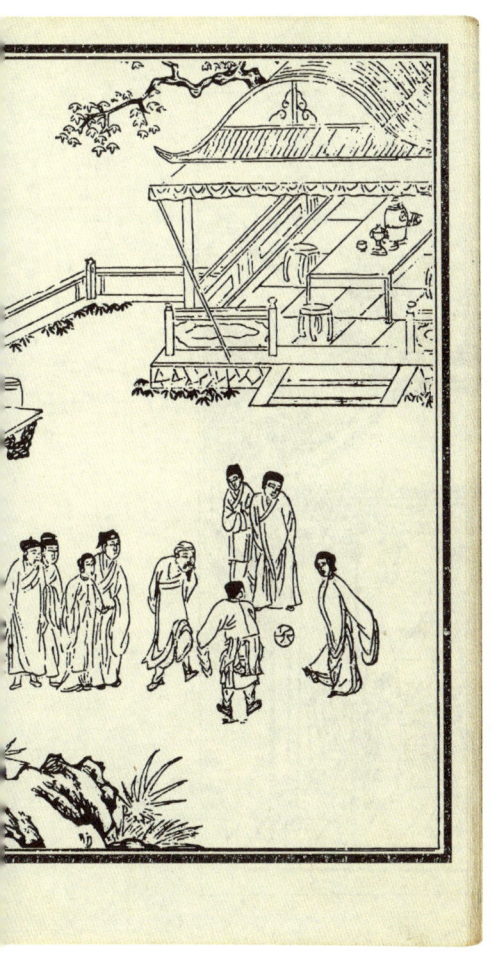

图41- 狎客帮嫖丽春院

李桂姐人出来了，脾气还在，要西门庆回去给她拿一截潘金莲的头发，拿不到就不要回来。西门庆拿了头发回来，她便"走到背地里，把妇人头发早絮在鞋底下，每日蹿（xǐ）踏"。另一边，潘金莲在家里，"自从头发剪下之后，觉意心中不快"。

西门庆梳拢李桂姐之后，每个月还要交上二十两包银，但李桂姐仍不满足，还要继续赚外快。后来郑爱月儿的包银更高，每个月要三十两。在妓女身上花钱，西门庆绝不手软，对自己的偷情对象反而比较吝啬，常常是三四钱银子或一套衣服就打发了。男人的心理，从其中的区别就可窥探一二了。

绣像里的妓院

第十一回这幅绣像描绘了当时人们在妓院里吃酒的情形，风情毕现。花

图42-痴子弟争锋毁花院（第二十回）

园里围上屏风，屏风上挂着一盏灯，在座的几位我们都认识：左边最英俊的当然是西门庆；西门庆右手边的络腮胡应该是应伯爵；应伯爵右边和最右边的两个帮闲右手都放在袖子里，连吃带拿——一面嘴巴里在吃，一面趁人家不注意，就把桌上的食物装到袖子里带回家，或许是给老婆孩子吃；右下方有一个人手举得高高的；左下方那位表情很好玩，妓女正在帮他斟酒。每个人的神态都很生动（如图40）。

第十五回"狎客帮嫖丽春院"对应的绣像呈现了丽春院的一个角落。画面主体是圆社成员与李桂姐踢气球（旧时足球）。小混混儿靠踢球谋得一些赏赐，

妓女也要能上场，博得恩客的欢心。大概在旧时的男子看来，女子要将脚缠得小小的，踢球时像两只蝴蝶一样上下翻飞才美。冯骥才的小说《三寸金莲》，讲的就是和缠足有关的故事。画面左上角是双陆，中间偏右是投壶；卷棚内则有各式各样的食物（如图41）。

第二十回，西门庆发现李桂姐背着她又接了其他生意，一气之下大闹丽春院；绣像的题目为"痴子弟争锋毁花院"。这幅绣像也相当写实生动，中间胖胖的那位就是丽春院的老鸨（如图42）。

且说老虔婆儿见西门庆打的不像模样，不慌不忙，拄拐而出，说了几句闲话。西门庆心中越怒起来，指着骂道，有《满庭芳》为证：

虔婆你不良，迎新送旧，靠色为娼。巧言词将咱诳，说短论长。我在你家使够，有黄金千两，怎禁卖狗悬羊？我骂你句真伎俩，媚人狐党，一片假心肠！

虔婆亦答道：官人听知，你若不来，我接下别的，一家儿指望他为活计。吃饭穿衣，全凭他供柴籴米。没来由暴叫如雷，你怪俺全无意。不思量自己，不是你凭媒娶的妻！

西门庆听了，心中越怒，险些不曾把李老妈妈打起来。多亏了应伯爵、谢希大、祝日念三个死劝，活拉喇拉开了手，西门庆大闹了一场，赌誓再不踏他门来，大雪里上马回家。正是：

宿尽闲花万万千，不如归去伴妻眠。
虽然枕上无情趣，睡到天明不要钱。

又曰：

> 女不织兮男不耕，全凭卖俏做营生。
> 任君斗量并车载，难满虔婆无底坑！

又曰：

> 假意虚脾恰似真，花言巧语弄精神。
> 几多伶俐遭他陷，死后应知拔舌根。

"正是"后面的三首打油诗是标准的俗文学，分明是说书人劝人向善的言语，也包含了对妓院中人不事生产的批评。台下听故事的贩夫走卒听了，大概会哈哈一笑吧。西门庆打砸之时，老鸨还能保持镇定，与他对呛。但待他砸完毁完之后，她连忙给应伯爵和谢希大送去烧鹅和酒，请二人帮忙调停。——不然他们以后怎么办呢？这些恩客到底是不能惹的。

在私自接客的事情暴露之前，西门庆对李桂姐是很不错的。但一般来说，妓女生涯的黄金期短之又短，这迫使她要抓紧时间赚取更多的收入。李桂姐被西门庆梳拢时，成人未久，但对方很快又被刚成年的郑爱月儿吸引了。西门庆每月的二十两包银，实在不足以让她安分。

妓女的生存之道

我们前面提过，西门庆做官之后，就不能明目张胆地去逛妓院了。李桂姐所从事的特种行业，最怕官场的欺压，一定要黑白两道都搞好；万一西门庆这条路断了，她该怎么办呢？于是，她马上采取行动。既然西门庆不能来，她就自己上门，认吴月娘当干娘（如图43）。

> 不说当日众官饮酒至晚方散，且说李桂姐到家，见西门庆做了提

刑官，与虔婆铺谋定计，次日买了盒果馅饼儿、一副豚蹄、两只烧鸭、两瓶酒、一双女鞋，教保儿挑着盒担，绝早坐轿子先来，要拜月娘做干娘，他做干女儿。进来先向月娘笑嘻嘻插烛也似拜了四双八拜，然后才与他姑娘和西门庆磕头。把月娘哄的满心欢喜，说道："前日受了你妈的重礼，今日又教你费心，买这许多礼来。"桂姐笑道："妈说爹如今做了官，比不的那咱常往里边走。我情愿只做干女儿罢，图亲戚来往，宅里好走动。"慌的月娘连教他脱衣服坐。收拾罢，因问桂姐："有吴银姐和那两个怎的还不来？"桂姐道："吴银儿我昨日会下他，不知他怎的还不见来。前日爹吩咐，教我叫了郑香儿和韩金钏

图43-李桂姐趋炎认女

儿。我来时，他轿子都在门首，怕不也待来。"言未了，只见银儿和爱香儿，又与一个穿大红纱衫年小的粉头，提着衣裳包儿进门。先望月娘花枝招飐、绣带飘飘磕了头。吴银儿看见李桂姐脱了衣裳，坐在炕上，说道："桂姐，你好人儿，不等俺每等儿，就先来了。"桂姐道："我等你来。妈见我的轿子在门首，说道：'只怕银姐先去了，你快去罢。'谁知你们来的迟。"月娘笑道："也不迟，你们坐着，多一搭儿里摆茶。"因问："这位姐儿上姓？"吴银儿道："他是韩金钏儿的妹子，玉钏儿。"不一时，小玉放桌儿，摆了八碟茶食，两碟点心，打发四个唱的吃了。

那李桂姐卖弄他是月娘的干女儿，坐在月娘炕上，和玉箫两个，剥果仁儿、装果盒。吴银儿、郑香儿、韩钏儿在下边杌儿上一条边坐的。那桂姐一径抖搜精神，一回叫："玉箫姐，累你，有茶倒一瓯子来我吃。"一回又叫："小玉姐，你有水盛些来，我洗这手。"那小玉真个拿锡盆舀了水，与他洗了手。吴银儿众人都看他，睁睁的不敢言语。桂姐又道："银姐，你三个拿乐器来唱个曲儿与娘听，我先唱过了。"月娘和李娇儿对面坐着，吴银儿见他这般说，只得取过乐器来。当下郑爱香儿弹唱，吴银儿琵琶，韩玉钏儿在旁随唱，唱了一套《八声甘州·花遮翠拥》。须臾唱毕，放下乐器。（第三十二回）

这真是一个狠招。吴银儿原本与李桂姐约好同来，但李桂姐没等她，先来见吴月娘，回头还要说是因为"只怕银姐先去了"。妓女之间的明争暗斗显出来了。吴月娘能够接受李桂姐"图亲戚来往"的举动，说明她也不笨。至少当时李桂姐还是西门庆的心上人之一，如果能收为自己的盟友，总是不错的。何况李瓶儿已经生下儿子，在一定程度上对她构成了威胁，这个时候更需要联合次要敌人打击首要敌人。能在大老婆的位置上坐那么稳，吴月娘也是有自己的算计的。

这一段将李桂姐的心理写得非常好。再受欢迎的妓女，在社会中也是处于底层，现在既然吴月娘收她做干女儿，她俨然成了半个小姐，要卖弄这个身份了。她本来应该和吴银儿等人一样，也坐在没有靠背的小凳子上，此时却上了月娘的炕，和玉箫一起剥果仁、装果盒。一下叫玉箫倒水来喝，一下叫小玉倒水洗手，一下又叫吴银儿等人唱曲儿——她的身份和座位一起移到了"上面"，与"下面"众人形成对比。玉箫和小玉比较老实，都照做了；吴银儿她们完全摸不着头脑，也不敢言语，让唱便唱。

但是，李桂姐自己唱过了吗？没有。她好不容易逮到这个机会，摆明是在拿"千金小姐"的架子，欺负吴银儿等人——名义上是唱给吴月娘听，实际的心思是唱给桂姐我听，毕竟已经可以坐在一个炕上了嘛。这种自大，反而折射出她的自卑。

吴银儿后来气坏了，跟应伯爵说起件事，应伯爵就给她出了一个主意，让她拜李瓶儿做干娘。第二年元宵节，吴银儿便照做了。李瓶儿这个干娘比吴月娘还要好，因为她有钱，吴银儿得到的财物比李桂姐多了不少。

《金瓶梅》里还讲到了僧、尼、道，以及内相（宦官）等人。明朝时，朝廷会将内相派到各地，掌管具体事务。与西门庆有往来的两个宦官——薛公公和刘公公，一个是管砖厂的，一个是管木料场的，都是肥缺。这些内相粗俗无文，在任上肆意鱼肉人民，几年之内就可以赚很多钱。除此之外，他们也会到妓院去。

> 吴银儿先问月娘："爹今日请哪几位官家吃酒？"月娘道："你爹今日请的都是亲朋。"桂姐道："今日没有那两位公公？"月娘道："薛内相——昨日只他一位在这里来，那姓刘的没来。"桂姐道："刘公公还好，那薛公公快顽，把人掐拧的魂也没了。"月娘道："左右是个内官家，又没什么，随他摆弄一回子就是了。"桂姐道："娘且是说的好，乞他奈何的人慌。"（第三十二回）

一个太监，和妓女能做什么？"掐拧"二字留下了不少想象的空间。月娘是千户之女，不晓得妓女背后的那些苦楚，觉得也没有什么。但说起来容易，被折腾过的李桂姐只觉得无可奈何。卖身为妓，到底有许多不得已处。

《金瓶梅》没有用那些很重的字眼，而是在平常言语之间让人看到真相背后的另一层真相。

妓院的底层——私娼

前面讲到这些妓女，李桂姐也好，郑爱月儿也好，至少在清河都是顶尖的了。还有次等的。第五十回中，"玳安嬉游蝴蝶巷"，就将私娼馆里简陋的服装、食物展现出来，与李桂姐、郑爱月儿家中的华服美食形成鲜明对比。

西门庆带着一群小厮去会王六儿，玳安闲着也是闲着，就和琴童一起跑到蝴蝶巷耍乐。

原来这条巷唤作蝴蝶巷，里边有十数家，都是开坊子吃衣饭的。那玳安一来也有酒了，叫门叫了半日才开。原来王八正和虔婆鲁长腿，在灯下拿黄杆大等子称银子哩。见两个凶神也般撞进来里间屋里，连忙把灯来一口吹灭了。王八认的玳安是提刑所西门老爹家管家，便让坐。玳安道："叫出他姐儿两个，唱个曲儿俺们听，就走。"王八道："管家，你来的迟行一步儿，两个刚才都有了人了。"这玳安不由分说，两步就扠进里面。只见黑洞洞，灯也不点，炕上有两个戴白毡帽子的酒太公。一个炕上睡下，那一个才脱裹脚，便问道："是甚么人进屋里来了？"玳安道："我合你娘的眼。"不防飚的只一拳去，打的那酒子只叫着"阿哝"，裹脚袜子也穿不上，往外飞跑。那一个在炕上爬起来，一步一跌也走了。玳安叫掌起灯来，骂道："贼野蛮流民，他倒问我是哪里人！刚才把毛搞净了他的才好，平白放了他去了！好不好拿到衙门里去，且教他试试新夹棍！"鲁长腿向前掌上灯，拜了又拜，说："二位官家哥哥息怒，他外京人不知道，休要和他一般见识。"因令："金儿、赛儿出来！唱与二位叔叔听。"只见两个都是一窝丝盘髻，穿着洗白衫儿，红绿罗裙儿，向前道："今日不知叔叔来，夜晚了，没曾做得准备。"一面放了四碟干菜，其余几碟都是鸭蛋、虾米、熟鲊、咸鱼、猪头肉、干板肠儿之类。玳安便搂着赛儿一处，琴童便拥着金儿。玳安看见赛儿带着银红纱香袋儿，就拿袖中汗巾儿两个换了。少顷，筛酒上来，赛儿拿钟儿斟上酒，递与玳安。先是金儿取过琵琶来唱，顿开喉音，就是《山坡羊》。下来，金儿就奉酒与琴童，唱道：

烟花寨，委实的难过。白不得清凉倒坐。逐日家迎宾待客，一家儿吃穿全靠着奴身一个。到晚来，印子房钱逼的是我。老虔婆他不管我死活。在门前站到那更深儿夜晚，到晚来，有哪个问声我饱饿？烟花寨，再往上五载三年来，奴活命的少来死命的多！不由人眼泪如梭：有日铁树上开花，那是我收圆结果！

金儿唱毕，赛儿又斟一杯酒，递与玳安儿。接过琵琶来，唱道：

进房来，四下观看，我只见粉壁墙上挂着那琵琶一面。我看琵琶上尘灰儿倒有，那一只袖子里掏出个汗巾儿来把尘灰掸散。抱在我怀中，定了定子弦。弹了个孤凄调，泪似涌泉。有我那冤家何等的欢喜，冤家去，撒的我和琵琶一样。有他在，同唱同弹哩来连！到如今，只剩下我孤单。不由人

《金瓶梅》插画图册 - 刘理星魇胜求财

雨泪儿伤残：物在存留，不知我人儿在哪厢！（第五十回）

  这两首歌曲，大概不是《金瓶梅》创造出来的，而是晚明时期妓女都会唱的流行歌曲。作者将它收进来，有意无意地为"三十二条花柳巷，七十二座管弦楼"留下了第一手资料。我个人觉得很奇怪，听到妓女凄楚的哀号，嫖客不会委实难过吗？怎么还可以继续兴高采烈地玩乐呢？现在不少闽南语歌曲，也是站在舞女、酒家女的角度唱出来的，都是社会底层人的"三声无奈"。

  私娼馆的房间黑洞洞的，已有两名酿酒工人先到。在爱月轩时只能待在阿婆房里吃两个肉丸子的小厮，此时俨然成了了不起的大爷，不由分说就将先来者轰走了。妓女头发乱蓬蓬的，吃的穿的也潦草。"正唱在热闹处，忽见小伴当来叫，二人连忙起身。"玳安和琴童就这样跑掉了，搅了人家的生意不算，看起来也没有付钱。

  《金瓶梅》在后面还会写到当时妓女、妓院的情形，包括孙雪娥、韩爱姐、王六儿等人的遭遇。

  但是，明朝阴太山《梅圃余谈》中讲到的女丐，遭遇比《金瓶梅》中这些妓女还要惨。有人准备好一间只在墙上挖了几个洞的房子，将女丐拐骗来，一丝不挂地摆出各种姿势，吟唱小曲。过路的人通过洞口看进去，有兴趣的话就进去挑选，半个时辰只要七文钱。人为了一口饭，可以悲惨到这样的程度，但这是真的存在过的事情。

  文学作品的时代性常常在意料之外呈现出来，人性则是作者所着重的，而超越性就要靠读者自己去感受了。

妓女与帮闲的共生共存

  西门庆带着应伯爵等人到妓院消遣的时候，通常会先行离席，但这并不表示饭局结束了。应伯爵等人还会留在妓院里继续吃喝玩乐，此时妓院是无利可图的，虽然心中有气，也不能明着赶他们走。妓女和帮闲之间其实是共生关系。一方面，妓女非常需要这些闲杂人等帮自己拉生意；另一方面，有了妓女，帮闲才有好处可捞。可是，他们又互相瞧不起，彼此互相轻贱对方：妓女瞧不起帮闲白吃白喝，帮闲看不上妓女躺着赚钱，常常会用各种方式来取笑、刁难她们。

玳安入后边良久，只听一阵香风过，觉有笑声。四个粉头都用汗巾儿搭着头出来。伯爵看见："我的儿，谁养的你恁乖？搭上头儿，心里要去的情，好自在性儿！不唱个曲儿与俺们听，就指望去？好容易！连轿子钱，就是四钱银子。买红梭儿米，买一石七八斗。够你家鸭子和你一家大小吃一个月。"董娇儿道："哥儿，恁便益衣饭儿，你也入了籍罢了！"（第五十八回）

董娇儿这句话很够劲道，算是经典了。

我们回头看第十二回。西门庆梳拢李桂姐后，常半月不回家。潘金莲写了情诗来，李桂姐发脾气，需要人出面打圆场。于是，谢希大先讲了一个笑话。

该谢希大先说："有一个泥水匠，在院中墁地；老妈儿怠慢着他些儿，他暗暗把阴沟内堵上个砖。落后天下雨，积的满院子都是水；老妈慌了，寻的他来，多与他酒饭，还秤了一钱银子，央他打水平。那泥水匠吃了酒饭，悄悄去阴沟内，把那个砖拿出，把水登时出的罄尽。老妈便问作头：'此是哪里的病？'泥水匠回道：'这病与你老人家病一样，有钱便流，无钱不流。'"原来把桂姐家来伤了。

实际上娼家便是这样——"有钱便流，无钱不流"。这话一说，就把妓女一方得罪了。李桂姐也不是省油的灯，马上回敬了一个笑话。

桂姐道："我也有个笑话，回奉列位。有一孙真人，摆着筵席请人，却教座下老虎去请，那老虎把客人一个个都路上吃了。真人等至天晚，不见一客到。人都说你那老虎，都把客人路上吃了。不一时，老虎来，真人便问：'你请的客人都往哪里去了？'老虎口吐人言：'告师父得知，我从来不晓得请人，只会白嚼人，就是一能。'"当下把众人都伤了。

两边都"伤了"，帮闲要给自己找台阶下。

应伯爵道："可见的俺们，只自白嚼你家孤老，就还不起个东道。"于是，向头上拔下一根闹银斡儿来，重一钱；谢希大一对镀金网巾圈，秤了秤，只九分半；祝日念袖中掏出一方旧汗巾儿，算二百文长钱；孙寡嘴腰间解下一条白布男裙，当两壶半坛酒；常时节无以为敬，问西门庆借了一钱成色银子；都递与桂卿置办东道，请西门庆和桂姐。那桂卿将银钱都付与保儿，买了一钱螃蟹，打了一钱银子猪肉，宰了一只鸡，自家又赔出些小菜儿来。厨下安排停当，大盘小碗拿上来。

接下来是一段有趣的文章，饮食文学可以写到这样的程度，也算了不起了。当天这顿饭非比寻常，因为是帮闲自己花钱的，那非得吃够本才行。于是，各位的吃相就很有看头了。

众人坐下，说了一声"动箸吃"时，说时迟，那时快，但见：

人人动嘴，个个低头。遮天映日，犹如蝗蝻一齐来；挤眼撧肩，好似饿牢才打出。这个抢风膀臂，如经未见酒和

> 肴；那个连三筷子，成岁不逢筵与席。一个汗流满面，恰似与鸡骨朵有冤仇；一个油抹唇边，恨不把猪毛皮连唾咽。吃片时，杯盘狼藉；啖良久，箸子纵横。杯盘狼藉，如水洗之光滑；箸子纵横，似打磨之干净。这个称为食王元帅，那个号作净盘将军。酒壶翻晒又重斟，盘馔已无还去探。正是：珍羞百味片时休，果然都送入五脏庙。

真是古今妙文，将这群人的吃相，用很幽默风趣的方式写出来。"当下众人吃了个净光王佛。西门庆与桂姐吃不上两钟酒，拣了些菜蔬，还被这伙人吃的去了。"这是用类似于"白发三千丈"的文学夸饰，来实现戏剧性的张力。

> 那日把席上椅子坐折了两张。前边跟马的那小厮，不得上来掉嘴吃，把门前供养的土地翻倒来，使促恰刺了一泡谷都的热屎。临出门来，孙寡嘴把李家明间内供养的镀金铜佛塞在裤腰里；应伯爵推斗桂姐亲嘴，把头上金啄针儿戏了；谢希大把西门庆川扇儿藏了；祝日念走到桂卿房里照脸，溜了他一面水银镜子；常时节借的西门庆一钱八成银子，竟是写在嫖账上了。原来这起人，只伴着西门庆顽耍，好不快活。

白先勇先生说，动词是最活的。他的动词来自《红楼梦》，而《红楼梦》的动词来自《金瓶梅》。孙寡嘴的"塞"，应伯爵的"戏"，谢希大的"藏"，祝日念的"溜"，四个动词其实说的是一件事——偷。作者为什么不直接用"偷"字呢？一是为了文学上动词的趣味性；二是不轻易下定论，为角色留有余地，万一塞、戏、藏、溜被其他人发现了，还可以用"我是闹着玩的"糊弄过去。这些游戏文字的背后，其实都考虑到了当时的真实情况。如果我们多读一些这样的作品，就会知道动词可以是很灵活的。

妓女和帮闲的交流，常常是丑戏对丑戏。双方彼此共生，又互相瞧不起，形成一种独特的滑稽效果。我们没有办法一次将帮闲讲完，因为他们随时都会出现。

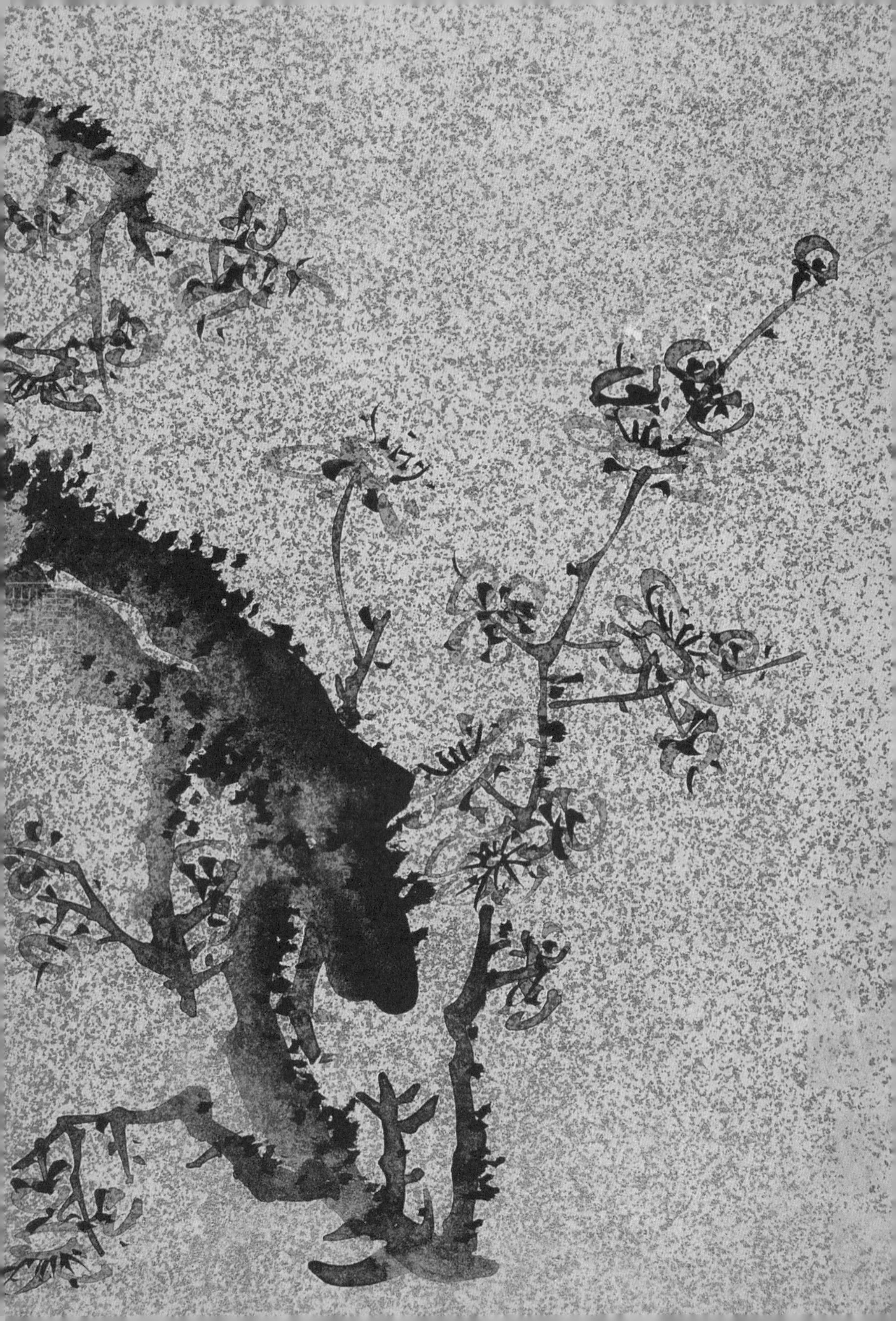

第十一章

道是平常也动人

家长里短不无聊又精彩

如果我们对《金瓶梅》抱有成见，觉得它的语言不是我们所熟悉的，故事中人物的行事风格也令人无法接受，就很容易在阅读时产生窒碍。从道德批判的角度出发，我们看不出它的好；但如果有包容的态度，在渐渐熟悉了其中的生活方式之后，会越来越觉得这是一部千古奇书。况且，我们进入书中的世界是这么不容易，怎么能够轻易离开呢？

如果我们遇到那些反复唠叨着家长里短的邻居，通常会觉得无聊至极，能躲就躲。可是，《金瓶梅》最了不起的地方却在于将琐碎、无聊的日常生活写得很精彩，又不改其无聊的本质。这原是一般作者不愿写，而读者往往也看不下去的，因为我们总是急于摆脱凡尘俗世。多亏有兰陵笑笑生，可以将日常生活原样重现，并吸引读者沉浸其中，正所谓"道是平常也动人"。

在现代作家中，有一个作家可以做到这点，那就是张爱玲。其作品《留情》讲的是一对中年再婚夫妇某天下午的情形，什么事也没有发生，可就是令人回味无穷。还有那篇《等》，等待推拿的患者坐在那里，各怀心事，数千字写尽人生的苦闷琐碎；文章最后，一只猫在屋顶上慢慢走过，"生命自顾自走过去了"。

老实说，这点连《红楼梦》恐怕都做不到。我个人越来越觉得，如果没有《金瓶梅》，或许就不会有《红楼梦》。《红楼梦》和我们有距离，距离产生美感，给人期待，即便辛酸，也是甜蜜。《金瓶梅》比《红楼梦》更加市井，但唯其市井，才能恒久存在。是不是可以这样说，《红楼梦》是天书，《金瓶梅》是地书；《红楼梦》是现实中人冀望于理想的那一场梦，而《金瓶梅》没有梦，它本身就是结结实实的每一个日子。《金瓶梅》所着力的地方，《红楼梦》是不屑去描写的。

曹雪芹有一点儿"洁癖"，喜欢写年轻的、有灵性的女孩，对于年纪稍大或比较粗俗的人（如赵姨娘、鲍二家的），他就懒得理了。但现实人生当中，最多的就是这类人。

市民的角度写实

《金瓶梅》的视点是市民的视点，是平视的，既不是要批评常人有多愚蠢，也不是要叹息命运有多无奈，只是平白如实的记录。作者兰陵笑笑生很熟悉当时富商家庭的生活形态。他极有可能就生活在这样的家庭里，对这些人的生活起居、衣食住行娱乐非常了解。对于西门庆家餐桌上日常出现的东西，他如数家珍，但是西门庆上京城到蔡太师家，甚至见到皇帝的情形，他就如有一层隔膜，写得云山雾罩。即便如此，还是要多亏有这样一位作家，为我们记录下16世纪京杭运河沿岸城市文明的样貌。

《金瓶梅》的作者不同于以往的卫道人士，动不动就给女人加上"淫妇"两个字；也不同于20世纪之后前仆后继的女性主义者，极力追求女性权利的平等和女性意识的觉醒。他只是尽量客观、自然地呈现当时女性的情欲，还有她们的爱恨情仇，她们面对生活的勇气。这样的自然主义手法，是非常难能可贵的。各位不要被"看官听说"和各回结尾那首七言诗的道德包装所迷惑，没有这些劝善言词，这部书恐怕无法流传，我们也就难以看到当时女性的真实意愿。

艺术的美好和道德的美好完全是两回事，好的艺术作品可以化腐朽为神奇，将结实而丑陋的人性精彩呈现出来。这样的作品就是美的作品。

明 姜隐《货郎图》(局部)

勇敢地为自己而活的女人们

张竹坡对吴月娘就像金圣叹对宋江一样,充满恨意,见到就没有好话。但我作为一个读者,还是蛮佩服吴月娘的。她能够做到四平八稳、面面俱到,很不容易。当然她也有缺点——比较贪财。但这是古时候女人普遍的问题,她们没有独立的经济能力,没有安全感,所以要多存私房钱。西门庆对吴月娘算是敬重的,可是并不表示她可以完全无忧地立足。

从第一回到第二十回,西门庆快手快脚地娶了三个女人回来。《金瓶梅》的整个故事,以西门庆家作为主要舞台,妻妾妓女像众星拱月一般,围绕着西门庆展开了生活的各种情节。

潘金莲也好,孟玉楼也好,李瓶儿也好,都在勇敢地为自己活,她们对人生都是积极的、热忱的。她们对西门庆有情欲,这是一定的,可是情欲并不是一切。她们会嫁给西门庆,也基于现实人生的种种考虑。潘金莲要追求更好的物质,还要在心理上消除武松带给她的挫败感;孟玉楼要找一个靠山,以抵抗觊觎前夫财产的亲戚;李瓶儿一开始可能更看重西门庆的外在,但财产一批批搬到西门家之后,她更担心的是人财两失。李瓶儿嫁过蒋竹山,但各方面都不满意;她等待西门庆的心情,类似于等公交车,已经等了十分钟,就只能等下去,否则损失更大。我们读《金瓶梅》,有时不得不感慨一声:人生就是这样啊!

宋惠莲是西门府下人来旺儿的妻子,一个充满生命力却又浅薄的女子。在情感方面,她可以随便,可是她也有人生的原则:可以偷情,但是不可以害人。因此,她的意志非常坚决,一次没有死成,那就再死第二次。各位读过《金瓶梅》,也许对于李娇儿、孙雪娥印象不深,但是一定会对宋惠莲留下印象。也是在宋惠莲事件上,我们看到了女人之间的争斗是多么残酷。

第三十回中,西门庆得子加官,随后生意也越做越大,财富快速增加,一路走上人生巅峰。但是,这并不表示西门府里是和谐快乐的,妻妾之间的矛盾其实越来越复杂了。

比如，表面上最风光的李瓶儿，拥有大量财富，又得丈夫的宠爱，还生了儿子，但她也有不得不忍气吞声以待的人——潘金莲。她吞了许多暗气，惹出一身病，最后母子还是都死在这上头。潘金莲则一点一点地失宠，有人做过统计，打从李瓶儿生子之后，书中关于西门庆和潘金莲性方面的描写就少了，打骂反倒不时有。因为她感到焦虑，所以动不动就兴风作浪，人也变得越来越可怕。吴月娘表面上还在风风光光地主持家计，但她财力比不过李瓶儿，又没有儿子傍身，实际上也备感威胁，还曾对着自己的哥哥诉苦流泪。众妻妾当中，孟玉楼是活得最好的，她是一个非常冷静的女人，会适时地出来做挑拨者，让潘金莲去冲锋陷阵。而且她很有幽默感，在潘金莲言语攻击李瓶儿的时候，她不咸不淡地来一句："六丫头，你是属面筋的，倒且是有劲道！"丫鬟春梅也不甘寂寞，随时有戏上场。家大业大、锦衣玉食的西门府里，每个女人都各自有一肚子的心事。

第五十九回，官哥儿死了，他总共只活了一岁零两个月。李瓶儿万念俱灰，在第六十二回也过世了。

我们原本以为最狠心的西门庆，此时哭得最伤心。有人说这是鳄鱼的眼泪，我倒是觉得未必，再狠的男人也有他真情的一面。潘金莲则笑得最开心，一大早就起来寻是寻非。一府之中，有人痛，有人快，有人准备抢财物，热闹非常，又各自曲折，各自寂寞。

西门家由盛极走向衰亡这部分，是《金瓶梅》最精彩的地方，值得多花时间细读。

金瓶物语之时令美食

《食货金瓶梅》说："家长里短，柴米油盐，正是阅读市井小说的乐趣。"崇祯本将这些内容删掉，实在少了很多阅读上的乐趣。《金瓶梅》中的衣食都不是平白写的，它们在故事中穿针引线，连缀起一个又一个情节，凸显人物个性，甚至暗示了结局。

鲥鱼是《金瓶梅》中多次出现的食物，当时的有钱人家才吃得起。张爱玲曾说，人生有三件憾事——红楼未完、海棠无香、鲥鱼多刺。她还说自己最不会吃鱼，每次吃都会卡到鱼骨头。吃着麻烦又令人惦记，可见其美味。

第三十四回中，应伯爵帮忙将捉了韩二捣鬼和王六儿奸情的四人放出后，西门庆陪他在翡翠轩坐下，吩咐玳安端木樨荷花酒和糟鲥鱼来。为什么应伯爵可以吃这么好的东西呢？因为人家有本事。不仅如此，前一天，西门庆已经送了两尾好鲥鱼给他。

> 伯爵举手道："我还没谢的哥，昨日蒙哥送了那两尾好鲥鱼与我，送了一尾与家兄去；剩下一尾，对房下说拿刀儿劈开，送了一段与小女；余者打成窄窄的块儿，拿他原旧红糟儿培着，再搅些香油，安放在一个磁罐内，留着我一早一晚吃饭儿。或遇有个人客儿来，蒸恁一碟儿上去，也不枉辜负了哥的盛情。"（第三十四回）

应伯爵多会讲话，将收到礼物的开心和对礼物的珍视说得透透的，又毫不矫情，送礼的人听了自然欢喜。西门庆接着对他讲起自己一桩贪赃枉法的事情。刘太监家人犯法被拿，夏提刑想收他一百两银子，但"还要劾本参送，申行省院"。刘太监赶紧向西门庆行贿，家人才得以从轻发落。荷花酒和重四十斤的糟鲥鱼就是刘太监送的，"彼此有光，见个情分"。后面这八个字几乎是明朝官场上的"真经"，情、理、法三者，情在最上面，大家互相有用就好。应伯爵的周到此时又现出来了。

> 伯爵道："哥，你是希罕这个钱的？夏大人他出身行伍，起根立地上没有，他不挝些儿，拿甚过日？哥，你自从到任以来，也和他问

了几桩事儿？"（第三十四回）

这声"哥"叫得多么亲热，又将西门庆和夏提刑在钱上的眼光进行对比，称赞了西门庆。

西门庆道："大小也问了几件公事，别的倒也罢了，只吃了他贪滥蹋婪的，有事不问青红皂白，得了钱在手里就放了，成什么道理！我便再三扭着不肯。你我虽是个武职官儿，掌着这刑条，还放些体面才好。"（第三十四回）

这句话听起来很讽刺，但西门庆真是这么认为的。在西门庆眼里，夏提刑拿的都是小钱，拿钱就放人，太自降身份；自己是做官的，一二百两银子入不了眼，他要拿的是大钱。

说未了，酒菜齐至。先放了四碟菜果，然后又放了四碟案鲜：红邓邓的泰州鸭蛋，曲湾湾王瓜拌辽东金虾，香喷喷油煠的烧骨，秃肥肥干蒸的劈咸鸡。第二道又是四碗嗄饭：一瓯儿滤蒸的烧鸭、一瓯儿水晶膀蹄、一瓯儿白煠猪肉、一瓯儿炮炒的腰子。落后才是里外青花白地磁盘，盛着一盘红馥馥柳蒸的糟鲥鱼，馨香美味，入口而化，骨刺皆香。西门庆将小金菊花杯斟荷花酒，陪伯爵吃。不说两个说话儿，坐更余方散。（第三十四回）

有开胃的，有下酒的，有配饭的，一共十二碟。这些菜肴事先也没有特意准备，但很快就上齐了。食材都是上好的，除了糟鲥鱼，还有泰州鸭蛋、辽东大虾等。有学者讨论过配饭的菜为什么用瓯（茶杯）来装，结论是只有两个人吃，小小的桌子，容器大了一是摆不开，二是够不着。糟鲥鱼最后才上，容器也与众不同，用"里外青花白地磁盘"；荷花酒盛在小菊花杯里，美食、美酒、美器，相得益彰。

应伯爵享受到的高级待遇，正好呼应了接下来白来抢受到的冷落。第三十五回中，白来抢上门，赶也不肯走，中间夏提刑过来一趟，吃完茶走了，他还赖着。最后，西门庆只好用"四碟小菜，带荤连素，一碟煎面筋，一碟烧肉"打发了他。白来抢也是"十兄弟"之一，但是最落魄的那个；最红的当然是应伯爵，其次是谢希大。做帮闲也要会讨金主欢心，才能有好吃好喝。应伯爵善于左右逢源，白来抢则不识时务。食物的对比烘托出西门庆和应伯爵、白来抢的交情大小、关系亲疏。白来抢离开时，西门庆借故不送，后来又打了平安一顿出气。

西门庆有一个男宠，名叫书童，以前在县府当门子，长得漂亮，能书能写，也通公文，算是一个得力的小厮。应伯爵以四十两银子应下捉奸四人家属请求后，找到书童，请他帮忙，前后共分给了他二十两银子。

> 这书童把银子拿到铺子，镏下一两五钱来，教买了一坛金华酒、两只烧鸭、两只鸡、一钱银子鲜鱼、一肘蹄子、二钱顶皮酥果馅饼儿、一钱银子的搭穰卷儿。把下饭送到来兴儿屋里，央及他媳妇惠秀替他整理，安排端正。（第三十四回）

蹄子也是《金瓶梅》中经常出现的菜肴。书童将这些食物拿到李瓶儿房里，让李瓶儿跟西门庆讲，是花大舅托来说情，请将四人放出。这对李瓶儿来说不是什么大事，另外她现在有了儿子，也不希望西门庆在外面造孽太多，便应承下来。这一桌菜，一是体现了男宠书童的"能耐"，衙门有衙门的关说，家里面也有家人的关说，而他可以影响涉及四个人的司法案件；二是凸显李瓶儿在西门庆心里的分量，引出后面潘金莲狠斗李瓶儿的故事。

西门庆饮酒中间，想起问李瓶儿："头里书童拿的那帖儿，是你与他的？"李瓶儿道："是门外花大舅那里来说，教你饶了那伙人罢。"西门庆道："前日吴大舅来说，我没依。若不是，我定要送问这起光棍。既是他那里分上，我明日到衙门里，每人打他一顿，放了罢。"（第三十四回）

西门庆话的意思很明白：得宠的妾讲的话，比正妻哥哥讲的话有效。我们不妨深入一些：吴月娘知道这件事后，会有什么想法？又会发生多少事情？这些隐藏在字句背后的深意，每每令人惊讶或叹息，可能要多读几遍才会发现。

徐大人送来两包螃蟹，十斤鲜鱼，"众人围坐吃螃蟹"。

月娘分付小玉："屋里还有些葡萄酒，筛来与你娘每吃。"金莲快嘴，说道："吃螃蟹，得些金华酒吃才好。"又道："只刚一味螃蟹就着酒吃，得只烧鸭儿撕了来下酒。"月娘道："这咱晚哪里买烧鸭子去。"那席上李瓶儿听了，把脸飞红了。正是：

话头儿包含着深意，题目儿里暗蓄着留心。

那月娘是个诚实的人，怎晓的话中之话。这里吃螃蟹不题。（第三十五回）

潘金莲嘴巴花里胡哨的，只有李瓶儿听得懂：金华酒和烧鸭都是先前书童送去过李瓶儿房里的，月娘不明就里，李瓶儿则"把脸飞红了"。

食物在这里绝对不只是食物而已，作者通过食物穿针引线，带出一连串复杂的人事情节。

金瓶物语之晚明服饰风尚

说到衣物，我们集中来看第三十四回和第三十五回。

先看第三十五回白来抢的打扮。

(西门庆)睃见白来抢头带着一顶未洗覆盔过的，恰如太山游到岭的旧罗帽儿，身穿着一件坏领磨襟救火的硬浆白布衫，脚下靸着一双乍板唱曲儿前后弯绝户绽的古铜木耳儿皂靴，里边插着一双一碌子绳子打不到黄丝转香马凳袜子，坐下也不叫茶。

这全身上下的破烂，和前后脚到来的夏提刑刚好对比鲜明。

良久，夏提刑进来，穿着黑青水纬罗五彩洒线猱头金狮补子圆领，翠蓝罗衬衣，腰系合香嵌金带，脚下皂朝靴，身边带钥匙，黑压压跟着许多人进到厅上。

白来抢和夏提刑之间只有一道门帘之隔，一个在外，一个在里，却是两个世界。白来抢吃饱喝足之后，终于告辞。"西门庆送他二门首，说道：'你休怪我不送你。我带着小帽，不好出去得。'""带着小帽"的意思是他穿着家居服，作为堂堂副提刑，这样出去被人看见，会遭到耻笑。但这只是托词，更重要的是西门庆有钱财有官位，白来抢则一身破烂，他觉得和戴着旧罗帽儿的对方一同出现在公共场合有失身份，只能勉为其难地接受在私人场合"带着小帽"与对方相见。作者没有直接写他们的贫穷或富贵，但身份和距离我们都随着二人的衣着看到了。

第三十四回，潘金莲带着礼物回家，给潘姥姥过生日，当天折返。

潘金莲下了轿，上穿着丁香色南京云绸搽的五彩纳纱，喜相逢天圆地方补子对衿衫儿，下着白碾光绢一尺宽攀枝耍娃娃挑线拖泥裙子，胸前搽带金玲珑搽领儿，下边羊皮金荷包。

西门庆当初看上潘金莲的时候，她穿的是粗布衣服。如今看她的打扮，俨然是一位富太太了。吴月娘问她为何不在娘家住一个晚上，她言语中满是嫌弃。

吴大妗子家做"三日"，西门府的女眷要随礼。孟玉楼、李瓶儿、吴月娘手里都有钱，潘金莲没有钱，也没有礼物可送，就问西门庆要。西门庆让她拿一匹红纱去送，潘金莲觉得拿不出手，宁可不去。西门庆于是到李瓶儿那里替她搜罗，李瓶儿借机主动示好。

李瓶儿道："你不要铺子里取去。我有一件织金云绢衣服哩，大红衫儿蓝裙，留下一件，也不中用。俺两个都做了拜钱罢。"一面向箱中取出来，李瓶儿亲自拿与金莲瞧："随姐姐拣衫儿也得，裙儿也得。咱两个一事，包了做拜钱倒好。省得又取去。"金莲道："你的，我怎好要你的？"李瓶道："好姐姐，怎生恁说话？"推了半日，金莲方才肯了。又出去教陈经济换了腰封，写了二人名字在上。（第三十五回）

礼物是李瓶儿一人出的，却写了两个人的名字。回家为潘姥姥祝寿的潘金莲穿得虽然光鲜，但她大概真的只有这一身披挂而已。逢有重要场合，她总要临时向西门庆讨穿戴。在经济方面，她永远比不上李瓶儿、孟玉楼和吴月娘，由此带来的焦虑和失落也令她言语刻薄，行为极端。这次送礼，潘金莲又占到便宜，可是她心里绝对不会好过。当然李瓶儿也有自己的苦心，她希望通过物质的帮助，能让潘金莲对她好一点儿。可是，这个算盘打错了。人生是很复杂的，并不是你给得多，人家就会感谢你；有时候你给得越多，只是让对方越觉得挫败，也越发怨恨。

第三十四回中，我们借助应伯爵的眼睛，看到了西门庆的男宠书童的打扮。

> 伯爵进入厅上，只见书童正从书房内出来，头带瓦楞帽儿，扎着玄色缎子总角儿，撇着金头莲瓣簪子，身上穿着苏州绢直裰，玉色纱褴儿，凉鞋净袜……（第三十四回）

书童刚满十六岁，长得又非常好看，配上这身穿着，大概算得上玉树临风了。而这一身俊俏男装，也和后面西门庆命他换上女装陪酒唱歌形成反差。

> 因见书童儿斟酒，说道："你应二爹一生不吃哑酒。自夸你会唱的南曲，我不曾听见，今日你好歹唱个儿，我才吃这钟酒。"那书童才待拍手着唱，伯爵道："这个唱一万个，也不算。你装龙似龙，装虎似虎，下边搽画妆扮起来，像个旦儿的模样才好。"那书童在席上，把眼只看西门庆的声色儿。西门庆笑骂伯爵："你这狗材！专一歪斯缠人。"因向书童道："既是他索落你，教玳安儿前边问你姐要了衣服，下边妆扮了来。"玳安先走到前边金莲房里，问春梅要，春梅不与。旋往后，问上房玉箫要了四根银簪子，一个梳背儿，面前一件仙子儿，一金镶假青石头坠子，大红对衿绢衫儿，绿重绢裙子，紫绸金箍儿；要了些脂粉，在书房里搽抹起来，俨然就是个女子，打扮的甚是娇娜。走在席边，双手先递上一杯与应伯爵。顿开喉音，在旁唱《玉芙蓉》，道：

残红水上飘，梅子枝头小，这些时淡了眉儿谁描？因春

> 带得愁来到，春去缘何愁未消？人别后山遥水遥，我为你数尽归期，画损了掠儿稍。

伯爵听了，夸奖不已。（第三十五回）

西门庆的命令，书童不敢拒绝。玳安先问春梅替书童要衣服发饰，春梅不与。她的个性里始终带着贵气。玳安又向玉箫要，书童拿到后，当即打扮起来。他明明是男儿身，偏要装成女儿的样子，还少不了要在西门庆身下承欢，这种有意为之的倒错，便是荒唐世道的缩影。

词话本第三十五回还有一段关于贲四衣着的描写，可惜在崇祯本中被删掉了。

> 不一时，贲四身穿青绢褶子，单穗绦儿，粉底皂靴，向前作了揖，旁边安顿坐了。

这一身算得上干净得体。贲四经应伯爵引荐给西门庆后，承办了不少工程，一定也捞了好多油水，可是他没有给应伯爵好处。应伯爵故意当着西门庆抢白他，让他坐也不是，站也不是。第二天，贲四便封了三两银子，跑到应伯爵面前磕头，希望他能继续在西门庆面前扶持自己。而应伯爵揭贲四的短，也是为了身上布缕。

> 拿银子到房中与他娘子儿说："老儿不发狠，婆儿没布裙。贲四这狗嗜的，我举保他一场，他得了买卖，扒住饭碗儿，就不用着我了。大官人教他在庄子上管工，明日又托他拿银子成向五家庄子，一向赚的钱也勾了。我昨日在酒席上拿言语错了他错儿。他慌了，不怕他今日不来求我，送了我这三两银子。我且买几匹布，够孩子们冬衣

了。"(第三十五回)

帮闲生涯之外,应伯爵也有自己的柴米油盐。昨日贲四那身衣装,大概正触动了他自家儿女尚无冬衣过年的心事。那番言语刺激,就是要让他乖乖送银两过来,以解燃眉之急。崇祯本将关于贲四衣着的描写删掉,这股隐藏的劲道就不见了。

《金瓶梅》之所以越看越好看,是因为里面真的是字字珠玑。故事中回回不离衣服食物,似乎很无聊,但反观我们的日子不也就是这样琐琐碎碎地在过下去吗?

另外,顺带提几点。一、《金瓶梅》中的性描写比例,要远远小于对日常生活(如饮食)的记述。二、《金瓶梅》中的人物,据统计,男性有五百五十三位,女性有二百四十七位。三、《金瓶梅》诞生的时代,既是一个朝政昏聩、令人窒息的时代,又是一个商人阶层崛起、风气非常开放的时代。与它同时代的,还有冯梦龙的短篇小说集"三言二拍"。四、宋惠莲用一根柴火烧得烂烂的猪头,堪比《红楼梦》中的茄鲞。猪头刚好是与商人暴发户身份相符的食物,偏粗菜细做,引人垂涎。

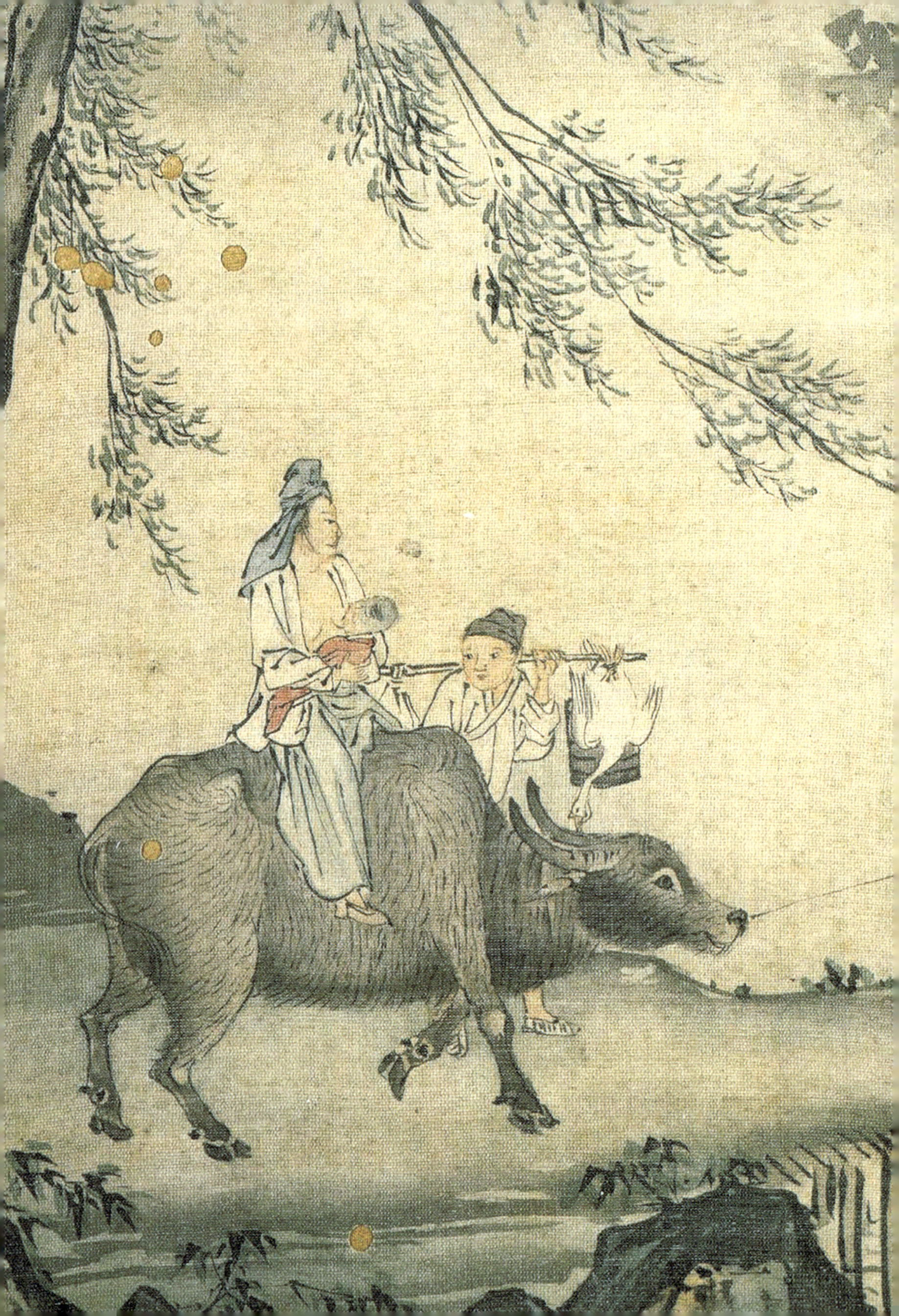

第十二章
韩道国夫妇登场

我们讲过，长篇小说一定要开枝散叶，要有新的人物、新的情节进来。第三十回中，西门庆家里添了一个儿子——西门官哥儿。由于这个人物的出现，引发了很多新的故事。再者，西门庆当官了，这不仅让我们看到官场的形形色色，也打开了商场和欢场的新局面。

西门庆这样一个地方恶霸去当副提刑，本身就充满了讽刺性。官场上送往迎来，他接待过蔡状元、宋御史，还有六黄太尉——一个宦官，等等。官场中还有宦官存在，这是朝政腐败的一部分原因。

因为做了官，西门庆在商场上也进行了扩张。在此之前，他最重要的生意是一家生药铺；后来开了一家印子铺，一方面是当铺，同时也放高利贷；再后来，又开了一家绒线铺。绒线铺开张后，引出一个很重要的人物——韩道国。

欢场就更热闹了。除了家中这群妻妾互相咬群之外，李桂姐已经渐渐失宠了，西门庆的新欢是郑爱月儿。还有一个比较重要的偷情对象是王六儿，她是韩道国的老婆，长得又高，又黑，又丑。在潘金莲眼中，就是一个"大摔瓜"，却是西门庆的新宠。对于和外面女人的露水情缘，西门庆通常几两碎银子、一件衣服便打发了，但他在王六儿身上撒了相当多的钱。韩道国完全是将王六儿和西门庆的关系当作事业来经营的，两人还会商量下一步对策，也算是一对奇人了。

四个层面的韩道国

西门庆当官之后,在商场上也要开始大赚了。刚好有一个商人急着脱手一批丝线,应伯爵便将他介绍给了西门庆。

> 月娘便问:"你昨日早辰使他往哪里去,那咱才来?"西门庆便告说:"应二哥认的湖州一个客人何官儿,门外店里堆着五百两丝线,急等着要起身家去,来对我说,要拆些发脱。我只许他四百五十两银子。昨日使他同来保拿了两锭大银子作样银,已是有了来了,约下今日兑银子去。我想来狮子街房子空闲,打开门面两开,倒好收拾开绒线铺子,搭个伙计。况来保已是郓王府认纳官钱,教他与伙计在那里,又看了房儿,又做了买卖。"(第三十三回)

应伯爵是西门庆身边很得力的助手,千万不要把他等闲视之。西门庆最后杀价到四百二十两,应伯爵从中私下三十两,又从三十两中拿了九两和来保对分。也就是说,在这笔买卖里,应伯爵一共赚了二十五点五两。而有了这批绒线之后,西门庆打算新开一家绒线铺,选了狮子街楼下两间门面——大家可以回想一下仇英《清明上河图》中临街店铺的样子。新店铺需要伙计,牵线搭桥本是应伯爵的拿手事,他推荐了韩道国。

第三十三回从四个层面介绍了韩道国。

> 西门庆道:"应二哥说他有一相识,姓韩,原是绒线行,如今没本钱,闲在家里。说写算皆精,行止端正,再三保举。改日领他来见我,写立合同。"

这是第一层,是保人(推荐人)应伯爵说的,核心在"写算皆精,行止端正"。

第二层就要由雇主来看了。应伯爵带韩道国来见西门庆，随后的描写即雇主对他的第一印象。

> 其人五短身材，三十年纪。言谈滚滚，相貌堂堂，满面春风，一团和气。

看起来还不错，"西门庆即日与他写立合同"。
第三层是社会风评，即市井传说中韩道国的形象。

> 且说西门庆新搭的开绒线铺伙计，也不是守本分人。姓韩，名道国，字希尧，乃是破落户韩光头的儿子。如今跌落下来，替了大爷的差使，亦在郓王府做校尉。见在县东街牛皮小巷居住。其人性本虚飘，言过其实，巧于词色，善于言谈。许人钱如捉影捕风，骗人财如探囊取物。因此街上人见他是般说谎，顺口叫他做"韩捣鬼"。自从西门庆家做了买卖，手里财帛从容，新做了几件虼螂皮，在街上虚飘说诈。撮着肩膊儿，就摇摆起来。人见了，不叫他个韩希尧，只叫他做"韩一摇"。他浑家乃是宰牲口王屠妹子，排行六姐，生的长挑身材，瓜子面皮，紫膛色，约二十八九年纪。身上有个女孩儿，嫡亲三口儿度日。他兄弟韩二，名二捣鬼，是个耍手的捣子，在外另住。旧与这妇人有奸，要便赶韩道国不在家，铺中上宿，他便时常走来与妇人吃酒，到晚夕刮涎，就不去了。（第三十三回）

韩道国的老婆即王六儿，这里就有影射了。前面我们讲过的宋惠莲，原名宋金莲，与潘金莲的同构性高，在二人的争斗中死得很惨。王六儿"排行六姐"，潘金莲也是六姐，相当于又一个小潘金莲出现了。她和韩道国的兄弟韩二捣鬼有染，在街坊间并不是秘密。

介绍人讲了，雇主看了，街头巷尾议论了，第四层就要由韩道国本人亲自走上舞台，现身说法了。八月中旬的一天，韩二捣鬼趁韩道国不在，喝多了酒，来找王六儿寻欢，结果被众人捉奸，"男妇二人拴做一处"。另一边，韩道国当天正好不用值班，"身上穿着一套轻纱软绢衣服，新盔的一顶帽儿，细网巾圈，玄色缎子履鞋，清水绒袜儿，摇着扇儿，在街上阔行大步，摇摆走着。但遇着人，或坐或立，口若悬河，滔滔不绝"。多有画面感，我们仿佛已经看到韩道国走过来了。这时，他遇到了两个熟人——张二哥和白四哥。

> 张好问便道："韩老兄，连日少见，闻得恭喜在西门大官府上开宝铺做买卖，我等缺礼失贺，休怪休怪！"一面让他坐下。那韩道国坐在凳上，把脸儿扬着，手中摇着扇儿，说道："学生不才，仗赖列位余光，与我恩主西门大官人门下做伙计，三七分钱。掌巨万之财，督数处之铺，甚蒙敬重，比他人不同。"有白汝谎道："闻老兄在他门下，做只做线铺生意。"韩道国笑道："二兄不知，线铺生意，只是名目而已。今他府上大小买卖，出入资本，哪些儿不是学生算账？言听计从，祸福共知，通没我，一时儿也成不的。大官人每日衙门中来家摆饭，常请去陪侍，没我便吃不下饭去。俺两个在他小书房里，闲中吃果子说话儿，常坐半夜，他方进后边去。昨日他家大夫人生日，房下坐轿子行人情，他夫人留饮至二更方回。彼此通家，再无忌惮，不可对兄说。就是背地他房中话儿，也常和学生计较。学生先一个行止端庄，立心不苟，与财主兴利除害，拯溺救焚。凡百财上分明，取之有道，就是傅自新，也怕我几分。不是我自己夸奖，大官人正喜我这一件儿。"（第三十三回）

这些话大家会不会觉得很熟悉？中国文学史上著名的讽刺文学《儒林外史》

中净是这样的文字，明明要讽刺人，偏不带脏话，让当事人用自夸的方式讲出来，一点儿不脸红，还流利得很，但读者总能会意这是个无耻之徒。看到这一段，我们恍然大悟，原来《金瓶梅》还是《儒林外史》的上游。

韩道国的这番自夸，概括一下便是西门庆没有自己是不行的。不过，最有趣的是这几句："彼此通家，再无忌惮，不可对兄说。就是背地他房中话儿，也常和学生计较。"虽然"不可对兄说"，但读者马上就会知道，他和西门庆果然是"通家"——西门庆不和他计较，却没少和他老婆王六儿"计较"，而且一点儿都不用忌惮被他知道。种种不堪的事体，由当事者亲白道来，更有戏剧性和讽刺性。

他还把自己和生药铺的老伙计傅自新相比较。他们都是西门庆的员工，而非家仆，所以不住在西门府里。傅自新每个月的薪水只有二两银子，但他算是西门庆家的伙计里最老实的。韩道国作为一名新进员工，强调自己已经压过了老员工傅自新，自称"凡百财上分明，取之有道"，"大官人正喜我这一件儿"。这又是一处大大的讽刺。西门庆刚死，韩道国就拐走了他一千两银子。

至此，推荐人、雇主、群众和本人都向读者呈现了各自眼中的韩道国，这是一个活生生的人物了。有意思的是，这四个说法都是真的。韩道国能写会算，能言善道，本就相貌堂堂，再有"阿玛尼"上身，一定更好看了。像我们讲过的，写实主义文学最难得的地方就在于，作者不加入主观视角，只是躲在故事背后尽量呈现客观，比如推荐人说的话、老板看到的样子、社会的风评，以及人物的自我认知。

而韩道国的故事，就是从王六儿和韩二捣鬼被抓奸这一幕开始的。这个故事一出来，我们套一句《金瓶梅》里面的话——"蝗虫蚂蚱一例"，情节都连起来了。韩道国也好，王六儿也好，韩二捣鬼也好，原来都是一路货色。由这个角度来介绍这对夫妻，是《金瓶梅》独出心裁的地方。

应伯爵的能耐

韩道国正在自鸣得意，却有好事者来提醒他了。

> 刚说在闹热处，忽见一人慌慌张张，走向前，叫道："韩大哥，你还在这里说什么？教我铺子里寻你不着。"拉到僻静处告他说："你家中如此如此，这般这般。大嫂和二哥，被街坊众人摆弄儿，拴到铺里，明早要解县见官去。你还不早寻人情，理会此事？"这韩道国听了，大惊失色，口中只咂嘴，下边顿足，就要翅趄走。被张好问叫道："韩老兄，你话还未尽，如何就去了？"这韩道国举手道："学生家有小事，不及奉陪。"慌忙而去。（第三十三回）

我们又要见到应伯爵了。他先是给西门庆介绍了一桩生意，接着给西门庆介绍了韩道国这个人，再来就韩道国家后院起火了。这时的韩道国毕竟是新伙计，和西门庆不熟，于是他必须找应伯爵来"乔"（摆平）一下。

韩道国是在妓院里找到应伯爵的，对方正和湖州何蛮子的兄弟何二蛮子一起玩乐。当时的帮闲不能只跟一个主子，那样还是吃不饱、穿不暖的，应伯爵手上有好几张"饭票"，才能每天吃香喝辣。因韩道国是他举荐的，所以他必须替此人摆平事端。"既有此事，我少不得陪你去。"——擅长"乔"事情的应伯爵，随即施展了自己的能耐。

两人一同去见西门庆，应伯爵从中说合，拜托西门庆将王六儿和韩二捣鬼放了，并捉拿了参与抓奸的几个人。西门庆刚刚当上官，只是一个副提刑，相当于当地公安局的"副局长"，"正局长"夏提刑却要看他脸色。因为夏提刑出身行伍，没什么钱，而西门庆家有的是钱，有钱便是大爷。审理这件事的时候，西门庆完全是僭越长官，不待夏提刑开口，就先说话了。

因抓奸而被审的四个人，名字很有趣，分别是车淡、管世宽、游守和郝贤。"车淡"就是扯淡,"管世宽"就是管得太多、太宽,"游守""郝贤"合起来自然是游手好闲。这几个名字和《红楼梦》中的"詹光""单聘仁""钱华"有异曲同工之妙。车淡、管世宽、游守和郝贤先被狠狠打了一顿,然后被关起来了。家属为救人而奔波,想来想去,还是只能找应伯爵,便凑了四十两银子去托付他。

应伯爵的娘子这时就有疑问了——其实读者也会纳闷儿吧:"你既替韩伙计出力,摆布这些起人,如何又揽下这银子,反替他说方便,不惹韩伙计怪?"是应伯爵叫西门庆放了王六儿和韩二捣鬼,抓了四个参与捉奸的人,现在他有什么办法,让西门庆将这四个人放了呢?但这难不倒应伯爵,他找了西门庆管书房的书童。

书童这个角色有点儿像《红楼梦》里的门子,以前的大户家或衙门里面都会有这么一个小人物,人虽小,但是知道的官场的事情很多,应对进退、书写公文也在行。书童是一个打扮得漂漂亮亮的男孩子,在西门庆跟前算是一个红人。

应伯爵本打算分十五两给书童,对方说不够,他便加了五两。书童用其中的一两半买了鸡鸭鱼肉,送到李瓶儿房里,准备假托花子虚的哥哥花大舅的名义,把捉奸的四人救出来。——这里又有一笔糊涂账,花子虚的哥哥,此时已经是李瓶儿的娘家人了。现下李瓶儿是受宠的妾,容易打动西门庆;花大舅和西门庆家又很少来往,事情基本不会穿帮。这类人真是聪明到不行,事情的远近、轻重,都算清楚了。

书童向李瓶儿讲自己的计策,外面都打理好了,公文也写好了,到时候西门庆问起来,只要她说是花大舅托人来拜托自己就可以。这个办法果然奏效,同时也证明应伯爵的路子走对了。四个人被放出来,应伯爵又赚了二十两,而且韩道国、韩二捣鬼都欠了他的人情。这就是应伯爵的本领。

西门庆初见王六儿

这是八月中旬的事情，王六儿已经出场，但还没有加入西门庆家的战局。

京城太师府的翟管家，央西门庆"替他寻个女子。不拘贫富，不限财礼，只要好的，他要图生长"，即生儿育女。西门庆对这件事并不积极，还是月娘在旁边说，既然答应人家，就应该赶快去办。媒婆冯妈妈受西门庆之托，找来找去，选中了韩道国和王六儿的女儿韩爱姐。借着这个机会，九月中旬，西门庆便到韩道国家观瞧，一下子和王六儿对上了眼。

西门庆道："你对他说，不费他一丝儿东西。凡一应衣服、首饰、妆奁、厢柜等件，都是我这里替他办备。还与他二十两财礼，教他家置备女孩儿的鞋脚就是了。临期还叫他老子送他往东京去。比不的与他做房里人。翟管家要图他生长，做娘子，难得他女儿生下一男半女，也不愁个大富贵。"冯妈妈问道："他那里请问你老人家，几时过去相看？好预备。"西门庆道："既是他应允了，我明日就过去看看罢。他那里再三有书来，要的急。就对他说，休教他预备什么，我只吃钟清茶就起身。"冯妈妈道："爷爷，你老人家上门儿怪人家！就是不稀罕他的，也略坐坐儿。伙计家，莫不空教你老人家来了。"西门庆道："你就不是了。你不知我有事？"冯妈妈道："既是恁的，等我和他说。"一面先到韩道国家对他浑家王六儿一五一十，说了一遍："宅内老爹看了你家孩子的帖儿，甚喜不尽。说来，不教你这里费一丝儿东西。一应妆奁陪送，都是宅内管。还与你二十两银子财礼，只教你家与孩儿做些生活鞋脚儿就是了。到明日还教你官儿送到那里。难得你家姐姐一年半载有了喜事，你一家子都是造化的了，不愁个大富贵。明日他老人家衙门中散了，就过来相看。教你一些儿休预备。他也不坐，只吃一钟茶，看了就起身。"王六儿道："真个？妈妈子休要说谎！"冯妈妈道："你当家不恁的说，我来哄你不成？他好少事儿，家中人来人去，通不断头的。"妇人听言，安排了些酒食与婆子吃了，打发去了，明日早来伺候。到晚韩道国来家，妇人与他商议已定。早起，往高井上叫了一担甜水，买了些好细果仁，放在家中，还往铺子里做买卖去了。丢下老婆在家，艳妆浓抹，打扮的乔模乔样；洗手剔甲，揩抹杯盖干净，剥下果仁，顿下好茶，等候西门庆来。冯妈妈先来撺掇。

西门庆衙门中散了，到家换了便衣靖巾，骑马，带眼纱，玳安、琴童两个跟随，径来韩道国家，下马进去。冯妈妈连忙请入里面坐了。良久，王六儿引着女儿爱姐出来拜见。这西门庆且不看他女儿，不转睛只看妇人。见他上穿着紫绫袄儿，玄色缎红比甲，玉色裙子，下边显著趫趫的两只脚儿，穿着老鸦缎子羊皮金云头鞋儿。生的长挑身材，紫膛色瓜子脸，描的水鬓长长的。正是：未知就里何如，先看他妆饰油样。但见：

淹淹润润，不搽脂粉，自然体态妖娆；袅袅娉娉，懒染铅华，生定精神秀丽。两弯眉画远山，一对眼如秋水。檀口轻开，勾引得蜂狂蝶乱；纤腰拘束，暗带着月意风情。若非偷期崔氏女，定然闻瑟卓文君。

西门庆见了，心摇目荡，不能定止。口中不说，心内暗道："原来韩道国有这一个妇人在家，怪不的前日那些人鬼混他。"又见他女孩儿生的一表人物，暗道："他娘母儿生的这般模样，女儿有个不好的！"（第三十七回）

前后差别多大，本来西门庆想的是"好吧，那我就去看一眼，你什么都不用准备，我喝了茶就走人"，此番一见，却"心摇目荡，不能定止"。至于王六儿有什么好，何以让西门庆迷成这样，吴月娘不懂，潘金莲更不懂，读者大概也不懂。别急，后面我们会讲到这两人难解难分到底是为什么。

潘金莲怀嫉惊儿

这一章的故事发生时，西门庆做官不久，又赶上李瓶儿的孩子满月，连续几日大宴宾客。大家都很忙，李瓶儿和玉箫等人在拣泡螺，吴月娘也在和丫鬟一起准备菜肴。官哥儿刚刚满月，头还是软的，经不起大动作，潘金莲硬把孩子从奶妈如意儿手里抱过来，从李瓶儿的房间一直抱到厨房，而且举得高高的（如图44）。此举几乎注定了官哥儿的早夭，他总共活了一岁零两个月。

吴月娘看到潘金莲的举动，马上制止，并让李瓶儿将孩子带回去。

> 谁知睡下不多时，那孩子就有些睡梦中惊哭，半夜发寒潮热起来，奶子喂他奶也不吃，只是哭。李瓶儿慌了。
>
> 且说西门庆前边席散，打发四个唱的出门，月娘与了李桂姐一套重绉绒金衣服，二两银子，不必细说。西门庆晚夕到李瓶儿房里看孩儿。因见孩儿只顾哭，便问怎么的。李瓶儿亦不提起金莲抱他后边去一节，只说道："不知怎的，睡了起来这等哭，奶也不吃。"西门庆道："你好好拍他睡。"因骂如意儿："不好生看哥儿，管何事？唬了他。"走过后边对月娘说。月娘就知金莲抱出来唬了他，就一字没得对西门庆说，只说："我明日叫刘婆子看他看。"（第三十二回）

我们现在比较好奇的是，为什么李瓶儿不说，吴月娘也不说。我们不是常常讲"为母则强"吗？而且李瓶儿对花子虚、对蒋竹山多狠，现在怎么就变成一个如此温柔婉约的人了？有的学者认为这种现象是角色错乱，是作者的失

图 44- 潘金莲怀妒惊儿

败,但我觉得有必要更深入地探讨一个女人的心事。

是不是她现在有夫有子,而且丈夫如此疼爱她,令她觉得自己终身有靠,故而得饶人处且饶人。有时候,一个人对其他人宽容,是因为觉得自己比对方优越,犯不着和对方一般见识。薛宝钗对林黛玉好,大概也就是出于这种"有恃无恐"的心态。但正是"终身有靠"的想法令她失去了警惕性,使得官哥儿最后被潘金莲的雪狮子猫惊吓并死去。

另外,我们从文学的角度来分析,也很有趣。《金瓶梅》的作者或许想告诉我们,淫妇不一定是穷凶极恶的坏人。李瓶儿也许特别好色,但她的个性是温柔敦厚的。当初的花子虚和蒋竹山都不能满足她,几经波折嫁给西门庆之后,两人有情有爱有欲,她满足了,所以愿意息事宁人。但是,谁能预知接下来会发生什么事。李瓶儿可以用强悍的方式保护儿子,也可以用温柔的方式退让。她的一念之差,却成了官哥儿和她自己命运的关键转折点。

李瓶儿进门之后,吴月娘对她算是不错的。官哥儿在名义上也是她的儿子,如果健康长大,将来做了官,母亲受封赏,也有她的好处。但是,她也没有对西门庆讲这件事，这里又有很微妙的心理背景。此时的吴月娘已经怀孕了，如果顺利，她今后会有自己的孩子，对"别人的孩子"官哥儿，难免就有隔阂了。再者，李瓶儿是官哥儿的生母，她自己都不说，吴月娘也多一事不如少一事。而且，李瓶儿进来之后，抢了不少风头，吴月娘人再好，也难免会嫉妒和担忧。诸位还记得吗？李瓶儿进门三日大摆筵席的时候，吴月娘看到自己的哥哥就哭了，她也有自己的压力。她会觉得李瓶儿已经够受宠了，无须自己替她张罗、争取。吴月娘在这件事上的沉默，等于将官哥儿早夭的悲剧命运又推了一把。

在和宋惠莲的对决中，潘金莲大获全胜。这次她只是试试看，如果引起轩然大波，没关系，反正家里在请客，西门庆又刚做官，她大概也不会受到很大惩罚。出乎意料的是，事情很顺利，根本没人提起她的所作所为。关起门来，潘金莲大概会笑得很开心，她像得到鼓励一样，将要进一步行动。大家看看对应这部分内容的绣像，看看每个人的表现，可以体会很多事情。

《金瓶梅》中的饮食文化和民俗节庆

现在我们来看看《金瓶梅》中展现出的饮食文化和民俗节庆，看看四百多年前明朝的生活起居的第一手资料，看看当时人吃什么、喝什么、住什么，是很有趣的事情。

《金瓶梅》中出现了两次结婚的场面，第一次在第七回，第二次在第九十一回，主人公刚好都是孟玉楼。孟玉楼的第一个丈夫是开染坊的；第二个丈夫是西门庆；第三个丈夫是李衙内的公子，是做官的，长得又好看，而且是两情相悦。她可以说是越嫁越好，正应了"威媚兼全财命有，终主刑夫两有余"。

丧事写了三次——官哥儿、李瓶儿和西门庆，当然整个故事中不止死了三个人。其中，李瓶儿之死是着墨最多的，从临死那天写到七七，一共四十九天。李瓶儿丧礼的场面堪称盛大，与后来西门庆死时的冷清形成鲜明对比。这正应了民俗专家郭立诚引用过的那句老话："太太死，满街白；老爷死，没人抬。"——太太死的时候，如果老爷还在，丧礼通常会非常隆重；而老爷死的时候，树倒猢狲散，连抬棺材的人可能都凑不齐了。

清明节也写了三次。第二十五回，主要写清明节荡秋千的习俗。第四十八回，正是西门庆风头最盛之时，所谓"富贵不归故乡，如衣锦夜行"，于是他大修祖坟，并郑重祭扫。西门庆要带上官哥儿，吴月娘反对："孩子且不消教他往坟上去罢。一来还不曾过一周；二者刘婆子说这孩子脑门还未长满，胆儿小。这一到坟上路远，只怕唬着他。依着我，不教他去。留下奶子和老冯在家，和他做伴儿。只教他娘母子一个去罢。"西门庆回道："此来为何？他娘儿两个不到坟前与祖宗磕个头儿去？"——扫墓的目的之一就是要告诉列祖列宗，自己有儿子了，怎么可以不让他去？结果，祭扫时，官哥儿又被吓到了。第八十九回的清明节是和第四十八回相呼应的。西门庆死在第七十九回，第八十九回中，新寡的吴月娘去给他上坟。这一年清明节的冷清，反映了西门府的起落。

此外，端午节写了一次，在第六回，不过重点在记事。潘金莲当时还住在旧家，西门庆溜去与她相会。中秋节正好是吴月娘的生日，故事中描写的通常是月娘过生日的情景，写了三次。

元宵节是写得最多的，一共四次。从李瓶儿入门之前，到金、瓶、梅聚齐，到家势最盛，再到盛极后的迅速衰败，每一年的元宵节都各有重点所在。

《金瓶梅》中的家常食物，是我个人比较感兴趣的。

第二十二回中，应伯爵与西门庆约好去帮人送殡，让西门庆在家等他一起吃早饭。

> 两个小厮放桌儿，拿粥来吃。就是四个咸食，十样小菜儿，四

碗炖烂：一碗蹄子，一碗鸽子雏儿，一碗春不老蒸乳饼，一碗馄饨鸡儿。银厢瓯儿，粳米投着各样榛松栗子、果仁、玫瑰、白糖粥儿。西门庆陪应伯爵、陈经济吃了，就拿小银钟筛金华酒，每人吃了三杯。壶里还剩下半壶酒，分付小厮画童儿："连桌儿抬下去，厢房内与李铭吃。"

当天是腊月初八，放了各色果仁的稀饭分明就是腊八粥。四样炖烂，都是要花时间烹饪的。现在满街都是快炒，花个十几元就能来一份；我们五点半下班到家，六点就可以开出四菜一汤，随便炒炒就好。但在《金瓶梅》成书的年代，快炒是社会底层的人吃的东西，富贵人家要吃炖烂。

我记得小时候，家里请客，或者过五月十三城隍爷生日大祭拜，一定会有一道工序繁复的排骨。先腌排骨，再炸，炸好后在排骨上面垫实萝卜或者芋头，上锅蒸。要蒸一两个小时，蒸到骨酥肉烂，倒扣出来，淋上芡汁。还有一道香酥鸭，也要先腌，再上蒸笼去蒸，蒸到烂熟，下油锅炸，炸好马上趁热出菜。鸭皮香、酥、脆，但是用筷子划开，里面的肉丰腴软烂。这两道菜和西门家餐桌上的炖烂一样，都是"功夫菜"，要花费大量时间。西门庆家早饭就有炖烂吃，表示他家厨房二十四小时有人在，可以供应这种耗时耗力的食物。

李瓶儿进西门府后的第一餐，桌子上也有炖烂。

两个睡到次日饭时，李瓶儿恰待起来，临镜梳头。只见迎春后边拿将来四小碟瓶甜酱瓜茄，细巧菜蔬，一瓯炖烂鸽子雏儿，一瓯黄韭乳饼，并醋烧白菜，一碟火熏肉，一碟红糟鲥鱼，两银镶瓯儿白生生软香稻粳米饭儿，两双牙箸。妇人先漱了口，陪西门庆吃了上半盏儿。（第二十回）

金瓶梅的读法

明 佚名《耆英盛会图》(局部)

书中特意将李瓶儿和西门庆新婚次日第一餐的菜式记一笔，或许也是在呼应潘金莲进门后为了一顿早饭激西门庆打孙雪娥的情节。潘金莲娶进来，早饭都不得安生；李瓶儿娶进来，早饭和平落幕。李瓶儿和西门庆吃饭时，潘金莲就守在外面，准备向大官人讨要银首饰。《金瓶梅》读得越多，越觉得它结构紧凑，叙事技巧高超，仅仅因为几个画面就让它背上"淫书""禁书"的名声，实在冤枉。

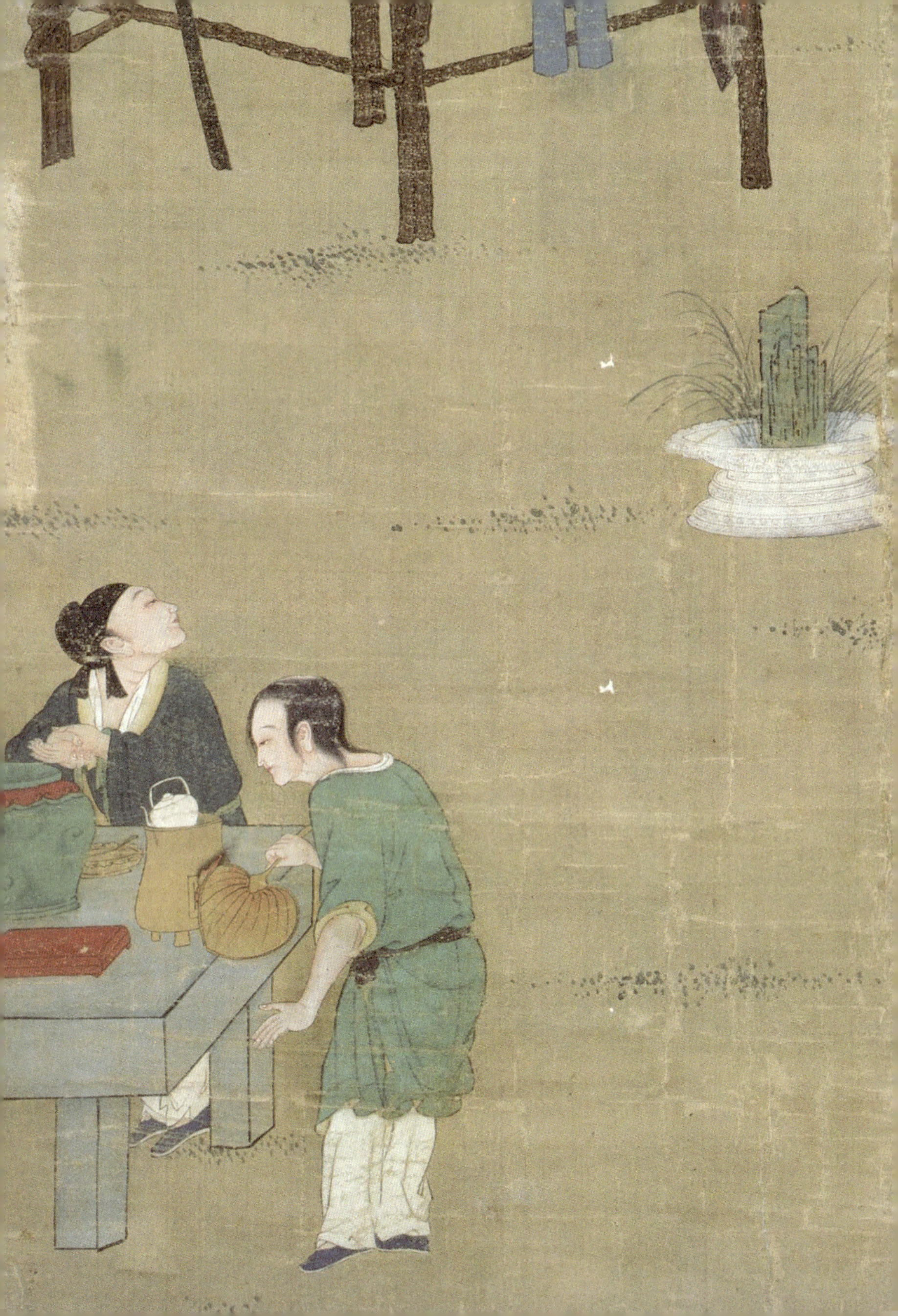

第十三章

西门府的元宵节

第一次元宵节

现在我们来看看西门家的元宵节。

第十五回写的是第一次元宵节，崇祯本第十五回"佳人笑赏玩登楼"绣像就是这个场景（如图45）。绣像上的地点狮子街，是李瓶儿短暂居住过的地方。当时，李瓶儿虽然还没嫁过来，但是已经在和西门庆商量婚事。借着过生日，她明里请吴月娘等众妻妾，暗里请西门庆，到她家做客。狮子街是清河县最繁华的街道，李瓶儿家正好便于观赏花灯。我们也得以借助故事中人的活动，去感受明朝时元宵节的欢乐和热闹。

众妻妾连同李瓶儿都穿得非常漂亮，最有趣的是潘金莲的打扮，"鬓后挑着许多各色灯笼儿"，正合节日气氛。众人伏在二楼窗口向下观瞧，"见那灯市中，人烟凑集，十分热闹。当街搭数十座灯架，四下围列些诸门买卖。玩灯男女，花红柳绿，车马轰雷，鳌山耸汉"。仅灯就有好几十种，还有耍杂技的、做买卖的、相命算卦的，各色人等齐聚。

山石穿双龙戏水，云霞映独鹤朝天。金莲灯、玉楼灯，见一片珠玑；荷花灯、芙蓉灯，散千围锦绣。绣球灯，皎皎洁洁；雪花灯，拂拂纷纷。秀才灯，揖让进止，存孔孟之遗风；媳妇灯，容德温柔，效孟姜之节操。和尚灯，月明与柳翠相连；通判灯，钟馗共小妹并坐。师婆灯，挥羽扇，假降邪神；刘海灯，倒背金蟾，戏吞至宝。骆驼灯、青狮灯，驮无价之奇珍，咆咆哮哮；猿猴灯、白象灯，进连城之秘宝，顽顽耍耍。七手八脚螃蟹灯，倒戏清波；巨口大髯鲇鱼灯，平吞绿藻。银蛾斗彩，雪柳争辉。只只随绣带香球，缕缕拂华幡翠幰。鱼龙沙戏，七真五老献丹书；吊挂流苏，九夷八蛮来进宝。村里社鼓，队共喧阗；百戏货郎，俱庄庄斋斗巧。转灯儿一来一往，吊灯儿或仰或垂。琉璃瓶光单美女奇花，云母障并瀛州阆苑。往东看，雕漆床、螺钿床，金碧交辉；向西瞧，羊皮灯、掠彩灯，锦绣夺眼。北一带都是古董玩器；南壁厢，尽皆书画瓶炉。王孙争看，小栏下蹴踘齐云；仕女相携，高楼上妖娆炫色。卦肆云集，相幕星罗；讲新春造化如何，定一世荣枯有准。又有那站高坡打谈的，词曲杨恭；到看这扇响钹游脚僧，演说三藏。卖元宵的，高堆果馅；粘梅花的，齐插枯枝。剪春娥，鬓边斜插闹东风；祷凉钗，头上飞金光耀日。围屏画石崇之锦帐，珠帘彩梅月之双清。

图45-佳人笑赏玩登楼

虽然览不尽鳌山景，也应丰登快活年。

这次元宵不止于写景，还特意让得意、招摇的潘金莲大大亮了个相。

众人见楼下人乱，就回席上吃酒，"惟有潘金莲、孟玉楼同两个唱的，只顾搭伏着楼窗子，引下人观看"。潘金莲不仅要看景致、看玩意儿，还要人看她，"一径把白绫袄袖子搂着，显他遍地金掏袖儿，露出那十指春葱来，带着六个金马镫戒指儿，探着半截身子，口中磕瓜子儿，把磕了的瓜子皮儿，都吐下来，落在人身上，和玉楼两个嘻笑不止"。又一下让大姐姐看这个，一下让二姐姐看那个，都是她的声音。路人们果然注意到潘金莲，"那楼下看灯的人，挨肩擦背，仰望上瞧，通挤匝不开，都压摞摞儿"，指点议论起来。有人认出她，还将武大的事讲了一遍。

第二次元宵节

第二次元宵节重点写西门府的家宴，在第二十四回。"正月十六，合家欢乐饮酒，正面围着石崇锦帐围屏，挂着三盏珠子吊灯，两边摆列着许多妙戏桌灯。"

> 西门庆与吴月娘居上坐，余李娇儿、孟玉楼、潘金莲、李瓶儿、孙雪娥、西门大姐，都在两边列坐；都穿着锦绣衣裳、白绫袄儿、蓝裙子。惟有吴月娘穿着大红遍地通袖袍儿、貂鼠皮袄，下百花裙；头上珠翠堆盈，凤钗半卸。春梅、玉箫、迎春、兰香一般儿四个家乐，在傍拣筝歌板，弹唱灯词。

胸前绣花与袖子连成一气的样式，叫作通袖。有研究者说，吴月娘的装束要五品以上的命妇才可以穿，她这是僭越了。也可看出当时规定是一回事，民间要不要遵守又是另一回事。春梅、玉箫、迎春、兰香四名丫鬟，经过李铭的调教，已经可以在家庭宴会上弹唱助兴了。

宴席过后，妇女们出去走百病，以求病痛消解、身体健康，这也是当时的习俗。

> 当下三个妇人（潘金莲、孟玉楼和李瓶儿），带领着一簇男女；来安、画童两个小厮，打着一对纱吊灯跟随。女婿陈经济蹬着马，抬放烟火花炮，与众妇人瞧……经济与来兴儿，左右一边一个，随路放慢吐莲、金丝菊、一丈兰、赛月明。出的大街市上，但见香尘不断，游人如蚁；花炮轰雷，灯光杂彩；箫鼓声喧，十分热闹。左右见一队纱灯，引导一簇男女过来，皆披红垂绿，以为出于公侯之家，莫敢仰视，都躲路而行。

除了写烟火花炮，这回元宵节重点写了宋惠莲这个人物，写了宋惠莲和陈经济、陈经济和潘金莲之间的来言去语。众人回家路上遇见贲四娘子，到她家小坐。贲四、傅自新、韩道国是西门庆的员工，而非奴仆，是不住在西门庆家里的。西门庆请客的时候，这些人会有位置，家人也不必到西门府里工作。而来旺、来保、来兴等人是西门府的奴仆，连带着家眷也要在府里做事，比如宋惠莲就要上灶。众人所属的阶层是很清晰分明的。

因为这次偶遇，我们也看到了城市里小户人家过节的样子。

> 玉楼等刚走过门首来，只见贲四娘子，穿着红袄，玄色缎比甲，玉色裙，勒着销金汗巾，在门首笑嘻嘻向前道了万福，说道："三位娘，哪里走了走？请不弃，到寒家献茶。"玉楼道："方才因小儿哭，俺站住问了他声；承嫂子厚意，天晚了，不到罢。"贲四娘子道："耶哧！三位娘上门，怪人家就笑话俺小家人家，茶也奉不出一杯儿来。"

生死拉到屋里。原来外边供养观音八难并关圣贤，当门挂着雪花灯儿一盏。掀开门帘，他十四岁女儿长姐在屋里。桌上两盏纱灯，摆设着春台果酌，与三人坐。连忙教他长姐过来，与三位娘磕头递茶。玉楼、金莲每人与了他两枝花儿；李瓶儿袖中取了方汗巾，又是一钱银子，与他买瓜子儿磕。喜欢的贲四娘子，拜谢了又拜。

后面我们会继续讲到第三年和第四年的元宵节。《金瓶梅》用了整整四十一回的笔墨（第三十九回到第七十九回），描写西门庆处于人生巅峰这一年间的种种，换句话说，这一年的故事是整部小说最重要的内容。西门庆死后十年间的情形，则用最后二十回草草带过。

人生远比戏剧精彩

我们常讲"人生如戏"，事实上，现实人生永远比戏剧还要精彩，还要匪夷所思。

我们试想一下，一个高官明明拿了钱，还可以大做声势；一个女子明明未婚生子，却有一堆人抢着要当爸爸，她还可以大声嚷嚷，人气指数看起来还很高；一个男人大声说"太太是我的唯一"，却有小三、小四、小五一直冒出来，他的身价非但没有跌，还上涨了——如果这个世界是这样的，那谁还能够随便说西门庆家里净是男盗女娼，能够说《金瓶梅》是一部淫书呢？

话说回来，也不要泄气，我们在新闻中看到的事情是真的，但那毕竟不是全部，我们绝大部分人，包括你我，都是安分守己地、默默地、静静地过着应该过的日子。同样道理，《金瓶梅》里面所展现的是明朝晚期的真实情形，可也只是16世纪下半叶城市工商业发达以后市民生活形态的一部分，大部分老百姓还是规规矩矩地过日子，甚至比我们还要保守。如果一百年后，人们回溯我们这个时代的新闻，说当时的人都是某某样子，那我们不是冤枉了吗？

戏剧为了吸引观众，通常会比较夸张，而中国的传统戏剧又偏向简单化——尽管剧情跌宕起伏，可是人的性格往往是平面的、单一的，好人就好到高大全面，坏人就坏到十恶不赦；最后还一定得大团圆，坏人坏了九十九回，到了第一百回突然双膝一跪，"娘，我错了"，一切就此搞定。有人曾经思考过，中国的传统戏剧之所以喜欢大团圆，是因为这样让观众在看剧时没有负担。几个小时内演尽悲欢离合，戏结束了，大家也就算了，娱乐的成分比较大，用喜剧来收场最合适。

与中国传统戏剧较少关注现实寻常的人生不同，《金瓶梅》或许是中国古典小说中最赤裸裸描写市民阶层生活的作品。它与其后出现的《红楼梦》也不相同，《红楼梦》更加浪漫，用很多仙、道、佛、梦去包装人生，用诗词歌赋来提升文学境界，而且所诉诸的对象是贵族阶层、文人雅士。西门庆够不上大富大贵，只是当地一名比较有钱、也比较有影响力的豪绅。

历史告诉我们的，通常是伟大的事件、特定的人物。所以我们看明朝的历史，也许可以看到太监刘瑾，看到后宫的万贵妃，看到明世宗、明神宗，甚至看到首辅张居正，可是我们看不到西门庆。在小说里，我们反而看到了这种占大多数的非特定人物，他们就生活在16世纪下半叶的京杭运河沿岸。现在，我们就去看看西门府里的第三次元宵节，看看当时的人怎样过日子，有着怎样的人情往来。

群戏的高超叙事技巧

第三次的元宵节就是从第四十回到第四十六回，是不是有一点儿乱？就像一笔流水账一样。这次的元宵节是《金瓶梅》西门庆家鼎盛的一个阶段，过了今年就没有了，真的就没有了，所以这一年的元宵算是他们最好、也是最隆重的一个年假了。现在我们来看看《金瓶梅》第三次的元宵节。

元宵节始于汉代，是汉人文化当中很重要的节庆。唐朝小说和宋词元曲中都不乏对元宵节的描绘。唐代是实行宵禁的，但是元宵节这几天可以"城开不夜"。宋代更进一步，明定元宵假期为五天，君主与民同乐，大家都很开心。到了明代，元宵假期延长为十天，从正月初八一直到正月十七。《金瓶梅》将元宵节大加铺陈，除了它本身就是一个非常热闹的节庆外，还出于文学上的技巧——潘金莲的生日是正月初九，李瓶儿的生日是正月十五，两个重头人物的生日刚好都在为期十天的元宵佳节当中，更有故事可讲。

因此，整部《金瓶梅》中，结结实实讲了四次元宵节。

第一次元宵节，潘金莲在狮子街的楼上展示自己的六个戒指，纤纤玉手招摇；李瓶儿在为嫁进西门家而不断努力。

第二次元宵节，西门府内一家和乐，宋惠莲也在，有豪绅家宴的场景，有走百病的过程。根据文献记载，走百病是中国北方地区自明朝晚期延续到清朝初年的习俗，元宵节大家都出去走，以祛除疾病，保持健康。台北"故宫"收藏的乾隆年间月令图，一套十二张，第一张画的就是元宵节，上面有灯架，有走百病（如图46）。如果是腰酸背痛的人，则要过桥，这样毛病就会改善。吴月娘等人在走百病时，"月色之下，恍若仙娥，都是白绫袄儿，遍地金比甲"。这样的装束完全符合史实，明朝末年到清朝初年，走百病的时候要穿白衣服。

第三次元宵节从第四十回写到第四十六回，可见作者对它的重视。如张竹坡所说，这次元宵节，每天有每天的事情，似乎并不重要，实际上颇为用心。这一次，作者不再强调家宴，而是突出了众人各做各事的状态。

过节之前，西门庆已经决定好请客的次数、时间。正月初十这天，他让贲四叫花儿匠来做几架烟火（汪曾祺的小说《岁寒三友》中描写了一位做炮仗的陶虎臣，各位可以参考）。此外，他还向王皇亲家里借了个戏班子，演《西厢记》；从妓院叫来两个唱的——吴银儿和李桂姐，在家里助兴。这就是当时有钱人家请客的规模，除了饮食，还包括丰富的娱乐活动，有戏、有弹、有唱。

接下来就是做衣服。要去做客了，潘金莲说自己没有衣服穿，西门庆便给家中妻妾做。款式、颜色、料子、数量等，并不问穿衣人的意见，全由自己决

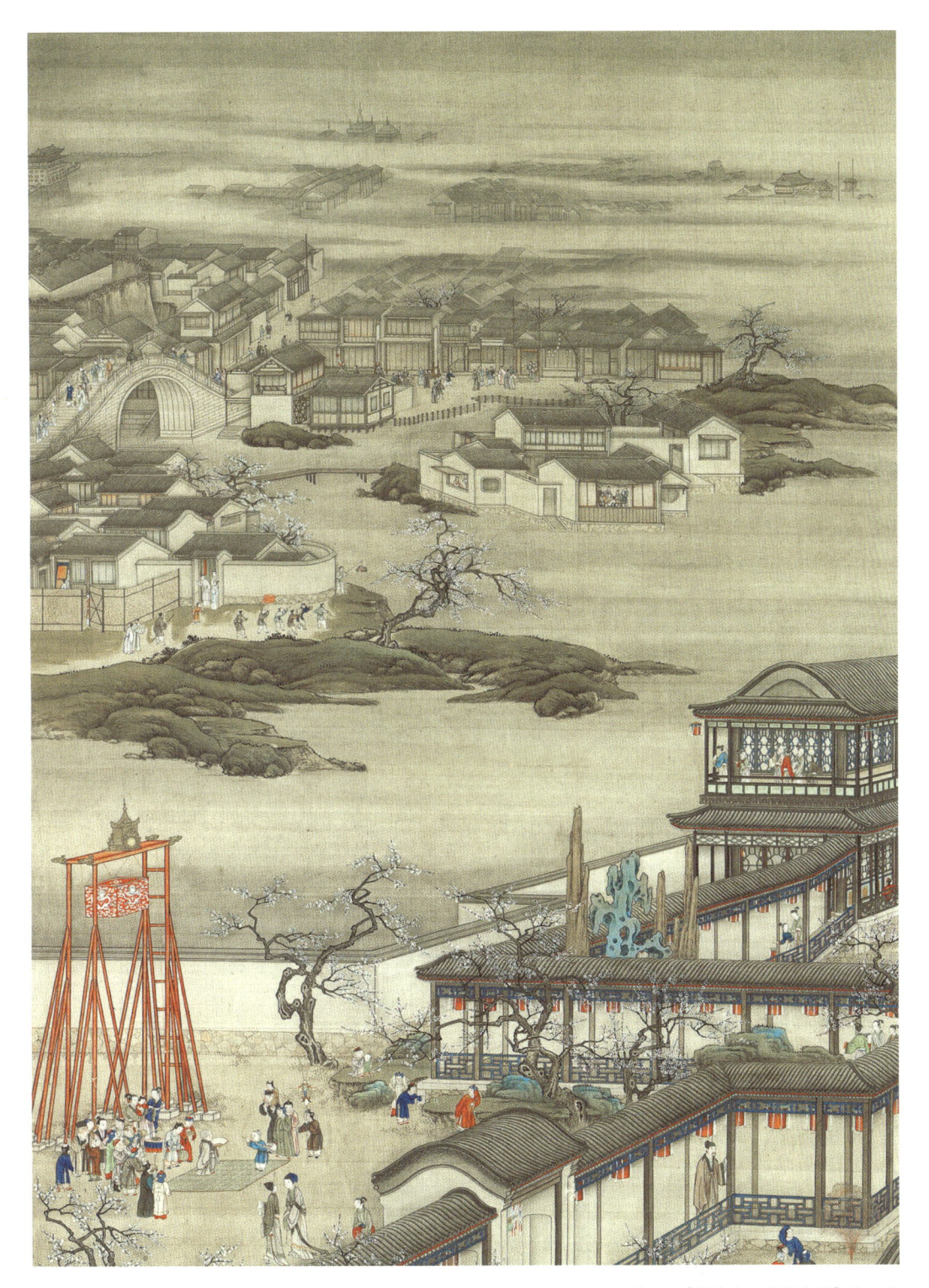

图46-《乾隆十二月月令图》之一月

定——作为家中的男主人，他还要负责各位娘子的衣着。西门庆本就开着绸缎庄和绒线铺，不久前还从杭州采购了一批布料，只需叫裁缝上门量好各人尺寸。

  （赵裁）不一时走到，见西门庆坐在上面，连忙磕了头。桌上铺着毡条，取出剪尺来，先裁月娘的一件大红遍地锦五彩妆花通袖袄，兽朝麒麟补子缎袍儿；一件玄色五彩金遍边葫芦样鸾凤穿花罗袍；一套大红缎子遍地金通袖麒麟补子袄儿，翠蓝宽拖遍地金裙；一套沉香色妆花补子遍地锦罗袄儿，大红金皮绿叶百花拖泥裙。其余李娇儿、孟玉楼、潘金莲、李瓶儿四个，都裁了一件大红五彩通袖妆花锦鸡缎子袍儿，两套妆花罗缎衣服。孙雪娥只是两套，就没与他袍儿。须臾，共裁剪三十件衣服。兑了五两银子，与赵裁做工钱。一面叫了十来个裁缝，在家趱造，不在话下。（第四十回）

  吴月娘的衣服最多也最好，两件袍子，两套衫裙；孙雪娥待遇最差，两套衣服打发，没有袍子；其余四妾都是两套罗缎衣服，加一件袍子。可见孙雪娥在家中地位之低。西门府内，"裁缝趱造衣服，哪消两日就完了"。

  正月十二早晨，月娘便带着家中女眷到乔大户家赴宴，乔大户也是清河县数一数二的有钱人。西门庆没有同去，来到金莲房里，正好春梅在。春梅借机对西门庆说，她们都做新衣服，自己没有，西门庆就答应给春梅、玉箫等几个丫鬟和西门大姐也置办新装。春梅比别人多"要件白绫裙儿，搭衬着大红遍地锦比甲儿穿"，西门庆表示："你要不打紧，少不的也与你大姐裁一件。"他盘算得很清楚，丫鬟多要一点儿没问题，但是绝不会亏待自己的女儿。春梅说西门大姐已经有一件了，自己这次做一件同样的，对方也说不出什么。西门庆才不管，"拿钥匙开楼门，拣了五套缎子衣服，两套遍地金比甲儿，一匹白绫，裁了两件白绫对衿袄儿。惟大姐和春梅是大红遍地锦比甲儿，迎春、玉箫、兰香都是蓝绿颜色衣服，都是大红缎子织金对衿袄，翠蓝边拖裙，共十七件"。

做完这些,"春梅方才喜欢了,陪侍西门庆在屋里吃了一日酒"。(第四十一回)

我们前面讲过,《金瓶梅》的作者实在很有意思,在西门庆死之前,他是非常保护春梅这个角色的。你想想看,西门庆会乖乖地只吃了一天酒吗?可是作者完全略过不提,因为春梅要在后面发挥,不能一下子都暴露了。

西门府女眷赴宴这段,是最难写的群戏。一群人在故事里,既要让故事进行下去,又要让每个人的个性显现出来,且不能杂乱无章,不能冷落任何一个角色,这需要特别高超的叙事技巧。就好像绘画,画单个人的肖像比较容易,画群像就困难了。早年间台湾著名油画家李石樵,有不少作品是群像,画面上的人看起来彼此疏离,眼神、动作等却紧密联系。《金瓶梅》的作者抓住了吴月娘、潘金莲、孟玉楼、李瓶儿等人的特点,把这出群戏写得滴水不漏。拿言语来说,话一出口,不看名字,读者也能猜到出自何人之口,背后是何种心情。

我们先来看看当时访问豪绅之家所需的礼节。

听闻吴月娘等人到了,乔大户娘子及先到众人"连忙出仪门首迎接,后厅叙礼",亲热寒暄一番。叙礼毕,"段大姐、郑三姐向前拜见了,各依次坐下。丫鬟递过了茶,乔大户出来拜见,谢了礼"。因为今天请的都是女客,乔大户礼节性的现身以示欢迎之后,便离开了。随后,乔娘子"让进众人房中去宽衣服,就放桌儿摆茶"。现在我们到人家做客,没有"宽衣服"的环节了。当时人穿在外面的礼服有些像京剧舞台上的戏服,描龙绘凤、金丝银线,大概是不能下水的,拜见结束后便要脱下来妥善保管。

宽衣之后,大家坐下来吃茶。吃过茶,酒席开始。

须臾吃了茶,到厅。屏开孔雀,褥隐芙蓉,正面设四张桌席。让月娘坐了首位,其次就是尚举人娘子、吴大妗子、朱堂官娘子、李娇儿、孟玉楼、潘金莲、李瓶儿、乔大户娘子关席。坐位傍边放一桌,是段大姐、郑三姐共十一位堂客。两个妓女在旁弹唱。上了汤饭,厨役上来献了头一道水晶鹅,月娘赏了二钱银子;第二道是炖烂烤蹄儿，月娘又赏了一钱银子；第三道献烧鸭，月娘又赏了一钱银子。乔大户娘子下来递酒，递了月娘，过去又递尚举人娘子。月娘就下来，往后房换衣服匀脸去了。孟玉楼也跟下来。（第四十一回）

这些人因为都是各家女眷，只分主位、客位坐下，便开始上菜。西门庆后来宴请官家，可是要一人一张桌席的。这次家宴共有三道大菜——水晶鹅、炖烂烤蹄儿和烧鸭。吴月娘作为客人，一共赏了四钱银子。菜式颇为市井，与《红楼梦》中精致的肴馔不同。

接受主人敬酒之后，吴月娘便下桌到后房去了，因为还有其他客人要接受敬酒，占着位置不离开会显得失礼。又要换衣，又要补妆，怪不得过去的贵妇人出行要专门有丫鬟仆妇提箱笼。通过这一段，我们看到了16世纪后半叶明朝运河沿岸城市豪绅家庭请客的诸般细节。

官哥儿结皇亲激起千层浪

乔大户家刚好添了一个女儿，才两个月大，比官哥儿小五个月。两个小家伙躺在炕上，你拍我一下，我拍你一下。大人凑趣，为两个小孩结下了娃娃亲（如图47）。

也许我们会觉得，传统社会中，结亲是何等重大的事情，怎么会几句话就定了呢？但在商人阶层看来，利益是最重要的，而且中国人向来不重视男女之前是否有爱情，遇到门当户对的，也就是合适的了。

口头上达成一致之后，"月娘一面分付玳安、琴童快往家中对西门庆说。旋抬了两坛酒、三匹缎子红、绿板儿绒金丝花、四个螺钿大果盒，两家席前挂红吃酒"，算是正式定亲。妓女在边上唱着喜乐融融的曲子。虽然官哥儿是妾生的儿子，但是他终身大事的决定权在吴月娘手里，面对这突如其来的亲事，"李瓶儿只是笑"，插不上话。

第十三章 ● 西门府的元宵节

当下众堂客,与吴月娘、乔大户娘子、李瓶儿三人,都簪了花,挂了红,递了酒,各人都拜了,从新复安席坐下饮酒。厨子上了一道果馅寿字雪花糕,喜重重满池娇并头莲汤,割了一道烧花猪肉。月娘坐在上席,满心欢喜。叫玳安过来,赏一匹大红与厨役;两个妓女,每人都是一匹。俱磕头谢了。乔大户娘子还不放起身,还在后堂留坐,摆了许多劝碟细果攒盒。约吃到一更时分,月娘等方才拜辞回家。(第四十一回)

图 47- 两孩儿联姻共笑嬉

书中并没有说"从新复安席坐下"是如何排位的,但从"潘金莲在酒席上,见月娘与乔大户家做了亲,李瓶儿都披红簪花递酒,心中甚是气不愤"来看,大概李瓶儿的位置往前挪了——她现在也是乔大户的亲家了,坐在月娘身边理所应当。点心精致漂亮,烧花猪肉也是用割的,又是一道大菜。月娘心中欢喜,打赏众人,这些布料的价值超过了方才的几钱银子。交际完毕,月娘一行人打道回府。

> 头里两个排军，打着两大红灯笼。后边又是两个小厮，打着两个灯笼，喝的路走。吴月娘在头里，李娇儿、孟玉楼、潘金莲、李瓶儿，一字在中间，如意儿和惠秀煞后。奶子轿子里，用红绫小被把官哥儿裹得严严的，恐怕冷，脚下还蹬着铜火炉儿。两边小厮围随，到了家门首下轿。（第四十一回）

乔家死活留下了吴月娘的嫂子吴大妗子，一方面是做足礼数，表示热情，一方面也有怕月娘反悔，留个"人质"的意思。吴月娘将结亲的事告知西门庆，没想到西门庆并不满意，连讲了两次"有些不搬陪"。乔家有钱固然不错，但"只是个县中大户，白衣人"，西门庆"如今见居着这官，又在衙门中管着事。到明日会亲酒席间，他戴着小帽，与俺这官户怎生相处？甚不雅相"。西门庆还说："就前日，荆南冈央及营里张亲家，再三赶着和我做亲，说他家小姐今才五个月儿，也和咱家孩子同岁。我嫌他没娘母子，也是房里生的，所以没曾应承他。不想倒与他家做了亲。"不过，不满意归不满意，他也没有极力反对，毕竟对他来说这不是很严重的事情。

潘金莲却被"房里养的"几个字点着了，立刻来讨骂。一个人性情的异化，有时是环境所逼。自从李瓶儿生了儿子之后，潘金莲变得越来越尖锐，逮着机会就要发作。

> 潘金莲在旁接过来道："嫌人家是房里养的，谁家是房外养的？就是今日乔家这孩子也是房里生的。正是险道神撞见那寿星老儿，你也休说我的长，我也休嫌你那短。"这西门庆听了此言，心中大怒，骂道："贼淫妇，还不过去！人这里说话，也插嘴插舌的，有你什么说处！"金莲把脸羞的通红了，抽身走出来，说道："谁说这里说我有说处？可知我没说处哩！"（第四十一回）

西门庆本来就对这门亲事没什么兴趣，偏偏潘金莲又来火上浇油，就骂起她来。他的态度很明显：潘金莲只是一个妾，哪里轮得到她插嘴。潘金莲又羞又气，躲到吴月娘屋里哭起来。孟玉楼出现了——这种场合她从来不会缺席。孟玉楼刚一搭腔，潘金莲立刻将满腹委屈倾倒出来。孟玉楼就说："如今人也贼了，不干这个营生。论起来，也还早哩。才养的孩子，割什么衫襟？无过只是图往来，扳陪着耍子儿罢了！"有学者认为这是兰陵笑笑生借角色之口传达自己对于娃娃亲的观点。当时小孩子的存活率并不高，出个麻疹，得个伤寒，可能就夭折了。有钱人家的太太，闲着也是闲着，结个娃娃亲，多一门亲家，纯属找乐子。孟玉楼这样讲，看得出来也是不太开心，但是她比较沉得住气，不像潘金莲那种火里来火里去的。

官哥儿的生母李瓶儿，对这件事倒是挺开心。

> 李瓶儿见西门庆出来了，从新花枝招扬，与月娘磕头，说道："今日孩子的事，累姐姐费心。"那月娘笑嘻嘻，也倒身还下礼去，说道："你喜呀。"李瓶儿道："与姐姐同喜。"磕毕头起来，与月娘、李娇儿，坐着说话。（第四十一回）

这门亲事结下，且是通过吴月娘的主张，表示官哥儿的地位稳固；官哥儿的地位稳固了，她的日子也能过得更安心。

而潘金莲一生气，最倒霉的就是秋菊，当晚便给了她两个耳光。第二天，也就是正月十三，西门庆到衙门里去了，潘金莲又伙同春梅、画童，"打的秋菊杀猪也似叫"。她明着是打秋菊，实际上是在发泄对李瓶儿母子越发得宠的不满（如图48）。

> 李瓶儿那边才起来，正看着奶子奶官哥儿，打发睡着了，又唬醒了。明明白白听见金莲这边打丫鬟，骂的言语儿妨头，则一声儿不言

图 48- 二佳人愤深同气苦

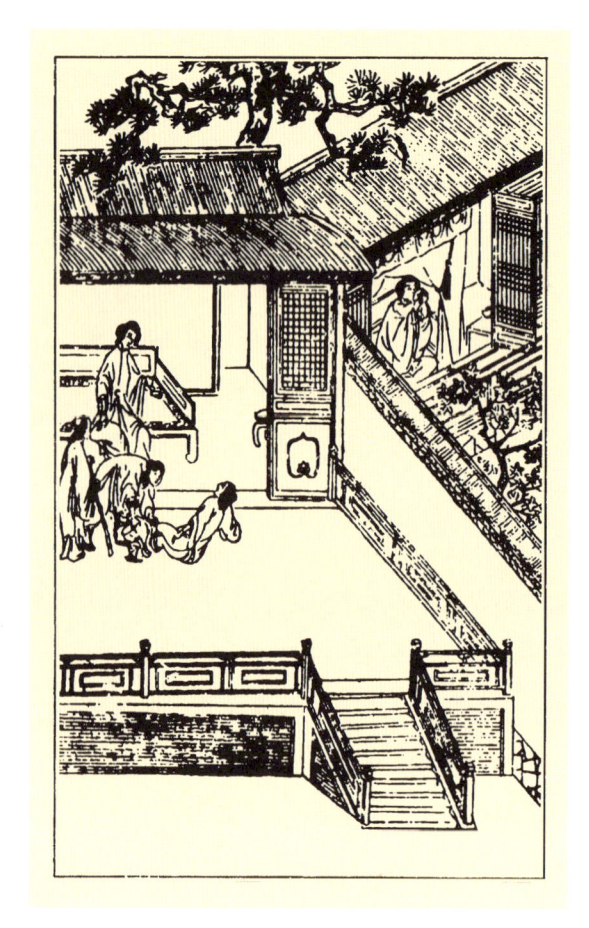

语，唬的只把官哥儿耳朵捂着。一面使绣春："去对你五娘说，休打秋菊罢。哥儿才吃了些奶睡着了。"金莲听了，越发打的秋菊狠了。骂道："贼奴才！你身上打着一万把刀子，这等叫饶！我是恁性儿，你越叫，我越打！莫不为你，拉断了路行人？人家打丫头，也来看着？你好姐姐对汉子说，把我别变了罢！"李瓶儿这边分明听见指骂的是他，把两只手气的冰冷，忍气吞声，敢怒而不敢言。早晨茶水也没吃，搂着官哥儿在炕上就睡着了。等到西门庆衙门中回家，入房来看官哥儿。见李瓶儿哭的眼红红的，睡在炕上，问道："你怎的这咱还不梳头收拾？上房请你说话。你怎揉的眼恁红红的？"李瓶儿也不题金莲那边指骂之事，只说我心中不自在。（第四十一回）

李瓶儿听出了潘金莲的话外之音，但没有在西门庆面前提及"指骂之事"。前一日刚刚定亲，次日乔家便使人给亲家母李瓶儿送来了生日礼物，给未来女婿官哥儿送来了元宵、果品、珠子吊灯、鞋帽等节礼。鞋是两双男鞋、六双女鞋，西门庆、官哥儿加府中妻妾六人，每位都照顾到了。珠子吊灯的寓意是多子多孙，要由娘家送给夫家。珠子吊灯一般是大户人家才有，在《金瓶梅》里一共出现了三次。第一次是在第二十四回，西门府家宴，陈设有三盏珠子吊灯；第二次就是这里，乔家送来的两挂；第三次在第七十八回，西门府最后一次元宵节前几日，给潘金莲上寿，几名小厮挂起三盏珠子吊灯。至于珠子吊灯的样子，我们可以参照汪曾祺先生的散文《珠子灯》。

一堂灯一般是六盏。四盏较小，大都是染成红色或白色而画了红花的羊角琉璃泡子。一盏是麒麟送子：一个染色的琉璃角片扎成的娃娃骑在一匹麒麟上。还有一盏是珠子灯：绿色的玻璃珠子穿扎成的很大的宫灯；灯体是八扇玻璃，漆着红色的各体寿字，其余部分都是珠子，顶盖上伸出八个珠子的凤头，凤嘴里衔着珠子的小幡，下缀珠子的流苏。这盏灯分量相当的重，送来的时候，得两个人用一根小扁担抬着。这是一盏主灯，挂在房间的正中。旁边是麒麟送子，玻璃泡子挂在四角。到了"灯节"的晚上，这些灯里就插了红蜡烛，点亮了，从十三"上灯"到十八"落灯"，接连点几个晚上。

西门庆和来人一交谈，发现乔大户家居然还有"一门子做皇亲的乔五太太"。乔五太太的亲侄女是宫里的贵妃，这样一看，西门庆还算高攀了。

西门家定于正月十五日回请乔家。先为亲家准备礼物，"与他家长姐送节，就权为插定一般"；并由李瓶儿的奶妈老冯充当媒人，送请帖过去，正与乔家来人孔嫂儿相当。

> 一面分付来兴儿拿银子早往糖饼铺，早定下蒸酥点心，多用大方盘。要四盘蒸饼、两盘果馅团圆饼、两盘玫瑰元宵饼；买四盘鲜果：一盘李干、一盘胡桃，一盘龙眼、一盘荔枝；四盘羹肴：一盘烧鹅、一盘烧鸡、一盘鸽子儿、一盘银鱼干。又是两套遍地锦罗缎衣服，一件大红小袄儿、一顶金丝绉纱冠儿，两盏云南羊角珍灯，一盒衣翠，一对小金手镯，四个金宝石戒指儿。（第四十二回）

这份回礼也算讲究，十四日即由陈经济和贲四押送至乔家。月娘当日要在家中宴请众官娘子，吴银儿和李桂姐也来助兴。得知吴银儿瞒着自己拜了李瓶儿做干娘，李桂姐"一声儿没言语，一日只和吴银儿使性子，两个不说话"。家宴的主角是吴月娘，可是作者也没有放过那些小人物的戏。后面还专门有一回写二人斗气，展现出彼此不同的个性。

"堂客到时，吹打迎接。大厅上玳筵齐整，锦茵匝地。"周守备娘子此时还在世，也受吴月娘邀请前来。府里众妻妾多穿袍迎接众官娘子，丫鬟也穿得漂亮，但是"惟春梅宝石坠子，大红遍地锦比甲儿，席上捧茶斟酒"。"不说画堂深处，珠围翠绕，歌舞吹弹饮酒。"作者没有在宴席上做过多停留，而是将镜头转到了西门庆那里。前次乔家设宴，从头到尾写得详细，西门庆在家的情形则一笔带过；此番西门家摆席，宴席只是虚写，西门庆的行踪才是实写。各有侧重，不至重复，这是文学作品的上乘叙事技巧。

"西门庆那日打发堂客这里上茶，就骑马约下应伯爵、谢希大往狮子街房里去了。"他还叫了厨子和唱的，架上烟火，邀了王六儿，准备好好快乐一下。玳安去请王六儿的时候，对方还有些怯场，正巧韩道国回来了，说道："老爹再三说，两个唱的，没人陪他，请你过去，晚夕就看放烟火。等你，还不收拾哩！"说是要应酬唱的，其实要陪谁，心照不宣。说这话的时候，韩道国应该是很开心的，甚至有点儿喜出望外。了解了丈夫的态度，王六儿也不再推辞，只道："不知多咱才散？你到那里坐回就来罢。家里没人，你又不该上宿。"她还叮嘱丈夫早点儿从铺子回家，和韩道国真不愧是一家人。

妓女眼中的王六儿

王六儿随玳安来到狮子街房中。来昭妻一丈青"早将房里收拾干净，床炕帐幔褥被，多是现成的。安息沉香，熏的喷鼻香。房里吊着两盏纱灯，地平上火盆里笼着一盆炭火"。说是看灯，却早早收拾好床铺，可见大家都是心里有数。应伯爵已经来了,"西门庆见人丛里谢希大、祝日念,同一个戴方巾的在灯棚下看灯",叫玳安下去只单请谢希大,不要惊动他人。戴方巾者是王招宣和林太太的儿子王三官,他是引出后面情节的一个关键人物。《金瓶梅》的作者熟于运用这种千里搭长线的写法。

西门庆与应伯爵一起打双陆、看灯市。谢希大来晚了,还未吃饭,西门庆便吩咐玳安让厨房安排饭食。"就是春盘小菜,两碗稀烂下饭,一碗炒肉粉汤,两碗白米饭。希大独自一个吃个里外干净,剩下些汁汤儿,还泡了碗吃了",可见帮闲的生活也很艰辛,没准儿又饿了几天,难得一顿饱,半点儿不敢浪费。

接着,作者通过董娇儿、韩玉钏儿两个妓女的眼睛,展现出王六儿的形象。

> 看见王六儿头上戴着时样扭心鬏髻儿,羊皮金箍儿,身上穿紫潞绸袄儿,玄色一块瓦领披袄儿,白挑线绢裙子,下边显着趫趫两只金莲,穿老鸦缎子纱绿锁线的平底鞋儿。描的水鬓长长的,紫膛色,不十分搽铅粉,学个中人打扮,耳边带了香儿。进门只望着他,拜了一拜,多在炕边头坐了。(第四十二回)

当时虽然没有所谓大众传媒,但是流行什么大家都知道,"扭心鬏髻儿"就是当时的风尚。王六儿个子高,所以穿了平底鞋。之前潘金莲、李瓶儿、孟玉楼在一处做鞋的时候,做的都是高底鞋,毡皮毛底,走起路来没有声音。尽管努力装扮了一番,但在处于潮流尖端的妓女看来,她这只算"学个中人打扮",就是薛嫂、冯妈妈、王婆一般等级。因为不晓得这是谁,董娇儿和韩玉钏儿也没有特别行礼,只简单拜了一拜,便坐下了。

"两个唱的,上上下下,把眼只看他身上。看一回,两个笑一回,更不知是什么人。"于是悄悄问玳安,玳安很机灵,推说是"俺爹大姨人家",即妻妾中某位的娘家人。这下不一样了，两人赶着进房赔礼，还"插烛磕了两个头"。看见刚刚还在笑话自己的人态度大变，"慌的王六儿连忙还下半礼"。"陪着同吃"又是一句双关语，表面上是王六儿陪着两个唱的吃了汤饭，实际上手足无措的王六儿也时时赔着小心。吃完，"两个拿乐器又唱与王六儿听"，只是人家为她唱了什么她可能都没听进去。这样的三个人同处一室，演了一出小小的荒诞剧。

西门庆等人正在说话听唱，不识相的祝日念跑来了，言语一番后，也入了席。

> 那应伯爵、谢希大、祝日念、韩道国每人青花白地吃一大深碗八宝攒汤，三个大包子，还零四个挑花烧卖，只留了一个包儿压碟儿。左右收下汤碗去，斟上酒来饮酒。（第四十二回）

图49- 逞豪华门前放烟火

"大深碗""大包子"，作者特别强调了这个"大"字。谢希大刚刚露了穷酸相，把盘底儿都抹得干干净净，现在他已经吃饱了，于是找回一些"文明人"的礼节，"留了一个包儿压碟"。

吴月娘在家里宴请众官娘子，已经忙得团团转，还想着"使棋童儿和排军人抬送了四个攒盒"给在外快活的西门庆送去，果真是称职的主妇。

> ……多是美口糖食，细巧果品；也有黄烘烘金橙，红馥馥石榴，甜蹓蹓橄榄，青翠翠苹婆，香喷喷水梨；又有纯蜜盖柿，透糖大枣，

酥油松饼，芝麻象眼，骨牌减煠（同"炸"），蜜润条环；也有柳叶糖，牛皮缠；端的世上稀奇，寰中少有。（第四十二回）

如果是说书先生在台上讲，台下的观众恐怕已经流口水了。西门庆问起家中有没有放烟火，接下来却只略讲观看烟火的情形，而不讲烟火本身如何，这是一笔虚写；要实写的部分仍在狮子街这里。众人将西门庆家里送来的美食摆上，又上了一道果馅元宵，让李铭和吴惠又唱了一套灯词——《双调·新水令》。这套灯词是明世宗嘉靖年间的流行歌曲，专为元宵节而作。

唱毕，吃了元宵，韩道国先往家去了。少顷，西门庆分付来昭将楼下开下两间，吊挂上帘子，把烟火架抬出去。西门庆与众人在楼上看，教王六儿陪两个粉头，和来昭妻一丈青，在楼下观看。玳安和来昭将烟火安放在街心里，须臾点着。那两边围看的，挨肩擦膀，不知其数。都说：西门大官府，在此放烟火，谁人不来观看？果然扎得停当，好烟火！但见：

图50-赏元宵楼上醉花灯

一丈五高花桩，四围下山棚热闹。最高处一双仙鹤，口里衔着一封丹书，乃是一枝起火，起去萃山律；一道寒光，

> 直钻透斗牛边。然后正当中，一个西瓜炮迸开，四下里人物皆着，瘮剥剥，万个轰雷皆燎彻。彩莲舫，赛月明，一个赶一个，犹如金灯冲散碧天星；紫葡萄，万架千株，好似骊珠倒挂水晶帘泊。霸王鞭，到处响亮；地老鼠，串绕人衣。琼盏玉台，端的旋转得好看；银蛾金弹，施逞巧妙难移。八仙捧寿，名显神通；七圣降妖，通身是火。黄烟儿，绿烟儿，氤氲笼罩万堆霞；紧吐莲，慢吐莲，灿烂争开十段锦。一丈菊，与烟兰相对；火梨花，共落地桃争春。楼基殿阁，顷刻不见巍峨之势；村坊社鼓，仿佛难闻欢闹之声。货郎担儿，上下光焰齐明；鲍老车儿，首尾迸得粉碎。五鬼闹判，焦头烂额见狰狞；十面埋伏，马到人驰无胜负。总然费却万般心，只落得火灭烟消成煨烬。

这架烟火堪称豪华，先是视觉，后是听觉，各种花样都有（如图49、50）。然而，如此绚烂的烟火，结局是什么呢？"总然费却万般心，只落得火灭烟消成煨烬。"这已经暗示了西门庆家将由鼎盛走向衰败。

应伯爵很聪明，见王六儿在，知道此中有文章，"推小净手，拉着谢希大、祝日念，也不辞西门庆就走了"。前次因为捡到宋惠莲的鞋而挨了一顿打的小铁棍儿，这回又撞见了西门庆和王六儿行房，幸而被母亲一丈青发现，及时拉开了。

过节期间，西门庆该摆宴摆宴，该上衙门上衙门，用经商的钱放了高利贷，还和王六儿偷腥。家事、公事、商事、情事，安排得有条有理，完全是一个成功商人的做派。

妓女谋生的辛苦

正月十五这天作者要发挥的重头戏，既不在宴请乔家，也不在西门庆身上，而是在李桂姐和吴银儿那里。

这一天，西门庆去赴周守备府的宴会，女眷们在家恭候皇亲乔五太太。乔五太太的"轿上是垂珠银顶，天青重沿绡金走水轿衣，使藤棍喝路"。人还未露面，轿子已经凸显了她的身份。行礼后，"彼此让了半日，乔五太太坐了首座，其余客东主西，两分头坐了"。李桂姐、吴银儿等四个唱的也来了，还有戏班子表演。《金瓶梅》就像一部记录四百多年前市民生活的实况录像，巨细靡遗，即便是今天的读者读来，也会有身临其境的感受。

乔五太太点了一出《王月英元夜留鞋记》。崇祯本的批点者曾打趣道："元人曲，不意宋时已有。"这小小的"穿帮"也大概划出了《金瓶梅》创作时间的上限。既是皇亲，出手也比较大方，厨役端来小割烧鹅，乔五太太一下就赏了五钱银子。

吴月娘的干女儿李桂姐和李瓶儿的干女儿吴银儿再次见面，貌合神离。读者通常觉得吴银儿比较老实，让留下就留下，李桂姐则总急着想回家去。但是，如果我们从角色本身的处境入手，可能会有不同的看法。西门庆做了官，不方便再到妓院去，不过可以叫妓女到家里来，只是不一定会给钱；现在妓女变成干女儿，若非赏赐，就更不可能拿到钱了。这天宴会结束，李桂姐见西门庆不在，就想赶快回去赚钱。如果不是有现实的压力，她可能也愿意在月娘身边服侍，吃香喝辣。后见西门庆回来了，桂姐不敢再坚持要走，"把脸儿苦低着，不言语"。真正好的文学作品，读过之后，总能令人感同身受，激发一些同理心、悲悯心。

隔天正月十六日早晨，西门庆"差玳安送两张桌面与乔家去"，"一张与乔五太太，一张与乔大户娘子，俱有高顶方糖，时伴树果之类"。这也是当时的礼节，将头天席面上出现过的饮馔连同器皿，原样送一份到被邀请人家里，以示特别的尊敬。这些桌面通常是"看桌"，器皿中往往包括价值不菲的金银器。

一早李桂姐拒绝吴月娘的再三挽留，坚持回家，临走还替捡到金镯子的夏花儿（李娇儿的丫鬟）向西门庆求情。应伯爵当然早就知晓她为何要速速离去的原因。

> 伯爵道："拉回贼小淫妇儿来，休放他去了。叫他唱一套儿，且与我听听着。"桂姐道："等你娘闲了，唱与你听。"伯爵道："只你两个体己话儿，就不教我知道了？由他干干净净恁大白日就家去了，便益了贼小淫妇儿了。投到黑，还接好几个汉子。"桂姐道："汗邪了你这花子。"一面笑出去。（第四十五回）

李桂姐走了之后，应伯爵和谢希大咬耳朵，见西门庆过来，就都不言语了。读者被吊着胃口读下去，才发现是王三官在等她——又一个她得罪不起的人。吴银儿为什么不走？因为她没有别的客人了。虽然家里也派了轿子来接，但"家里没甚勾当"，吴银儿答吴月娘问话时也比较从容得体："娘既留我，我又家去，显的不识敬重了！"她选择留下，果然得到不少好处。吴月娘先安排来人吃饭，"又拿他原来的盒子，装了一盒元宵，一盒细茶食"；李瓶儿"寻下一套上色织金缎子衣服，两方销金汗巾儿，一两银子"，又取了一匹松江阔机尖素白绫让她做衣服，一并交由来人拿回家去了。

随后，吴月娘对李桂姐和吴银儿做了一番评判。

> 月娘便说："银姐，你这等我才喜欢。你休学李桂儿那等乔张致，昨日和今早，只像卧不住虎子一般，留不住的，只要家去，可可儿家里就忙的恁样儿？连唱也不用心唱了！见他家人来接，饭也不吃就去了，就不待见了。银姐，你快休学他！"（第四十五回）

吴月娘原本是千户家小姐，现在是富家的当家娘子，完全不了解外面人间的艰难，也不知道妓院人家谋生的辛苦。她只是觉得，我让你好好待在我家，你居然不买账，真是装模作样。吴银儿接话："好娘，这里一个爹娘宅里，是哪里去处？就有虚实，放着别处，便敢在这里使！桂姐年幼，他不知事，俺娘休要恼。"这其实是话里有话。她的意思是，你们现在是爹娘，而且还是官家，我就算有事，也要以这里为重；而且，她很厚道，还替桂姐找了个理由开脱。

李瓶儿的心事谁人知？

正月十五日夜里，西门庆原本要去李瓶儿房中，却被打发到了潘金莲那里，因为吴银儿要留宿。我们从来只见潘金莲骂人，李瓶儿则是忍气吞声。现在，吴银儿是个外人，还是一个妓女，作者安排她做李瓶儿的倾听者，更加烘托出后者的寂寞心事。有时候，人越多，越热闹，个人就显得越寂寞；积累到一定程度，可能会对不相干的人完全讲出来，毕竟这样比较安全。

李瓶儿这里打发西门庆出来，和吴银儿两个灯下放炕桌儿，拨下黑白棋子，对坐下象棋儿。分付迎春："定两盏茶儿，拿个果盒儿，把这甜金华酒儿筛一壶儿来，我和银姐吃。"因问银姐："你吃饭？教他盛饭来你吃。"吴银儿道："娘，我且不饿，休叫姐盛来。"李瓶儿道："也罢！银姐不吃饭，你拿个盒盖儿，我拣妆里有果馅饼儿，拾四个儿来，与银姐吃罢。"须臾，迎春拿了四碟小菜，一碟糟蹄子筋，一碟咸鸡，一碟火薰鸡蛋，一碟炒的豆芽菜拌海蜇，一个果盒，都是细巧果仁儿，一盒果馅饼儿，准备在旁边。少顷，与吴银儿下了三盘棋子。筛上酒来，拿银钟儿两个共饮。吴银儿叫："迎春姐，你递过琵琶来，我唱个曲儿与娘听。"李瓶儿道："银姐不唱罢，小大官儿睡着了。他爹那边又听着，教他说。咱掷骰子耍耍罢。"于是教迎春递过色盆来，两个掷骰儿赌酒为乐。掷了一回，吴银儿因叫："迎春姐，你那边屋里请过奶妈儿来，教他吃钟酒儿。"迎春道："他搂着哥儿在那边炕上睡哩！"李瓶儿道："教他搂着孩子睡罢，拿了一瓯酒送与他吃就是了。你不知俺这小大官，好不伶俐，人只离来开他就醒了。有一日儿，在我这边炕上睡，他爹这里敢动一动儿，就睁开眼醒了，恰似知道的一般。教奶子抱了去那边屋里，只是哭，只要我搂着他。"吴银儿笑道："娘有了哥儿，和爹自在觉儿也不得睡一个儿。爹几日来这屋里走一遭儿？"李瓶儿道："他也不论，遇着一遭也不可定，两遭也不可定，常进屋里看他。为这孩子来看他不打紧，教人把肚子也气破了。将他爹和这孩子，背地咒的白湛湛的；我是不消说的，只与人家垫舌根！谁和他有甚么大闲事，宁可他不来我这里还好。第二日教人眉儿眼儿的，只说俺们什么把拦着汉子。为甚么刚才到这屋里，我就撺掇他出去？银姐你不知俺这家，人多舌头多！自今日为不见了这锭金子，早是你看着，就有人气不愤，在后边调白你大娘，说拿金子进我这屋里来了，怎的不见了？落后不想是你二娘屋里丫头偷了，才显出个青红皂白来。不然，绑着鬼，只是俺这屋里丫头和奶子。老冯妈妈急的那哭，只要寻死，说道：'若没有这金子，我也不家去。'落后见有了金子，那咱才肯去，还打了灯家去了。"吴银儿道："娘，也罢！你看爹的面上，你守着哥儿，慢慢过到哪里是哪里。论起后边大娘，没甚言语也罢了。倒只是别人见娘生了哥儿，未免都有些儿气。爹他老人家有些张主就好。"李瓶儿道："若不是你爹和你大娘看觑，这孩子也活不到如今！"说话之间，你一钟，我一盏，不觉坐到三更天气，方才宿歇。（第四十四回）

这番倾诉对李瓶儿来说太难得也太重要了。听到最后，吴银儿劝道："娘，也罢！你看爹的面上，你守着哥儿，慢慢过到哪里是哪里。"张竹坡给出批语："一语哭尽人生。"

这第三年的元宵节，吴月娘、潘金莲、李瓶儿、西门庆、王六儿、李桂姐、吴银儿等人，各有各的戏，一层套一层，难解难分，又条理分明。到现在为止，我们都没有集中讲过西门庆。但事实上，他无所不在，整个故事都是以他为核心，围绕着他发展的。

第四次元宵节出现在第七十九回中，西门庆也是在狮子街过的。也就是说，书中的四次元宵节，全和狮子街有关系，起也是狮子街，落也是狮子街。第七十九回，西门庆和王六儿完事后，骑马回家。街上黑漆漆的，阴风惨惨。过桥的时候，忽然有一个黑影窜过来，吓得他腿都软了，回去不久便一命呜呼。

作家张爱玲的《倾城之恋》里，空袭的炸弹一个个丢下来，去往浅水湾饭店的路上，白流苏对范柳原说："炸死了你，我的故事就该完了。炸死了我，你的故事还长着呢！"《金瓶梅》故事里，西门庆家虽然已经死了宋惠莲，还会陆续死了官哥儿，死了李瓶儿，但西门庆的故事还长着呢；等到死了西门庆，所有人的故事就完结了。西门庆在第七十九回才死，所以大家不急，故事还长得很呢。

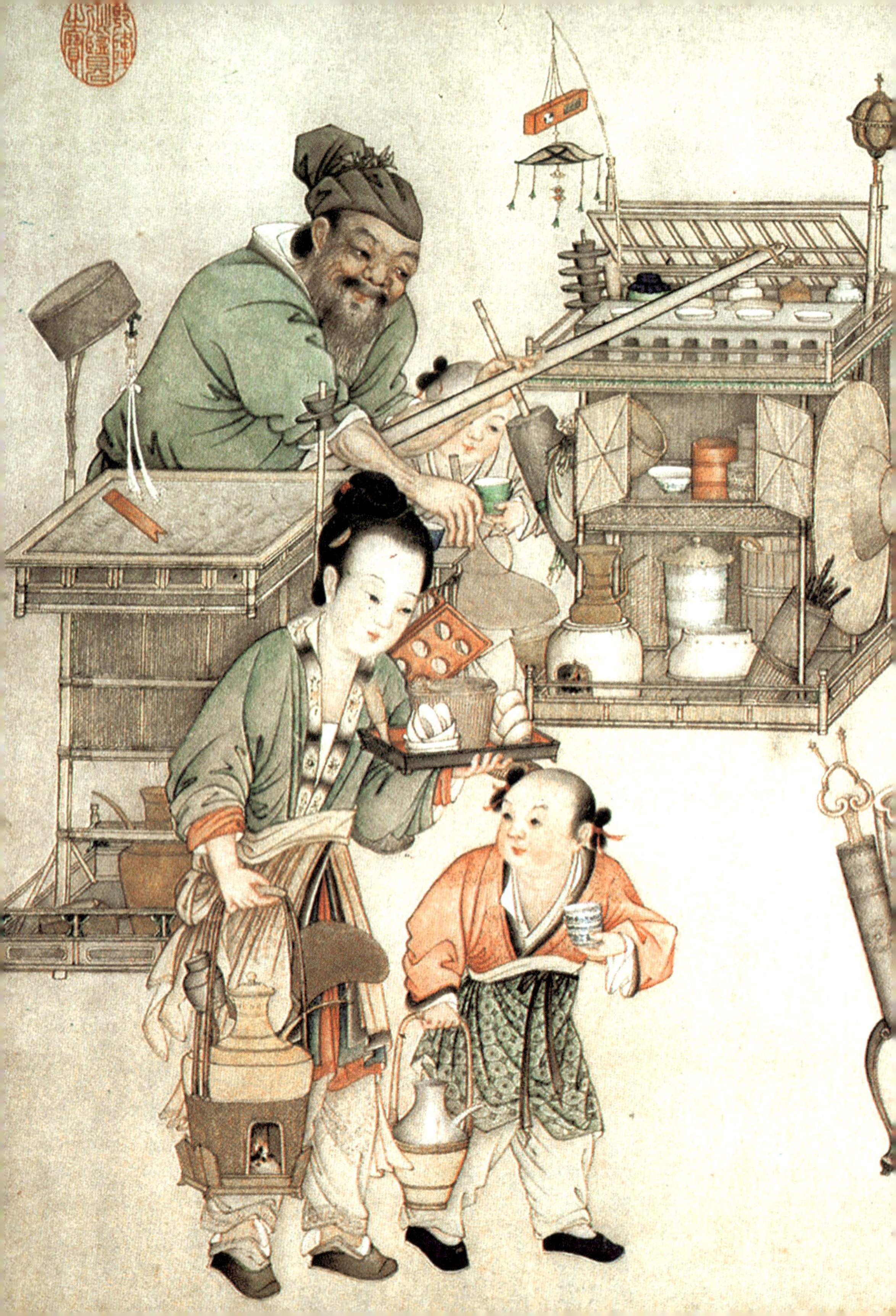

第十四章

借色求财的韩、王夫妇

西门府的建筑布局

讲了这么久,我们还没有专门讨论过西门庆家的建筑结构。

一开始,西门庆家的规模并不大,经营着一间父亲留下的生药铺。后来,他家有七面五进,即七个店面的宽、五进深,除了自己家人,还住了四十多名仆人。大宅里有一处藏春坞,宋惠莲曾经钻进钻出,后来成了西门庆的书房。还有一处书房名翡翠轩,蔡状元曾经住过。在蔡状元眼中,西门府"园池台馆,花木深秀,一望无际"(第三十六回),可谓纵深宽阔。

吴月娘住在第四进院。这是西门家的上房,是一个相对独立的院落,有自己的主卧室、小客厅、小厨房,还有用人住的地方。各个院落之间有穿廊连通。西门庆娶了孟玉楼之后,将她安排在吴月娘这边的西厢房,也是一个独立的院落。李娇儿也住得不远。

后来,陈经济和西门大姐前来投奔,将所有财产转移到吴月娘那里,西门庆拨了前庭的一间厢房给他们住。前庭的厢房不是独立空间,一般的随从、仆役等住在这里。那西门庆为什么不让女儿女婿住在后庭呢?我个人的看法是,西门府内是有门禁的,各人的居住空间也有一定的限制;后庭是家中女眷住的,而陈经济是个男人,还是外人,不能让他公然出没于她们中间。书中也提到,只有在西门庆不在的时候,吴月娘感念陈经济的辛劳,才会偷偷请他到后庭吃饭。

女眷们过生日时,会宴请亲友,地点都在后庭。前庭是西门庆宴客的地方，众妻妾几乎是不去的。宋御史曾借西门庆家宴请在京城与蔡太师平起平坐的六黄太尉，对于此事，应伯爵觉得划算："今日少说也有上千人进来，都要管待出去。哥就赔了几两银子，咱山东一省，也响出名去了。"一个可以同时容纳上千人的空间，各位可以想象一下有多大。

孙雪娥住在比吴月娘还靠后的位置，一明两暗的院落，临近厨房。她觉得自己的住处比较差，西门庆难得到她房里一趟，她兴奋得不行，立刻将自己的不满说了出来。春梅和孙雪娥吵架时，吴月娘在房中就听到了，派人去问个究竟，可见她们住得不远。

西门庆死了之后，李娇儿离开西门家。吴月娘要断陈经济和潘金莲的关系，就把西门大姐搬到了李娇儿先前的住处。但陈经济不能跟着，而是被赶到外面的铺子里去住了。

西门庆将娶潘金莲时，特别强调要在花园里给她安排一个独立的院落，三间楼房，环境清幽。这个地方大概是西门庆所有房子里最安静的所在，偏偏潘金莲是最不甘寂寞的一个。与潘金莲住处一墙之隔的地方，就是花子虚和李瓶儿的家。西门庆刚和李瓶儿勾搭上的时候，经常翻墙过去与她相会，潘金莲都是知道的。后来，李瓶儿的大量家产也通过这面墙被运送到吴月娘房里。由此可见，吴月娘的住处还有西门府大金库的作用。

花子虚摊上官司的时候，李瓶儿拿钱拜托西门庆将花宅买下，自己和花子虚搬到狮子街居住。搬去没多久，花子虚就害伤寒死了。西门庆在花宅大兴土木，建成了一个很大的花园区，临街的门面则开了当铺。当铺楼上的架子上是各种死当活当的古董、珠宝等，西门庆一方面是个恶棍，另一方面是个特别有生意头脑的成功商人。

潘金莲房里不光住人，楼上还放着生药。李瓶儿急着搬进西门家的时候，潘金莲和西门庆都不答应。西门庆用上缓兵之计，说她搬进来也是和生药挤在一道。

李瓶儿嫁入西门家后，住在新建的玩花楼，狮子街房屋由她的奶妈老冯看管。此地后来开起绒线铺，找来韩道国当伙计。

七面五进大宅的对面，本来住的是乔大户。乔大户搬走后，房子被西门庆买下，重建了一座带花园的楼房。有一天，西门庆不在家，在孟玉楼的提议下，众妻妾乘轿到对面观看新房盖得怎么样。吴月娘在楼梯上失足滑倒，并因此流产。

官哥儿死前不久，西门庆筹划在这里开一家缎子铺，开始进货和装潢。他和乔大户各得三分之一利润，伙计韩道国、甘润、崔本平分剩下的三分之一。官哥儿死后不久，缎子铺开张。缎子谐音"断子"，这里也为官哥儿的夭折埋下了伏笔。

西门庆在前庭请客，请人来唱戏，女眷们不能露面，但可以躲在后面隔着帘子偷偷地瞧。春天的时候，吴月娘会在花园里面摆上秋千架。众妻妾也曾在前庭的一个天井里跳百索，见西门庆气急败坏地回来，都赶紧往后跑——一方面不想踩到老虎尾巴，一方面这里不是女人该待的地方。"只有金莲不去，且扶着庭柱兜鞋"，结果被踢了两脚。中秋节和重阳节的时候，众妻妾会在花园里赏花赏月。吴月娘和西门庆闹别扭之后，在花园雪地里为西门家跪拜祈福，被西门庆撞见，夫妇和好如初。

应伯爵在西门庆家出入比较自由，如果西门庆不在前庭，可以直接到书房找他。因为经常来，西门庆家养的狗见到他都不叫了。但是，男女大防仍然存在。有一次，潘金莲和西门庆在书房里，应伯爵闯了进来，书童赶紧喊一声"应二爹来了"。聪明如应伯爵赶快背对书房，假装看外面的竹子，潘金莲趁机跑掉。一面是七情六欲，一面是道貌岸然，看似荒谬，但就这样理所当然地存在着。

王六儿的"惊艳"出场

韩道国、王六儿夫妇是标准的"借色求财"。通过王六儿，韩道国从西门庆那里得到很多好处。韩道国一直在帮西门庆在打理生意，王六儿不时与西门庆幽会，谁也没闲着。他们在《金瓶梅》里面占的篇幅相当多，自第三十三回登场后，在大概十回中都有主戏，零散的情节就更多了。

西门庆的性对象大概可以分成三类。第一类是和他有合法性关系的，即家中的六位妻妾；第二类是在外面以金钱交易的，即妓女；第三类是和他偷情的，即王六儿这种。在偷情对象当中，王六儿算是和西门庆纠缠最久的。他从胡僧那里得了药，首先想到的就是和王六儿试一下，死前最后一次寻欢作乐的对象，也是王六儿。在故事中标志性的四次元宵节中，后两次都有西门庆与王六儿相会的情节，可见这个人物的分量。

很多研究《金瓶梅》的学者，好像比赛一样，想尽各种各样的语言骂这对夫妻。有人还为两人作了一副对联，上联是"一二三四五六七"，下联是"忠孝信悌礼义廉"，分别寓意"亡八"和"无耻"。但是，在灰蒙蒙、乱哄哄的世界上，这对用各种手段安身立命的夫妻，真的是纯粹的反面人物吗？

韩道国和王六儿是明朝晚期城市中依靠着富贵商人阶层过活的小市民阶层的代表。

西门庆是大老板，韩道国是他的伙计。小市民没有什么伟大的事情可以讲，可是他们事实上承担着张爱玲所说的"惘惘的威胁"，更加悲壮。我们看他们是狡猾、淫乱，而他们自己看自己，大概会是夫妻同心把钱赚。这种小市民的生存哲学，现在看起来比较另类，但《金瓶梅》的作者只是把它当作一种现象来写而已。

通过韩道国和王六儿，我们刚好可以看到当时市井中人真正的生活质感。吃什么，住什么，穿什么，怎样睡觉，怎样讲话，都好像场景重现。"不将辛苦意，难得世人财。"（第五十九回）这就是他们的人生观。从这个角度来看这些小市民的人生，会有些不一样的收获。

《金瓶梅》的作者花了很大力气写这两个人物，层层递进，不是随便了事。他写贲四老婆就不一样，写到最后好像已经有些乏力，随便交代就算了。韩道国和王六儿是两个立体的人物，而不是平面的，更不像有些偶像剧，看下来都不晓得里面的角色能不能叫作"人"。

韩道国出场时，给读者留下的印象是花言巧语、喜爱招摇，还得了个"韩一摇"的外号。但是，能不能据此认为他是个不学无术的人呢？他对西门庆的事业有没有帮助呢？人品和能力是两回事，韩道国其实是有专业知识和商业头脑的人。他家原本开着绸缎铺，只是后来败落了。他自己没有做生意的本钱，所以来给西门庆当伙计。西门庆给他的待遇也很好，让他能够参与绒线铺的利润分配。

王六儿的哥哥是一名屠夫，说明她的娘家一不是书香门第，二不是有钱人家，是标准的市井小户。她第一次出场，就是和小叔韩二捣鬼通奸被捉。韩道国拜托新东家西门庆，将事情摆平，他弟弟没事，他老婆也没事，捉奸的倒被抓、被打，家属还损失了四十两银子。蔡太师府的翟管家"图生长"，曾拜托西门庆给他物色一个妾，此时来信询问，西门庆赶紧让冯妈妈去找。冯妈妈选了韩道国和王六儿的女儿韩爱姐，西门庆上门观看，因此认识王六儿，正式展开一条新的故事线（如图51）。

图51-冯妈妈说嫁韩爱姐

西门庆原本喜欢五短身材、丰腴圆润、皮肤白的女子，王六儿"生的长挑身材"，脸是"紫膛色"，但西门庆立刻就看上了。她的吸引力在哪里，她的个性如何，她怎样看待自己和西门庆的关系，她和韩道国的夫妻感情如何等等，都是作者在此时留下的悬念，要在后面一一解开。在这个过程中，我们也会感受到大城市中小市民阶层的生活质感。

第十四章 ● 借色求财的韩、王夫妇

对于替翟管家探看韩爱姐一事，西门庆原本只想应付一下，吩咐冯妈妈"休教他预备什么，我只吃钟清茶就起身"。冯妈妈怕他对人家轻忽了，嘱咐道："就是虽不稀罕他的，也略坐坐儿。伙计家，莫不空教你老人家来了。"西门庆则一副"我很忙"的样子："你就不是了，你不知我有事？"在韩道国和王六儿这边，尽管已经知道西门庆的态度，他们还是为这次接待做了准备。

> 到晚韩道国来家，妇人与他商议已定。早起，往高井上叫了一担甜水，买了些好细果仁，放在家中，还往铺子里做买卖去了。丢下老婆在家，艳妆浓抹，打扮的乔模乔样；洗手剔甲，揩抹杯盏干净，剥下果仁，顿下好茶，等候西门庆来。（第三十七回）

图52-西门庆包占王六儿

这两夫妻在接待的前一晚商议的内容，给读者留下了很大的想象空间。也许韩道国会告诉王六儿，西门庆是一只肥羊，要想办法在他身上多揩些油。当时没有自来水，百姓们通常在义井打水喝，这样的水质量一般，有些苦涩。高井井水的质量较好，需要付钱购买，普通人家遇有贵客要事，才会叫来用。虽然冯妈妈已经传了"只吃一钟茶，看了就起身"的话，韩道国夫妇还是在能力范围内做足了准备，由此可见他们对西门庆来访的重视。

西门庆是来看韩爱姐的，但是作者一个字没提这姑娘的情况，全在写王六

3 4 3

儿的样子。

> 淹淹润润，不搽脂粉，自然体态妖娆；袅袅娉娉，懒染铅华，生定精神秀丽。两弯眉画远山，一对眼如秋水。檀口轻开，勾引得狂蜂蝶乱；织腰拘束，暗带着月意风情。若非偷期崔氏女，定然闻瑟卓文君。（第三十七回）

原本想速战速决的西门庆，在见到王六儿后，立刻来了精神，"且不看他女儿，不转睛只看妇人"。这时候就算赶他走，大概他也不愿走了，与之前的态度形成鲜明反差。

> 西门庆见了，心摇目荡，不能定止。口中不说，心内暗道："原来韩道国有这一个妇人在家，怪不的前日那些人鬼混他。"（第三十七回）

"这一个"三字有如西门庆心中的感叹号，他似乎一下子明白了有夫之妇王六儿为何招人惦记。"又见他女孩儿生的一表人物"，是给了韩爱姐一个镜头，重点却是西门庆的结论："他娘母儿生的这般模样，女儿有个不好的！"

> 妇人先拜见了，教他女儿爱姐转过来，望上向西门庆花枝招飐，绣带飘飘，也磕了四个头，起来侍立在旁。老妈连忙拿茶上来，妇人取来抹去盏上水渍，令他去递上。西门庆把眼上下观看，这个女子，乌云迭鬓，粉黛盈腮；意态幽花酴丽，肥肤嫩玉生香。（第三十七回）

一个是风情万种的熟妇，一个是二八未满的少女，二人就算样貌有似，做派也完全不同。西门庆喜欢懂得风情的女人，是不是处女无所谓；他不会被稚嫩的韩爱姐吸引,倒是会将寡妇、人妻娶进家中。

西门庆同意将韩爱姐送到翟管家那里,"令玳安毡包内取出锦帕二方,金戒指四个,白银二十两,教老妈安放在茶盘内",算是下聘。王六儿"忙将戒指带在女儿手上","买卖"成交。西门庆又交代裁衣做鞋一类事情,王六儿磕头拜谢。

西门庆问道:"韩伙计不在家了?"妇人道:"他早辰说了话,就往铺子里走了。明日教他往宅里与爹磕头去。"西门庆见妇人说话乖觉,一口一声,只是爹长爹短,就把心来惑动了。临出门上覆他:"我去哩。"人道:"再坐坐。"西门庆道:"不坐了。"于是竟出门,一直来家,把上项告吴月娘说了。(第三十七回)

当王六儿开口"再坐坐"时,两人的关系已经不是伙计老婆和东家,而是男人和女人了。原本意兴阑珊的西门庆,一句"我去哩",一句"不坐了",也透着恋恋不舍的亲密。两人虽是第一次见面,但已经有了默契。西门庆懂得了王六儿的风情,虽然我们不知道韩道国和她前一晚怎么个商议法,但显然已经成功了(如图52)。

令西门庆神魂颠倒的王六儿,样貌其实是见仁见智的。西门庆请冯妈妈从中说合自己和王六儿的事情,冯妈妈当面嘲笑了他的审美:"你老人家,坐家的女儿偷皮匠——逢着的就上;一锹撅了个银娃娃,还要寻他娘母儿哩!"不过,她还是应下了这个差事。这时间点正是韩道国护送女儿爱姐上京之际。

婆子打发西门庆出门,做饭吃了,锁了房门,慢慢来到牛皮巷妇人家。妇人开门,便让进里边房里坐,道:"我昨日下了些面,等你来吃,就不来了。"婆子道:"我可知要来哩!到人家,便就有许多事挂住了腿子,动不得身。"妇人道:"刚才做的热腾腾的饭儿,炒面筋儿，你吃些。"婆子道："老身才吃的饭来，喝些茶罢。"那妇人便浓浓点了一盏茶，递与他；看着妇人吃了饭。妇人道："你看我恁苦，有我那冤家，靠定了他。自从他去了，弄的这屋里空落落的，件件的都看了我。弄的我鼻儿乌，嘴儿黑，相个人模样！倒不如他死了，扯断肠子罢了！似这般远离家乡去了，你教我这心怎么放的下来？急切要见他，见也不能勾！"说着，眼酸酸的哭了。婆子道："说不得。自古养儿人家热腾腾的，养女儿家冷清清。就是长一百岁，少不得也是人家的！你如今这等抱怨，到明日你家姐姐到府里脚硬，生下一男半女，你两口子受用，就不说我老身了。"妇人道："大人家的营生，三层大两层小，知道怎样的！等他的长进了，我每不知在那里晒牙揸骨去！"婆子道："怎的恁般的说。你每姐姐比那个不聪明伶俐？愁针指女工不会？各人裙带衣食，你替他愁？"两个一递一口，说勾良久。看看说得入港，婆子道："我每说个傻话儿。你家官儿不在，前后去的恁空落落的，你晚夕一个人儿不害怕么？"妇人道："你还说哩，都是你弄得我。肯晚夕来和我做做伴儿？"婆子道："只怕我一时来不到。我保举个人儿来与你做伴儿，你肯不肯？"妇人问是谁？婆子掩口笑道："一客不烦二主，宅里大老爹，昨日到那边房子里，如此这般对我说。见孩子去了，丢的你冷落，他要来和你坐半日儿。你怎么说？这里无人，你若与他叼上了，愁没吃的、穿的、使的、用的？交上了时，到明日房子也替你寻得一所，强如在这僻格剌子里。"妇人听了，微笑说道："他宅里神道相似的几房娘子，他肯要俺这丑货儿？"婆子道："你怎的这般说？自古道：'情人眼内出西施。'一来也是你缘法凑巧，爹他好闲人儿，不留心在你时，他昨日巴巴的肯到我房子里说？又与了一两银子，说前日孩子的事累我；落后没人在根前话，就和我说，教我来对你说，你若肯时，他还等我回话去。典田卖地，你两家愿意；我莫非说谎不成？"妇人道："既是下顾，明

日请他过来，奴这里等候。"这婆子见他吐了口儿，坐了一回，千恩万谢去了。（第三十七回）

王六儿对自己的样貌没什么信心，冯妈妈也直言西门庆是"情人眼内出西施"。但是，毕竟西门庆看上她了，她此时的心情大概像《金锁记》里面终于等到姜季泽告白时的曹七巧，"沐浴在光辉里，细细的音乐，细细的喜悦"。这喜悦是窃喜，所以笑也是"微笑"。

这不算完，在故事中的第三次元宵节时（第四十二回），作者又通过妓女董娇儿、韩玉钏儿的眼睛，再次强调王六儿外表的普通。在她们看来，这拘谨的妇人完全是个笑料。

潘金莲当然也不会放过毒舌的机会，将王六儿的样貌攻击一番："你家外头还少哩，也不知怎的一个大摔瓜长淫妇，乔眉乔样，抽的那水鬓长长的，搽的那嘴唇鲜红的，倒人家那血毡，甚么好老婆？一个大紫膛色黑淫妇！我不知你喜欢他哪些儿？"（第六十一回）

王六儿总是"水鬓长长的"，大概是因为颧骨高，脸又大，需要在视觉上遮掩一下。她的出身和现有的经济状况，决定了她的起点。一开始她的打扮完全是个小户人家的模样。

> 上穿着紫绫袄儿，玄色缎红比甲，玉色裙子，下边显着趫趫的两只脚儿，穿着老鸦缎子羊皮金云头鞋儿。（第三十七回）

这时的她衣服颜色单调，也没有佩戴任何首饰。但是，她进步很快，这一方面由于韩道国会挣钱，一方面由于她搭上了西门庆。王六儿生日时，西门庆去看她。

> 王六儿出来，戴着银丝鬏髻，金累丝钗梳翠钿儿，二珠环子，露

着头，穿着玉色纱比甲儿，夏布衫子，白腰挑线单拖裙子，与西门庆磕了头，在傍边陪坐。（第五十回）

不上一年，王六儿已是满头珠翠，光鲜亮丽。髰髻用金丝银线编成，有钱人家才用得起，也是身份的标志。西门庆打了孙雪娥之后，摘下她的髰髻，相当于"剥夺"了她的身份。

不一时，王六儿打扮出来，头上银丝髰髻，翠蓝绉纱羊皮金滚边的箍儿；周围插碎金草虫啄针儿，白杭绢对衿儿，玉色水纬罗比甲儿，鹅黄挑线裙子；脚上老鸦青光素缎子高底鞋儿，羊皮金缉的云头儿；耳边金丁香儿，打扮的十分精致，与西门庆插烛也似磕了四个头儿，回后边看茶去了。（第六十一回）

此时王六儿的打扮，已经不输西门家那几房妻妾。"不将辛苦意，难得世人财"，王六儿兢兢业业地实践着这条"准则"。对她来说，她和西门庆的关系是一项需要经营的事业；而她由此获得的物质生活的改善，完全是用辛苦换来的。

王六儿：西门庆的性福摇篮

西门庆代翟管家下聘时，一下就给了王六儿二十两银子。韩道国送韩爱姐入京，又得了五十两。按理说，这钱应该交给东家，但西门庆没有要。西门庆和王六儿第二次见面时，两人还没有发生关系，就决定帮她买一个丫鬟，后来真花四两银子买了锦儿。西门庆每月至少去王六儿那里三四次，每次都会给她一二两银子，又送她衣服、房子。冯妈妈见状长期赖在王六儿身边赚外快，李瓶儿有事叫她，反倒找一堆理由推托。

其他女人在西门庆身上是拿不到这么多财物的，王六儿的过人之处，一是行事主动，和西门庆在性事上趣味相投；二是能让见多识广的西门庆觉得自在。

妇人和西门庆说："爹到明日再来早些，白日里，咱破工夫，脱了衣裳，好生耍耍。"（第三十七回）

西门庆的性行为大多伴随着霸凌，是单方面的掠夺和侵犯，并不在意对方的感受。而西门庆喜欢的招式，王六儿不仅悉数奉陪，而且很为对方着想，还表现得欲仙欲死，让对方既感动又满足，她甚至会主动要求西门庆的虐待。

良久，只听老婆说："我的亲达，你要烧淫妇，随你心里拣着哪块，只顾烧，淫妇不敢拦你。左右淫妇的身子属了你，顾的那些儿了。"（第六十一回）

西门庆曾在四个人身上烧过香——王六儿、如意儿、潘金莲和林太太，王六儿是第二个，而且是她自己要求的。开始，西门庆还担心韩道国看到香疤的反应，倒是王六儿毫不在乎。这样"敬业"，想来是很痛的，却也让西门庆另眼相待。

王六儿是有夫之妇，但韩道国完全不干涉她，这让西门庆既能享受偷情的快乐，又没有任何后顾之忧。她也从不和西门庆撒娇耍赖，给多给少，全凭对方乐意。当然，这也是她的聪明处，就算她不开口，毫无压力的西门庆也会主动给她钱花，而且特别痛快。

王六儿就是这样一个活灵活现的市井小人物，如果我们轻轻将她掠过，就对不起《金瓶梅》的作者了。对她来说，能够用得起丫鬟，买得起房子，吃香喝辣地过日子，是最要紧的；家国大业、礼义廉耻实在太遥远。她能做的，就是卑微而坚韧地活下去。

韩、王之爱：笑贫（穷）不笑偷（情）

韩道国和王六儿原本住在牛皮巷，交通不便，周边环境也差，类似于通常所说的贫民窟。前面已提到过。

> 婆子打发西门庆出门，做饭吃了，锁了房门，慢慢来到牛皮巷妇人家。妇人开门，便让进里边房里坐，道："我昨日下了些面，等你来吃，就不来了。"婆子道："我可知要来哩！到人家，便就有许多事挂住了腿子，动不得身。"妇人道："刚才做的热腾腾的饭儿，炒面筋儿，你吃些。"婆子道："老身才吃的饭来，呼些茶罢。"那妇人便浓浓点了一盏茶，递与他，看着妇人吃了饭。（第三十七回）

"婆子"是冯妈妈，"妇人"是王六儿。我们一直强调，《金瓶梅》中的食物特别能反映人物的社会地位和经济状况。没搭上西门庆时的王六儿，下个面就可以待客，客人当日没来，见面后还要特意提及，可见平时连面也不常吃。

她家的装潢也颇为寒酸，家具屈指可数。

> 见马回去了，玳安把大门关了。妇人陪坐一回，让进里坐。房正面纸门儿，厢的炕床挂着四扇各样颜色绫缎剪贴的张生遇莺莺蜂花香的吊屏儿，上桌鉴妆镜架、盒罐锡器家活堆满，地下插着棒儿香，上面设着一张东坡椅儿。西门庆坐下。妇人又浓浓点一盏胡桃夹盐笋泡茶，递上去。（第三十七回）

桌子上堆满杂物，四扇吊屏的作用类似于过去流行过的挂历或海报，能让家里显得热闹一点儿。当时没有水泥，穷人家屋里也是夯土地面，棒儿香可以祛除潮气和霉味。

韩爱姐要嫁给翟管家做妾的时候，嫁妆是西门庆给置办的。

> 西门庆与他买了两匹红绿潞绸，两匹绵绸，和他做里衣儿。又叫了赵裁来，替他做两套织金纱缎衣服，一件大红妆花缎子袍儿。他娘王六儿安抚了女儿，晚夕回家去了。西门庆又替他买了半副嫁妆，描金箱笼、鉴妆镜架、盒罐、铜锡盆、净桶、火架等件，非止一日，都治办完备。（第三十七回）

虽然翟管家那里什么也不缺，但从礼貌上来说，不能让女孩子空手过门。西门庆这么舍得下本钱，一方面是讨好翟管家，一方面也是对王六儿爱屋及乌。

韩道国家里大概是真穷，弟弟韩二捣鬼娶不上老婆，而王六儿又不排斥，他对两人的事情也就不计较了。后来，王六儿要抓紧西门庆，遂自行出手消除这段三角关系。

> 不想韩道国兄弟韩二捣鬼耍钱输了。吃的光睁睁儿的，走来哥家，问王六儿讨酒吃。袖子里掏出一条小肠儿来，说道："嫂，我哥还没来哩，我和你吃壶烧酒。"那妇人恐怕西门庆来，又见老冯在厨下，不去兜揽他，说道："我是不吃。你要吃，拿过一边吃去，我哪里耐烦！你哥不在家，招是招非的，又来做什么！"那韩二捣鬼把眼儿涎瞪着，又不去，看见桌底下一坛白泥头酒，贴着红纸帖儿，问道："嫂子，是哪里酒？打开筛壶来俺每吃。耶哚！你自受用。"妇人道："你趁早儿休动，是宅里老爹送来的，你哥还没见哩！等他来家，有便倒一瓯子与你吃。"韩二道："等什么哥，就是皇帝爷的，我也

吃一钟儿。"才待搬泥头，被妇人劈手一推，夺过酒来，提到屋里去了。把二捣鬼仰八叉推了一交，半日扒起来，恼羞变成怒，口里喃喃呐呐骂道："贼淫妇！我好意带将菜儿来，见你独自一个冷落落，和你吃杯酒。你不理我，倒推我一交。我教你不要慌，你另叙上了有钱的汉子，不理我了，要把我打开，故意的连我罳我，讪我又趋我。休教我撞见，我教你这不值钱的淫妇，白刀子进去，红刀子出来！"妇人见他的话不防头，一点红从耳畔起，须臾紫胀了双腮，便取棒槌在手，赶着打出来，骂道："贼饿不死的杀才！倒了你哪里味（同"嗐"：吃喝无度）醉了，来老娘这里撒野火儿！老娘手里饶你不过！"那二捣鬼口里，喇喇哩哩骂淫妇，直骂出门去。（第三十八回）

虽然曾被人捉奸，但韩二捣鬼并没有学会避嫌，仍不时来找王六儿。这样的小混混儿，也有自己的享受，比如他献宝似的从袖子里拿出的那条小肠儿，想配着这条小肠儿和嫂子喝一顿酒。从前的王六儿或许不会拒绝这样的穷欢乐，但现在不一样了，她怕被西门庆撞见，所以不肯给他酒喝。韩二捣鬼被推了一跤，口无遮拦，王六儿便拿着棒槌追打他。——她现在有了更好的棒槌，要把韩二捣鬼赶得远远的（如图53）。

不想西门庆正骑马来，见了他，问是谁。妇人道："情知是谁！是韩二那厮，见他哥不在家，要便耍钱输了，吃了酒来怄我。有他哥在家，常时撞见打一顿。"那二捣鬼一溜跑了。西门庆又道："这少死的花子！等我明日到衙门里，与他做功德！"妇人道："又教爹惹恼。"西门庆道："你不知，休要惯了他。"妇人道："爹说的是。自古良善被人欺，慈悲生患害。"一面让西门庆明间内坐。（第三十八回）

"良善被人欺，慈悲生患害"，这句话最有意思。这样讲的时候，王六儿真的也是这样想的，西门庆也真的觉得她说得没有错。这句话并不是作者的反讽，而是通过自然主义手法客观呈现这些人的生命态度。在王六儿看来，自己本来就还在良善之列。作者没有出来评判她对不对，是不是该死，这是《金瓶梅》很令人感动的地方。

西门庆嫌王六儿这里的酒不好喝，自己带来了。然后，王六儿说到了自己的住处，"住在这僻巷子里，又没个好酒店"。西门庆就很热心地说："等韩伙计来家，你和他计较。等于狮子街那里，替你破几两银子，买下房子，等你两口子一发搬到那里住去罢。铺子里又近，买东西诸事方便。"王六儿表示："若你老人家可怜见，离得这块儿也好，就是你老人家行走，也免了许多小人口嘴。"还接了一句："咱行得正，也不怕他。"

图53- 王六儿棒槌打捣鬼

你不要嘲笑王六儿，她真的这么认为。她不觉得自己在道德上有什么瑕疵，在她看来，自己挣的只是一份辛苦钱。

我们看《金瓶梅》，有一个比较特殊的地方，就是必须先考虑情绪问题。一般我们读一部文学作品，尤其是名著，会不由自主地找一个投射的对象，这个对象与你脾气相通、个性相投，或者是你所仰慕的，在欣赏这个故事的过程中，你就变成了他（她）。

读《红楼梦》的时候，年轻的女孩儿往往会把自己认作林黛玉，年轻的男孩儿就是贾宝玉；稍微年长之后，女性的投射对象也许会变成薛宝钗，也许会变成探春。读《战争与和平》的时候，绝大部分女孩儿会投射到女主角娜塔莎，又美，又端庄，又多情；男孩儿大概会幻想自己是男主角皮埃尔，都是正面人物。

读金庸的作品就更不用说了，女孩儿大概无外乎黄蓉，或者小龙女，再者王语嫣、赵敏也可以，绝对不会投射到小龙女的师姐李莫愁身上。这是人的本性，喜欢正面、光明、讨喜的人或事物。

带着这样的情绪去读《金瓶梅》，麻烦就来了——你找不到人可以投射。大家也许喜欢读它，但自古以来，这本书是相当寂寞的，因为你没有办法找到所谓的知音或知己。我们顶多会在吴月娘身上看到一个女人作为主妇、妻子的角色，但是她的很多作风也和我们相去甚远。这恰好是符合自然主义的，像沈从文对汪曾祺说的，要"贴着人物写"，不加任何褒贬评判。

我们提到过，几乎所有《金瓶梅》的评论者都会用各种语言来指责韩道国、王六儿这对夫妻，但我个人觉得，张爱玲或许会喜欢这两人的故事。

韩道国和王六儿的故事如果由张爱玲来写，会是什么样子呢？大千世界，总会有一个地方可以容纳这对也许不是很平常，但是也算不上太另类的夫妻吧。这是不是刚好符合张爱玲说的"在传奇中寻找普通人，在普通人中寻找传奇"。

《金瓶梅》所呈现的这个故事，事实上是非常朴素的，通过对话和作为，将夫妻二人对待西门庆的方式平铺直叙地写出来。对方要什么，他们就给什么，就这么简单，完全没有涉及道德，没有天人交战。如果是张爱玲来写，故事的用字遣词也许会更加华丽，为韩道国和王六儿做更多的铺垫；但应该也会更加苍凉。

但这样是不是会更精彩，就见仁见智了。至少现在，《金瓶梅》中韩道国和王六儿的形象已经获得了生命力，在中国文学史上留下来了。

晚明城市中低产阶级的住家样貌

第三十九回中，西门庆花费一百二十两银子，在狮子街石桥东边，为韩道国、王六儿夫妇"买了一所门面两间，倒底四层房屋居住"。而当时买一个丫鬟只需四五两银子。

> 除了过道，第二层间半客位，第三层除了半间供养佛像祖先，一间做住房。里面依旧厢着炕床，对面又是烧煤火炕，收拾糊的干净。第四层除了一间厨房，半间盛煤炭，后边还有一块做坑厕。俱不必细说。

房屋内部各空间功能明确，可以作为认识当时城市中产阶层下层住房条件的参考。有带火炕的卧室，有客厅，有厨房，有储藏煤炭的地方，有自家的厕所，两口人可以住得很舒服。有人可能觉得奇怪，这样男盗女娼的夫妻俩，也要供养佛像祖先吗？其实按照他们认为自己"行得正"的思维逻辑，这是完全合理的。设想一下，两人每天早晚一炷心香，一面祈求韩道国出入平安，多多赚钱；一面祈求西门老爹常常光顾，多多贴补。——总之，"生意"兴隆就好。

> 自从搬过来，那左近街坊邻舍，都知他是西门庆伙计，又见他穿着一套儿齐整绢帛衣服，在街上摇摆，他老婆常插戴的头上黄煜煜打扮模样，在门前站立。这等行景，不敢怠慢，都送茶盒与他，又出人情庆贺。那中等人家，称他做韩大哥、韩大嫂；以下者，赶着以叔婶呼之。西门庆但来他家，韩道国就在铺子里上宿，教老婆陪他自在顽耍。朝来暮往，街坊人家也多知道这件事，惧怕西门庆有钱有势，谁敢惹他！见一月之间，西门庆也来行走三四次，与王六儿打的一似火炭般热，穿着器用的，比前日不同。（第三十九回）

早先，我们搬了新家，或者有新邻居搬来，左邻右舍也会特意走动，送些小礼物，一起聚餐之类，是为敦亲睦邻。现在这种情况越来越少，大家天天搭同一部电梯，可上下左右全不认识。邻居们给韩道国夫妻"出人情庆贺"，其实也有讨好西门庆的意图。更有趣的是，各人对韩道国夫妻的称呼不是按辈分，而是看家里的经济状况：中等人家叫"大哥""大嫂"，差一些的就得自动当晚辈了。

王六儿胆敢"说事图财"

韩道国也特别识趣，西门庆来会王六儿，他便主动腾位置。邻居都看在眼里，但多一事不如少一事。就像现在，即便我们知道某富豪在哪里金屋藏娇，八卦杂志来问，也不见得愿意讲。

第五十回中，王六儿生日的时候，西门庆给她送来了标志性的信物：一对金寿字簪儿。王六儿后来曾戴着这对簪子去给西门庆过生日，按理说这个情节应该出现在第五十三回至第五十七回当中，现存的版本中却没有。有人据此认为这部分不是兰陵笑笑生的原稿。倒是在第六十一回中，潘金莲将此事翻出，叫骂一番。

> 妇人道："伙计家有这个道理？齐腰拴着根线儿，只怕合过界儿去了！你还捣鬼哄俺每哩，俺每知道的不耐烦了！你生日时，贼淫妇他没在这里？你悄悄把李瓶儿寿字簪子，黄猫黑尾偷与他，都教他戴了来这里施展。大娘、孟三儿这一家子，哪个没看见？乞我相问着他，那脸儿上红了。他没告诉你？今日又摸到那里去了，贼没廉耻的货！……"

金寿字簪儿是花公公从宫里带出来，后来留给李瓶儿的。西门庆第一次和李瓶儿偷情后，头上就插了金寿字簪儿回家，被潘金莲抢了去。花子虚死后，李瓶儿来给潘金莲过生日，头上插着一样的簪子。潘金莲见了，立马回房也把簪子插在头上"示威"：你给西门庆的信物，现在在我这里了！这时，在场的妻妾都已经明白了簪子的奥秘，但谁也没有说破。吴月娘还问李瓶儿簪子是在哪儿打的，准备给姐妹们都打上一对。李瓶儿当即表示家中还有，可以让人送来。果然第二天一早，冯妈妈就送来四对簪子，吴月娘、李娇儿、孟玉楼、孙雪娥各得一对。至此，金寿字簪儿就成了西门家妻妾的标志。宋惠莲没有，李桂姐等妓女更不用说，王六儿却得到了。这在相当程度上代表了西门庆对两人关系或者说感情的认可，难怪潘金莲要跳脚。

在《金瓶梅》故事里，王六儿是唯一一个胆敢"说事图财"的女性角色。第四十七回的回目即为"王六儿说事图财，西门庆受赃枉法"。后面我们讨论西门庆如何生财，还会讲到此事。

苗青害死家主苗天秀，被人举发；接衙门中人通风报信后，他悄悄躲入乐三家中。乐三和韩道国夫妻住隔壁，乐三嫂与王六儿"所交敬厚"，时常走动。见苗青满面愁容，乐三告诉他："不打紧，间壁韩家，就是提刑西门老爹的外室，又是他家伙计，和俺家交往的甚好，凡事百依百随；若要保得你无事，破多少东西，教俺家过去和他家说说。"王六儿收下"五十两银子""两套妆花缎子衣服"，接受所托。等西门庆不来，遇上玳安，将事情说了，玳安劝她不要掺和人命官司，不听，只让对方请西门庆来一趟。

两人见面后，通了声气，西门庆道："这些东西儿，平白你要他做甚么？你不知道，这苗青乃扬州苗员外家人，因为在船上与两个船家商议，杀害家主，掸在河里，图财谋命。如今见打捞不着尸首，又当官两个船家招寻他。原跟来的一个小厮安童，又当官三口执证着要他这一个过去，稳定是个凌迟罪名。那两个都是真犯斩罪。两个船家见供他有二千两银货在身上。拿这些银子来做甚么？还不快送与他去。"西门庆当然不是什么清官廉吏，他这样讲，无非是想要更多好处。苗青将货物"都发尽了，共卖了一千七百两银子。把原与王六儿的不动,另加五十两银子,又另送他四套上色衣服",贿赂西门庆"一千两银子,装在四个酒坛内,又宰一口猪,约掌灯已后时分,抬送到西门庆门首",其他知情者也分别打点,才算保住性命。

曾御史曾孝序,是《金瓶梅》中屈指可数的好官。苗天秀旧仆安童为主申冤,状纸递到曾孝序手中。曾孝序查明案情,拿了苗青,并在上呈皇帝的奏本中告了西门庆一状。

> 巡按山东监察御史曾孝序一本,参劾贪肆不职武官,乞赐罢黜以正法纪事:……理刑副千户西门庆,本系市井棍徒,夤缘升职,滥冒武功。菽麦不知,一丁不识。纵妻妾嬉游街巷,而帷薄为之不清;携乐妇而酣饮市楼,官箴为之有玷;至于包养韩氏之妇,恣其欢淫,而行检不修;受苗青夜赂之金,曲为掩饰,而赃迹显著。此二臣者,皆贪鄙不职,久乖清议,一刻不可居任者也。伏望圣明垂听,勅下该部,再加详查。如果臣言不谬,将延龄等亟赐罢斥,则官常有赖,而褝圣德永光矣。(第四十八回)

西门庆得到消息,即派人到京城活动,最终安然过关。不提西门庆,只说王六儿的胆子实在太大,人命银子也挣得面不改色,"韩氏之妇"的名号都传到皇帝那里去了。

不将辛苦意,难得世人财

关于韩道国和王六儿之间的感情关系,大家可以参考沈从文短篇小说《丈夫》中的妓女老七和丈夫之间的情形。沈从文的很多作品中也有着明显的自然主义特征,不轻易给他人的人生加上条条框框。

来自远地贫苦人家的老七,在湘西的花船上谋生,丈夫在家养猪养鸡,做一些农活。这是许多与他们境况相仿的夫妻的生活状态。老七一年半载回去一次，拿钱给丈夫，辛苦几年之后，或许就可以买上地、买房子。这天，丈夫来到花船上，找到老七，才知道老七所做的行当，但并未觉得太受辱；他会发脾气，大概觉得老七实在太辛苦的成分更多。次日，老七放弃花船上的生计，和丈夫一起回转乡下去了。

看似违背夫妻关系的行为，恰恰是用以维系两人共同生活的目的。礼仪有时候是一种奢求，或者矫情。与其在里面纠缠不休，不如还各自的生活以本来面目。按照通常的道德标准，韩道国和王六儿算不上好人；但作为夫妻，两人价值观匹配、生活目标一致，倒不失为一对好伴侣。

韩道国将女儿韩爱姐送到京城翟管家处之后，返回家中，与王六儿相见。

老婆见他汉子来家，满心欢喜。一面接了行李，与他拂了尘土，问他长短，孩子到那里好么？这道国把往回一路的话，告诉一遍，说："好人家，孩子到那里，就与了三间房，两个丫鬟伏侍。衣服头面是不消说。第二日就领了后边，见了太太。翟管家甚是欢喜，留俺每住了两日，酒饭连下人都吃不了。又与了五十两礼钱，我再三推辞，大官人又不肯，还教我拿回来了。"因把银子与妇人收了，妇人一块石头方落地。因和韩道国说："咱到明日，还得一两银子谢老冯。你不在，亏他常来做伴儿。大官人那里，也与了他一两。"正说着，只见丫头过来递茶。韩道国道："这个是哪里大姐？"妇人道："这个是咱新买的丫头，名唤锦儿。过来与你爹磕头。"磕了头，丫头往厨下去了。老婆如此这般，把西门庆勾搭之事，告诉一遍："自从你去了，来行走了三四遭，才使四两银子买了这个丫头。但来一遭，带一二两银子来。第二的不知高低，气不愤，走这里放水，被他撞见了，拿到衙门里打了个臭死，至今再不敢来了。大官人见不方便，许了要替咱每大街上买一所房子，教咱搬到那里住去。"韩道国道："嗔道他头里不受这银子，教我拿回来，休要花了。原来就是这些话了。"妇人道："这不是有了五十两银子，他到明日，一定与咱多添几两银子，看所好房儿。也是我输了身一场，且落他些好供给穿戴！"韩道国道："等我明日往铺子里去了，他若来时，你只推我不知道，休要怠慢了他，凡事奉他些儿。如今好容易赚钱，怎么赶的这个道路！"老婆笑道："贼强人，倒路死的！你倒会吃自在饭儿，你还不知老娘怎样受苦哩！"两个又笑了一回，打发他吃了晚饭，夫妇收拾歇下。

（第三十八回）

韩道国不在家这段时间，王六儿经常应酬西门庆。韩道国心知肚明，但他完全没有提该不该、好不好，或者愿意不愿意。在他看来，老婆和西门庆的事情相当于得了一件美差事，开心还来不及。就算当面被人骂，也未必会当回事。对夫妻二人来说，这也许才是人生的真相。作为辛苦讨生活的小门小户，那些罪恶感，那些犹犹豫豫，反而让自己不痛快；既然已经走上这条路，不如大家开心一点儿。

韩道国和来旺儿不同。来旺儿身上有礼教的束缚，觉得自己老婆受了欺负，自己也戴了绿帽，他一定要扳回来。在他的现实处境之下，这就是徒增烦恼。韩道国还要叮嘱王六儿"休要怠慢了他，凡事奉他些儿"，无非就是为了赚钱嘛。因为有这样的默契，王六儿见韩道国回来，才会"满心欢喜"；而两人聊完这些天的收获和辛苦，还能一起笑起来，心无芥蒂。

西门庆的官越做越大，钱也越赚越多，其中还真少不了韩道国的帮助。韩道国帮西门庆做买卖，"通共十大车货，只纳了三十两五钱钞银子"，这么多的货物，这么少的税金，其中也透露了明朝中晚期官商勾结的现象。

韩道国介绍王六儿的弟弟王经到西门府当差，顶替逃跑的书童。

这天，韩道国运货回西门府，王六儿听见韩道国来了，王经替他驮行李搭连来家，连忙接了行李，因问："你姐夫来了么？"王经道："俺姐夫看着卸行李，还等着见俺爹才来哩。"这妇人分付丫头春香、锦儿，伺候下好茶好饭。等的晚上韩道国到家，拜了家堂，脱了衣裳，净了面目，夫妻二人各诉离情一遍。韩道国悉把买卖得意一节，告诉老婆。老婆又见搭连内沉沉重重许多银两，因问他；替己又带了一二百两货物酒米，卸在门外店里，慢慢发卖了银子来家。老婆满心欢喜："听见王经说又寻了个甘伙计做卖手，咱每和崔大哥与他同分利钱使，这个又好了；到出月开铺子。"韩道国道："这使着了人做卖手，南边还少个人立庄置货。老爹一定还裁派我去。"老婆道："你看货才料。自古能者多劳，你看不会做买卖，那老爹托你么？常言：'不将辛苦意，难得世人财。'你外边走上三年，你若懒得去，等我对老爹说了，教姓甘的和保官儿打外，你便在家卖货就是了。"韩道国道："外边走熟了，也罢了。"老婆道："可又来，你先生迷了路，在家也是闲。"说毕，摆上酒来，夫妇二人饮了几杯阔别之酒，收拾就寝。是夜欢娱无度，不必用说。（第五十九回）

"欢娱无度"虽然只有四个字，却可看出韩道国和王六儿才真正是美满夫妻。也只有感情好的夫妻，才会乐于交换自己的见闻、感想，凡事有商有量。至于西门庆和王六儿，只是桃色交易。"不将辛苦意，难得世人财"的"意"字，也有版本写作"艺"或"力"。意志、技巧和耐劳，王六儿大概三者兼备，才在西门庆心中占据了与其他"交易对象"不同的位置。

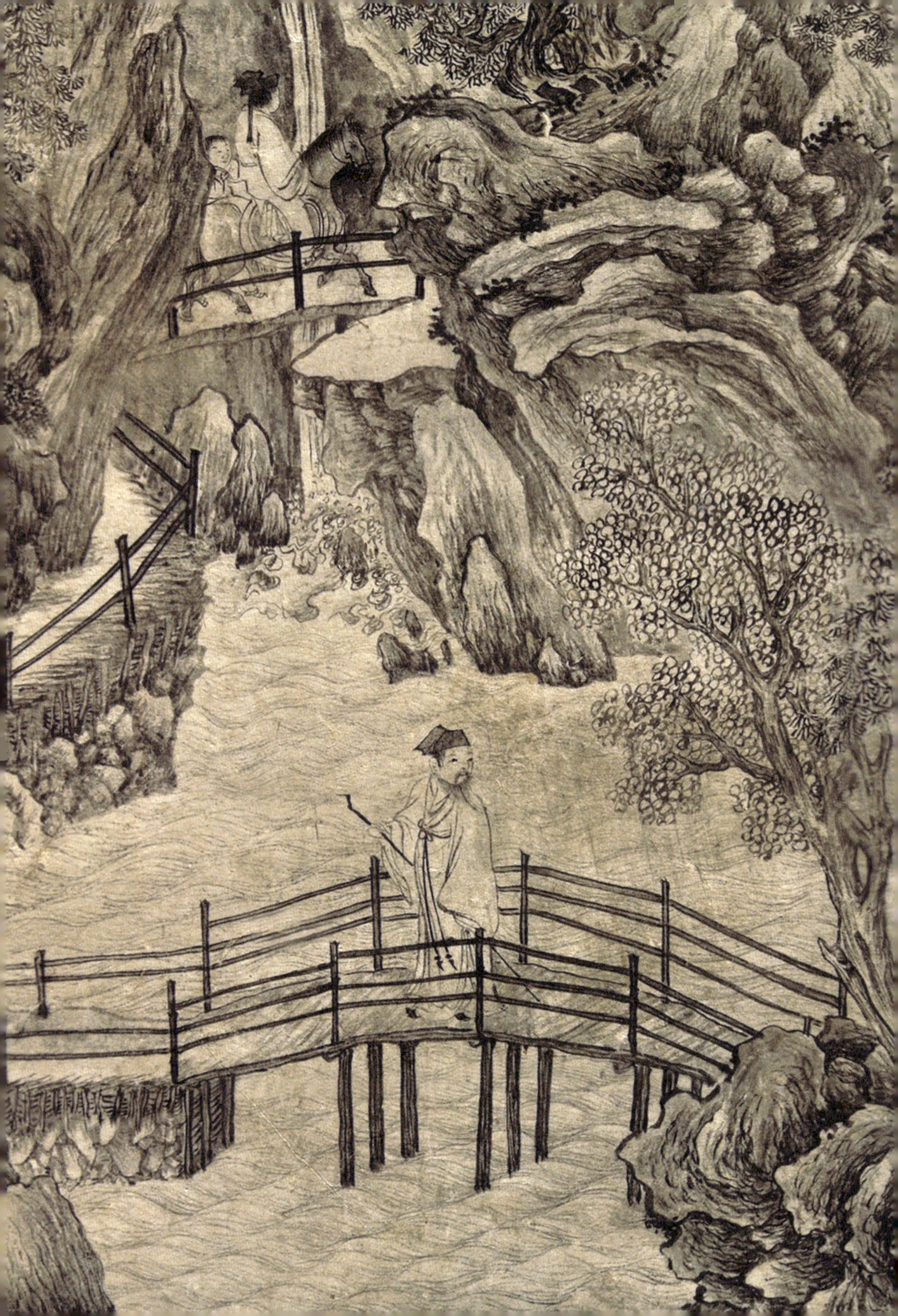

第十五章

一步步走向没有光的所在

潘金莲的怨恨深深深几许

我们在前面专题讲过潘金莲，这里再次讲述她，是因为最初的她风流貌美、聪明伶俐，后来却变成了心狠手辣的女罗刹，是她自己一步一步主动变成了这样的形象，还是大环境的刺激使然呢？

潘金莲九岁就被卖到王招宣府，习得弹唱技艺；十二三岁的时候，王招宣死，潘姥姥又把她卖给张大户，她在张大户家继续修炼当时小女子的存身之道。后来，张大户娘子得知张大户收用了金莲，遂将她许给武大郎，但张大户仍不时来找金莲。张大户死，潘金莲、武大郎被赶出张大户家。潘金莲典卖钗环，典了一栋带院子的二层房，与武大郎一起居住。早年的潘金莲是上进的，也很能干，但是命运从来不给她一点儿好脸色。被买卖也好，被收用也好，都无需经过她的同意，这样严重物化的人生，使得她没有安全感可言，不知道下一脚会踩在哪里。也幸亏她学的不是所谓"圣贤之道"，不然早就该上吊了。

那时大多数女人的人生，是一场又一场的赌博。潘金莲好不容易嫁进了西门家，吃香喝辣，绫罗绸缎，呼奴使婢，表面上好像不错。但是，她的每一件东西——甚至连她自己在内，在本质上都属于西门庆，她是既富且贫、既贵且贱的。有一次，潘姥姥来，连轿子钱都没有。吴月娘要动用公账，潘金莲硬是不要。后来孟玉楼拿出一钱银子，付了轿子钱。如果不是真穷，在如狼似虎的西门家，她犯不着让自己和潘姥姥那么尴尬。她是西门府的五娘，西门庆的妾，这代表着她的身份；但是，西门庆不只是她的丈夫，更是她的主子，只要主子一声令下，她随时会一无所有。大妇吴月娘也有权处置她。西门庆死后，吴月娘通过王婆将潘金莲卖出，还得了身价银子二十两。不料买主竟是武松，终要了潘金莲的命。

没钱、没势、没靠山的潘金莲，唯一的能耐是以色侍人，而年老色衰是自然规律，她的本钱在日益折损。年老色衰的恐惧，于她，就像一只怪兽，静静地站在她的面前。西门庆夸李瓶儿皮肤白，她就赶快想尽办法美白。她还背负着谋杀亲夫的罪名，孙雪娥动不动就要戳她一下。眼前的富贵其实都是虚幻，她只是一个出身寒微、身负重罪的人。

李瓶儿虽然受西门庆宠爱，但是性情较为温厚，在潘金莲眼里是个可以捏的软柿子，能够作为情绪的出口。此外，潘金莲是五娘，李瓶儿是六娘，虽然于现实无补，但排位的这点儿差异对潘金莲来说也是个小小的安慰。可是厚道又后到的李瓶儿怀孕生子后，地位马上变成了"准夫人"；西门庆念给天地玉皇的文告里，只提了两个女眷的名字——吴月娘和李瓶儿。种种焦虑，逐渐导致了她行为和情绪上的失控。

有了官哥儿之后，西门庆在很多时候是一个亲爱的爸爸。

> 且说画童儿走到后边金莲房内，问："春梅姐，爹在这里？"春梅骂道："贼见鬼，小奴才儿！爹在间壁六娘房里不是？巴巴的跑来这里问。"（第三十四回）

春梅的话透露出一个信息：官哥儿出生之前，要找西门庆，就去潘金莲房里；官哥儿出生之后，西门庆经常出入的是李瓶儿的房间，已经好一阵不来她这里了。画童果然在李瓶儿房里找到了西门庆。

> 原来西门庆拿出两匹尺头来，一匹大红纻丝，一匹鹦哥绿潞绸，

教李瓶儿替官哥裁毛衫儿、披袄、背心儿、护顶之类。在洒金炕上正铺着大红毡条。奶子抱着哥儿在旁边，迎春执着熨斗。（第三十四回）

有丈夫，有妻子，有儿子，有奶妈，有丫鬟；李瓶儿给官哥儿裁衣服，西门庆在一边看着——家庭生活的甜蜜和乐简直要溢出来了。而这最家常、最温馨的画面，只在李瓶儿房里出现过。

打从官哥儿出生后，西门庆有事没事都会往李瓶儿那里去，有时候一天还去个两三次。至少在这里，他表现得像一个刚刚有了儿子的爸爸，或者刻薄点儿说，挺像一个人样了。

这里两个正饮酒中间，只见春梅掀帘子进来，见西门庆正和李瓶儿腿压着腿儿吃酒，说道："你每自在吃的好酒儿，这咱晚就不想使个小厮，接接娘去？只有来安儿一个跟着轿子，隔门隔户，只怕来晚了，你倒放心！"西门庆见他花冠不整，云鬓蓬松，便满脸堆笑道："小油嘴儿！我猜你睡来？"李瓶儿道："你头上挑线汗巾儿跳上去了，还不往下拉拉。"因让他："好甜金华酒，你吃钟儿。"西门庆道："你吃，我使小厮接你娘去。"那春梅一手扶着桌头，且兜鞋，因说道："我才睡起来，心里恶拉拉，懒待吃。"西门庆道："你看不出来，小油嘴吃好少酒儿。"李瓶儿道："左右今日你娘不在，你吃上一钟儿，怕怎的？"春梅道："六娘，你老人家自饮，我心里本不待吃。有俺娘在家不在家便怎的？就是娘在家，遇着我心不耐烦，他让我，我也不吃。"西门庆道："你不吃，呵口茶儿罢。我使迎春前头叫个小厮，接你娘去。"因把手中吃的那盏木樨芝麻熏笋泡茶递与他。那春梅似有如无，接在手里，只呷了一口，就放下了。说道："你教迎春叫去？我已叫了平安儿在这里，他还大些，教他接去。"西门庆隔窗就叫平安儿，那小厮应道："小的在这里伺候。"西门庆道："你去了，谁看大门？"平安道："小的委付棋童儿在门上。"西门庆道："既如此，你快拿个灯笼接去罢。"于是径拿了灯笼，来迎接潘金莲。（第三十四回）

前面这段文字中，春梅的口气最不善，西门庆堆着笑应对，李瓶儿一直赔小心。潘金莲当天一早回家给潘姥姥过生日，只有来安跟轿，天色晚了仍未回来。很明显，潘金莲此时已经开始受到冷落，要不是春梅替她出头，西门庆是想不起派人去接她的。李瓶儿请春梅吃酒，本是好心，却被春梅抢白了一顿：我连潘金莲的账都不一定买，还在乎你李瓶儿吗？西门庆不但不生气，还放低身段出来打圆场，递茶给春梅喝。春梅接过"似有如无"喝一口，只算是给了主子面子。春梅又早安排平安儿在窗外等着，西门庆本想随便叫个小厮去接，最后也依了春梅。

顺便一提，明朝的文人，已经钟情于碧螺春一类的绿茶，但西门庆家是暴发户不懂茶道，还在喝着类似于客家擂茶的茶饮。

以前西门庆虽然也曾打骂潘金莲，但她大体上过得还不错。自从李瓶儿生了儿子之后，潘金莲的日子一天不如一天。

举几个例子：西门庆的男宠书童儿和吴月娘的丫鬟玉箫有私情。玉箫从西门庆生子加官的贺宴上拿了一壶酒和几个水果要给书童儿，书童儿刚好不在，随便搁着。不料，李瓶儿带来的小厮琴童偷偷地把酒藏到了李瓶儿的房间里。众人发现酒壶不见了，吵吵嚷嚷。擅长咬群的潘金莲以为逮到了机会，当即挑拨离间："琴童儿是他家人，放壶他屋里，想必要瞒昧这把壶的意思。"

这个想法说来令人同情。在潘金莲这样的穷人眼里，那个酒壶大概算是值钱。但李瓶儿比她阔绰太多，是不会将区区一把酒壶放在眼里的。可怜潘金莲只能从自己的经济水平出发想问题，非但没有得理，反而自取其辱。西门庆被她的这番揣度激怒，第一次当众骂了她。

西门庆听了，心中大怒，睁眼看着金莲说道："看着恁说起来，莫不李大姐他爱这把壶？既有了，丢开手就是了，只管乱甚么！"那金莲把脸羞的飞红了，便道："谁说姐姐手里没钱。"说毕，走过一边使性儿去了。（第三十一回）

第三十五回中，八月二十四日，吴大舅做生日，除孙雪娥之外的西门庆众妻妾都前去庆贺。因官哥儿哭闹，李瓶儿先行告辞，小厮奉承这红人，打了两盏灯笼给她的轿子开道。到吴月娘、潘金莲等四人回家时，四顶轿子只有一盏灯笼照亮，"潘金莲有心"，向棋童探问缘由，自觉又逮到了可以发挥的题目。

金莲便叫吴月娘："姐姐，你看！玳安恁贼献勤的奴才，等到家里和他答话！"月娘道："奈烦，孩子家里紧等着，叫他打了来罢了。怎的？"金莲道："姐姐，不是这等说。俺便罢了，你是个大娘子，没些家法儿，晴天还好，这等月黑，四顶轿子只点着一个灯笼，雇那些儿的是！"说着轿子到门首。月娘、李娇儿便往后边去了。（第三十五回）

吴月娘不买潘金莲的账，她白白讨个没趣。每挫败一次，潘金莲内心的怨恨和屈辱感就深一分，不知深几许，直至非要除掉那最大的眼中钉不可的程度。

雪夜弄琵琶，寂寞弹不尽

第三十八回中的"潘金莲雪夜弹琵琶"，写得很美，难得这一位淫荡的妇人，变成了一个带着闺怨的女子。而且这整个一大段情节是以"评弹"形式，又弹、又唱、又演、又说表达出来的。

不说西门庆在夏提刑家饮酒。单表潘金莲见西门庆许多时不进他房里来，每日翡翠衾寒，芙蓉帐冷。那一日把角门儿开着，在房内银灯高点，靠定帏屏，弹弄琵琶。等到二三更，便使春梅瞧数次，不见动静。正是：

银筝夜久殷勤弄，寂寞空房不忍弹。

取过琵琶，横在膝上，低低弹了个《二犯江儿水》以遣其闷。在床上和衣儿又睡不着，不免：

闷把帏屏来靠，和衣强睡倒。

猛听的房檐上铁马儿一片声响，只道西门庆来到敲的门环儿响，连忙使春梅去瞧。他回头："娘错了，是外边风起落雪了。"妇人于是弹唱道：

"听风声嘹亮，雪洒窗寮，任水花片片飘。"

一回儿，灯昏香尽，心里欲待去剔续，见西门庆不来，又意儿懒的动弹了。唱道：

"懒把宝灯挑，慵将香篆烧。（只是挨一日似三秋，盼一夜如半夏。）挨过今宵，怕到明朝。细寻思，这烦恼，何日是了？（暗想负心贼，当初说的话儿，心中由不的我伤情儿。）想起来，今夜里，心儿内焦。误了我青春年少。（谁想你弄的我三不归、四捕儿着他。）你撇的人有上稍来没下稍！"

且说西门庆约一更时分，从夏提刑家吃了酒归来，一路天气阴晦，空中半雨半雪下来，落在衣服上，多化了。不免打马来家。小厮打着灯笼，就不到后边，径往李瓶儿房来。李瓶儿迎着，一面替他拂去身上雪霰。西门庆穿着青绒狮子补子，坐马白绫袄子，忠靖缎巾，皂靴棕套，貂鼠风领。李瓶儿替他接了衣服，止穿绫敞衣，坐在床上，就问：“哥儿睡了不曾？”李瓶儿道：“小官儿顽了这回，方睡下了。”西门庆吩咐："叫孩儿睡罢，休要沉动着，只怕唬醒他。"迎春于是拿茶来吃了。李瓶儿问："今日吃酒来的早？"西门庆道："夏龙溪还是前日因我送了他那匹马，今日全为我费心治了一席酒请我，又叫了两个小优儿。和他坐了这一回，见天气下雪，来家早些。"李瓶儿道："你吃酒？教丫头筛酒来你吃。大雪里来家，只怕冷哩。"西门庆道："还有那葡萄酒，你筛来我吃。今日他家吃的是自造的菊花酒，我嫌他香气的，我没大好生吃。"于是迎春放下桌儿，就是几碟腌鸡儿嗄饭，细巧果菜之类。李瓶儿拿杌儿在旁边坐下，桌下放着一架小火盆儿。这里两个吃酒，潘金莲在那边屋里冷清清，独自一个儿坐在床上，怀抱着琵琶，桌上灯昏烛暗。待要睡了，又恐怕西门庆一时来；待要不睡，又是那眈困，又是寒冷。不免除去冠儿，乱挽乌云，把帐儿放下半边来，拥衾而坐。正是：

　　倦倚绣床愁懒睡，低垂锦帐绣衾空；
　　早知薄幸轻捐弃，辜负奴家一片心。

又唱道：

　　"懊恨薄情轻弃，离愁闲自恼。"

又唤春梅过来:"你去外边再瞧瞧,你爹来了没有?快来回我话。"那春梅走去,良久回来,说道:"娘,还认爹没来哩!爹来家不耐烦了,在六娘屋里吃酒的不是?"这妇人不听罢了,听了如同心上戳上几把刀子一般,骂了几句负心贼,由不得扑簌簌眼中流下泪来。一径把那琵琶儿放得高高的,口中又唱道:

"论杀人好恕,情理难饶。负心的,天鉴表!(好好我题起来,又是那疼他,又是那恨他。)心痒痛难扫,愁怀闷自焦。(叫了声,贼狠心的冤家,我比他何如?盐也是这般盐,醋也是这般醋,砖儿能厚,瓦儿能薄,你一旦弃旧怜新!)让了甜桃,去寻酸枣。(不合今日教你哄了!)奴将你这定盘星儿错认了。(合)想起来,心儿里焦。误了我青春年少,你撇的人有上稍来没下稍!

"为人莫作妇人身,百般苦乐由他人;

痴心老婆负心汉,悔莫当初错认真。

"常记的当初相聚,痴心儿望到老。(谁想今日他把心变了,把奴来一旦轻抛不理,正如那日。)被云遮楚岫,水淹蓝桥。打拆开鸾凤走,(到如今当面对语,心隔千山。隔着一堵墙,咫尺不得相见。)心远路非遥,(意散了,如盐落水,如水落沙相似了。)情疏鱼雁杳。'空教我有情难控诉。'地厚天高,(空教我无梦到阳台。)梦断魂劳,俏冤家,这其间,心变了。(合)想起来,心儿里焦。误了我青春年少,你撇的人有上稍来没下稍!"

《金瓶梅》中涉及戏剧二十五种,散曲一百四十首,套曲五十套,可一窥明朝中晚期戏曲演出的情形。潘金莲唱的这些曲子,在崇祯本中被删掉很多,但这部分内容恰恰是她的心声。

冬夜三更,潘金莲苦等西门庆不来,又睡不着,便拿了琵琶来弹。《二犯江儿水》是曲牌名，明清都有著录，所填之词多用来表达女子的寂寞心情。

潘金莲弹唱着自己幽怨与不安的时候，西门庆正与李瓶儿其乐融融地话着家常。至少在这一刻，西门庆心中的正经老婆是李瓶儿，而这是潘金莲从未享受过的。对西门庆而言，潘金莲存在的意义，仅仅是性伴侣而已，他不会向她吐露自己的琐事。李瓶儿房里的暖意柔情，正反衬出潘金莲一方的冷清寂寞。她的期盼、失落和恐惧，都在琵琶弦上和唱词里了（如图54）。

这个"万恶"的女人，至少在这一回，赢得了不少《金瓶梅》评论者的同情。就连对唱词部分大加净化的崇祯本，也在"娘错了，是外边风起落雪了"一句后批道："人只知隔越相思之苦，孰知眼前相思之苦如此；人只知野合相思之苦，孰知闺阃夫妻相思之苦尤甚。"潘金莲和西门庆此时可算咫尺天涯，大概与"人和人之间最远的距离，就是我在旁边，你没看到"的意思相近了。

西门庆正在房中，和李瓶儿吃酒，忽听见这边房里，弹的琵琶之声，便问："是谁弹琵琶？"迎春答道："是五娘在那边弹琵琶响。"李瓶儿道："原来你五娘还没睡哩！绣春，你快去请你五娘来吃酒，你说俺娘请哩。"那绣春去了。李瓶儿忙教迎春那边安下个坐儿，放个钟箸在面前。良久，绣春走来说："五娘摘了头，不来哩。"李瓶儿道："迎春，你再去请你五娘去。你说娘和爹请五娘哩。"不多时，迎春来说："五娘把角门儿关了，说吹了灯，睡下了。"西门庆道："休要信他小淫妇儿。等我和你两个拉他去，务要把他拉了来，咱和他下盘棋耍子。"于是和李瓶儿，同来打他角门。打了半日，春梅把角门子开了。西门庆拉着李瓶儿，进入他房中，只见妇人坐在帐上，琵琶放在傍边。西门庆道："怪小淫妇儿，怎的两三转请着你不去？"金莲坐在床，纹丝儿不动，把脸儿沉着，半日说道："那没时运的人儿，丢在这冷屋里，随我自生儿由活的，又来揪采我怎的？没的空费了你这个心，留着别处使。"西门庆道："怪奴才，八十岁妈妈没牙，有那些唇说的！李大姐那边请你和他下盘棋儿，只顾等你不去了。"李瓶儿道："姐姐，可不怎的？我那屋里摆下棋子了，咱每闲着下一盘儿，赌杯酒吃。"金莲道："李大姐，你每自去。我摘了头，你不知我心里不耐烦。我如今睡也比不的你每心宽闲散。我这两日，只有口游气儿。黄汤淡水，谁尝着来，我成日睁着脸儿过日子哩！"西门庆道："怪奴才，你好好儿的，怎的不好？你若心内不自在，早对我说，我好请太医来看你。"金莲道："你不信，教春梅拿过我的镜子来，等我瞧。这两日瘦的相个人模样哩！"春梅把镜子真个递在妇人手里，灯下观看。正是：

图54-潘金莲雪夜弄琵琶

羞对菱花拭粉妆，为郎憔瘦减容光；
闭门不顾闲风月，任您梅花自主张。

羞对菱花来照，蛾眉懒去扫；

> 暗消磨了精神，折损了丰标，瘦伶仃不甚好。

西门庆拿过镜子，也照了照，说道："我怎么不瘦？"金莲道："拿什么比的你？每日碗酒块肉，吃的肥胖胖的，专一只奈何人！"被西门庆不由分说，一屁股挨着他坐在床上，搂过脖子来，就亲了个嘴。舒手被里，摸见他还没脱衣裳，两只手齐插在他腰里去，说道："我的儿，真个瘦了些！"金莲道："怪行货子！好冷手，冰的人慌！莫不我哄了你不成？"正是：

> 香褪了海棠娇，衣惚了杨柳腰。

说道："我着香腮，抛下珠泪来。我的苦恼，谁人知道？眼泪打肚里流罢了。"

> "闷下无聊，攘攘劳劳，泪珠儿到今滴尽了。（合）想起来，心里乱焦。误了我青春年少，撇的人有上稍来没下稍！"

乱了一回，西门庆还把他强死强活，拉到李瓶儿房内，下了一盘棋，吃了一回酒。临起身，李瓶儿见他这等脸酸，把西门庆撺掇过他这边歇了。（第三十八回）

虽然西门庆最终去了潘金莲房里，并留下过夜，但在她看来，这大概算不上胜利，说不定还是一种羞辱。潘金莲、西门庆、李瓶儿，每个人的心情，就在说说唱唱中流露出来。

潘金莲的徒劳挣扎

潘金莲初登场时，风流貌美，牙尖嘴利，勾搭上西门庆后，两人便合谋毒死了武大郎。李瓶儿最初以一个很风骚的形象出现，花子虚虽然死于伤寒，但也可以说是被她逼死的。二人婚前的形象可谓半斤八两。但在二人都成为西门庆的妾以后，潘金莲越来越令人讨厌，李瓶儿却越来越令人同情。

李瓶儿活着的时候，忍气吞声，死后反而扬眉吐气。西门庆看着她的画像就哭，听到音乐也哭，晚上还在灵堂里陪她。人往往是这样，在失去之后，才懂得珍惜，才追悔莫及。四百多年来，《金瓶梅》总是受到各种各样的非难，但是它一直没有成为过去式。一是因为故事精彩，二是因为它实在贴着人心，贴着现实。我们读《金瓶梅》，比读《红楼梦》更容易看到自己。

潘金莲在西门府内处于弱势地位，她的牙尖嘴利是一种自卫，也刚好透露了她的自卑。在李瓶儿生了儿子，成为"准夫人"之后，潘金莲更加焦虑。李娇儿、孟玉楼等人不会感受到太大的威胁，因为西门庆本来就不常进她们的房间。但潘金莲不一样，以前十个晚上里，大概有六七个晚上西门庆要找她的，现在却忽然不来了，她的失落可想而知。而孟玉楼有意无意地火上浇油，更让她颜面无光。比如，她说西门庆到潘金莲房里去了，在潘金莲将信将疑的时候，春梅过来，告知西门庆去了李瓶儿那里。汪曾祺曾向沈从文请教如何写小说，沈从文告诉他要"贴着人物写"，意思是要对人物有很深切的观察，要去体会人物的内心。《金瓶梅》做到了这一点，故事中的每个人物都是鲜活且厚实的，他（她）的思想、行为自有其固定性，一点儿都不媚俗，也不虚伪。

"潘金莲雪夜弄琵琶"这一幕，难得让我们看到了她的冷落清秋。每天黄昏以后，她都在辛苦备战，尽力让自己呈现出最美好的状态，希望博得西门庆的青睐。奈何西门庆的心全在官哥儿那里，潘金莲与李瓶儿，住处一墙之隔，处境却一冷一热。

潘金莲九岁即入王招宣府，开始学习弹唱，基本功很扎实。在西门庆的众妻妾当中，只有她什么曲子都会，不仅会听会弹，而且知道每首曲子的意思。此番弹唱，她本来只为排遣自己寂寞的心情，发现西门庆和李瓶儿和乐融融的时候，她着实伤心了，"由不得扑簌簌眼中流下泪来"。

《金瓶梅》中很少写到潘金莲流泪。她距离这次最近的一次流泪，是在李瓶儿生官哥儿的时候。官哥儿呱的一声落地了，大家看起来都很开心，只有潘金莲回到屋里暗自落泪。她从来都是一个攻无不克、战无不胜的征服者，却碰到了令自己无力招架的对手。

西门庆正在和李瓶儿吃酒，忽然听到琵琶声。得知是潘金莲在弹琴，李瓶儿便说："原来你五娘还没睡哩！绣春，你快去请你五娘来吃酒，你说俺娘请哩。"李瓶儿之前没听到琵琶声吗？她应该听到了，但是现在丈夫在她这里，卖个乖也没有亏吃。绣春遵命去请，潘金莲当然不来。李瓶儿又吩咐贴身丫鬟迎春："你再去请你五娘去。你说娘和爹请五娘哩。""娘和爹请五娘"，这话摆明李瓶儿和西门庆两人的关系是"我和我的丈夫"，而潘金莲是个外人。迎春当然也吃了闭门羹，潘金莲"说吹了灯，睡下了"。这个"说"字恰好表现了潘金莲负气的心态，大概相当于你打电话给某人，对方接了电话，却故意讲自己不在。

这反而让西门庆非找她不可，遂和李瓶儿一起去拍潘金莲的门。半天，春梅才来开门，"西门庆拉着李瓶儿，进入他房中"——两人携手共进的样子，又刺中了潘金莲的心。西门庆接下来说的话，都是站在李瓶儿的角度，潘金莲有气，也不敢得罪他，只能说几句酸话。潘金莲说自己瘦了，想要争取西门庆的同情，对方一副听不懂的样子，反而调笑她。

潘金莲反驳："拿什么比的你？每日碗酒块肉，吃的肥胖胖的，专一只奈何人！"西门庆听了，还拿出自己惯用的讨好女人的手段，对潘金莲上下其手。第七十五回，潘金莲与吴月娘斗嘴，晚上，西门庆要去潘金莲房里，吴月娘拦着不准，让他去看生病的孟玉楼。西门庆遵命去了，但他的安慰方式是和孟玉楼上床。孟玉楼吐得厉害，对这种事还会有兴致吗？但西门庆不管，对他来说，女人好像图的就是这事，立刻操练起来是最好的办法。

面对西门庆的取笑和调戏，潘金莲只好缓和了口气——毕竟这个男人过来了，而且在讨好她。但她也是真的伤心，继续说道："我着香腮，抛下珠泪来。我的苦恼，谁人知道？眼泪打肚里流罢了。"接着又唱："闷下无聊，攘攘劳劳，泪珠儿到今滴尽了。（合）想起来，心里乱焦。误了我青春年少，撇的人有上稍来没下稍！"这刚好扣合了她的心情：青春流逝，色相衰败，都是太容易的事情；自己现在的色相还算吸引人，但是西门庆已经不像当初那样黏着，已经开始冷落自己了。

> 乱了一回，西门庆还把他强死强活，拉到李瓶儿房内，下了一盘棋，吃了一回酒。临起身，李瓶儿见他这等脸酸，把西门庆撺掇过他这边歇了。（第三十八回）

潘金莲得着这一宿，算是李瓶儿"施舍"的。以潘金莲那样好强的个性，心里大概会觉得更受伤，但是，她仍然要使尽浑身解数以讨西门庆欢心。

> 那妇人恨不的钻入他腹中，在枕畔千般贴恋，万种牢笼，泪揾鲛绡，语言温顺，实指望买住汉子心。（第三十九回）

打从西门庆勾搭上王六儿之后，书中那些巨细靡遗的限制级描写，就从潘金莲这里转移了。潘金莲仍是极尽主动，有求必应，但西门庆对她的"性趣"减退了。享受完潘金莲的服务，西门庆转脸就花一百二十两银子给王六儿置了房子。潘金莲所有的努力看似徒劳，她也更加焦虑了。

《金瓶梅》故事有着清晰的时间线索，而《红楼梦》的空间和时间都是不确定的。从林黛玉进贾府，到"花落人亡两不知"，大概经过了六七年，也没有明确的月日。《金瓶梅》用北宋的年号——政和四年到政和七年，月日都清清楚楚。从第三十九回开始，是西门庆人生的最后一年，也是西门家的最后一年。等到第七十八回，新一年的元宵节过后，正月二十一日，西门庆就死了。就是说，政和七年这一年的事情讲了将近四十回。

官哥儿出生的时候，西门庆曾经许愿，要去玉皇庙打醮。这天是正月初九，也是潘金莲生日。按照习俗，要在生日前一天暖寿，但是初八"西门庆因打醮，不用荤酒，潘金莲晚夕就没曾上的寿"。初九当天，潘金莲"来到大门站立。不想等到日落时分，只见陈经济和玳安自骑头口来家"，西门庆"醮事还未了"，仍滞留庙中。西门庆等人回来后，潘金莲得知官哥儿寄名出家，法名"吴应元"，立刻抓住话题，开始挑拨离间。

> 金莲道："这是个'应'字。"叫道："大姐姐，道士无礼！怎的把孩子改了他姓了？"月娘道："你看不知礼！"因使李瓶儿："你去抱了你儿子来，穿上这道衣，俺每瞧瞧好不好？"李瓶儿道："他才睡下，又抱他出来？"金莲道："不妨事，你揉醒他。"那李瓶儿真个去了。这潘金莲识字，取过红布袋儿，扯出送来的经疏，看上面西门庆底下，同室人吴氏，傍边只有李氏，再没别人，心中就有几分不忿，拿与众人瞧："你说，贼三等儿九格的强人！你说他偏心不偏心？这上头只写着生孩子的，把俺每都是不在数的，都打到赘字号里去了！"孟玉楼问道："有大姐姐没有？"金莲道："没有大姐姐，倒好笑！"月娘道："也罢了，有了一个，也多是一般。莫不你家有一队伍人，也多写上，惹的道士不笑话么？"金莲道："俺每都是刘湛儿鬼儿么？比那个不出材的？哪个不是十个月养的哩！"（第三十九回）

众妻妾中，经疏上只有"吴氏"和"李氏"。吴月娘是嫡母，受法律保护；李瓶儿是生母，受家主宠爱。潘金莲明明看到上面有谁，却故意说"这上头只

第十五章 ● 一步步走向没有光的所在

图55- 寄法名官哥儿穿道服

写着生孩子的",惹得孟玉楼来问"有大姐姐没有",让吴月娘悬起了心。潘金莲不敢撒谎,但话偏要带着刺讲出来:"没有大姐姐,倒好笑!"吴月娘听懂了,放心了,来当调解人——她自己在上面就够了,这件事不必再扩大化。接着她还将了潘金莲一军:"莫不你家有一队伍人,也多写上,惹的道士不笑话么?"潘金莲再有气,也只能嘴上找补几句,便作罢了。

　　正说着,李瓶儿从前边抱了官哥儿。孟玉楼道:"拿过衣服来,等我替哥哥穿。"李瓶儿抱着,孟玉楼替他戴上道髻儿,套上顶牌和两道索。唬的那孩子只把眼儿闭着,半日不敢出气儿。玉楼把道衣替他穿上(如图55)。吴月娘分付李瓶儿:"你把这经疏纳个阡张头儿,亲往后边佛堂中,自家烧了罢。"那李瓶儿去了。金莲见玉楼抱弄孩子,说道:"穿着这衣服,就是个小道士儿。"金莲接过来说道:"什么小道士儿,倒好相个小太乙儿!"被月娘正色说了两句,便道:"六姐,你这个什么话!孩儿们面上,快休恁的!"那金莲讪讪的不言语了。一回,那孩子穿着衣服害怕,就哭起来。李瓶儿走来连忙接过来,替他脱衣裳时,就扯了一抱裙奶屎。(第三十九回)

本来官哥儿已经睡了,这时突然被穿戴上一些奇怪的东西,当然被吓哭。吴月娘让李瓶儿到佛堂把经疏烧掉,她也不敢耽搁,便将官哥儿独自搁下。潘金莲说官哥儿像个小太乙儿,"太乙"谐音"太医"(蒋竹山),暗指他不是西门庆的儿子。这话犯了忌讳,吴月娘也听懂了,立刻打断她的发言。潘金莲又讨了个没趣。

为了博取西门庆的注意,潘金莲决定进行一次角色扮演——装成丫鬟。第四十回回目中用的字眼是"市爱",恰如其分地道出了潘金莲和西门庆的关系本质。对潘金莲来说,这是一种自伤,但效果还不错,又换得了西门庆在她房里一个晚上,还给自己要了几件出门穿的衣服。但西门庆有他的原则,做衣服的话，一定少不了吴月娘的，而且吴月娘的要最多最好。这难免让潘金莲心中不堪了。她既富且贫、既贵亦贱的地位，再次凸显出来。

原本以为只是去吃顿饭，没想到李瓶儿却因此和乔大户结成了亲家。潘金莲又气得不行。

  西门庆说："做亲也罢了，只是有些不搬陪。"月娘道："倒是俺嫂子见他家新养的姐，和咱孩子在床炕上睡着，都盖着那被窝儿，你打我一下儿，我打你一下儿，恰是小两口儿一般。才叫了俺每去，说将起来，酒席上就不因不由做了这门亲。我方才使小厮来对你说，抬送了花红果盒去。"西门庆道："既做亲也罢了，只是有些不搬陪些。乔家虽如今有这个家事，他只是个县中大户，白衣人。你我如今见居着这官，又在衙门中管着事。到明日会亲酒席间，他戴着小帽，与俺这官户怎生相处？甚不雅相！就前日荆南冈央及营里张亲家，再三赶着和我做亲，说他家小姐今才五个月儿，也和咱家孩子同岁。我嫌他没娘母子，也是房里生的，所以没曾应承他。不想倒与他家做了亲。"潘金莲在旁接过来道："嫌人家是房里养的，谁家是房外养的？就是今日乔家这孩子也是房里生的。正是险道神撞见那寿星老儿，你也休说我的长，我也休嫌你那短。"这西门庆听了此言，心中大怒。骂道："贼淫妇，还不过去！人这里说话，也插嘴插舌的，有你什么说处！"金莲把脸羞的通红了，抽身走出来，说道："谁这里说我有说处？可知我没说处哩！"（第四十一回）

西门庆说了句"房里生的"，潘金莲抢白，却戳到西门庆的痛处，被骂了几句。潘金莲躲到吴月娘房里哭，被孟玉楼看到。潘金莲又长篇大段提起官哥儿来路可疑。有一天，我忽然来了兴致，尝试将潘金莲骂词一口气读出来，忽然听到旁边先生冒出一句："一句话都听不懂，可是你在骂人。"四百多年过去，我们的用词、语法都发生了变化，但话语中的火力仍然能够被感受到。孟玉楼就听着她骂，"一声儿没言语"。《金瓶梅》里经常出现这句"一声儿没言语"，有时候表示生气，有时候表示怀疑，这里孟玉楼是在拒绝参与讨论。此事事关重大，她及时刹住话头，免得成为"同案犯"。

西门庆对官哥儿和乔大户女儿的婚事不满意，吴月娘难免尴尬，毕竟这是她和吴大妗子一头热促成的。这时候，李瓶儿出来缓和气氛，帮月娘找回面子。

> 李瓶儿见西门庆出来了，从新花枝招扬，与月娘磕头，说道："今日孩子的事，累姐姐费心。"那月娘笑嘻嘻，也倒身还下礼去，说道："你喜呀。"李瓶儿道："与姐姐同喜。"磕毕头起来，与月娘、李娇儿，坐着说话。（第四十一回）

回头面对西门庆，也是一般表现。

> （李瓶儿）望着他笑嘻嘻说道："今日与孩子定了亲，累你。我替你磕个头儿。"于是插烛也似磕下去。喜欢的西门庆满面堆笑，连忙拉起来做一处坐的。（第四十一回）

李瓶儿表面功夫做足，让西门庆对于这门亲事的稍稍不快很快也就过去了。她其实是很解世故的，如果没有碰到潘金莲这位女罗刹，她们母子大概也能平平安安地过日子。但是，对手太厉害了，不是她能够应付的。就好像《红楼梦》中尤二姐洗心革面之后，如果不是碰到王熙凤，或许也可以在贾府栖身，但遇上了，只有一死。

潘金莲最忌讳别人看轻她，但在西门庆口中，她永远是"淫妇""小淫妇""贼淫妇"。放给李瓶儿的冷枪冷箭，一发也没有扎中。一再受挫之后，她又将心中的怒火发泄到丫鬟秋菊身上。秋菊完全是替罪羊，潘金莲又打又骂的时候，心里的对象仍是李瓶儿和官哥儿。

> 妇人打着他骂道："贼奴才淫妇，你从几时就恁大来！别人兴你，我却不兴你。姐姐，你知我见的，将就脓着些儿罢了。平白撑着头儿，逞什么强！姐姐，你休要倚着。我到明日洗着两个眼儿，看着你哩！"一面骂着又打，打了大骂，打的秋菊杀猪也似叫。李瓶儿那边才起来，正看着奶子官哥儿打发睡着了，又唬醒了。明明白白听见金莲这边打丫鬟，骂的言语儿妨头，闻一声儿不言语，唬的只把官哥儿耳朵握着。一面使绣春："去对你五娘说，休打秋菊罢。哥儿才吃了些奶睡着了。"金莲听了，越发打的秋菊狠了。骂道："贼奴才！你身上打着一万把刀子，这等叫饶！我是恁性儿，你越叫，我越打！莫不为你，拉断了路行人？人家打丫头，也来看着？你好姐姐对汉子说，把我别变了罢！"李瓶儿这边分明听见指骂的是他，把两只手气的冷，忍气吞声，敢怒而不敢言。早辰茶水也没吃，搂着官哥儿在炕上就睡着了。（第四十一回）

潘金莲嘴里骂得毫无遮拦；李瓶儿陪着官哥儿，在自己房里忍气听着。不多时，西门庆就给李瓶儿带回了好消息：乔大户家居然有一门皇亲。原本还嫌弃对方是白衣人，现在发现是自己无意中高攀了，西门庆对亲事的态度也积极了许多。另一方面，潘金莲的位置越发边缘化，一步步走向没有光的所在，而李瓶儿和官哥儿的危险也越来越近。

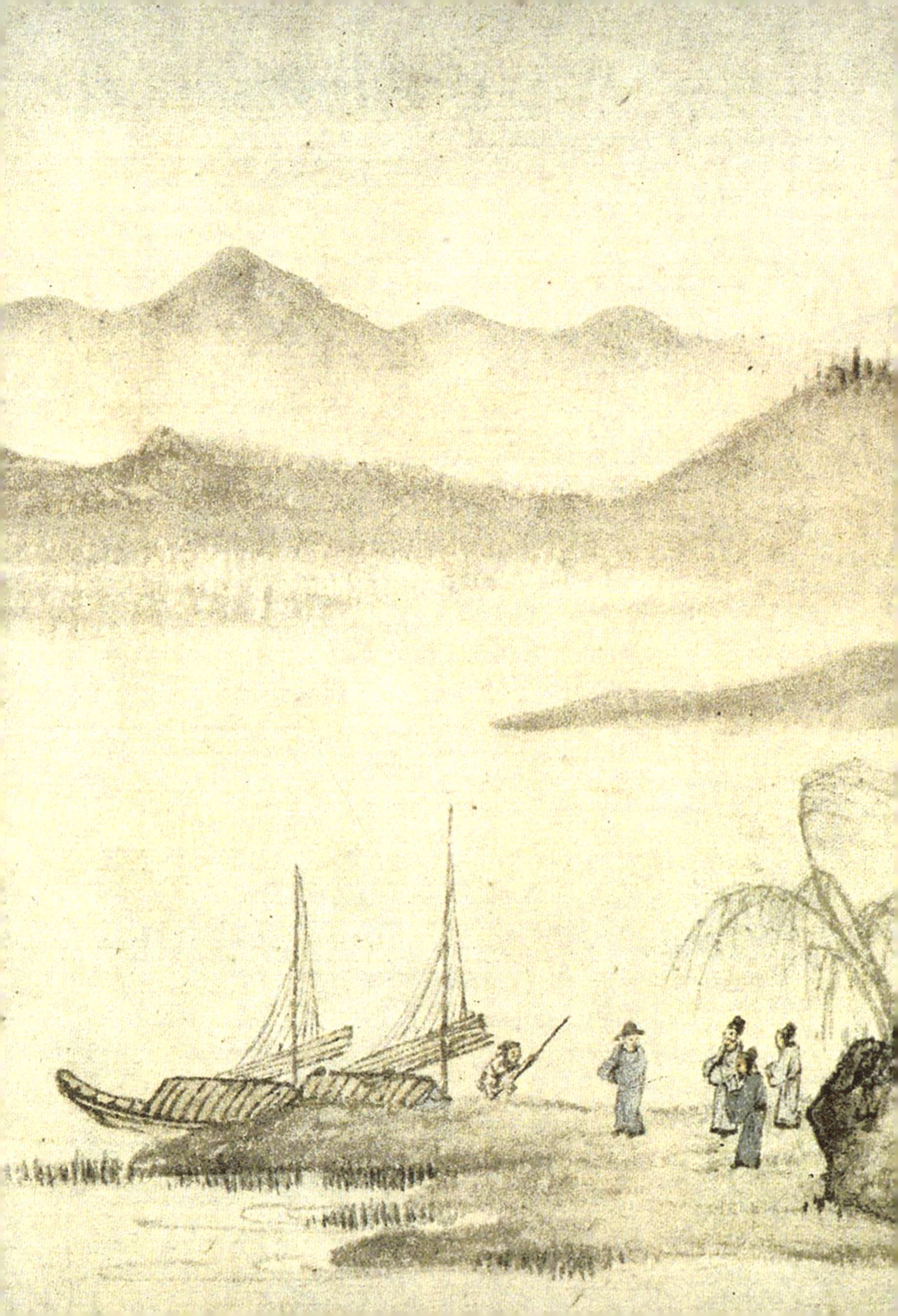

第十六章

西门庆在商场与官场

西门庆发迹的时代因素

现如今,西门庆和潘金莲都已经变成专有名词,大致相当于那些八卦周刊热衷报道的对象。

一般人不太注意的是,《金瓶梅》中涉及的经济信息之多,堪称中国小说之最,大概也是世界之最。全世界没有一本小说像《金瓶梅》这样,将日常经济活动写得如此精密翔实。我们可以看到当时一笔买卖的收入支出,置办一座宅院所需的银两,送给蔡太师的财物的详情,一个丫鬟的身价,妓女出局的价码,给下人多少赏钱,以及潘金莲的手绢、宋惠莲的瓜子、沽酒、裁衣、剃头、磨镜、租轿等所需的花费。金额从几钱几分到上万两银子,巨细靡遗。这些内容除了可以作为社会史、经济史研究的重要参考,就一本世情小说而言,也是当时的市民喜欢看、看得懂,并且会觉得亲切的。

我们通过西门庆这个人物,可以看到当时的商业运作、企业经营、官商关系,以及商人的人脉、钱脉,甚至国家的税收、专卖制度等。

明朝中叶以后,民间经过长时间的休养生息,农业生产力提高,手工制造业和海外贸易发达。当时的家具线条简约、洗练,艺术性和实用性结合得极其完美;优质的茶叶、瓷器和丝织品则很受欧洲人欢迎,为中国赚取了大量贸易顺差。从 16 世纪到 18 世纪,中国累计了六万吨白银。明朝通行纸钞,但是由于朝政混乱,人们还是惯于使用白银进行交易。《金瓶梅》里的人用银子的时候，需要先切成小块，称好重量。仇英的《清明上河图》里，店铺中也有切银子、称银子的器具。

有学者说，西方人从地底下把银子挖出来，送到东方后又被埋到地底下。当时，占世界总量一半的白银都集中在中国。富商权贵囤积了大量白银，存放在隐秘的地方。《金瓶梅》中的李瓶儿，床后面藏了几千两银子，都是五十两一锭的。吴月娘生产的时候，她把钱箱打开，立刻被李娇儿偷了五个元宝。明武宗正德五年，大太监刘瑾被抄家，别的不说，仅白银就查获了两亿六千万两，而国家每年的税收是两百万两。2001年，《华尔街日报》列举了过去一千年间最富有的五十个人，其中一个就是刘瑾。

西门庆是一个典型的通过自我奋斗发家致富的人才，凭着敢闯敢拼的精神，和没有关系也要找到靠山的钻营作风，成为清河县乃至山东省的大财主，还做到了官居五品的山东提刑。从政和四年到政和七年，西门庆的铺子由一家变成五家，总共积累了约十万两银子。我们不妨发挥家庭主妇的精神，来算一算这十万两在今天到底值多少钱。

> 潘金莲赶西门庆不在家，与李瓶儿计较，将陈经济输的那三钱银子，又交李瓶儿添出七钱来，交来兴儿买了一只烧鸭，两只鸡，一钱银子下饭，一坛金华酒，一瓶白酒，一钱银子裹馅凉糕，交来兴儿媳妇整理端正。（第五十二回）

"一钱银子下饭"，"一钱银子裹馅凉糕"，剩下八钱，买了烧鸭、鸡、金华酒和白酒。金华酒是西门庆眼中的好酒，白酒相当于现在的米酒。这些食物几个人要吃一整天。今天我们普通家庭准备够吃一天的蔬菜、小菜，大概需要人民币一百元。假设我们在东西又多又好又便宜的台北东门市场买烧鸭或土鸡，一只的价格也差不多要五百块新台币。这样算起来，当时的一钱银子大概相当于今天五百块新台币的购买力。西门庆四年间积累的约十万两银子，差不多值今天的五亿新台币。

明朝的物价比较便宜，清朝初年就比较贵了。《红楼梦》里面的一两银子，相当于今天的一万块新台币。众人吃一顿简单的螃蟹，零零碎碎加起来要二十来两银子，用刘姥姥的话说，抵得上她家一年的用度。

西门庆生财有术

西门庆第一桶金的来源，可以概括为"纳妾得财"。他娶孟玉楼和李瓶儿，分别得到布商杨宗锡和花公公留下的财产。后来陈经济、西门大姐夫妻俩连夜投奔娘家，又带来百多个箱笼。这批箱笼原本是暂寄他家，有字据的，但还是被西门庆和吴月娘吞掉了。在前二十回，西门庆已经积累了大概两万两银子。有了这份比较厚实的本钱，西门庆新开了一家当铺。按照侯文咏《没有神的所在》中的归纳，西门庆接下来主要以三种形式生财：第一是批发零售；第二是放款借贷，承揽政府部门的采购；第三个是公卖业务。此外，我们还要给他加上关说受贿和逃税漏税。

在西门庆的五个店铺当中，缎子铺的经营算得上暴利。缎子铺开张之时，本钱只有一千两白银，西门庆和乔大户各出五百两。而韩道国和来保从原产地低价收购来的货物，在清河县的售价可翻十倍左右。政和七年九月初四，缎子铺开张，到次年正月二十一日西门庆死，一千两本钱已经变成五万两。

放官吏债也是西门庆有力的生财手段。人们之所以愿意向官吏借贷，目的之一是可以借着对方的名头做事。商人李三、黄四曾通过应伯爵借了西门庆一千五百两银子，西门庆特别说不准他们在外面用自己的名号，那两人当然不会管；每每说起这钱是西门大官人的，别人就不敢把他们怎么样。大明律法明确规定，放债利息不得超过每月三分，但西门庆放债，要收月利五分。西门庆借给李三、黄四的一千五百两银子，一年过后，对方要还他两千四百两。这种利息高得吓人的高利贷，当然可以为他赚更多的钱。

明朝实行食盐专卖制度，想获得食盐专卖权，先要取得盐引。西门庆手中有三万盐引，可获利十倍。后来，朝廷要购买古董，西门庆用一万两银子投标，可惜当许可书下来的时候，他已经死了，白白让继位的张二官儿捡了便宜。

西门庆的商业经营模式，也和现代企业相似。进货的时候，基本上不需要本钱，八个月后，再与货主结账。就像现在的房地产商，有一间美轮美奂的样品屋，就可以开始预售，拿到钱再来盖房，实际上本钱都是买主的。

西门庆对朋友还算慷慨，对妻妾则是另外一回事。他可以给妻妾做衣服、买首饰，但不给她们现钱。李娇儿、孟玉楼、潘金莲都管过家里的账，每一笔花销要记得清清楚楚，想在出纳之时克扣私房钱几乎不可能。

西门庆一方面极力获取更多的财富，另一方面，他的金钱观又相当进步。

> 西门庆道："兀那东西是好动不喜静的，曾肯埋没在一处？也是天生应人用的，一个人堆积，就有一个人缺少了。因此积下财宝，极有罪的。"（第五十六回）

"兀那东西"即指白银。我们常常听到这样的新闻，一位卖菜的老先生，把辛辛苦苦攒下的钱藏在天花板上，突然发现不见了，调查后才知道是鼠辈做的坏事。真正的商人要懂得让钱生钱。西门庆已经脱离了把银子埋在地下就万事大吉的阶段，而有了现代企业家的思维。

台积电的董事长张忠谋曾说，公司的领导一定要让员工觉得自己和他们在一起，大家同甘共苦。在这一点上，西门庆与他不谋而合。他还允许伙计入股，此举提高了对方工作的积极性。缎子铺开张时，西门庆就定下规矩，韩道国、甘出身和崔本各可得全部利润的三分之一。王六儿后来的穿着打扮日益光鲜，也不全靠西门庆给，韩道国的收入也是有力支持。

当然，西门庆对属下员工的分工与约束也是很有效率的。

又打开门面二间，脱出二千两银子来，委付伙计贲第传，开解当铺。女婿经济只要掌钥匙，出入寻讨，不拘药材。贲第传只是写账目，秤发货物。傅伙计便督理生药，解当两个铺子，看银色，做买卖。潘金莲这楼上，堆放生药；李瓶儿那边楼上，厢成架子，阁解当库，衣服、首饰、古董、书画，玩好之物。一日也尝当许多银子出门。陈经济每日起早迟睡，带着钥匙，同伙计查点出入银钱，收放写算皆精；西门庆见了，喜欢的要不的。（第二十回）

傅自新、贲第传、陈经济三人，各有分工，互相监督，一旦产生责任，也无法推诿。后来西门庆开缎子铺，也是一样的办法：甘出身看银子，韩道国讲价钱，崔本监看物品出入。

西门庆经商很讲诚信。他临死之时还特别强调，缎子铺关了之后，该还给乔大户的本利，一定要还清。此外，他用人不疑，疑人不用，自己图利，也不挡人财路。对于给他搭线的中介，他大方地让人家赚应得的钱。比如，李三、黄四从西门庆这里借到钱后，西门庆留应伯爵吃饭，应伯爵推说有事，很快离开。以西门庆的头脑，当然会想到他是追去要中介费了，但是他不会戳破，更不会阻拦。这些也是西门庆在短期内可以赚取巨额利润的原因。

我们拿一份明朝的标准合伙契约做个补充：

立合约人某某，窃见财从伴生，事在人为。是以两同商议，合本求利，凭中见，各出本银若干，同心揭胆，营谋生意。所得利钱，每年面算明白。量分家用，仍留资木，以为渊源不竭之计。至于私己用度，各人自备，不得支动店银，混乱账目。故特歃血定盟，务宜共乐均受，不得匿私肥己。如犯此议，神人共殛。今欲有凭，立此合约，一样两纸，存后照用。（明《士民便读通考——合约格式》）

从中可见当时商业合同之完备，其中的约定放在今天仍然适用。

郑振铎曾说："在《金瓶梅》里所反映的是一个真实的中国的社会。这社会到了现在，似还不曾成为过去。"换句话说，直至今日，《金瓶梅》中的世道人心，仍然有迹可循。

化丑为美的写作艺术

谈论《金瓶梅》的书，这几年多起来了；当然和《红楼梦》相比的话，仍然算少。在这些作品中，我个人比较喜欢的有三部：孙述宇的《金瓶梅的艺术》（简体字版名为《平凡人的宗教剧》）、田晓菲的《秋水堂论金瓶梅》和侯会的《食货金瓶梅》。《金瓶梅的艺术》只有小小一本，但里面的一些说法很有创意；《秋水堂论金瓶梅》是用20世纪女性的观点去看《金瓶梅》，按照原书回目进行编排；《食货金瓶梅》则是从经济的角度去观照晚明社会。

孙述宇先生说《金瓶梅》的作者偏见最少，所以最能够写偏见。人随着年纪的增长，会慢慢陷在生活里，逐渐丧失了孩提时代对生活的好奇与热情。而《金瓶梅》的作者一定有非常旺盛的生命力，热爱生活，才能在家常琐事中看到很多乐趣。他不必通过编造异乎寻常的情节来吸引读者，平凡的生活本身已经足够他施展笔墨，并"化丑为美"。用一般的道德标准来看，他笔下的人物、生活其实都是丑陋的；可是他通过高超的文学技巧，将这种丑变为艺术成就，使其具备了审美价值。

《金瓶梅》写人性，可算淋漓尽致，但是比较偏向于阴暗面。不过，就像东吴弄珠客的序中所说，读《金瓶梅》而能生悲悯之心，就是菩萨。一个人怜悯、宽恕别人，实际上也是在怜悯、宽恕自己。这当中就有我们所谓的超越性。

对于比较黑暗、比较沉重的东西，书籍也好，电影也好，或者其他形式，我们通常是想要逃离的。毕竟人生已经够难过了，为何还要自己找罪受？你看印度宝莱坞的电影，一定是声、光、色俱全，衣着华丽，场景炫目，载歌载舞，结局圆满；多少劳苦大众就靠这短短两个小时得到一种缓解和转换。早年台湾地区流行"三厅电影""双林双秦"和琼瑶的小说，现在则是有拍不完、演不完的不切实际的偶像剧，观众明明知道那些情节在生活中不可能上演，还是迷得不行，并借此逃避现实的缺憾，获得情绪的疏解。这也算是娱乐业的社会功能吧。

老实说，要好好地进入《金瓶梅》的世界，去品尝它的"化丑为美"，是需要一些条件的。你必须有一些生活的阅历——不只是年纪，还要在生活当中曾经承担过，至少是面对过或多或少的苦难。你要知道什么是苦，什么是难；必须沉得住气，耐得下性子；同时没有磨灭对人生的好奇与热忱。只有这样，才能体味它的"无一物中无尽藏，有花有月有楼台"。

图56- 苗青贪财害主

人事如此如此，天理未然未然

西门庆赚钱术中"做官收贿"一项，在第四十七回的苗青案中有集中体现。

就像台湾当代小说家李昂女士的《杀夫》曾从《春申旧闻续集》中获得灵感一样，苗青案的情节借鉴了《百家公案》中的《琴童代主人伸冤》故事。这种现象在《金瓶梅》后二十回中尤为多见。

第四十七回说，员外苗天秀临时起意，进京谋官，携一千两白银和价值两

第十六章 ● 西门庆在商场与官场

千两白银的物品上路，与家仆苗青、安童同行。船上，曾被苗员外责罚的苗青与两名船夫陈三、翁八串通，将主人杀害，又将安童推到水中（如图56）。三人处置财物时，船夫拿了现银，物品归苗青处理。安童为人所救，在市集上看到船夫正穿着自家主人的衣服，便去提刑所报官。苗青闻讯，惴惴不安；其友乐三与王六儿隔壁而居，遂通过王六儿向西门庆说项。苗青起初付银五十两，因是人命官司，西门庆嫌少，便让王六儿退还。乐三迅速帮苗青将货物出手，得银一千七百两，由苗青打点上下："把原与王六儿的不动，另加五十两银子，又另送他四套上色衣服，且说十九日，苗青打点一千两银子，装在四个酒坛内，又宰一口猪，约掌灯已后时分，抬送到西门庆门首。"银子装在酒坛里，黑灯瞎火送去，二人见面，说罢事由，"西门庆分付后边拿了茶来，那苗青在松树下立着吃了，磕头告辞回去"。随后，西门庆又叫苗青回来问"下边原解的，你都与

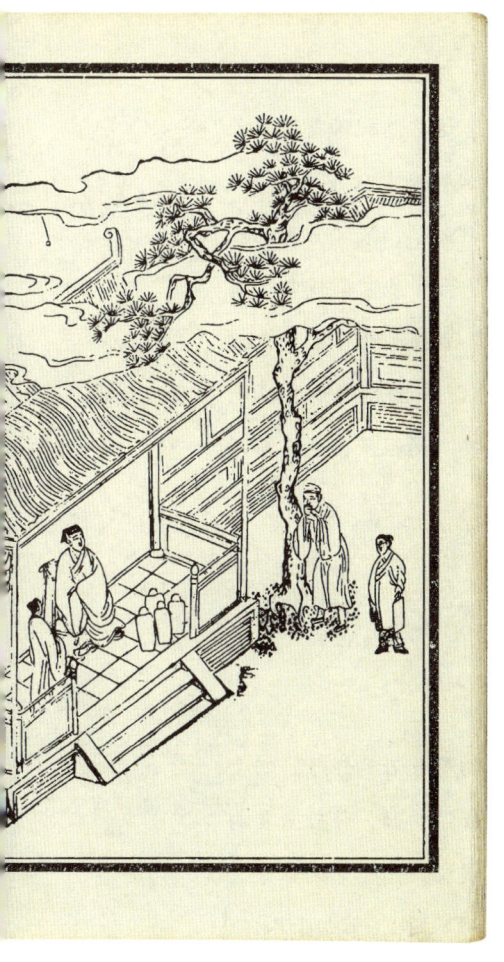

图57- 西门枉法受赃

他说了不曾说"，知道都"说停当了"，才放他离开。向官家行贿，最怕百密一疏，由此处可见西门庆思虑的周全（如图57）。

次日，西门庆便与夏提刑计议此事。虽然夏提刑是正职，却说"恁凭长官尊意裁处"。正副颠倒，也不全是客套。夏提刑较西门庆官高半级，钱财则有限；西门庆又是官，又有钱，论在清河县的影响力，比他要大得多。

西门庆道："依着学生，明日只把那个贼人真赃送过去罢，也不

393

消耗这苗青。那个原告小厮安童，便收领在外。待有了苗天秀尸首，归给未迟。礼还送到长官处。"夏提刑道："长官这些意就不是了。长官见得极是，此是长官费心一场，何得见让于我？断然使不得！"彼此推辞了半日，西门庆不得已，还把礼物两家平分了，装了五百两在食盒内。夏提刑下席来，也作揖谢说道："既是长官见爱，我学生再辞，显的迂阔了。盛情感激不尽，实为多愧！"又领了几杯酒，方才告辞起身。这里西门庆随即就差玳安拿了盒，还当酒抬送到夏提刑家。夏提刑亲在门上收了。拿回帖，又赏了玳安二两银子，两名排军四钱，俱不在话下。（第四十七回）

这些人讲话越斯文的时候，其实做的事情越伤天害理。"火到猪头烂，钱到公事办。"苗青保住性命，逃往扬州。

话分两头，却表王六儿自从得了苗青干事的那一百两银子，四套衣服，夜间与他汉子韩道国，就白日不闲，一夜没的睡，计较着要打头面，治簪环，唤裁缝来裁衣服，从新抽银丝鬏髻，用十六两银子又买了个丫头，名唤春香使唤。早晚教韩道国收用不题。（第四十八回）

王六儿、韩道国两个完全不想法理、公平这些事，整个沉浸在白得一百两银子的快乐里。又用三十两银子增建房屋，西门庆也不避嫌，使玳安送吃食给建筑工人。夏提刑用贿银送十八岁的儿子夏承恩"干入武学肄业，做了生员"。西门庆则大修祖坟，又风风光光地前去祭拜。提刑所只处置了陈三、翁八。安童不服，终于上告到御史曾孝序处。曾御史上本参奏，消息传回清河县。西门庆从贿银中拿出三百两，夏提刑拿出二百两，会同两把银壶、一条金镶玉宝石闹妆，派人送至京城蔡太师府上，将案子压下。最后，曾御史被"黜为陕西庆州知州"，后又被"除名，窜于岭表"，苗青死里逃生。

整个案件里，苗青伙同船夫杀害苗员外，所得几乎为保命而散尽；原本与这两人毫不相干的西门庆、夏提刑、蔡太师、王六儿等人，却各自得了一笔不小的收入，而且心安理得，兴高采烈。在他们改善居住条件、让子嗣接受教育、修坟阐扬孝道的时候，大概是想不起所用钱财乃是来自枉死的苗员外。这就是那个年代的现实人生。作者没有一字批评，得到利益的人也没有一个觉得自己有错，但我们都明白，这些人全是共犯。

"人事如此如此，天理未然未然。"这是市民阶层容易发出和理解的感慨。稍通文墨的人则会说："公道人情两是非，人情公道最难为。若依公道人情失，顺了人情公道亏。"安童能够全身而退，已属命大。

"官场现形记"

如果《金瓶梅》作者的笔墨止于西门庆家几个妻妾的纠葛，难免有所穷尽。自西门庆生子加官后，整个故事的格局迅速打开。《儒林外史》《二十年目睹之怪现状》或者其他一些批判官场黑暗面的小说，都是从文人的角度去看待问题，着重于官场。而《金瓶梅》是站在市民的角度，来观察官商勾结的现象。更有意思的是，故事中没有一句话在直接批判，背后却全是批判。张竹坡对第三十六回有批语："此回乃作者放笔一写仕途之丑，势利之可畏也。"

蔡太师府的翟管家写信来，一方面向西门庆表示祝贺，一方面告诉他蔡太师的义子蔡状元将在回乡途中经过清河县，请他接待。而且，翟管家讲得很直白，蔡状元没有钱，需要西门庆给些旅费。这对西门庆来说简直是天赐的机会，一本万利的买卖。

> 当初安忱取中头甲，被言官论他乃先朝宰相安惇之弟，系党人子孙，不可以魁多士。徽宗御迁，早不得已，把蔡蕴擢为第一，做了状元。投在蔡京门下，做了假子，升秘书省正事，给假省亲。

且说月娘家中,使小厮叫了老冯、薛嫂儿并别的媒人来,分付:"各处打听人家有好女子,拿帖儿来说。"不在话下。

一日西门庆使来保往新河口打听蔡状元船只,原来和同榜进士安忱同船。这安进士亦因家贫未续亲,东也不成,西也不就,辞朝还家续亲,因此二人同船。来到新河口,来保拿着西门庆拜帖来到船上见,就送了一分嗄程,酒面鸡鹅嗄饭盐酱之类。况且蔡状元在东京,翟谦已是预先和他说了:"清河县有老爷门下一个西门千户,乃是大巨家,富而好礼。亦是老爷抬举,见做理刑官。你到那里,他必然厚待。"这蔡状元牢记在心。见西门庆差人远来迎接,又馈送如此大礼,心中甚喜。次日到了,就同安进士进城拜西门庆。西门庆已是叫厨子家里预备下酒席。因在李知县衙内吃酒,看见有一起苏州戏子唱的好,问书童儿。说:"在南门外磨子营儿那里住。"旋叫了四个来答应。蔡状元那日封了一端绢帕,一部书,一双云履;安进士亦是书帕二事,四袋芽茶,四柄杭扇。各具官袍乌纱,先投拜帖进去。

西门庆冠冕迎接至厅上,叙礼交拜。家童献毕赞仪,然后分宾主而坐。(第三十六回)

西门庆并没有亲自去接蔡状元和安进士,而是派来保前去。但两个官场"菜鸟"见有人来接,还送了可在路上吃的"酒面鸡鹅嗄饭盐酱之类",已很高兴。第二天,两人也带了礼物去见西门庆。安进士"乃浙江钱塘县人氏",所送礼物中包括"四袋芽茶"。"芽茶"应是新制的鲜嫩绿茶,以清水冲泡品饮,自宋代以后为文人阶层所喜爱。但这种"纯吃茶"的风尚和市民阶层的喜好大相径庭。西门庆家里习惯的做法,要在茶中投入干果等,成品类似于擂茶。

双方坐下寒暄,对翟管家所说的话如奉圣旨一般。安进士问起西门庆的"尊号",西门庆支吾半天,报了个"四泉"。说起来,这号取得随便,概因他曾买下赵寡妇的田庄,庄上有"一眼井,四个井圈打水"(第三十回)。孙述宇教授认为,"四泉"乃"四全"之谐音,系作者暗指西门庆酒色财气样样俱全。《金瓶梅》中还有其他以全为号的角色,如蔡状元字一泉、尚举人字二泉、王三官字三泉等,我们碰到再说。

蔡状元明明舍不得走,偏说"归心匆匆",其实是要西门庆留他。

> 蔡状元辞道:"学生归心匆匆,行舟在岸,就要回去;既见尊颜,又不遽舍。奈何,奈何!"西门庆道:"蒙二公不弃蜗居,伏乞暂驻文旆,少留一饭,以尽芹献之情。"蔡状元道:"既是雅情,学生领命。"一面脱去衣服,二人坐下。左右又换了一道茶上来。(第三十六回)

崇祯本对蔡状元的表现有言简意赅之批语:"口角流连的妙。"西门庆不仅不放他走,还叫了戏子来唱戏。

> 不一时,四个戏子跪下磕头。蔡状元问道:"哪两个是生、旦?叫甚名字?"于是走向前说道:"小的是装生的,叫苟子孝;那一个装旦的,叫周顺;一个贴旦,叫袁琰;那一个装小生的,叫胡慥。"安进士问:"你每是哪里子弟?"苟子孝道:"小的都是苏州人。"安进士道:"你等先妆扮了来,唱个我每听。"四个戏子下边妆扮去了。西门庆令后边取女衣钗梳与他,教书童也妆扮起来。共三个旦两个生,在席上先唱《香囊记》。大厅正面设两席,蔡状元、安进士居上,西门庆下边主位相陪。饮酒中间,唱了一折下来。安进士看见书童儿装小旦,便道:"这个戏子是哪里的?"西门庆道:"此是小价书童。"安进士叫上去,赏他酒吃,说道:"此子绝妙,而无以加矣!"(第三十六回)

整个第三十六回都在写安进士的丑态,第四十九回才写到蔡状元。"原来安进士杭州人,喜尚南风。见书童儿唱的好,拉着他手儿,两个一递一口吃酒。"西门庆当然看得懂,以藏春坞、翡翠轩分别为蔡状元、安进士住处,又留下书童、玳安伺候,书童当然是要陪安进士的。

到次日,蔡状元、安进士跟从人夫轿马来接。西门庆厅上摆饭伺候。撰盘酒饭,与脚下人吃。教两个小厮,方盒捧出礼物,蔡状元是金缎一端,领绢二端,合香五百,白金一百两;安进士是色缎一端,领绢一端,合香三百,白金三十两。蔡状元固辞再三,说道:"但假十数金足矣,何劳如此太多!又蒙厚贶!"安进士道:"蔡年兄领受,学生不当。"西门庆笑道:"些须微贶,表情而已。老先生荣归续亲,在下此意,少助一茶之需。"于是二人俱席上出来谢道:"此情此德,何日忘之!"一面令家人各收下去,入毡包内。与西门庆相别,说道:"生辈此去,天各一方,暂违台教。不日旋京,倘得寸进,自当图报。"安进士道:"今日相别,何年再得奉接尊颜!"西门庆道:"学生蜗居屈尊,多有亵慢,幸惟情恕!本当远送,奈官守在身,先此告过。"送二人到门首,看着上马而去。(第三十六回)

前日酒席之后,蔡状元曾对西门庆讲:"此去学生回乡省亲,路费缺少。"这是标准的"菜鸟",沉不住气;等他成为蔡御史、久经世故之后,便不会再这样露怯。但西门庆没有让他讲下去,当即应承:"不劳老先生分付,云峰尊命,一定谨领。""云峰"是翟管家的字。所谓"万事留一线,日后好相见",西门庆此时止住对方的话头,不仅是为了保全蔡状元的脸面,也是为了避免双方再见时的尴尬。知道别人丢脸的事并不是福气,哪天对方飞黄腾达,你没准儿就莫名其妙地被暗箭射死了。

蔡状元、安进士与西门庆客套一番,收下馈赠离去。到第四十九回,蔡状元已是蔡御史，与曾弹劾曾御史的宋御史同到清河。这次，蔡御史得到的待遇与前次完全不同："西门庆与夏提刑出郊五十里迎接。到新河口地名百家村，先到蔡御史船上拜见了，备言邀请宋公之事（如图58）。"蔡状元能当上御史，并且是"两淮巡盐"这样的肥缺，与他是蔡太师的义子有很大关系。宋御史则是蔡太师之子蔡攸的妻舅。

那时东平胡知府及合属州县，方面有司、军卫官员、吏典生员、僧道阴阳，都具连名手本，伺候迎接。帅府周守备、荆都监、张团练，都领人马披执跟随，清跸传道，鸡犬皆隐迹，鼓吹进东平府察院。各处官员都见毕，呈递了文书，安歇一夜。到次日，只见门吏来报："巡盐蔡爷来拜。"宋御史急令撤去公案，连忙整冠出迎。两个叙毕礼数，分宾主坐下。少顷，献茶已毕。宋御史便问："年兄事期，几时方行？"蔡御史道："学生还待一二日。"因告说："清河县有一相识西门千兵，乃本处巨族。为人清慎，富而好礼。亦是蔡老先生门

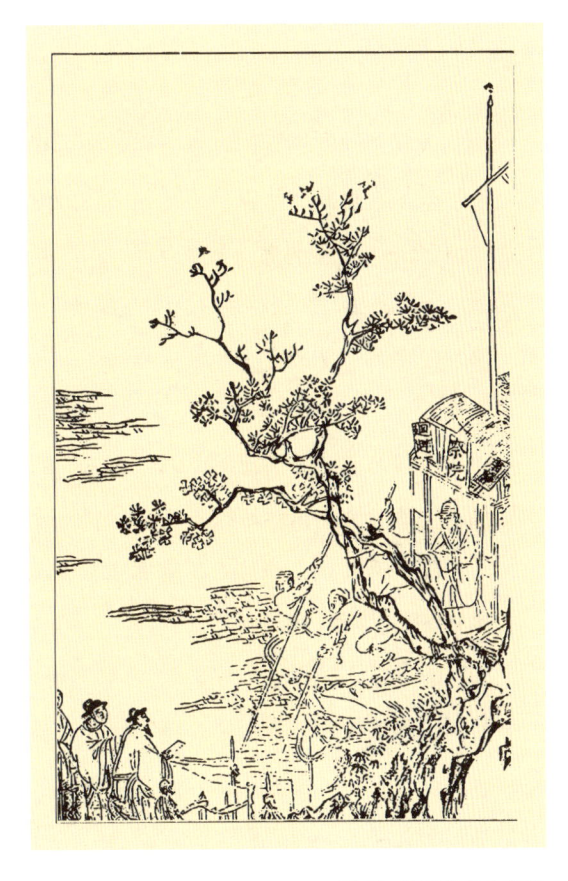

图58-请巡按屈体求荣

下,与学生有一面之交。蒙他远接,学生正要到他府上拜他拜。"宋御史问道:"是那个西门千兵?"蔡御史道:"他如今见是本处提刑千户,昨日已参见过年兄了。"宋御史令左右取递的手本来,看见西门庆与夏提刑名字,说道:"此莫非与翟云峰有亲者?"蔡御史道:"就是他。如今见在外面伺候,要央学生奉陪年兄,到他家一饭。未审年兄尊意若何?"宋御史道:"学生初到此处,不好去得。"蔡御史道:"年兄怕怎的?既是云峰分上,你我走走何害?"于是分付看轿,就一同起行,一面传将出来。西门庆知了此消息,与来保、贲四骑快马先奔来家,预备酒席。门首搭照山彩棚,两院乐人奏乐,叫海盐戏并杂耍承应。(第四十九回)

明朝大官到地方巡视的时候,真是能弄得人仰马翻——公共道路要交通管制,接待人员家里要严阵以待,其他沾边的地方官员也要到场迎接。西门庆家中,"正面摆两张吃看桌席,高顶方糖,定胜簇盘,十分齐整"。蔡御史带来"两端湖绸,一部文集,四袋芽茶,一面端溪砚"作为礼物;宋御史与西门庆毫无干系,摆出官架子,"只投了个宛红单拜帖"。

西门庆递酒安席已毕,下边呈献割道,说不尽肴列珍馐,汤陈桃浪,酒泛金波,端的歌舞声容,食前方丈。西门庆知道手下跟从人多,阶下两位轿上跟从人,每位五十瓶酒,五百点心,一百斤熟肉,都领下去。(第四十九回)

蔡御史和宋御史手下众多,"当日西门庆这席酒,也费勾千两金银"。后来他接待六黄太尉,所费更甚。但他舍得花这个钱,因为知道付出越多则收获越多。当时的官场上,高级别官员肯到基层官员家里赴宴,已经算给面子;主人要准备充分,贵客吃多吃少完全随意。但是,酒宴之后,主人会将桌上的酒食连同金银器皿，和其他礼物一起，送给贵客。

> 西门庆早令手下把两张桌席，连金银器皿都装在食盒内，共有二十抬，叫下人夫伺候。宋御史的一张大桌席，两坛酒，两牵羊，两对金丝花，两匹缎红，一副金台盘，两把银执壶，十个银酒杯，两个银折杯，一双牙箸。蔡御史的也是一般的，都递上揭帖。（第四十九回）

金银器皿的价值自然要远远超过酒食。"牙箸"即象牙筷子，好像真的是为了便于对方到家后吃喝，实际上是为这份金银大礼锦上添花。"揭帖"即清单，知会对方所赠何物及数量。假意推辞一番后，宋御史"急令请回，举手上轿而去"。蔡御史则留在西门庆家中，二人交谈。

> 西门庆道："想必翟亲家有一言于彼。我观宋公为人，有些跷蹊。"蔡御史道："他虽故是江西人，倒也没甚跷蹊处。只是今日初会，怎不做些模样？"说毕，笑了。西门庆便道："今日晚了，老先生不回船上去罢了。"蔡御史道："我明早就要开船长行。"西门庆道："请不弃在舍留宿一宵，明日学生长亭送饯。"蔡御史道："过蒙爱厚。"因分付手下人："都回门外去罢，明日来接。"众人都应诺去了，只留下两个家人伺候。西门庆见手下人都去了，走下席来，来叫玳安儿，附耳低言，如此这般，分付："即去院中，坐名叫了董娇儿、韩金钏儿两个，打后门里，用轿子抬了来，休教一人知道。"那玳安一面应诺去了。（第四十九回）

前面讲过："那宋御史又系江西南昌人，为人浮躁。"有研究者解释，明朝政府中的江西籍官员为数众多，仅首辅就出过九名，其中包括嘉靖朝的首辅严嵩。联系《金瓶梅》的创作年代，作者特意对江西人宋御史讽刺两句，也可理解。律法不准官员嫖妓，西门庆也有办法，叫熟识的妓女董娇儿、韩金钏儿乘轿悄悄从后门进来。前后两次，西门庆对蔡御史的招待可谓无微不至。蔡御史也投桃报李，当即同意了他所请求的三万盐引，允诺"比别的商人早掣取你盐一个月"。西门庆接话："老先生下顾，早放十日就勾了。"盐是生活必需品，在市面短缺时出售，所得利润可想而知。

蔡御史看见"两个唱的，盛妆打扮，立于阶下，向前花枝招飐磕头"，当即"欲进不能，欲退不可"。这八字甚妙。身为当朝御史，他当然了解律法条文，但美人在前，又实在不舍。如果是正人君子，当拂袖而去，但他对西门庆说："四泉，你如何这等爱厚，恐使不得！"西门庆的"功力"此时又展现出来了："与昔日东山之游，又何别乎？""东山之游"是王安石的典故，既恭维蔡状元的才华，又方便蔡状元就坡下驴。蔡状元心领神会，也称赞西门庆可比曾隐居于东山的王羲之。

蔡状元闻听董娇儿字薇仙，心内便欢喜。在随后听唱吃酒时，他不时强调"夜深了，不胜酒力了""今日酒太多了"，意在将西门庆速速赶走。西门庆假意不知，又与他磨几回牙。韩金钏儿见蔡御史"一手拉着董娇儿，知局就往后边去了"。

随后，尽管心中的欲念翻腾，蔡状元表面上仍要风雅一番。

> 翡翠轩书房，床上铺陈衾枕，俱各完备。蔡御史见董娇儿手中拿着一把湘妃竹泥金面扇儿，上面水墨画着一种湘兰，平溪流水。董娇儿道："敢烦老爹赏我一首诗在上面。"蔡御史道："无可为题，就指着你这薇仙号。"于是灯下来兴，拈起笔来，写了四句在上：
>
> 小院闲庭寂不哗，一池月上浸窗纱。
> 邂逅相逢天未晚，紫薇郎对紫薇花。

诗的最后一句是从白居易那里借用的,原诗为"丝纶阁下文章静,钟鼓楼中刻漏长。独坐黄昏谁是伴,紫薇花对紫薇郎"。白居易时任中书舍人,又称"紫薇郎",所作景语中蕴藏情语,有清幽孤寂之意。蔡状元的紫薇花,当然不是自然界的植物,而是"薇仙"董娇儿,所图则在枕席之欢。鲁迅评论《儒林外史》中范进丁忧时所作所为的两句话,借来形容蔡御史也颇恰当:"无一贬词,而情伪毕露。"作者没有一句话在正面嘲笑他,但那种虚伪、媚俗的样子全在字里行间。

次日早辰,蔡御史与了董娇儿一两银子,用红布大包封着。到于后边,拿与西门庆瞧。西门庆笑说道:"文职的营生,他哪里有大钱与你?这个就是上上签了。"因交月娘每人又与了他五钱,早从后门打发他去了。(第四十九回)

又是馈赠金银,又是性贿赂,西门庆和蔡状元的勾连够紧密的了。